2019年主题出版重点出版物

高地

『时代楷模』报告文学精选

上

中共中央宣传部宣传教育局　中国作家协会创作研究部 编

河北教育出版社
作家出版社

图书在版编目（CIP）数据

高地——“时代楷模”报告文学精选 / 中共中央宣传部宣传教育局,中国作家协会创作研究部编. -- 石家庄：河北教育出版社；北京：作家出版社, 2019.6
ISBN 978-7-5545-5026-7

Ⅰ. ①高… Ⅱ. ①中… ②中… Ⅲ. ①报告文学－作品集－中国－当代 Ⅳ. ①I25

中国版本图书馆CIP数据核字(2019)第035162号

书　　名 高　地——“时代楷模”报告文学精选
编　　者 中共中央宣传部宣传教育局
　　　　　中国作家协会创作研究部
责任编辑 郝建东　马海霞　刘书芳
装帧设计 牛亚勋
出版发行 河北教育出版社　作家出版社
地　　址 石家庄市联盟路705号，050061
印　　制 石家庄联创博美印刷有限公司
开　　本 889mm×1194mm　1/16
印　　张 38.5
字　　数 610千字
版　　次 2019年6月第1版
印　　次 2019年6月第1次印刷
书　　号 ISBN 978-7-5545-5026-7
定　　价 98.00元

时代精神的高光闪耀（代序）

◎ 李敬泽

中国文学，向来拥有关注现实、关注时代的传统。尤其现代以来，对国家、民族历史命运的深切思考，对现实生活的关切和介入，对时代精神的把握及引领，成为百年新文学发展历程中的基本主题，构筑起一代代优秀作家的文学初心和精神内核。正是这种传统、这种精神，激励着中国文学始终砥砺前行、勇于自我更新，在筑造高原、攀登高峰的同时，也深刻地参与到时代精神的建构过程之中，深刻地影响了人民对时代的认知和想象。

今天，经过长期努力，中国特色社会主义进入了新时代，这是伟大的历史性飞跃。在这史诗般的旅程中，辽阔的中国大地上涌现了无数精彩动人的故事；站在这崭新的历史方位上望去，众多鲜明的人物形象高高矗立或正在立起，用自身的思想和实践标志出历史发展的里程和时代精神的高度。正是从这些故事里、这些人物身上，我们真切地感受到中华民族在实现伟大复兴的过程中迸发出的巨大能量，感佩于中国人民创造历史、创造美好生活的激情、意志和高尚品格，同时也由此越来越清晰地描摹出新时代的轮廓、面貌和光辉前景。作为由中宣部集中组织宣传的全国重大先进典型，“时代楷模”人物正是凸显了这样的形象、凝聚了这样的故事。迄今为止，“时代楷模”的名单中已出现了近百个名字，同时，这份名单还在不断地生长、延长。这些名字的背后，是不同的工作领域、不同的生活背景、不同的人生轨迹、不同的性格和声音，但所有这些“不同”，最终都汇同于对中国特色社会主义事业的坚定信仰、对社会主义核心价值观的生动诠释、对家庭对事业的执着热爱、对国家对人民恒久不变的忠诚。他们是时代新人，新人之“新”就在于他们在精神上引领着时代，体现着新时代的精神追求，他们是值得人们学习、值得人们尊敬、值得人们传颂的人物，已经并将继续对这个时代人们的思想和行为产生巨大而深远的影响。“时代楷模”，是时代精神最高光、最动人的闪耀。

面对这些，我们的文学理应有所作为、有大作为。为了深化“时代楷模”的学习宣传，更好地用先进典型引领社会主义核心价值观建设，培养担当民族复兴大任的时代新人，中宣部宣教局、中国作协创研部面向全国开展“时代楷模”报告文学创作征集活动。众多单位和机构支持并参与了此次征集活动，包括：中国作协重点作品扶持办公室、中国作协报告文学委员会、《人民日报》文艺部、《光明日报》文艺部、中国报告文学学会、《文艺报》社、《人民文学》杂志社、《中国作家》杂志社、《民族文学》杂志社等。以党的十八大以来中宣部宣传发布的全国重大典型和“时代楷模”为主题的报告文学选题或作品，都可以参与本次活动。2018 年 4 月 15 日，《“时代楷模”报告文学创作征集活动启事》正式发布，得到了全国广大作家和文学爱好者的热烈回应。截至 2018 年底，主办单位共收到有效申报选题 130 余项。2018 年 6 月，中国作协创研部召开第一次选题评审会，经专家论证，确定了第一批入选选题 28 项。2018 年 11 月，确定第二批入选选题 9 项，并将诗歌纳入征集范围。目前，立项选题中已有多部作品发表或出版，还有一批作品已创作完成也即将发表或出版。

这样热烈的反馈和丰硕的成果，使我们决定编选《高地——“时代楷模”报告文学精选》一书。本书由中宣部宣教局、中国作协创研部共同主编，河北教育出版社、作家出版社共同出版，收录“时代楷模”主题报告文学作品 22 篇，包括“时代楷模”报告文学创作征集活动中已正式发表出版的优秀作品，以及本次活动之外具有代表性的“时代楷模”主题作品。

习近平总书记指出：“要引导广大文艺工作者深入生活、扎根人民，把提高质量作为文艺作品的生命线，用心用情用功抒写伟大时代，不断推出讴歌党、讴歌祖国、讴歌人民、讴歌英雄的精品力作，书写中华民族新史诗。”《高地——“时代楷模”报告文学精选》中的22篇作品，热情讴歌英雄，生动讲述了22位“时代楷模”的感人故事，描画了时代前进的丰盛景观，标记了时代生活的精神高地，在读者中引起了巨大的反响和共鸣，充分体现了作家的情怀、担当和艺术才华。在此，我们向入选本书的各位作者和原发报刊、出版社表达由衷的感谢，向投身于中华民族伟大复兴事业的各行各业先进人物表示崇高的敬意！

希望这本书获得广大读者的喜爱。

（作者为中国作家协会党组成员、副主席、书记处书记）

目 录

祖国至上

——战略科学家黄大年“飞行记录”…………………… 刘国强 / 2

初 心

——“新时期领导干部的楷模”廖俊波纪事…………… 李春雷 / 62

永远的李保国（节选）…………………………………… 徐富敏 / 92

中国读本：塞罕坝

——有关“金木水火土”的故事………………………… 蒋 巍 / 124

面对大海的诉说………………………………………… 朝 煜 / 146

“燃灯者”邹碧华 ………………………………… 李泓冰 郝 洪 / 202

致敬英雄

——中船重工第七六〇所英雄群体抗灾抢险纪实……… 鹤 蜚 / 214

山 神（节选）………………………………………… 何建明 / 228

南仁东传略……………………………………………… 王宏甲 / 280

南海边，那深情的凝望………………………………… 林 平 / 303

海雀的一棵树

——海雀村老支书文朝荣的故事………………………… 蒋 巍 / 312

"明星"黎明与万家灯火 …………………………………… 秦　岭 / 323

罗布泊新歌（节选）……………………………………… 刘国强 / 332

让青春，更青春…………………………………………… 欧阳伟 / 363

富民为乐
——"时代楷模"赵亚夫……………………………… 高保国 / 390

种子钟扬（节选）……………………………… 陈　芳　陈　聪 / 403

阎肃：放歌天地间（节选）……………………………… 谌虹颖 / 432

金达莱映红山岗…………………………………………… 郑风淑 / 458

大地飞歌
——王传喜和他的代村纪事…………………………… 张世勤 / 493

"贾立群牌 B 超" ……………………………………… 星　河 / 529

尕布龙的高地……………………………………………… 辛　茜 / 562

特殊的勋章………………………………………………… 苗秀侠 / 589

中共中央总书记、国家主席、中央军委主席习近平近日对黄大年同志先进事迹做出重要指示指出，黄大年同志秉持科技报国理想，把为祖国富强、民族振兴、人民幸福贡献力量作为毕生追求，为我国教育科研事业做出了突出贡献，他的先进事迹感人肺腑。

习近平强调，我们要以黄大年同志为榜样，学习他心有大我、至诚报国的爱国情怀，学习他教书育人、敢为人先的敬业精神，学习他淡泊名利、甘于奉献的高尚情操，把爱国之情、报国之志融入祖国改革发展的伟大事业之中，融入人民创造历史的伟大奋斗之中，从自己做起，从本职岗位做起，为实现“两个一百年”奋斗目标、实现中华民族伟大复兴的中国梦贡献智慧和力量。

（据新华社北京 2017 年 5 月 25 日电）

祖国至上
——战略科学家黄大年“飞行记录”

◎ 刘国强

导航：朝向是“大战略”

涂抹在孩子身上的“第一笔”，往往决定整个人生的基调和定位。很多人总是挑选站位，其实最能左右人生大局的是“朝向”……

每一个惊世骇俗的人生都有弱小的童年。

黄大年生长在营养不良的那个时代。1958年一出生便遇浮夸风导致“诚信饥饿”的“大跃进”，3岁遭遇“肉体饥饿”的全国“粮荒”，上学赶上“文化饥饿”，将12年学制缩短到9年，“文革”闹剧充斥学业全程……

令人深思的是，这并不影响他后来成为世界顶尖的科学家。

黄大年的出生地和求学经历也同样“营养不良”，多年生活在广西乡下，穿行在荒野和大山里。父亲黄方明和母亲张瑞芳都在广西第六地质队工作，居住地要随着探矿队转移而“随时搬家”，黄大年便“打游击”式求学，小学读5年书，他去3个地方读了4所学校。

广西地矿局为了照顾地质队流动性大、居无定所，解决孩子们的上学困难，在远离南宁600公里的柳州罗成县小长安公社“牛毕大荒原”要块地，建所“子弟学校”。从地图上看，这里是广西壮族自治区的中心，“方便”散落在全自治区四面八方的地矿孩子上学。学校前不着村后不着店，离此最近的一个村子有六七公里。学校要开荒种粮、种菜、养猪，满足自身生活。初中一年级，黄大年便告别父母，从家乡南宁郊区出发，转2次火车到柳州，再在一个没有站台、只停2分钟的地方下车，徒步穿越荒原10多里路到学校

上学。一个学期只能回一次家。

困难一下一下锉疼了肉体，包在厚锈里的意志才有机会闪闪发光。老师若说“这次考试只有一个同学得了满分”，同学们就知道，那一定是黄大年。

1975 年，17 岁的黄大年参加招工考试“一战成名”，在 200 多名竞争者中夺冠，荣幸地成为广西地矿局第六地质大队的一名“物探”地质队员。此后“物探”二字便紧紧跟随他一生，再也没有离开……

不可思议的是，黄大年几乎是在沦陷的“坑里”起步却又“一跃而起”，登上全球卓越战略科学家的高位。

1996 年 12 月，黄大年以排名第一的成绩摘取英国利兹大学地球物理学博士学位，成为该系获评优秀学生中唯一的海外学生。

黄大年在英国剑桥大学旗下 ARKeX 航空地球物理公司出任高级研究员和研发部主任、博士生导师、培训官。他从包括外国院士在内的 300 多人“高配”团队中脱颖而出，牢牢坐稳首席科学家的交椅，这是剑桥大学历史上首位登峰的黄种人。该团队所从事的科技研发能够在海洋和陆地复杂环境和条件下，通过快速移动方式实施对地穿透式精确探测的技术装备，广泛应用于油气和矿产资源勘探。这项技术是当今世界各国科技竞争乃至战略部署的制高点，是强国展示实力的重要风向标。

黄大年回到祖国后，很快成为中国航空地球物理领军人，为“航空重力高精度测量技术”项目首席科学家，“深部探测关键仪器装备研制与实验”项目首席科学家，威震一方的“国际号”战略科学家。美国航母舰队在南海演习，惊悉黄大年回到中国，整个航母编队后退100海里……

黄大年的儿童和少年时代“沦陷在坑里”，已经“输在起跑线上”，何以创造这样惊世骇俗的奇迹？虽然原因很多，但是父母和启蒙老师的“朝向引导”，立了头功。引导得好，最差的时代和环境也有可能激发人的雄心壮志，相反，最好的时代和环境很有可能令人不思进取。同样是“借力”，正向借力与反向借力却大相径庭。

孩子只是一张白纸，好画最新最美的图画，好做最新最美的文章。

第一任老师——父母处处以身作则。父亲锄草不小心弄断了邻居的旧锄头把，立刻买柄新的换上。“损坏东西要赔”，春雨一样滋润着黄大年幼小的心灵。母亲在土路上捡到一张两元面额钞票，马上交给单位，而后给大年讲“拾金不昧”。弟弟黄大文推倒了邻居孩子，母亲领着两个儿子去向人家道歉。

在人的身上，美好和丑陋总是苗草混杂，一不留神会草比苗茂盛。培植美的嫩芽实在是个漫长而艰辛的过程，但是显示丑陋的现象往往是一瞬间的事情。特别是孩子们可逆性强，一阵风吹来就会使他们像根不牢的草一样随风倒去。

父母的身教宛如看不见摸不着的空气，却能过滤毒素和污浊，留下清爽；似无形的刀子剃掉多余的枝杈，让小树成材；像阻挡浊流的堤坝，拒绝泛滥。语言可能是声音导师，也可能是污染源。行为是辅导，也可能是误导。在孩子这张洁白的人生白纸上，父母要三思而行，怎样“落下第一笔”？这是家庭的长远大计，也是孩子一生的长远大计。近景看，这是自己的孩子。中景看，这是孩子的人生。远景看，这是国家的未来。

黄大年的初中部主任叫杜冠宇，班主任叫黄仙荣，二人是夫妻。他们都是东北长春地质学院李四光的学生，满怀激情响应“到祖国最需要的地方去”的号召，从北京来到广西扎根。

杜冠宇激昂地讲述：“新中国首任地质部部长、长春地质学院第一任院长李四光老师当年告诉我们，物探就像神话中的‘金钥匙’，只要电极指向哪里，哪里就会从地下冒出宝藏。”

杜冠宇讲的故事太生动了："同学们，你们知道吗？提起大庆油田，我们的班主任李四光老师是头号功臣啊！毕业时，李老师带领我们全班学生到北大荒去实习，李老师亲自指挥工人们在大荒原上钻探，我们全体同学都编进工人里，同吃同住同劳动，要多苦有多苦，要多甜有多甜哪！我们亲眼看见打出石油了！当天晚上激昂庆功，同学们全喝多了，我们唱啊跳啊蹦啊……"

黄仙荣老师补充道："日本侵华时期，他们发现了大庆油田。但他们的钻探技术不行，差 200 米，没找到油。所以呀，同学们，你们要好好学习，尽快掌握专业技能！"

那是黄大年头一次听说"物探"二字，从此，这粒种子便种进心田。

二位老师的声音录进心底，从未忘却，黄大年知道该接力传承。2010 年夏天，吉林大学启动"名师班主任计划"，设立了"李四光班"，觉得黄大年是最合适的人选，却又难以开口。黄大年承担着数亿元的重大项目，哪有空闲当本科班的班主任？地探学院党委书记黄忠民试探性地问问，黄大年竟毫不犹豫地回答："我非常愿意。"

首席科学家当起了本科班主任，很多人不理解。黄大年却觉得顺理成章。在国外，越是名师越要给本科生上课，学生在本科阶段就聆听一流教授授课，会受益终身。黄大年的感悟刻骨铭心，他在读本科时，地球物理学家滕吉文院士的一次讲座，让他一下子打开了眼界，从此他下决心要"走出去看一看"。

黄大年把班主任当成"重头戏"，管授课，管交流，还关心学生们的生活。一位学生的家长病重，他知道后，亲自安排最好的医生治疗，替其交了几万块医疗费。得知 24 名学生大多来自农村，生活条件普遍较差，他自掏腰包给大家每人买个笔记本电脑。这件事震动了校内外，学生、教师议论了好长时间。黄大年说："一个笔记本不算什么，但对这些热爱地球物理专业的孩子，能有不小的帮助。"是的，时光已至 21 世纪，手工画图设计不光速度慢，质量也差得太多。别的班的同学向学校提意见：为什么只给"李四光班"的同学买笔记本，没有他们的份儿？得知内情，万般惊讶……

这些善举和求学精神，得益于亲爱的"老师们"。

黄大年拜课本为老师。他的小学同桌蔡琼至今记得，每当发新课本，黄大年都兴奋得手舞足蹈，赶紧找来牛皮纸包上书皮，左看右看，爱不释手。

黄大年拜课外书为师。上班后，勘探队十天半月就搬家，黄大年总是背上一个防潮的炸药箱子，随身带着走，里边全是书。黄大年多次讲述“箱子的故事”，大科学家李四光当年回国遭遇限制，绕道法国终于回到祖国，唯一的“财物”便是一箱子书。

黄大年拜师傅为师。工作后第一个师傅郭桂年调走后，黄大年大半年时间跟师傅通信十几封，请教勘探技术。

黄大年拜人生为师。他不知道前路有多少陡坡和险途，他却清楚，逢山开道，遇水架桥，勇往直前。

黄大年崇尚英雄。

一个民族没有英雄，将被小看。一个国家没有英雄，会挺不直脊梁。人生少了英雄基因，必然“缺钙”。

“向英雄人物学习，随时听从祖国召唤，为祖国而献身！”父亲黄方明将课堂上的话“搬”到家中，小大年便拉着父亲的手，央求“再讲一个”……

文史教员黄方明讲了岳飞精忠报国，讲了黄继光、雷锋、董存瑞、王杰、麦贤得还不够，又讲他的学生们的故事。黄方明“扫盲班”的学生何其了得，好多师级、团级干部，缺胳膊少腿的战斗英雄数不胜数，其中“塔山英雄阻击战”中的“塔山英雄团”的英雄们，都是黄方明的学生。黄大年羡慕哪！父亲母亲发现，每当黄大年听英雄故事时，眼睛发亮，腰杆拔得溜直，仿佛个头也比平时高了。

即使多年以后，黄大年一次从英国回来，他和好友孙伟两家一起到长白山旅行。回来的路上，孙伟不经意提起“这附近不远就是靖宇县了”。黄大年立刻说:“我一定要去看看！”当即改变行程，拉着两家人去拜谒杨靖宇将军的牺牲地。

这天雨后，第六地质队附近的“七里桥”下的水面上，突然有人喊“救命”，两只手在水面上突然伸出来，又突然沉没。

几个五年级的孩子吓得哇哇叫，不敢下水。

黄大年二话不说，扑通一声跳下去营救。

水面阔大，2 米多深。游泳遇险的正是黄大年的五年级同学。他平素自认为水性不错，前提是脚能碰到水底。这次下去水太深“脚不着地”，立刻慌了……

黄大年划破水面快速近前，刚要伸手拉他，却被求生心切的同学紧紧扯住，藤一样缠住黄大年。二人在水里“撕打”开来，两个小脑瓜时沉时浮，都喝了不少水。黄大年拼尽全力，才气喘吁吁地将他拖上岸……

黄大年的班主任杜冠宇说：“向英雄学习，落实在行动上，就是热爱祖国、热爱家乡、热爱学习。祖国让干什么就干什么，干了就要干好。我是国家的一块砖，东西南北任党搬，什么困难都难不倒。就说我的班主任李四光吧，当年他在英国时，周恩来总理让郭沫若先生给他捎信，请他回到新中国。敌对势力不让他回，他冲破重重阻力还是回来了。在我老师的主持下，先后发现了大庆油田、胜利油田、大港油田、华北油田和江汉油田等，为新中国石油工业建立了不朽的功勋。连毛主席都说：‘地质部是党的地质研究工作部。’毛主席又指出：‘地质部是地下情况的侦察部，它的工作搞不好，一马挡路，万马不能前行。’我老师的工作做到这份儿上，这，就是英雄壮举。”

在那个火热的年代，物资匮乏却尊崇正义、崇拜英雄、爱国爱岗、讲求奉献。孩子们的理想很务实，长大了当医生、科学家、教师、军人等。

当代的“媒体导师”“世风导师”和“家长老师”却误导成风，调查显示，多数孩子的理想竟然是“当明星”！

我在电视上看到一个节目，电视台播放某歌星签售光盘的火热场面，一位即将分娩的孕妇撩开衣襟露出滚圆的大肚子指了指，歌星“意会”，她期待孩子出生也当歌星，欣然在孕妇肚皮上签了名。

黄大年很幸运，他将英雄情结和务实精神攥成一个拳头，才无坚不摧。因为，物质贫乏只是表层瘦弱，内心结实才强筋壮骨。

英雄不只是一个词，也不是符号，更不是僵化的偶像，而是智勇结合的形象代言人。称得上英雄的人，都是对祖国、对民族有突出建树的杰出代表。那么，将英雄内化于心，便会迸发出巨大的潜能。

黄大年的潜能用在学业上，便是拔尖试卷，便是奖状上的三好学生、优秀团干部；用在工作上，便是年年摘取“先进生产者”称号；用在每一天每个细节上，便是令人钦佩的分分秒秒……

常年住在学校，黄大年成了“学生铁人”。为学校挑煤、挑砖、扛收获的果实，雨天一身泥、晴天一身汗，肩膀上的皮破了长、长了再破，手掌的泡鼓鼓平平无数次，结成厚茧。每年“农忙”支农 20 天，吃住、劳动跟农民在一起，种水稻、种玉米、种花生，七、八月份“双抢”（抢收、抢种）更加紧张，十四五岁的黄大年咬紧牙关，在40多摄氏度的高温中打拼……

不满17岁的“物探员”野外作业非常艰苦，整天在雨水多、地貌危险的密林大山里穿梭，带上罗盘、地质锤、放大镜“三件宝”，背袋里装着沉重的“矿石样品”，“晴天两头湿（上午衣裤被露水打湿大半截，中午晒干，后背又汗水淋淋），雨天一身湿”。

“搬家”是常态，地质队最多在一个地方待半年。在山坡搭个简易“竹搭房”，上边铺上油毡纸便是家。外边下大雨，“竹搭房”里下小雨，常常被风掀翻顶盖，大家浇成落汤鸡。若找到老百姓废弃的牛圈，便是“最好的房子”。

吃饭自己烧，早上煮好大米饭，带上咸菜上山。夏天太热，天天中午吃“馊饭”。多年以后，在英国，在中国长春，亲友们都知道，“黄大年教授烧一手好菜”！

不管在哪儿，黄大年最引人注目的便是，保护好装书的炸药箱子。干劲儿像一架小马达，不知疲倦，苦活儿累活儿抢在前。

槽探、浅井、坑探，测量岩石方位，看山脉走向，观察石头斜度，黄大年“像绣花一样细致”。将每平方公里勘探地划成“豆腐块”，10个平方米一大块，5个平方米一小块，再分成小格，一个格一个格找矿。

每天120个测点，扛着沉重的磁秤仪跋山涉水，黄大年严格依规勘探，随山过山，随水过水，决不绕行。记录好每一个数据后，还要分析地质，计算好参数，再工工整整抄在表格中。面对“天天都是挑战”，黄大年偏向苦中行，力争上游，创造了一天观测160个点的纪录。

为了最大化地获取信息量，黄大年尽量多背石头，在树丛、陡坡、险崖间艰难穿行。师傅见他身上那么多划伤，心疼地嘱咐他“少背点儿”，黄大年总是笑着回答：“师傅，我不累的。”

大家一年365天工作在山上，节假日不休息，过“革命化春节”。每年12天探亲假，多数人都“加班了”。徒工没有探亲假，黄大年常年不下山。

地质队搬家频繁，往山上抬机器又累又危险，黄大年“阵阵少不下”。平素赢得口碑，年底赢得奖杯。

黄大年和伙伴们热血沸腾，豪迈激昂，影响几代地质人的《勘探队员之歌》嘹亮地在丛林穿梭，在山岗萦绕："是那山谷的风，吹动了我们的红旗。是那狂暴的雨，洗刷了我们的帐篷。我们有火焰般的热情，战胜了一切疲劳和寒冷。背起了我们的行装，攀上了层层的山峰。我们满怀无限的希望，为祖国寻找出富饶的矿藏。是那天上的星，为我们点燃了明灯。是那林中的鸟，向我们报告了黎明……"

起飞："振兴中华，乃我辈之责！"

难度决定高度，格局决定视野。心胸有多宽阔，世界才有多大。

1978年春节前，人们正忙碌着置办年货，手快的人家门上已有气氛热烈的春联，花花绿绿的窗花频频眨眼，年味儿翩翩而来。这天上午，邮递员送来一封特殊的信件，广西第六地质大队一下子"炸营"了，人们兴奋地奔走相告：黄大年考上大学啦！

仿佛整个地质系统扎了一针兴奋剂，这成为寒冷时节"最热"的消息。

中国高考停招10年，突然考试上大学，多数青年大脑"卡壳"、一片空白。黄大年却在地质系统300多位考生中拔得头筹，被长春地质学院（现吉林大学朝阳校区）录取，成为天之骄子。

黄大文告诉我，当年哥哥能考上大学太不容易了。得到消息就剩3个月复习时间了，白天上山工作，晚上挑灯夜战。租住老百姓的简陋平房，没有电，只能在冒黑烟的油灯下学习。顾不上油味儿呛人，顾不上熏成"花脸"，顾不上蚊虫叮咬，心中的"大学梦"光芒灿烂，第二天照常上班。考试前，黄大年一天班都没耽误。

没有复习大纲，父亲就向邻居借了一份，当天晚上将十几页纸手抄下来又还给人家，这便是黄大年的"考试指南"。

复习没有技巧，文科便让小时候喜欢背诵的习惯"挑头"，把政治、历史、地理复习题内容，在考前3天背完了。

小时候，黄大年和父亲下象棋，父亲训练他背棋局。读书至半，父亲会合上书，让儿子复述刚看的内容。眼前有一堆纸，父亲将顺序打乱，让黄大年找出哪里是改过的……

高考的前一天，黄大年走了近一天的山路，才到广西容县杨梅公社高中考点，随600多名考生兴奋而紧张地涌进考场。这是一场秋风扫落叶般的较量，考生吵吵考题太难，考到后半段只剩不到百人。黄大年岁数最小，最终以杨梅公社高中考场第一名的成绩夺魁，超出当年我国最好学校的录取分数线。

第一志愿，黄大年脑里“闪回”了大科学家李四光得意门生杜冠宇、黄仙荣二位老师的激情澎湃的演说，于是毫不犹豫地填写了“长春地质学院”。

1978年2月，东北长春寒风凛冽，雪霰纷飞，冻得行人缩脖佝腰，有人背朝前走路。第一次来东北的黄大年却满面春风来长春地质学院报到，他以高出录取分数线80分的成绩，成为应用物理系的学生。

在大学学习，黄大年像当年做“物探员”一样不放过任何一个学业的“山包”，不拿下山头决不收兵。当年同学们人手一本《吉米多维奇数学分析题集》，因为攀“山头”太陡太难，同学们只做了一小部分，唯独黄大年比当年负重跋涉勘探还累，攻克了“整座山头”。

1982年，黄大年因连年三好学生和学业最优，成为当年学院750名毕业生中唯一留校的业务教师。校领导征求他的意见，南方人在东北能否生活习惯？黄大年说：“祖国哪里需要，我就在哪里安家。”硕士研究生毕业后，他曾获得学校教学成果一等奖、地矿部科技成果二等奖，1991年破格晋升副教授。

本科毕业时，黄大年与同学们依依惜别前，在毕业赠言册上豪迈地表达心声：“振兴中华，乃我辈之责！”

志向的霞光照射辽远，前路一片光明。

1992年，国家教委仅有30个公派留学名额，在“中英友好奖学金项目”全额资助下，佼佼者黄大年远赴欧洲求学。在英国，人际环境和生活、学习环境反差很大，难题一大堆。这反倒激起黄大年的斗志：“我是中国人，我要为中国人争气，为祖国争光！”

像蛟龙那样征服滔滔剑河，必须游在蓝眼珠们前面；网球、足球都达到高水准“横扫对手”，就是树立中国人的品牌形象；像少时父亲要求背诵象棋棋谱那样洞穿一个个困难，哪有拿不下来的难题？

4年后，黄大年再创奇迹，他以排名第一的优异成绩获得英国利兹大学物理博士学位，刷新了历史纪录，成为该系获评优秀学生中唯一的海外学生。回国才半年，再次被派往英国从事针对水下隐伏目标和深水油气的高精度探测尖端技术研究工作。至今，同学们仍记得当年与他依依惜别的情景，黄大年举起右拳道：“我会回来的！等着我，我一定把国外的先进技术带回来！”

我在前边叙述过，黄大年少年时代，爱国情怀就深深地融进血液中，长在骨子里。29年前，黄大年在入党志愿书中写道：“人的生命相对历史的长河不过是短暂的一现，随波逐流只能是枉自一生，若能做一朵小小的浪花奔腾，呼啸加入献身者的滚滚洪流中，推动历史向前发展，我觉得这才是一生中最值得骄傲和自豪的事情。”

黄大文告诉我，哥哥当年在欧洲留学，最牵挂年迈的父母。可父母对大儿子最牵挂的却是：“儿子，你要永远记住，你是有祖国的人。”

2004年3月20日晚上，在中国广西南宁，父亲突然生病，奄奄一息，黄大年正在北大西洋神秘莫测的“海底”。身为英国剑桥麾下英国ARKeX公司派出的代表，正与美国专家在1000多米深的大洋潜艇里，进行“重力梯度仪”技术攻关。这机会来之不易，美国人相信了英国导师的鼎力推荐，才允许中国科学家参与。

黄大年正在美国潜艇里工作，突然有人通知他家属来了电话。

在地球的东方，父亲虚弱的声音让人心疼，也格外拨动心弦：“大年，你……还好吧？估计我们见不到最后一面了。”

“爸，您怎么了？”黄大年万般焦急。

“儿子，我理解你的处境。但是，你要记住，你可以不孝，但不可以不忠，你是有祖国的人！”

舰长闻知，紧紧握着黄大年的手，同情地说：“我们可以破例上浮，送你去见你父亲最后一面。但是你所从事的实验计划却不得不中断。”

黄大年清楚，航空重力梯度仪研究正处在军转民的攻坚阶段，如果放弃，将永远错过攻关尖端技术的机会，与这门绝技失之交臂。

“我不能放弃，”黄大年强抑泪水，咬着嘴唇说，“放弃，就意味着前功尽弃。”

坚持做完实验，黄大年急匆匆奔回老家，在父亲的坟前长跪不起……

2年后，母亲病危时，黄大年正在云雾腾飞的“天上”。美国空军基地将上述同样的试验，从潜艇搬上飞机。母亲的越洋电话几乎同父亲一样：“大年，你在国外工作，一定好好照顾自己。早点儿回来，给国家做点儿事情……”

父母的嘱托，也是黄大年的心声。

2017 年 10 月 27 号，我在广西南宁风采宾馆 506 房间采访黄大年的弟弟黄大文，他回忆当年与哥哥相见的情景仍泪流满面：“哥呀，爸爸妈妈一直心疼你，你这辈子离家太远。爸说你是干大事的人，不要因为小事打扰你。妈妈临终前还嘱咐我和妹妹，千万不要怪罪你。”

在老人的坟前，兄弟俩相拥而泣。

2002 年参加南宁的同学聚会时，有位同学问黄大年：“你已经是功成名就的大科学家，早就入了英国籍吧？”

黄大年坚定地回答：“我决不入英国籍，回国是早晚的事。”

同学们请黄大年唱歌，黄大年婉言相谢。当一名同学唱起《我爱你，中国》，黄大年的情绪立刻被点燃了，不禁泪流满面。激情高昂的黄大年接连唱了《垄上行》《我的中国心》《祖国，慈祥的母亲》《我的祖国》……

他哪里是在唱歌，他是在借歌抒发豪情！这哪是普通的聚会，他是在向同学表露心声！他手中拿的不是麦克风，而是向祖国汇报的传声筒！

黄大年热爱音乐，嗓音浑厚洪亮。他的歌单里只有歌颂祖国的歌曲，那首《我爱你，中国》，他百听不烦，百唱不厌。

吉林大学统战部组织留学人员艺术沙龙，黄大年第一次进了 KTV，主持人要求每个人唱一首歌，黄大年激昂澎湃地唱了五六首爱国歌曲，大家笑称他“麦霸”。有人问黄大年知不知道“麦霸”是什么意思？黄大年天真如孩子：“麦霸？那是一种荣誉吧？”

大家意外又感动，大科学家竟然这样率真。

2014 年学校举办中秋晚会，艺术学院副教授姚立华演唱的一首《我爱你，中国》，感动得黄大年热泪滚滚。姚立华走下舞台，黄大年立刻迎上去：“姚老师，听了这首歌我感动得落泪，请理解，我们常年在国外的这些人，对祖国的爱很深、很深。”

在英国 ARKeX 航空地球物理公司，作为 300 多名外籍科学家的首席领衔人、舵手黄大年呼风唤雨，春风得意，坐拥“首席”高薪和股份待遇，奇迹般地完成了该领域的华丽转身，由追赶者成为被追赶者，令人仰慕。突然，黄大年做出了一个令整个团队“惊骇”的决定：“我决定回中国。”

蓝眼睛黄头发们万般不解：怎么可能呢？

返航：为了你，我的祖国

2009年12月24日，平安夜。

飞机刚刚着陆，迎着久违的烂漫雪花，一位魁梧健壮的汉子迫不及待地走出机舱，站在舷梯眺望中国长春的夜空——刹那间血流加速、心潮起伏，他深情地说："祖国，我回来了！"

祖国呀，隔着18年时间，我们的双手凌空一握！

黄大年果决告别了他奋斗了18载的英格兰，告别了让人艳羡的高位，一头扑进祖国的怀抱！

他用徐志摩的诗抒发豪情：挥一挥衣袖，不带走一片云彩。

此刻，人如其诗，别了，剑桥！别了，剑河！

剑桥大学是他的工作所在，剑河边就是他的家呀！

吉林大学发来的邀请函，像春风吹醒休眠的暗火，"呼"地燃烧起来！国家呼唤天涯游子们踊跃加入"千人计划"，报效祖国。母校首当其冲盛情邀请，黄大年再也按捺不住，恨不能借双翅膀一下子飞回祖国，飞回大东北长春……

黄大年兴冲冲地把这个消息告诉妻子张艳，妻子愣愣地看了丈夫半天，什么都没有说。张艳太了解丈夫了，看那放光的眼神，看那激动得红霞飘飞的脸庞，她已经知晓丈夫心中比混凝土浇筑还结实的答案。

可是，这事不那么简单啊！

他们已经在剑河边生活了18年啊！高档别墅、大花园，张艳经营的两家诊所生意正红火，女儿刚上大学，丈夫那么好的工作，说放弃就放弃吗？

这剑河水，这弧形桥，这阔大的绿草坪和比甩出的鞭弯还美的林荫路，已经成为他们家园的一部分，也是生命的一部分，怎能说走就走？

女儿黄潇从小生活在这里，连汉语都说不好，回国不可能（正上大学），不回又不放心，一颗心突然掰成两半……

妻子张艳的两家诊所，声望如日中天，现在关闭等于"割了青苗"，太可惜了！她更放不下女儿黄潇。女儿出生那年国内发大水，黄大年为她的名字加了三点水，希望女儿过得潇潇洒洒。只要有空，他就陪女儿在剑桥校园走走，讲爱国故事；在郊区的花园骑马，玩数学游戏；见女儿学中文费劲，他答应课后陪女儿打羽毛球，哄她上中文班；抽空给女儿炒几道拿手菜……

上高中时，黄潇选修美术课，他指导她素描。女儿惊喜地知道，爸爸像爷爷一样有艺术天赋，手巧着呢！

上大学前，黄潇瞄准了利兹大学，那是印着爸爸求学脚印的地方！黄大年特别支持爱女的工程与建筑专业，无论到哪儿出差，都会为女儿背回来专业书。每遇精美的建筑设计，他会兴奋地拍照，发给女儿。

现在，为了亲爱的祖国，黄大年只能割爱——将女儿一个人留在英国。

父亲的话响在耳畔："知识就是力量，知识精英是民族脊梁。"父母从小教育自己向钱学森、邓稼先、李四光那些大科学家学习，向英雄学习，现在国家需要他，他必须回去！上大学没花家里一分钱，出国也是公派，现在，报恩的时候到了！

见妻子还在犹豫，黄大年将话挑明了："我一定要回去，你要在这里过优越的生活，我们只好分开。"

张艳一愣，眼圈红了。黄大年上前轻轻拍拍妻子的肩膀："你不跟我回去，我没法全心投入工作呀。"

剑河悠悠，月光如水。夫妻俩的内心波涛翻涌，就要"出堤"。张艳心上如坠块石头，沉沉的。二人悄然无语，默契地凑到钢琴前，妻弹夫唱，他们恋爱时的歌曲《爱在深秋》悄然飞荡："有日让你倚在深秋，回忆别去的我在心头，回忆在这一刻的你，也曾流泪……"

爱女回家了，黄大年说："潇潇，有这样一个机会，爸爸等了很久，我想回到中国去。"

女儿早就知道爸爸的心思，虽然心里"咯噔"一下，却装作无事微笑着说："爸爸，我支持你！请放心，我一个人在这里没问题。"

黄大年感动地拍拍女儿肩膀："潇潇真懂事，真是爸的好女儿！"

黄大年迫不及待地给时任吉林大学地球探测科学与技术学院院长刘财回复邮件："多数人选择落叶归根，但是高端科技人才在果实累累的时候回来更能发挥价值。现在正是国家最需要我们的时候，我们这批人应该带着经验、技术、想法和追求回来。"

剑桥的宁静，康河的柔波，激荡着黄大年的心。他努力控制不舍的情绪，告别苦心经营的美丽家园，告别他的科研团队。

黄大年离开，英国 ARKeX 公司将“天缺一角”。领导立刻将黄大年请到他的办公室：“黄，你有什么要求尽管提，我都能满足。”

“不是因为这个。”

“嫌工资少，你说个数，我不会还价的。”

闻听黄大年回国主意坚决，得知他回中国还要从事此项工作，总裁板紧了面孔：“如果你离开这里，必须承诺不使用这里的研究成果，否则公司有权追究你的责任，这一点你清楚吗？”

“我非常清楚。我会递交辞职报告、签署保密协议，终生恪守我的承诺。”

“可是黄，请给我一个让我信服的理由，为什么非要离开？公司很需要你，你还可以有很多发展机会。”

“就一个理由，”黄大年洪亮地回答，“我的祖国更需要我。”

总裁当即派人来到黄大年家，收了黄大年的所有工作材料和笔记本电脑。张艳急了，指着笔记本电脑：“那可是大年 10 多年的心血呀，请别拿走。”

黄大年轻轻拉了一下妻子的手，又向来人挥了挥手，示意拿走。

黄大年被同事团团围堵在走廊，诚心诚意地挽留他：“伙计，你别走，领我们一起干吧。”“我们是冲你来的，你在这里，我们会取得更多成果呀！”“留下来吧！”

一位获得过诺贝尔奖提名的科学家走过来，依依不舍地跟黄大年告别。一位毕业于剑桥大学的青年科学家闻知黄大年放弃这么好的位置要回去报效祖国，激动得热泪盈眶。

国际航空物理学家乔纳森·沃特回忆当年的情景：“当黄教授离开英国返回中国的时候，我们特别悲伤，对他的为人和事业的成就都非常尊重，许多人想让黄教授留下。”

黄大年麾下有 300 多人的“多国军团”，个个都是精兵强将。他们掌握了当今世界顶尖的科技，可用舰船、飞机等快速移动工具，对深海、深地、深空进行精确探测，用潜艇进行攻防和穿透侦察。这个团队掌握的核心技术，能用于油气和矿产资源勘探，更是军事上的一支战略奇兵。

黄大年深情告别他管理多年的“尖峰团队”，放弃了令人艳羡的公司股份，匆匆辞职、卖掉别墅，办好回国手续，惜别剑桥和康河……

妻子张艳以最快速度、最便宜的价格匆忙卖掉两个诊所，看着那些浸透多年心血的散乱药柜，像被打残的伤兵一样东倒西歪，张艳蹲在一堆医疗器械里失声痛哭。原来，买家只看中了位置，这些她一件件精心购置的物品，在漫长的岁月里与她相依相伴、成为她生命的组成部分，现在却成了无家可归的弃儿。张艳伤心极了，亲手撕碎了自己的事业前程……

黄大年见状一下把妻子搂在怀里，在此生活了18年的夫妻相互依靠，一句话都没说。多年后，黄大年回忆此景仍痛彻心扉："她是学中医的，那是她一辈子的梦想啊！"

回国前，他们像"落荒而逃"，东西物品丢得乱七八糟，几辆汽车扔在停车场，迫不及待地赶往机场……

"必须立刻走，我怕多待一天都有可能改变主意。"

人生许多事情，正如船后的波纹，总是过后才觉得美的。可黄大年相信，"过后"一个接一个，美也一个接着一个……

"对我而言，我从未和祖国分开过，只要祖国需要，我必全力以赴！"

"在这里，我就是个花匠，过得再舒服，也不是主人。国家在召唤，我应该回去！"

"作为一个中国人，国外的事业再成功，也代表不了祖国的强大。只有在祖国把同样的事做成了，才是最大的满足。"

黄大年永远记着物理学家彭桓武的话："回国不需要理由，不回国才需要理由。"

吉林大学党委统战部副部长任波也提起这个话题，黄大年说："任波啊，我虽然在国外生活，但我每时每刻都在等待祖国的召唤。很多人选择年老体弱落叶归根，我认为作为高端科技人员，应该在果实累累的时候回来，报效祖国更有价值。"

不是世界选择了你，而是你选择了世界。

多年以后，黄大年在一份呈报学校的工作自述中，披露了当年回国时的根源："我的父母属于那一代历经了诸多磨难的中国知识分子，无论对国家还是儿女，以吃苦耐劳、兢兢业业、只讲奉献不图回报的优秀品质著称于世，以为国家培养和献出自己的优秀儿女为荣。他们在人生最后时刻仍然表现出对祖国自始至终的忠诚、朴实、包容、傲骨和责任，令人由衷敬佩和永远怀念。父辈们的祖国情结，伴随着我的成长、成熟和成材，并左右我一生中几乎所有的选择。这就是祖国高于一切！”

吉林大学领导担心黄大年“外流”，京津沪浙都向他抛来橄榄枝，条件一个比一个好，黄大年说：“我是国家培养出来的，是从东北这块黑土地走出去的，吉林大学是我梦开始的地方，我就一定会回到这里！”

对于一位英国剑桥麾下 ARKeX 公司的首席科学家，率领 300 多位包括院士在内的“外国军团”的“大教头”，回国后安排什么职位，确实是个不小的问题。黄大年知道后回答：“你不知道哇，我出国就是从长春这个地方出去的，在外面漂泊了很多年，也确实得到了各种各样的培训和机会。现在想回来，就是为了报效祖国。我什么职务也不要，什么待遇也不求，就是帮助祖国做一些事情。”

黄大年与吉林大学签约 5 年，唯一的头衔便是：地球物理探测科学与技术学院教授。

满怀激情的黄大年回国后，像压在枪膛的子弹渴盼呼啸而出，恨不能立刻扑向目标。2009 年 12 月 30 号，在他回国的第 6 天，就与吉林大学正式签下全职教授合同，成为第一批、第一位回到东北发展的国家“千人计划”专家。

像悬崖上飘荡的根须，像天空中断线的风筝，像失灵的罗盘，一直在失控迷失中。回到母校地质宫，黄大年长长呼出一口气，脚落地了，心踏实了，精神安稳了。

不是命运给了你怎样的生活，是你为自己选择了哪种生活。

他一口气爬上 117 级台阶，快步走到顶层的 5 楼，站在幽深的走廊上，任想象和回忆的翅膀自由飞翔……

地质宫原为伪满皇宫，由著名建筑学家梁思成设计，当时只建了地基部分，建成后为长春地质学院所用。“地质宫”三字为郭沫若题写，大科学家李四光曾任学院首任院长。巧合的是，学校为黄大年准备的 507 办公室，与他当年入学时的自习室仅仅隔了 15 米。为了这熟悉而又梦牵魂绕的地方，他远隔重洋，整整走了 18 年！

地质宫正对着操场，站在 507 室窗前，能看见高高飘扬的五星红旗。每一次看见那抢眼的一抹鲜红，黄大年都热泪盈盈。

黄大年心潮起伏，悄悄地在心里感叹：母校，我回来了！祖国，我回来了！

黄大年在脑子里将要做的事“过一遍电影”，要做的太多太多，时不我待，一天都不能等！

他把行李往学校安排的公寓一放，安顿好正沉浸在丧父之痛的妻子张艳，买张机票立刻飞往北京。

黄大年要摸清北京相关科研院所的“家底”，为即将组建的交叉学科科研团队铺路。

很快，黄大年面前至少有15个大项目在排队，从立项阶段对技术思路和关键环节的讨论，到每个课题任务的细化和推进，每一步都要通盘考虑，细致规划，具体实施。

在同样的地方，以更加成竹在胸的拼力，黄大年分秒必争。

2010年元旦刚过，黄大年就急急火火地上班了。见地探学院组织文体活动，不少同事聚在乒乓球室操练，黄大年也跟着练了起来。其实，他另有心事。

刚从加拿大留学回来的于平正在候场，闻听人们议论“那就是黄大年，刚回来的科学家”，她顺着目光一看，觉得有些诧异：一位身材魁梧的中年男人大步流星走来，身着暗绿色棉服，背个黑色双肩包，厚底大皮鞋落地有声。

于平毕业于地探学院，早就知道黄大年这个如雷贯耳的名字，惊喜的是，轮到她上场时，竟和这位老校友同台竞技！

场间休息成为活跃的交流平台，黄大年招手把于平叫到场边，微笑着说出他来球场的初衷：“于老师，我是黄大年。我从英国回来，现在计划在咱们学院创设移动技术平台中心。我查阅了你的资料，很需要你的帮助。”

这几句话，像最先亮起来的启明星，引来众多星辰相继亮相，很快，于平与一批青年学者都被黄大年招到麾下，众星捧月一样，将“吉林大学移动平台探测技术研发中心”的牌子挂了起来！

2010年2月，长春滴水成冰，寒风凛冽，一个“热点项目”找上门来。国家科技部一位负责大项目的同志开诚布公地说：“黄老师，我们领域正在部署一个重力梯度仪的项目，计划在‘十二五’时期取得突破。”

国家酝酿的“高精度航空重力测量技术”项目，是“十二五”的主题项目，现在团队、仪器、设备都已备齐，只缺一位领军人物。有科学家向科技部推荐了黄大年。

黄大年当即说了他的思路，如何管理，用什么路线，怎样保证核心部件质量。来人更加兴奋，请求黄大年牵头。

“没问题。”黄大年慨然应允。

“黄老师，”来人表情略带羞涩，“我得和您说明一下，现在这个项目的情况是，您拿不到一分钱，因为……”

“没问题。”黄大年抢先回答。

来人愣住了，一时竟不知道说什么好。

“这是关系到国家战略安全的重大研究，我愿意做。”

“可是做了项目的牵头人，意味着这些项目和课题的评审、论证、验收，您可能都需要参与，需要额外占用您很多时间。”

“只要国家需要，我就干！这没什么好说的。”黄大年豪放而坚决地表态，“我有一肚子的想法和本事，只要国家需要，我就和盘托出。”

这位掌握财政大权的官员非常感动，过后曾这样评价：“像黄大年这样的专家就是我们国家急需引进的专家，只谈贡献不谈钱，他需要多少钱我都支持他。因为他是为了事业而回来的，是为了国家的发展而做贡献的，不是为了赚钱回来的，我们应该全力支持。”

航空重力梯度仪是一项战略尖端技术，能透视出地表下几百米深度内一辆卡车大小的目标。它不受地形的限制，能在一天内完成传统方法几个月的工作量。关键的突出点在于，这种先进技术要比传统方法好上千百倍！打个比方，就像在飞机、舰船、卫星等移动平台上安装“千里眼”，看穿地下深埋的矿藏和潜伏的目标。另外，能给地球做 CT 和核磁的仪器装备，让地下 2 公里甚至更远都变成“透明的”。早在 20 世纪 70 年代初，美国人就不惜耗资十几亿美元研究它。至 90 年代，英美等发达国家已正式开始应用此技术进行军事防御和民用资源勘探。这种被发达国家严格封锁的技术，人称“非卖品”“地球重力武器”，国外已经探明深海大型油田、盆地边缘大型油气田等，应用“一跃千里”，成为前沿科技领域的“大利器”！

一句话：这是花多少钱也买不来的技术！

黄大年在英国工作时，每年回国讲学两次。英国军情五处曾派员跟踪到中国，直接找到黄大年，告诉他什么该讲，什么不该讲。

黄大年太清楚了，航空重力梯度研究是一项“颠覆性的技术”。它牵涉材料、电子、软件、机械、大数据等多种交叉学科。

向深海进军，向深空进军，向深地进军，这是我国科技发展的战略方向。

从踏上祖国土地的那一刻起，黄大年作为首席科学家，组织全国 400 多位来自高校和科研院所的优秀科技人员，力推“高精度航空重力测量技术”和“深部探测关键仪器装备研制与实验”两个重大项目攻关研究，总投入 5 亿多元。那么，这两项技术到底有什么用？

关于重力梯度仪器，早已是全球性的公开科技话题，在网上搜索会多达 11 万个结果。问题的关键在“精度高门槛”，许多国家都在攻关，只有个别国家拿到入场券。黄大年团队后来居上，实现了登顶梦想。

资料显示：地球表面上正常重力垂直梯度大约为 3086 重力单位 / 米（3086E）（E 为“厄缶”的符号），它随纬度和高度的变化而有微小变化。要测定精度为 10.5 米 / 秒 ^{2} 重力的话，就要求梯度测量达到大约百万分之一的精度。另外，地形的起伏也会引起梯度发生很大的变化，使梯度测量复杂化。

这“百万分之一”的“精度高门槛”足以将众多研究者挡在门外，因此，黄大年团队的科研成果才举世瞩目。

我国有 300 多万平方公里的“海洋国土”，有了这项技术，才能扭转“海洋国门大开”，任人“来去自由”的局面。

我国当时的勘测水准相当落后，地图比例尺为 1∶200,000。国外早已达到 1∶50,000，1∶20,000，1∶10,000。

换句话说，没有这项科技之前，人家在我们的海洋里放了什么，做了什么，捣了什么鬼，我们只能“听之任之”……

黄大年回国后，一直是被外国人“盯”着的人物。最大的压力在于，黄大年回国研究重力梯度仪是不可以复制的，复制是侵权的。他必须从零开始，升级开发。

重力梯度仪用途广泛。

比如，传统方法找潜艇只能靠“声呐”识别。人家潜到水下几百米或是关闭了声音，磁力消掉，你就没有办法找到，想防都防不住。

重力梯度仪则颠覆了“声呐辨别”，只要你入了海，就能找到你。因为，“重量是永远没法消失的”。因此，美国海军闻听黄大年回到中国，才将在南海演习的整个航母编队后退 100 海里。

向深空进军，用飞机、无人机、卫星等搭载的重力梯度仪，能“实时传输”信息，地面实时掌握侦察内容。传统的美国 U2 侦察机曾经很先进，但飞机摔下，资料信息也随之毁掉。

向深地进军，重力梯度仪的民用功能更加重要。过去 100 年来，我们找矿只能局限在地表。我们的探测水平落后欧美 30 年，矿产资源平均探测深度 400 多米，那些地形复杂的国土至今从未勘探过。那么，5000 米以下呢？10000 米以下呢？在能源危机日益加重的时代，高科技深度勘探迫在眉睫。

黄大年 17 岁就是跋山涉水的找矿人，他非常清楚，辛苦不算什么，好多心怀理想的找矿人辛苦一辈子也没找到一座矿。现在，用上重力梯度仪，一小时等于一个月，就能精准勘测矿源。“在遮阳伞下悠闲地喝一杯咖啡，数据就出来了。”

云朵之上：地质宫不灭的灯光

掉头一去是风吹黑发，回首再来已雪满白头。

面对一个又一个技术瓶颈，黄大年把自己关进办公室，抓紧每一分每一秒，恨不能把 365 天黑夜都当白天用！

地质宫晚上 10 点熄灯封楼，黄大年办公室的灯光经常亮到后半夜两三点钟。他不离开，门卫大爷就不能锁门，抱怨没见过工作这么“着魔”的。得知黄大年是位大科学家，大爷敬佩地说：“黄教授太了不起了，无论多晚下班，告诉我一声就行。”

一次黑夜，地质宫装修材料横七竖八地堆放着，突然“砰”的一声响，原来黄大年一不小心磕在硬物上，当即伤了腿。门卫大爷赶过来，手电光下血淋淋的伤口格外刺眼，他又心疼又吃惊。第二天早上门卫大爷又一次心疼又吃惊，因为他看到黄大年一瘸一拐地准时来上班……

听碧窗风快，疏雨半卷帘。地质宫装修时，外边下大雨，屋里下小雨，黄大年坚持在顶层 5 楼闷热难耐的渗水办公室工作。时任地探学院党委书记的黄忠民去检查修缮进度，一下子惊呆了：507办公室许多地方用塑料布蒙上了，屋里摆放着塑料桶和脸盆接水。黄大年穿着T恤衫、大短裤，键盘噼里啪啦打连发，若无其事地在电脑前工作。于平、王郁涵在旁边替他打伞，核对数据。

“黄老师，这屋站不能站，坐不能坐的，咋还工作呀？”

“忠民哪，”黄大年边敲字边说，“我们手头要做的事情很多很多，一天都不能耽搁呀！”

黄大年肩上的担子更重了，这位首席科学家，肩上又担起国家863计划资源环境技术领域主题专家的重任，还要负责策划、协调和组织中科院、数十家高等院校的高科技联合攻关团队。

黄大年提出了新的科研思路，“搞交叉”“搞融合”，与机械领域专家合作研发重载荷物探专用无人机，与探测仪器专家合作研发深地探测仪器装备，与计算机专家合作研发地球物理大数据处理与解释……

作为世界很有影响力的战略科学家，黄大年深知，要在碰撞中寻求突破，在差异中做大增量。在交叉、融合中碰撞的火花，能产生单项、顺向所没有的“化学反应”和“裂变反应”……

黄大年激情四射，要让枯枝发芽，要让陈灰复燃，要让平湖翻浪……

“‘云端远程控制’技术发展很快，能不能开发野外作业医疗看护车？这个项目在国内还是空白呀。”

“咱们学校有学者参加南极科考，能不能研制全地形车，完成在极寒、沟壑、全时段极限条件下的通信、交流和作业？”

“目前还没有任何一个国家能够在南极内陆地区钻取冰下基岩岩心，能不能在海洋资源与安全领域跟建设工程学院、环境与资源学院联合做些事情？”

黄大年类似的“想象与设计”像河里奔腾的水花那样密集……

回国仅仅半年时间，黄大年就统筹各方力量，绘就一幅宏大壮阔的吉林大学交叉学部的蓝图。

要在全世界科学家中脱颖而出谈何容易？

一个瓶颈钻过，又一个瓶颈到来。

成片的问号，成排的犹豫不决，成摞的死结，成行的假象，都要一个一个理顺，将它们拆分，将它们组合，将它们以一对多、以一对一、以多对一、以多对多地“调试”，逐一类比、梳理、导引、计算，再放进成堆的数字大熔炉里冶炼、提纯、变异、升华……

黄大年将时间一秒一秒抻长，将思考一沓一沓装订成册，将睡眠收藏起来，将和家人团聚“串后”，将飞机当成流动办公室，时间还是不够，只能5加2，白加黑……

月亮归巢了，夜空像块墨黑墨黑的大绒布。只有地质宫507室那颗星星眨着眼，仍在值守……

黄大年向来勇于挑战。他从小抓鳝鱼，就被伙伴们称作“智多星”。一起去的，在同一个地方抓，黄大年抓得又快又多。伙伴们羡慕却又学不了。黄大年发现躲藏在水洞里的鳝鱼后，用手指送进鳝鱼嘴边挑逗，鳝鱼“嗖”地一咬，手指刹那间后退，不等鳝鱼逃跑，便被黄大年顺利俘获。

伙伴们不敢效仿，怕碰到蛇。黄大年说别看水混，他一眼就分得清鳝鱼和蛇，抓鳝鱼要学会辨识、引诱、快捕技巧。

黄人文告诉我，大年抓鳝鱼是一绝呀。

在地质宫，黄大年的“一绝”只剩下难为自己。

饿了，吃两个烤苞米或面包，困了用浓咖啡提神，再困，用冷水啪啪啪拍拍脑门，馋了去吃两碗老友米粉，以最简单的生活待遇攻克最复杂的当代科技……

广西老家的老友米粉和东北的烤苞米，是黄大年的“就餐伴侣”。

一次从国外回到广西，弟弟妹妹们为他找了家“像样”的大酒店。黄大年坐下就要米粉。服务员说小饭馆才有米粉，他们大酒店没有。黄大年不乐意了：“我好几千里地回来，吃顿米粉就那么难？”

黄大文和黄玲领他去小饭馆，看见米粉他乐了：“这才是我要的。”一连气吃三碗米粉，才心满意足。

黄大年每次回家，都要找老友米粉店，每次至少吃两碗。

树高千尺根扎大地。这种接地气的简朴，将与事业无关的繁复约分掉，便于集中火力攻坚克难。

快些！再快些！

黄大年总是嫌时钟走得过快，嫌天太短，嫌日历太薄，只有抓紧分分秒秒，才能将日子“加厚”。他来不及跟为他丢掉诊所赋闲在家的妻子说说话，来不及给远在英国的女儿打电话，来不及换下已经很旧的衣服，人们总是听到他快而坚实的脚步笃笃响，背着黑色双肩包，像一位着急赶车的旅行者。

白天开会、洽谈、辅导学生，忙得团团转，黄大年唯一自由支配的时间便是晚上。一年有一少半时间都在出差，别人休息时，他正在飞机上。秘书王郁涵已经习惯，黄大年总是让她“买最晚一个航班”飞来飞去，在流动办公室继续办公。

有人看他太累了，产生质疑，这些事情你在国外都做过，为什么回国受这份累？黄大年回答道：“作为中国人，无论你在国外取得多大成绩，而你所研究的领域在自己的祖国却有很大的差距甚至刚刚起步，那都不是真正意义上的成功。只有在国内把同样的事做成了，才是最大的满足。”

快些，再快些！

早起要快，用冷水快速洗脸，快速喝一杯黑咖啡，转头便扎进小山似的资料中，仿佛他就是材料的一部分。

中午要快，大家都去食堂，他仍在电脑前噼里啪啦敲击，眼睛盯着电脑屏幕喊一声：“两个烤苞米！”没有苞米，他便从书包里掏出两片皱巴巴的面包。

下午要快，他用最简洁最能解决问题的语言，将办公室门口的长队“缩短”，认真回答校内校外的科研机构专家学者向他请教的问题。

半夜要快，不管是在飞机上还是在办公室加班，黄大年永远脑不停、手不停。那些星星透过玻璃跳进来亲近黄大年，在屏幕上不停地眨眼。前半夜很快过去，后半夜则是他解决突发重大事件和“疑难杂症”的专用时段。比如，我国投入120多亿的海上油田出现外国“蛙人”捣乱，他立刻“支招”；比如某某军事基地出现“异常”，黄大年迅速转达解决办法……

他主抓的国家大项目，共计有400多位跨行业的专家，分布在全国各地——千条线一根针，都要他亲自协调、支着儿、解决……

国土资源部、教育部、科技部、中船重工、浙江大学……数十个部门和机构，都有和黄大年熟识的专家。他的“额外工作”究竟有多少，连黄大年的团队也搞不清楚。那么多涉密的，只有黄大年本人知道。

黄大年还应邀担任国家“千人计划”联谊会科技创新工作组副组长，领衔发起成立鲲海创新研究院，担任首任副院长，组织“千人计划”专家与国家战略发展需求进行有效对接，建立前沿技术与军民整合发展的公益平台。

黄大年被推选为吉林大学“留联会”会长，任波怕他太累：“大年老师，您那么忙，具体工作可以由我来做，您出面就行。”

“那可不行，”黄大年很严肃地表态，“我从不做挂名的职务，我既然当了会长，就要尽我所能把它做好。”

有一阵子，刘财陪同黄大年外出争取经费，发现“大年到了人家那儿，从不谈钱”。一次跟财政司司长谈了两个多小时，黄大年只讲当前国际上有哪些尖端技术，在中国有什么用，早把钱的事忘诸脑后。刘财暗暗着急，却有劲儿使不上。意外的是，财政司长还没听够，中午留他们吃盒饭，痛快地批了经费，还一反常态地“颠倒了主次顺序”，“追”着黄大年做项目……

黄忠民见黄大年把手头的项目大多给了外校，不解地问他：“我说大年老师，你为什么要把自己搞得这么忙？你忙我们地探学院的事情我当然大力支持，忙吉林大学的事情，我也支持，但是你帮其他高校和研究机构出谋划策，帮他们设计项目，他们是我们的竞争对手，他们要争取到一大块，可能意味着咱们这边要少一部分经费了。”

“忠民，”黄大年和蔼地解释，“咱们不能那么狭隘，我们要站在国家层面来考虑问题。我们能力之外的，就应该联合国内更多高校共同把事情做好。”

地探学院领导、吉林大学领导，都曾单刀直入地指出：还是要把精力用在项目上、用在吉林大学业务上，为什么要做那么多与他们无关的工作？

黄大年没有时间一个一个解释，却说：“虽然不是我们的项目，但都是国家的事，国家的事我们不能袖手旁观。”

“人家有困难，咱们一定要帮。现在不是合作伙伴，不定什么时候就成了合作伙伴。即使永远不合作，也要帮。”

工作千头万绪，黄大年的工作助手于平教授、工作秘书王郁涵，24 小时都要开机。也许星期天正跟家人团聚呢，黄大年一个电话，必须赶到单位。她们也埋怨过，那些上报的材料跟团队无关，跟学院无关，跟吉林大学无关，黄大年却要求她们“认真上报，绝不允许有差错”。

于平经常半夜接到黄大年的紧急电话，让她组织团队即刻进行数据分析、组织材料，许多事情跟团队毫无关系。于平怕累坏了他，建议道：“咱能不能少管点儿闲事？”

黄大年嘿嘿笑着说："都是国家的事，哪有闲事。"

一般人干完自己的工作就满足了，生怕活儿多。向国家某个部门提交一些东西，还要找人，还要解释，费力不讨好。黄大年说："哪怕你不理解，哪怕你埋怨我耽误你的时间了，对国家有利的事，必须办。只要数据交上去了，对某些部门，对一些决策有帮助，都是值得的。我不需要别人认可我什么。"

"商女不知亡国恨哪！当然了，不单单是你们不知道，我们有很多大科学家，也没有意识到这事情有多么严重，也没意识到这事是自己'责无旁贷'的义务，不单单是你们！"

"将来的战争不会是冷兵器时代，靠什么大块头。将来有可能就是你端着一杯咖啡，然后摁一个按钮，战争成败就决定了，所以你们要时刻做好这种准备。"

老故事越来越老，可是战争不是离我们越来越远。导演战争的人越来越年轻，我们必须时刻警惕。旧故事死亡，新的为什么还没有诞生？

"关键时刻不能掉链子，能说我需要你的时候，你说这时候过节呢，这怎么行？这个时候需要你，你必须第一时间过来。平时没事的时候可以在家休息，我不要求你跟我一块儿加班。但是如果有事叫你的时候，必须第一时间赶到。"

一些看重本位利益的单位，提防同行。在某个项目竞争上的确是非你即我的对手，即便如此，"对手"有问题请教，黄大年也"实打实地支着儿"。多少次，他真诚地向同场竞技的单位致以真诚的祝贺。在黄大年心中没有单位界限，只有水准界限。

这是战略科学家该有的胸怀。

战略是大方向、大格局、大前景。只有战略正确，细节才有意义。我们往往过于重视细节而忽视战略，等同于"方向歪了"仍在盲目执行，相当于只见树木，不见森林，只见浪花，不见河流。如果犯了战略错误，细节再完美也无济于事。很有可能，在细节上下的功夫越大，越是背道而驰，在错误的道路上越走越远。浪费的不仅仅是财力、物力、人力和时间，还有躲之不及的"社会危害"……

大失误是战略，小失误是细节。细节错了还有改进的机会，战略错了却无力回天。

黄大年正是一位极为缺稀的高站位、宽视野的战略科学家。大科学家，就要站位于国际最前沿，以国家利益为第一要素，集约多种力量，共同登上世界科学高峰。

全局观，是黄大年发挥超强组织才华的根本所在。

首席战略科学家黄大年，在知识分子成堆成群、各有见解的科学领域，威望和人气扶摇直上，一呼百应。大家佩服他的科技水准和组织能力，更钦佩他的崇高人格。

在他的感召下，多项“顶天立地”的大项目顺利推进。

在他的感召下，许多科学家回到祖国，王献昌、马芳武、崔军红等一大批在国外享有较高知名度的“千人计划”专家纷纷加入黄大年的团队。现在，吉林大学已有32名“千人计划”专家。

黄大年的办公室常常高朋满座，大家不时被一个话题“感染”，谈得眉飞色舞，争得口干舌燥。

“我最骄傲的，就是入选了‘千人计划’专家，因为有一群赤胆忠心的‘千人’和我一样回归祖国，一同前行。”

2016年9月，长春大街红叶绽放，黄大年的团队再次“出彩”，一个辐射地学部、医学部、物理学院、汽车学院、机械学院、国际政治学院、计算机学院等非行政化科研特区初步形成，黄大年任吉林大学新兴交叉学科学部首任学部长。

副学部长马芳武说：“大年的这个战略设想涉及卫星通信、汽车设计、大数据交流、机器人研发等领域的科研，可在传统学科基础上衍生出新方向，有望带动上千亿元的产业项目。”

工作密度越来越大，工作节奏更快，黄大年恨不能“凿穿黑夜”“让太阳永远亮”。午夜回家太早，那就干到两三点钟。时间还不够，“抓急了”熬个通宵。“抓紧”的事太多太多，地质宫507室的灯光便彻夜通明……

腹部疼痛，他理都不理。自己是个“准运动健将”，矫情什么？疼得厉害了，他掏出几片药吞下，又继续工作。心律不齐，他塞几粒“速效救心丸”，腹部突然剧痛，他便加大了药量。这天，黄大年突然晕厥，“砰”的一声倒在地上。秘书王郁涵吓得半死，赶紧跑了过来，黄大年清醒后吞了几粒药，很严肃地叮嘱她：“不要告诉别人。”

几位好友打电话多次，黄大年都用短信回复："在忙，稍后联系你。"10多天后的后半夜终于接通电话，黄大年抢先说："我真的很抱歉，这段时间我有个研究内容很关键，我吃饭都在以秒来计算。"

"以秒来计算！"黄大年为了祖国科技实现"弯道超车"，豁出去了！

清华大学副校长、著名科学家施一公最了解好友黄大年："在科学的竞跑中，任何取得的成绩都将马上成为过去，一个真正的科学家总会有极其强大的不安全感，生怕自己稍微慢一步就落下了。"

黄大年的话响在耳畔："一公，我们身在海外，真切感受到祖国的差距，你是不是也忍不住想要回来，想要撸起袖子大干一场？"

"是啊！"施一公回答，"科学研究不全身心投入，根本不可能有重大突破，不足以解决重大问题，不足以对国家做出同样级别的贡献。"

看看这名字吧，"一公"寓意"一心为公"。作为世界著名结构生物学家，被誉为"离诺贝尔奖最近的华人科学家"，施一公已是美国普林斯顿大学生物学系建系以来最年轻的终身教授、美国艺术与科学院院士、美国国家科学院外籍院士，却连同500多平方米的独栋别墅、一英里的花园尽数抛弃，义无反顾地回到祖国……

真正的潇洒是孤独的，即使奔腾千里，也难以和另一条江河会面。

"孤独"的黄大年不再孤独，他不时到微信朋友圈里"散散心"。

2015年12月31日凌晨0点10分："今夜难眠，6年前的今天，2009年12月30日，我从英国剑桥回到母校所在地长春，与吉林大学正式签下全职教授合同，因为吉大是长春地质学院合并后的大学。我有幸成为第一个回吉大、第一个去吉林省，也是第一个去东北的国家'千人计划'特聘专家。我是南方人，回归时可以自由选择地方和单位，但我毫不犹豫地选择了母校和这片留下青春印迹以及大学梦想的地方。还记得回归时的信誓旦旦，竭尽全力、鞠躬尽瘁、不计得失，为母校的发展贡献力量。从海漂到海归一晃18年，得益于国家强大的后盾，在各国才子强强碰撞中从未言败，也几乎从未败过！有理由相信，回归到具备雄厚实力的母校，只要大家团结和坚持，一定能实现壮校情、强国梦。大跨度的经历难免遭遇各种困难，拼搏中聊以自慰的追求其实也简单——青春无悔、中年无怨、到老无憾。"

2016年2月22日晚11点24分，一张吉林大学朝阳校区教学大楼图片，楼门口停辆小汽车，高天一轮悬月，月晕光芒四射。

“元宵节夜晚，办公楼内灯稀人静，楼外正是喜气洋洋。我们被夹在地质宫第5层，夹在‘十二五’验收和‘十三五’立项的结合部，夹在工作和家庭难以割舍的中间。没有强迫，只是自找，总想干完拉倒，结果没完没了，公事家事两难全。我驱赶完恪尽职守的同仁，让他们回家吃上一碗迟到的汤圆，享受团圆，之后从办公大楼后门离开。忽见，正下瑞雪，空气清新，明月高悬，一幅月下银霜自然美景，让人在空旷的停车场上心旷神怡，不忍离去。经历完喧嚣和热烈，宁静、孤独甚至寂寞，原来也是难得的享受。”

世界科技的竞争往往没有第二，只有第一。地球深部探测技术，即是如此。

可这样拼命干，“铁打的也受不了哇!”

同一个团队的“千人计划”专家王献昌很担忧:“你这是拿命在做科研啊！这么下去，铁打的身体也扛不住哇!”

黄大年拍拍胸脯，嘿嘿嘿笑几声，示意自己的身体棒着呢!

黄大年知道自己“是怎么回事”，他在微信朋友圈中写道:“是的，和大家一样，没有‘深厚的感情’就不会回来并喜欢上这块零下20多摄氏度的黑土地；没有科研精神就不会有财政部追着咱吉大砸下好几亿的纳税人的血汗钱；没有‘心情的阳光’和聊以自慰的‘艺术陶醉’就不会有始终如一的坚持、初衷不改、童心难改。幸运的是，回归母校与诸位知根知底的伙伴们为伍，一路走来开心愉快，走多远算多远吧，我是活一天赚一天，哪天倒下，就地掩埋……”

白露收残月，清风散晓霞。残酷的现实却是，病魔在他的身体里一点一点扩大领地，健康细胞每分每秒都在后退、减少，恶细胞已经“政变”得逞，呈合围之势……

“下次你路过，人间已无我。”于平感叹道，“直到今天，我每次走过地质宫前，都不由得望向五楼那个熟悉的窗口，黄老师在的时候，通常灯会一直亮到后半夜。可是我再也看不到那灯光了，因为点亮它的主人太累了，一狠心给自己放了一个没有期限的长假……但他在我们每个人的心中，都点亮了永不熄灭的灯火。”

也有人说，507室的灯光转世再生，在它熄灭前已经化作天上的星星。

气流颠簸:"他不食人间烟火"

潮平两岸阔,风正一帆悬。

2个5亿多元的大项目下来后,涉及很多单位交叉合作,该项目第9分项首席专家黄大年"权很大"。可多数人不知道,黄大年就一个想法:谁水平高请谁做。这让许多人不理解:你黄大年是吉林大学的人,怎么能肥水流向外人田?

老校友找上门来,要求参与。黄大年开诚布公地表态:你和你的团队做不了这个。没有同意。老校友用社会上惯常那套"拉关系",黄大年严厉拒绝:"你没跟我套近乎都不行,你套近乎就更不行了。"

老校友拂袖而去。

这天,黄大年刚到家,一位数十年一直有联系的老同学登门拜访,黄大年特别高兴,热情地留他在家吃饭。老同学拿出提兜,里边还有礼物,黄大年觉得气氛不对劲。得知还是向他要项目,黄大年毫不留情面地严厉拒绝了他。老同学以"老朋友要给面子"进一步"争取",黄大年火了,他拎起提兜递给老同学,伸直胳膊指向门口:"在科学方面,我没有敌人,也没有朋友,只有国家利益。"

找上门来的不行,黄大年却主动将项目"送给"素不相识却有实力的科研单位,他直接将电话打过去:"我有个上亿元的项目,你们的技术符合我们的要求,我可以提供经费,一起合作完成这个项目。"

接电话的人不屑一顾,认为黄大年是"骗子"。这年头,拉项目多难,托亲靠友甚至要有"潜规则",怎么会有人把项目送上门来?

黄大年闻知特别悲哀,谁能干让谁干,本是人之常情,现在却被人当成"骗子"!从什么时候开始,正事开始"歪办了"?

后来真的与这家研究所"结秦晋之好",人们惊讶黄大年的真诚为人,"世界上还有这样的人?"

这话更加令人深思:原本像黄大年如此办事的应该是"多数人",现在怎么变得"稀缺了"?那么,"多数人"又是如何办事呢?

黄大文向我分析大哥的思维和行为形成原因:"大年一直上学、留校任教，又是在20世纪90年代初期出国，那时中国的社会风气比现在纯净多了。近年国内有些风气不正，大年仍旧坚持原则，碰了不少钉子。”

黄大文的话令我反思，当今中国，把“友谊”都弄反了，早就丧失了本意，成了同流合污的挡箭牌，成了一块办事的敲门砖。多数人办事（包括我）不走直线，而是先绕弯儿，找到朋友再“绕回来”。那么，一个人绕弯儿，一个单位绕弯儿，一个国家绕弯儿，要浪费多少“无用功”？原本简单的事情，越绕越麻烦！

国土资源部科技与国际合作司副司长高平这样评价黄大年：“大年对待科学是很‘任性’的，他不唯上不唯权不唯关系，不允许‘你好我好大家好’那一套，如同一股清流。”

然而，这股清流却不被人认同。

指挥如此庞大的项目，如何高效率组织科研力量，让项目在一个统一的目标下科学有序地推进至关重要。

黄大年站出来，提出“公司化”“绩效化”的管理方式，“借鉴欧洲大公司的相关管理经验，在总目标下，赋予相关负责人具体任务，层层落实，责任全覆盖”。

黄大年干脆引进一套项目管理系统，把工作任务分配到每月、每周甚至每天，以计算机记录工作。把资源问题、智力问题和人为阻碍分门别类，他会实时监督、干预，实时询问、催办、指导。

春天的不少芬芳，正被一些人扒进私囊。

针对丝丝入扣、不能耍滑偷懒的紧张工作，有人直接提出抗议：“我们是科学家，不是工程师！”

“我们这里是大学，不是办公司！”

“我们是科学家，又不是机器人！”

有人背后议论黄大年“不食人间烟火”。

项目启动要先制订规划，有些专家承担的科研任务比较多，不能全程参加，黄大年无论名头大小，一律通报：“如果想要点卯挂名，就不用来了。”

开论证会，黄大年发言从不寒暄客套，更不绕弯子，而是直面问题，一针见血。他只对工作不对人，但被他“涉及的人”却暗中抵触。

晚上11点，黄大年登录管理系统，按时核验进度与质量，诊断问题对症开方，拧紧管理螺丝。

黄大年恨不能把自己分成 2 个人、4 个人、8 个人，出现在各个科研环节，加速推进。可不少人却因为他“不食人间烟火”暗中抵触，说他“外来的和尚乱念经”。

项目评审，黄大年态度和善，却刀子一样剜问题，数据引用不准，标示参数不清晰，他不予签字。PPT 里有错字，他也要一一纠正。

“技术指标不能模棱两可”，任何一项说不清楚，他都不予通过。他要求所有提交的材料都要“无懈可击”，禁得起推敲。有人说这套管理“太不近人情了”，黄大年说：“在工作上，不要和我讲人情！”

杨长春劝黄大年：“你刚回来，人生地不熟，你这干的全是得罪人的事。”

“这都是按科学规范做事，为什么有人不理解？”

杨长春说国内不比国外，黄大年说：“我就是想干成事，不这么干不行啊！”

黄大年以为“纲举目张”就行了，他不知道，有人背地在悄悄地拆网绳；他以为加大油门就能提速，不料油质标号不够；他只顾拧紧螺丝，却不知螺丝已经“滑扣”了……

有人暗中议论，搞重力梯度仪哪有那么容易？那只是“大年童话”罢了。

进度上不去，黄大年万般焦急。自己在地质宫加班干到后半夜两三点钟，回家却焦虑、失眠，患上带状疱疹。他满身劲儿使不上，拳拳打在枯叶上，步步迈空，甚至萌生了辞去首席科学家、只当普通教授的念头。

国土资源部科技与国际合作司副司长高平非常清楚，现在真理在少数人手里，却又不能打击别人，便对他直言：“大年，你不能走，你不能轻易把这片刚刚看到的阳光撤走。”

“我再考虑考虑，”黄大年说，“我没有想到，真的很难。”

他一个人面对幅员辽阔的残酷现实。

黄大年在学校操场跑道上飞跑，在靠边的石头上独坐，扶着树干思索，团队的师生们心疼他，不忍去打扰他，“黄老师一心想干事，可国内的环境就这样，他太难了！”

很深的声音是听不见的。

我和你只隔一页纸的厚度，为什么翻了这页还有那页？消极者的串串谗言像被风扯碎的旋律，听不清一句歌词。黄大年已经感觉到，彻骨的寒冷狠狠啮咬着他，一下一下又一下……

黄大年很清楚：爱你的人和不爱你的人，总会像玫瑰花和蒿草一样混杂着长在一起。更多的事物深隐在它们背后，很难判断来历和去向。

好端端的一团毛线，暗中却打了许多个结。

2010 年 7 月，北戴河花香蝶舞，海浪奔涌，白鸥飞翔。随同 70 位“千人计划”专家来此疗养的黄大年，心胸像大海一样开阔起来，仿佛有了海浪的激情。海鸥的翅膀，一扫工作不畅带来的不快，一下子开阔了思路，增强了底气。

相逢何必曾相识，初见清华大学副校长施一公仿若知心故交，“大家有一样的想法，一样的情怀，回国后遇到不少类似的苦恼”。专家们在一起如老友重逢，相互激励着，为祖国的科学事业而不遗余力！

意外的是，习近平总书记等党和国家领导人亲自来看望他们，亲切、和蔼、真诚地倾听大家的想法和建议。“国家领导人那样有眼光、有想法”，黄大年喜不自禁！

心情畅爽，时时都是春天。站在大海边，黄大年极目远眺，心随潮涌，像战马渴望疆场，像雄鹰渴望蓝天，恨不能立刻投身到科研一线！

黄大年被许多指向错误的道路围困，现在要抓紧分分秒秒，把正确的路分拣出来。

回到长春，黄大年发现电视里播放了新闻，“周围的环境很快发生了改变”，黄大年激情澎湃，找来锤子和铁钉，亲手把在北戴河与习近平主席的合影挂在办公室里，对身边的团队成员说：“士为知己者死。国家这么一搞，大家对我们‘千人’专家的认可度提高了，我得努力呀！”

希望是在风雨之夜所现的晓霞。

黄大年像一叶鼓满风的帆，飞速前进。每个夜晚，都是黄大年勇猛拼搏的黄金时段。

面对路上的拦挡物，他的决心气冲霄汉：即便逼下深渊，也要发现辽阔坦荡的渊底大平原！

他对工作更加严谨，丁是丁，卯是卯，认事不认人。

黄大年告诫自己，要迅速进入话语体系。如果真的有人推陈不出新，那么，就必须端出自己的话语体系。

2011 年 4 月，东北长春春意融融，暖风习习。黄大年却“制造”了一股寒流。昨天就通知了，今天上午，按惯例进行每个月的项目课题组长视频答辩会，黄大年事先早早准备好，会前要预览交来的答辩材料。

约定 10 点开会，现在已经 9 点 50 分，材料没交上来，人也没来，多个视频会场的人也没到齐。

制度像失去秩序的花名册，大大小小的名称凌乱错落。

“怎么回事？”黄大年问秘书王郁涵，“小王，你催过了吗？”

“我催过了啊，黄老师！”王郁涵偷偷瞄着时间，心里怦怦跳。

“人浮于事！”黄大年气愤极了，突然一扬手，“啪”地把自己手中的手机狠狠摔在地上，屏幕立刻粉碎，他大声吼道：“我们拿了纳税人的钱，怎么能草草做事？汇报材料不做好，汇报的 PPT 也不好好做，开会不按时到，有这么干事的吗？我们要遵守契约呀！”

身边的人一下子惊呆了，从未见过黄老师发这么大的火。

事后他对助手说：“于平啊，我实在无法忍受有人对科研进度随意拖拉，我担心这样下去，中国会赶不上啊！”

“大年，你要服水土，”中国地质科学院原副院长董树文好言相劝，“许多事情要慢慢来，跟你的想法渐渐对接。”

“那不是我！”黄大年执拗地说，“要是那样，我就不用回来了！”

黄大年坚持以项目管理的方式抓科研协同，提出了“滚动中淘汰”，“前期给了 500 万，干得不行，下期钱就收回来”。“千人专家”王献昌非常吃惊：“钱都给了，怎么可能要回来呢？”

黄大年硬是按章办事，在管理中形成了开中国科研先河的“倒逼制”。

第 9 项目斥资超过 3 亿元，如石击水般“浪花朵朵”，很多机构和单位都争相“采摘”。黄大年不看介绍材料，也不提前通知，而是直接钻进人家的实验室和车间，查验对方的资质水平。有自以为与黄大年不错的专家来找他，想替某研究所拉点儿经费，黄大年一句“我没有敌人，也没有朋友，只有国家利益”，把人家“噎个半死”。后来对方发现，就连黄大年就职的吉林大学，也没有多拿一分钱。

黄大年就像一架永远力足的马达，调到最高转数，飞速向前。深探专项经常开会，往往今天通知、明天开会。身在东北长春的黄大年是“出勤率最高”的专家组成员。

“你累不累呀？”高平直言道，“你前天刚走，今天又来。”

“这么重要的会我一定要来。”

会议讨论时，黄大年只考虑议题本身，开始连董树文也“受不了”。董树文在台上还没说完，黄大年就“接茬”了：“院长，这个目标我认为有点儿太不科学！”

“大年，”董树文强抑心中的不快，“你等我讲完再说行不行？”

“不行！你们不能这样说！”

董树文后来意识到，黄大年的直言原本就是“最好的方式”，此后凡是深探项目的会议，大家都直来直去把事情摆在桌面，不再“弯弯绕”，也没了桌面下的“小动作”。

当代中国，许多人的屁股正日益取代双脚成为身体的权威部门。尽管进化到门好进、脸好看、话好听，却丝毫撼动不了“一头沉”的职权天平。

2014 年 9 月，地质宫外秋叶微红，鸟儿鸣唱。地质宫 507 室突然“嘭”的一声响，黄大年的手狠狠砸在桌子上：“别说了！”

黄大年着急建无人机库，向院里打报告层层签字盖章。事情交给于显利去办。大半年过去了，签章只完成了一半。

按规定，每个部门必须一把手签字。签字顺序也要按部门的职能排序。问题是，每个部门的一把手都有不少杂事要处理。哪怕跟某个部门约好了，如果有事晚来几分钟，就只能下次再约。如果恰逢一把手出差，还要等上十天半月。这么低的办事效率，要耽误多少事？

“黄老师，您先消消气。”王郁涵送进来一杯咖啡。

“是啊，您消消气，”于显利说，“您看咱们都走到这步了，现在不干太可惜了。”

于显利手里攥着一张纸，那是搭建无人机库的审批申请。移动平台探测技术研究关键硬件便是无人机，研制与存放必须有无人机库，在选址、搭建、管理、消防等方面涉及学校多个部门审批。

为了推进“重载荷智能化物探专用无人直升机研制”项目，黄大年一连好几个月日夜打拼，无数次跑无人机模型销售商店，左选右挑，自己掏钱买回模型样机，赶紧建好机库，便可大显身手！哪承想，事前以为没有任何难度的校内审批，竟这样曲折难办！

陈腐的陋习，如同一方过期无用的旧闻占据着头版头条，谁看谁厌却又无可奈何。

“我回来5年了，我现在这些成果也好，或者说进展也好，我在国外也许1年就能达到。我非常不满意，但是又没有办法！”

一波未平一波又起。

这天，几位大爷大妈打破地质宫的寂静，吵吵嚷嚷地上楼来，一位瘦高个儿往前一指：“这，就是黄大年的办公室。”

黄大年闻声走出来：“你们有什么事吗？”

几个人根本不听劝，以挡光为由，你呼我喊，跳着脚，指着黄大年的鼻子，连训带骂，一起群攻。他们三番五次闹到学校，工作根本做不通，没有办法，只得在地质宫旁边的空地上，强挤出一小块地方。

被挤跑的还有时间。折腾到10月，东北封冻季节已大举逼近，总算批下来机库手续，在东北最不适宜施工的季节破土动工。

黄大年分身无术，便请先期去北京进修学习无人机技术的退休教师、“动手大王”王永泉组织施工。

王永泉相当敬业，天天盯在工地，严格按要求施工。黄大年自己掏了千把块钱给王永泉，每天给施工人员买吃的，熬红糖姜水暖身子。他又叮嘱道：“王老师，如果施工太晚，就请大家吃顿饭，钱不够千万跟我说。”

黄大年一有时间，就来工地检查质量。冷风飕飕刮，和大家一起顶着零下20多摄氏度的严寒，给工人们递工具，帮忙搬建材。冷得扛不住，他便找来棉大衣，套在羽绒服外。

2015年3月，眼见机库就要竣工，机库临街的大门上贴了一张告知书：限该建筑所有权人于2015年4月2日前自行拆除。逾期不拆除我局将依照有关规定申请管辖权的人民政府依法强制拆除。

于显利看到告知书立刻报告给黄大年。黄大年当即向学校做了汇报，又给有关部门打了报告：这是搞科研的临时建筑，用后我们会自行拆除。主管单位回复“收到了”，转危为安。

这天正午刚过，一位学生慌慌张张地推开507室的门：“黄老师，有人要拆机库！”

黄大年跑下楼时，一辆大铲车正轰隆隆威武地奔向机库。

黄大年一下冲上去：“不能拆，我们打过报告的！”

“我们不知道什么报告，这是违建，必须拆！”

眼见大铲车饿虎扑食般向前冲，黄大年突然大步向前，“腾”地倒在地上，直挺挺地一躺，司机慌忙狠踩刹车、停住，车头前盖悠悠地抖动。

我们的大科学家，就这样躺在冰冷的地上，迎着刺眼的阳光，以满腔报国志和装满顶尖科学的肉体对抗大铲车……

工人们傻眼了：原来这个“帮手”是位大科学家呀！

悲哀呀！黄大年看似“意外”的举动，却在“情理之中”。这等杂事用得着一个大科学家以命相抵吗？这事该由谁来干？为什么拖了大半年，却遭遇如此境地？以这样的效率赶超国际先进，我们来得及吗？

无人机库保住了，黄大年却被人称作“疯子”。黄大年毫不理会：“中国要由大国变成强国，需要有一批‘科研疯子’，这其中有我，余愿足矣！”

“能让中国立足于世界民族之林，有一帮人在拼命，不是我一个人。”

黄大年甘当铺路石：“为了理想，我愿意做先行者。我已经 50 多岁了，生命也就这么几年了，能做出点儿事情，让后来人有一条更好走的路。”

没有这样的“科研疯子”，怎么带领中国物探科技“弯道超车”？

提速：实现“弯道超车”

不是棒槌的敲击，而是水的载歌载舞，才使鹅卵石如此光彩亮丽。

2011 年，作为国家“863 计划”资源环境技术领域的主题专家，黄大年负责策划、协调和组织中科院、高校等高科会资源形成高科技联合攻关团队，承接科技部“863 计划”航空探测装备主题项目，开发军民两用技术研究。

满天的翅膀都在飞翔，多而有序；多条激流奔腾向前，各抒豪情；一条线串引多个风筝，在严谨的约束里豪情万丈……

黄大年将时间的油门踩到底，高速前进。在首都北京，在南国广州，在北国哈尔滨，在巴蜀四川，在江南苏州水乡，在大西北新疆乌鲁木齐……在英国伦敦，在美国华盛顿，在澳大利亚悉尼，在日本东京……到处都有黄大年的身影。他与探测仪器专家合作研发深地探测装备，与计算机专家合作研发地球物理大数据处理与解析，与机械专家合作研发重载荷物探专用无人机，涉猎地学、信息、军民融合等多个领域。

攀登科学高峰的距离在缩短，地质宫507室的灯光在延长；他与家人的接触日渐疏远，乘坐最后一个航班的频次在加密；睡眠的时间迅速减少，吃药、晕倒的次数日益增多……

每一个迷失又找到归宿的科研数字，每一组由生疏到默契的科技组合，每一次从抽象到具象的艰难裂变，都多瓜儿累秧一样在耗损母体，耗损黄大年的健康……

黄大年团队的科研进度震惊了世界，超高精密机械和电子技术、高温和低温超导原理技术、纳米和微电机技术、冷原子干涉原理技术、光纤技术和惯性技术等多项技术进步显著，快速移动平台探测技术装备研发也首次攻克瓶颈，突破国外封锁。

令人兴奋的是，黄大年的团队在航空重力测量研究上有重大突破，重力梯度仪已研制出工程样机。在数据获取的能力和精度上，我国与国际的研发速度相比至少缩短了10年，而在算法上则达到国际先进水平。“航空移动平台探测技术装备项目作为精确探测的高端技术装备，我们用5年时间完成了西方发达国家20多年所走过的艰难路程，取得的进展和成果填补了我国空白，将意味着中国又成功抢占了一个国际前沿科技制高点，对推动国防安全建设和深地资源勘探具有支撑作用和重要意义。”

黄大年在国际同行中威望极高，有着非凡的影响力。有一次，黄大年带队考察，国外的研究机构为了专门接待中国考察团停止工作半个月，不惜成本将处于零下200摄氏度的产品解冻，并拆开细部让中国考察团仔细观察。随行考察团的中国科学院院士罗俊震撼又感慨：“我从事这项工作这么多年，这是第一次受到西方发达国家如此隆重的接待。”

深探专项答辩进入最后的倒计时，黄大年和团队主力们连续奋战3个通宵，黄大年还在紧张地工作。他清楚，这是团队苦干了6年的项目，绝不许有丝毫错误，必须来个漂亮的冲刺！

去北京答辩前，他见还有一点儿富余时间，关上门，在沙发上躺了20分钟，才匆匆赶往机场。晚上11点到北京，黄大年把师生们汇总的材料拷贝出来，一头钻进房间，又熬了个通宵！

瘦月弯成一把老镰刀，收割着仅仅剩下的那点儿余晕。黄大年敲完最后一个字，插上筒状“渔网”一样的U盘，新组建的“科技军团”整建制挥师前进……

第二天答辩前，黄大年像压子弹一样吞服几粒“速效救心丸”，然后步入答辩席。历时两个半小时的答辩发言，黄大年仍像刚刚加足油的赛艇，马力正旺。

惊骇世界的伟大超越性结论，终于写在专家组的鉴定书上：项目成果整体达到国际先进水平！

这是国内同类项目评审中的最高评价！

这标志着中国重型探测装备技术研发实现了弯道超车，完成了跨代飞跃！

晚上，很少沾酒的黄大年一口气喝掉半瓶白酒，在微信朋友圈写下深情的感言：“我和我的团队成员5年多来没轻松过，最后一段时间没睡好过，有累倒的，有因委屈而忧郁的，有半道儿放弃的，还有失去家庭生活的……我在最后一刻也终于没撑住，终于倒下，是吃着救心丸上验收场的，别人替代不了。但是，正是这些项目能为吉大培养出一帮‘疯子’和‘狂人’，一批能打硬仗的精兵。”

迅猛刮起的“大年旋风”，以第9项目的结题为标志，深部探测能力已达到国际一流水平，局部处于国际领先地位。国外专业期刊艳羡而惊异地报道：中国已正式进入“深地时代”！

7年间，黄大年带领400多名科学家创造了多项“中国第一”：地面电磁探测系统工程样机研制取得显著成果，为产业化和参与国际竞争奠定基础；固定翼无人机航磁探测系统工程样机研制成功，填补了国内无人机大面积探测的技术空白；万米大陆科学钻探工程样机“地壳一号”横空出世，超深井大陆科学钻探工程向前迈进；无缆自定位地震勘探系统工程样机研制突破关键技术，为开展大面积地震勘探提供技术支持……

黄大年清楚，在大宗矿产资源领域，中国的矿产资源探明程度仅为1/3，那么，没有探明的2/3究竟在哪里？自己办不到，依赖进口又严重威胁国家安全。明明知道陆地下500米至4000米乃至更深的地方有矿产资源，就是找不到！“在入地探测装备上，如果说人家是导弹部队，我们还是‘小米加步枪’啊！”黄大年能不着急？

董树文说：“美国人管这个叫地球重力武器，对中国是绝对封锁的，探测深度很大。比如在阿富汗战场上，重力梯度技术可以找到所有的洞。”这个“千里眼”能看穿地下每一个角落。

2009 年 4 月 22 日，第 40 个“世界地球日”到来之际，我国“深部探测技术与实验研究专项”正式启动，该项目计划设置 9 大项目 49 个课题，集中了国内 118 家机构，1600 多名科学家和技术专家，破天荒地叩响“地球之门”，吹响了中国地学界嘹亮的“集结号”！第 9 分项首席科学家黄大年，有多少事要做呀！

2016 年 9 月，在黄大年的倡议下，经过一年多的酝酿讨论，吉林大学新兴交叉学科学部筹备初期工作宣告完成，一个辐射地学部、物理学院、汽车学院、医学部、机械学院、计算机学院、国际政治系等学科的非行政化“科研特区”初步形成。黄大年当选为吉林大学新兴交叉学科学部学部长。

专业扶摇而上，黄大年的健康却每况愈下。

2016 年 11 月 29 日凌晨 2 点，救护车急促地响着警笛直接开进机场，北京飞往成都的最晚的航班刚一落地，医护人员便七手八脚地将黄大年抬上车。

半个小时前，黄大年突然满脸是汗，浑身抽搐，连忙塞嘴里几粒“速效救心丸”也无济于事。晕厥前，他叫来空姐：“如果我不行了，你要将我怀里的电脑交给国家，里边的资料很重要。”

躺在救护车里，他怀里还死死地抱着电脑。

他被抬进成都市第七人民医院的急诊室内，黄大年第一件事仍是告诉医生保护好他怀里的电脑。

1968 年 12 月，科学家郭永怀在青海基地急于将重要的数据带回北京研究，便搭乘了夜班飞机。不料飞机在北京坠毁。大家从机身残骸中找到郭永怀，吃惊地发现他同警卫员牟方东紧紧抱在一起。烧焦的两具尸体中间，紧紧夹着装有绝密文件的公文包，完好无损！

无须多言，这一个细节，足以感天动地！

人们想不到的是，第二天，黄大年又出现在会场。他塞嘴里几粒药当“后盾”，英姿勃发地发言，精神爽朗，看上去毫无倦意。

“拼命黄郎”将自己的生命发挥到了极限，昏厥和痉挛的频率日益加快，同事们劝他去体检，他总以“太忙”一推再推……

2014 年 7 月，在水下通讯和水下网络领域备受瞩目的吉大校友崔军红从美国回来探亲，朋友引荐后认识了黄大年。

“中国水下国门洞开，”黄大年直言不讳，“祖国特别需要这类人才。咱们学校的新兴交叉学科学部正在筹备，你可以申报‘千人计划’，回国创建智慧海洋研究中心，大家集中合力，一门儿心思把这件事做好。”

崔军红内心波翻浪卷。在美国，她的平台已足够大，回来即便和黄大年联手前景可期，可她已在美国生活 16 年，回来能否适应国内环境，心里没底。黄大年热情地邀请她看自己团队的项目成果，崔军红仍有疑惑：“黄老师，咱们要搞海洋探测，可是吉林没有海呀？”

“这没关系呀，”黄大年胸有成竹地说，“哪里有出海口我们就向哪里去呀！”

崔军红深深被黄大年的爱国情怀和智慧所感染，2016 年 6 月，她作为“千人计划”专家，签约吉林大学。

“地壳一号”是我国完全拥有自主知识产权的“庞然大物”。将它从四川运到黑龙江大庆时，用了 50 辆六轴大货车运送，一举创下了 6000 米钻探的亚洲纪录，并且还在向地心进发。被国外一直垄断的设备终于换上“中国芯”，中国成为继俄罗斯、德国后世界上第三个掌握地下万米钻探技术的国家。这让太多“老外”刮目相看。同行友善地送他个外号叫“黄大牛”。

“深部探测关键仪器装备研制与实验”，是为黄大年量身定做的。他回国后，在前 8 项“名花有主”时，追加了第 9 项。董树文召集几家单位共同商定，时任中科院地质与地球物理研究所所长朱日祥院士同意请黄大年主持这个项目。

谁料，在掌控专项第 9 项目的首次讨论会上，黄大年一张口就引起一片哗然。“既然我们落后很多年了，就不能从零开始，而是要把国外最先进的设备买过来，对关键部位和插件进行升级改造，让我们的‘蓝军’直接进入‘红军’的心脏，一举站在巨人的肩膀上。”

黄大年所说的“红蓝军路线”，就是通过红军、蓝军之间的比拼，借用西方已有的技术升级换代，再一举超越西方。

尤其是“把人家的后台数据库买过来，进行插件升级再卖回去”的想法，可谓惊世骇俗。黄大年却毫不在意众人异样的目光，从容地说：“好比一场马拉松，别人已跑了半程，中国要从头起跑，恐怕很难赶上，我们也等不及，必须另辟蹊径！”

黄大年翔实的调查和数据，深深感染了董树文，他相信“从大年嘴里说出来，一定有着深远的考虑”。

2014 年下半年，黄大年主持的“第 9 项”传来捷报，移动平台综合数据处理解释一体化平台的 24 组插件全面完成，整个系统实现了升级换代。“大年童话”逐一实现……

由“大年童话”孕育的“科研特区”，即将拉动上千亿元的产业项目。人们又有猜测，“挖黄大年的地方太多，吉林大学留不住了”。

“我没想走哇，”黄大年说，“要不这样，我直接签到退休。”第二次签约，黄大年在一次聘任签 5 年的基础上又延长 2 年，一直签到退休。

经停：为了祖国的未来

爱因斯坦指出：“如果把学生的热情激发出来，那么学校所规定的功课就会被当作一种礼物来领受。”

在黄大年看来，学生们都是“待飞客”。他们飞得高不高远不远，起飞冲力大不大，有没有长劲，遇到突发困难有没有办法……“问题在现场”，根源却在教育方法，在引路的导师。

“慈父”和“严师”黄大年格外器重他的学生：“作为老师，不能亏待了孩子，不能耽误了人才。”实验室和科研平台位于地质宫大楼的顶层，冬天冷夏天热，黄大年自费给每个房间配备了电风扇和电暖气；伏天，师母张艳亲手做了绿豆汤为学生们祛暑；雾霾天，黄大年给学生们买口罩；周末和“五一”“十一”“端午”“中秋”，几乎每个节日，学生们都是在黄大年家里度过的。黄大年还尽量挤时间，和学生们打羽毛球、徒步走、南湖沿岸走，鼓励学生们多多锻炼身体。

“我的成长离不开那么多国内外好老师的关怀、指引，我的成长经历让我对学生有着特殊的感情。”

“优秀人才的成长，必须以优秀的传统文化、爱国情怀为补充，一代代的经历或许有差异，但是血液中流淌着的自强不息、勇为人先的民族精神却得以延绵不绝。”

教育的本质意味着，一棵树摇动另一棵树，一朵云推动另一朵云，一个灵魂唤醒另一个灵魂。

在黄大年眼里，每一个学生都是一块璞玉，只要因材施教都能成才。在为学生设计研究方向时，他都要以学生的前途和国家的发展为重，而不仅仅从他个人的项目考虑。

碰上同频的一块儿共振，碰上异频的也要指引他共振，这才是好导师。

这与当代中国普遍的“唯分至上”的误导式教育大相径庭，明明是千人千面的人才，各有其长，为何只上一个“流水线”，把社会所需的各式各样的人才“拘”成“千人一面”？

面对比比皆是的“高分低能”“低分高能”的现状，我们的教育工作者情何以堪？

黄大年首次招研究生，居然不问考试成绩，而是依据每名同学的个性和兴趣爱好，为他们一对一量身打造专业，制订学业的远景规划。

每一条道路都寄生在一个人的身上，一一对应。道路使我们感到谦卑和惶惑，我们必须选择其中一条。选择太重要了，我们面对的是均等的机会，而一旦做出决定，就会押上整个人生。

关键时刻，黄大年就是那个因人而异扳道岔、精准点拨的人。

黄大年让学生们接触世界前沿技术。他为吉林大学引进了世界上技术最前沿的地球物理综合分析平台，剑桥与斯坦福大学的参观访问学者看过这套软件后十分震惊，因为就连这两所世界顶级的学府都没有引进如此先进的软件。对学生，黄大年有自己的评价标准，入学时根本不看学分，而是了解学生有哪些专长。入学后，绝非仅仅以论文和学分为标准，更关心学生们学到了什么，具备哪些能力。

每个青春都有一副好牌，不会出，照样会输掉。

“要树立远大的抱负，不要只以国内的佼佼者为目标，真正的对手在发达国家的一流大学。要开阔视野，做‘出得去，回得来’的科学家。”

社会犹如一条船，每个人都要有掌舵的准备。

但是，有学生作业“欠火候”，黄大年决不迁就，严厉批评。学生们知道，他的话像一股冷风掠过，然而感觉却是暖的。

学生耿美霞说：“第一次与黄老师见面的情景仿佛就在昨天，敲了您办公室的门，您正在书架上找资料，回头看见我，脸上绽放出温暖和慈爱的笑容，这个笑容一直陪伴着我至今。还记得博士毕业离校那天，您给我各种叮嘱，从工作到生活，你说这里永远是我们的家！”

移动平台团队的肖峰说：“是黄老师给了我机会，帮我规划好方向，引领我走入软件开发领域；当程序调试遇到瓶颈，他拿出自己珍贵的手稿，给我讲解原理和概念；当遇到挫折想中途退出，他和我促膝长谈，打开了我的心结。”

姚永新道：“黄老师针对我跨学科的特长，利用丰富的知识底蕴把我带入了航空地球物理探测的领域。从那一刻起，我就坚定了从事航空平台研究的方向。黄老师，我一定继承您的遗愿，不忘初心，在移动平台和交叉学科的道路上拼搏一辈子！”

周文月早已泪花闪闪：“他走进实验室，总会先问我们‘吃饭了没有’；他怕我们节假日想家，邀请我们去他家里做客；他出差的时候，都会带着我们的作业本，远程指导我们学习；他住进医院 ICU，还在嘱咐我们好好学习。”

马国庆和李丽丽家在农村，黄大年看好他们的专业潜质，创造各种机会送他们学习英语、参加国际交流。两人谈恋爱，他帮他们争取留校。毕业结婚，他帮他们张罗租房。

周帅痴迷无人机操控，黄大年觉得他是个“好苗子”，当即把他选入“重载荷物探专用无人机”项目做操控手。尽管进步很快，但还需深造。到更高的平台需要 2.4 万元费用，周帅拿不出来，“不用为钱的事发愁，”黄大年说，“你只管安心学习。”黄大年掏出 3 万块钱，让他进京学习。2 个月后，黄帅成为国内第 4 个获得了 100 公斤重量级无人直升机机长执照的学员，黄大年开心得像个孩子！

这天，黄大年闻知一位学生的母亲住院，却怎么也凑不上十几万元的手术费用，他立刻拿出自己的工资卡，领着这名学生去银行取出 20 万元，及时办理了入院手续。医生们得知手术费是老师的工资垫付的，万般感动，他们“爱心接力”，想办法为患者节省医疗费用。

黄大年早在少年时代就侠肝义胆。那时物资短缺，一年也吃不到几次肉。商店偶尔有肉了，黄大年和弟弟黄大文天黑蒙蒙就赶到商店排队，凭肉票一次买上半斤肉。非过年过节，根本吃不上肉。

母亲见孩子们太熬苦了，这天，一狠心买回来一只烤鸭。全家人“点到为止”只吃半只，留下半只。傍晚，黄大年在地矿局大院里玩，碰上同学被母亲打后躲在防空洞里，已经饿了大半天肚子，黄大年立刻跑回家，取来那半只烤鸭送给同学。母亲回家后见烤鸭没了，问哥儿俩谁吃了烤鸭。弟弟黄大文说没吃，“火力”便集中在黄大年身上：“肯定是你哥哥吃了！”黄大年称自己也没吃时，母亲生气了，狠狠打了大儿子。黄大年没有退路，这才实话实说……

2014年国庆节，黄大年和学生徒步走，发现张代磊、张冲和周帅有心事，知道他们在为学费的事发愁，第二天就让秘书王郁涵交给他们每人1万块钱，说是从经费里节省出来的。第二年的学费也是这么解决的。直到黄大年去世，学生们才知道，这钱是老师用自己的工资交的。

我在前文说过，得知“李四光班”的学生多数家在农村，经济条件普遍太差，他为学生们每人买了一台笔记本电脑。

黄大年的办公桌旁有两把椅子、两台电脑，这是专门为学生们准备的。学生们坐在黄大年身边，一人一台电脑，高效又方便。每逢学生们碰上公式或计算方面的难题，黄大年随手拉过一把椅子就手把手地教起来。

黄大年非常繁忙，时间“用秒来计算”，可无论他走到哪里，心里都装着他的学生。他在笔记本电脑里为每个学生建了学习笔记和读书报告文件夹，利用开会休息时间通过邮件进行批阅。他还经常利用出差的午休时间，召开电话、视频会议，给学生们解答问题。出差回来的第一站永远是实验室，检查学生们的学习近况，答疑解难。

有人觉得黄大年太累了，劝他带学生别管那么细。黄大年认真地回答：“我们国家需要人才。现在多用点儿心，他们中就有可能出大师。”

黄大年深知育人比教书更重要，这关乎人生的“大战略”和祖国的“大战略”，时刻把祖国利益放在首位。

在黄大年手术前一天的凌晨1点钟，周文月意外地收到了黄老师的微信，说他已经向剑桥大学发送了邮件，推荐她去攻读博士学位。周文月眼泛泪光，一遍一遍地告诉别人黄老师的叮嘱："你们一定要出去，出去了一定要回来；你们一定要出息，出息了一定要报国！"

同学们的耳边，始终回响着黄大年的话："科学家要有骨气，报效祖国的科学家才是我们的榜样。"

谁能忘？黄大年老师讲述的科学家的故事——李四光绕道回到祖国；美国高官当年阻挠钱学森放出"狠话"："钱学森无论走到哪里，都抵得上5个师的兵力，我宁可枪毙他，也不让他回到红色的中国！"

邓稼先26岁便以优异成绩成为美国最年轻的博士，博士毕业第9天便放弃优厚待遇回到一穷二白的中国，"只带回来国内没有的尼龙袜，和一脑袋核武器知识"。钱三强找他，请他领衔设计核武器制造方案。因为要保密，只能告诉妻子许鹿希说"工作要调动，又不能说是什么工作，不能照顾家和孩子，通信也困难"，从此便销声匿迹8年，过着单身汉的生活。中国成功爆炸的第一颗原子弹，就是由他最后签字确定的设计方案。

一次航投出现事故，原子弹坠地摔裂。周围的人要上前，邓稼先知道核辐射很危险，首次以院长的身份下命令："你们还年轻，你们不能去！"邓稼先亲自去安装雷管，因辐射患癌症离世。

黄大年眼含热泪继续讲述："去世前，组织上为他个人配备一辆专车，他只是在家人的搀扶下，坐进去并转了一小圈，表示已经享受了国家所给他的待遇。邓稼先终生报效祖国和人民，不图任何个人私利。你们能想象得到吗？这位'两弹元勋'只有20元奖金，原子弹10元、氢弹10元。"

钱学森、钱三强、王淦昌、郭永怀、彭桓武、朱光亚、邓稼先等一大批"老海归"，在罗布泊无人区"干惊天动地事，做隐姓埋名人"，没有他们，我们国家和我们的人民，将无法在世界挺直腰杆！而今，这些巨星一个一个陨落，我们仍在享受他们留下的福祉！

黄大年告诫他的团队和学生们，"报效祖国，才是最大的成功"。这不是一句空话，而是身体力行、以身作则的行动。榜样的力量如此之大，黄大年的学生们同样有情有义，都装有一颗"中国芯"。

2016年12月5日下午，黄大年出差回来，同学们和往常一样排队去问问题，排到王泰涵时，已是晚上9点多钟了，见黄老师神态十分疲惫，身体紧靠椅背，王泰涵不忍心再让老师辛苦："老师，您回家休息吧，我明天再问。”“没事。”黄大年向他摆摆手，示意王泰涵过去。一个多小时后，四个问题解答了两个。“剩下那两个问题我再思考一下。”黄大年问，“你吃饭了吗？我请你吃饭吧。”王泰涵这才意识到，老师从机场回来就讲课，到现在还没吃饭呢。

黄大年入院的第二天，点名让王泰涵过去。王泰涵以为是让他去陪护，刚一进病房，打了一天点滴的黄大年就从床上坐起来，“我这两天一直在思考你的后两个问题，现在就在这儿给你讲讲”。

黄大年手腕上还埋着针管，胳膊也有些颤抖，因体虚而不停地喘着粗气，仍坚持着给学生讲课……

黄大年总是千方百计让学生接触世界前沿技术，他出资26人次出国参加学术会议，邀请国外优秀专家来学校交流访问。2016年10月，黄大年带着学生乔中坤去美国达拉斯参加SEG国际会议，这是地球物理领域的高端会议，黄大年成为“热点专家”，多国专家围着他讨论问题，乔中坤极为振奋。那一刻他特别骄傲，感觉自己是和高山站在一起！

7年来，黄大年指导了18名博士研究生，44名硕士研究生，共有14人获得省部级奖励，8人获得国家奖学金，3人获得“李四光奖”，其中马国庆多次获得省部级奖励，现在接过恩师黄大年的教鞭，留在吉林大学任教并破格提拔为副教授。耿美霞曾在国际顶级专业期刊发表多篇学术论文，美国地球物理勘探学会邀请她去做报告，获得国家全额奖学金，已赴加拿大留学深造。

近看，黄大年把学生当成是“自己的孩子”，慈父一样爱着他们。远看，黄大年把他们当成祖国的明天，未来的大科学家，他有责任将一块块璞玉雕镂成精品。学生们也一样，在感情上，把黄大年当成慈祥的恩师，在事业上，把黄大年当成是专业上的舵手，人生的航标。他们尊敬恩师，热爱恩师，也依赖恩师。从未想到，他们最敬爱的恩师会突然离开他们……

新华社记者去采访，黄大年说：“你看我们家，没什么东西，空空的。我生活很简单，我的钱都用在什么地方？用在学生身上，资助他们出国，干科研的事情。那么大的项目，吉大一分钱也没有，我一分钱也没有，你见过吗？首席科学家一分钱也没要，别看项目上亿元。我就是喜欢这个事情，就是一种享受。钱什么的没多想，国家给我的够用了。”

2017年1月4日傍晚，于平教授的一条微信原子弹爆炸一样惊骇了同学们：大家都快来医院！

刹那间，医院的四面八方都响起急切的脚步声，大路、小道和宿舍边，都有同学们奔跑的声音。每个人的心都快要跳出来了，他们边跑边为黄老师祈祷："苍天哪，保佑我们的黄老师！""我宁可替黄老师遭罪，放过黄老师吧！""黄老师，您可要挺住哇！"

同学们守候在重症监护室门口，ICU的门突然开了，医生说黄老师马上需要手术，一刻也不能耽误！

同学们见他们敬爱的黄老师戴着呼吸机，眼睛半闭半睁，哮喘得非常厉害……大家心都碎了，多想扑上去抱住心爱的老师，告诉他，我们在门外等他醒过来！多想告诉他，我们真想替换他做手术，让他歇歇呀！可是，同学们什么都做不了，只能眼睁睁地看着他们心爱的老师孤单单地承受生死考验……

同学们担心控制不住要扑上去的冲动，只好手攥着手，紧紧地，紧紧地。此刻静极了，没有一个人说话，没有一点儿声音，有人咬着嘴唇，有人攥疼了同学的手，个个泪流满面，在撕心裂肺的疼痛中，每个人都在心底呼唤："老师，您一定要平安地回来呀！""老师，我们等您呢！""老师，您身体那么好，一定能渡过难关！"

黄大年进入手术室后，上百名学生到场，没有一人离开。走廊窄小，他们便到别的楼层，在楼梯口、在大门外等候……

等待老师手术的时刻，每一秒都是一把刀，一刀一刀拉在同学们的心上。每一个小时都是重锤，锤锤敲在心窝……

真相如此残酷，黄大年整整昏迷了4天，同学们心爱敬爱的黄老师再也没能醒来！

2017年1月8号，得知黄大年老师去世的消息，已经离开的学生再次赶到医院，边跑边哭。黄大年的遗体尚未送走，不知谁泣不成声地说："黄老师，我给您磕个头吧！"病室前的走廊便响起一片"扑通""扑通"的声响，学生们跪了一大片，刹那间，整个走廊一片唏嘘。所见之人，无不动容……

这些学生专业有不同，年龄不同，性格也不同。相同的，却是对黄老师透心彻骨的疼痛和深深的感恩："黄老师，我还没报答您，您就走了呀！""黄老师，您说过，还有一身本领要教给我们。”“黄老师，我连声谢谢都没说呢，您就突然离开了！”“黄老师，别丢下我们，求求您醒过来吧！”……

强气流颠簸：国殇

螺丝已经拧紧了，还在加力、加力；油门已经踩到底了，还在加速、加速；肩膀上的负重已经到极限了，还在加高、加高……

步入地质宫 507 室，我一下被北墙上的巨幅日程表震撼。像将军的作战指挥图，上边画了密密麻麻的图表。地球是圆的，任意一点都是中心。黄大年就是以此为原点，以赤道为半径，放眼世界，胸怀祖国。

他的办公桌像个巨大的飞行器，上边的两个液晶电脑则是一双展开的翅膀，从这里起飞，飞向深地，飞向深海，飞向深空……

“作战图”上每一日的格子里，都有密集的工作安排，北京—宁波—长春—北京—长春—北京—长春—北京—成都……

最后填写的是：2016 年 11 月 29 日“第七届教育部科技委地学与资源学部年度工作会”，记录戛然而止。

2016 年 11 月 29 日，黄大年在北京至成都的飞机上晕倒。会后回到长春，在同事们的强烈要求下，他入院检查。

检查结果阴云密布，病情令人惊骇。第二天，黄大年又去北京出差。

黄大文告诉我，手术方案确定后，哥哥给他打了电话：“大文，我这边要做个小手术，需要家属签字，你能不能请假过来一下？”

“行，”黄大文回答，“我过去。”

2016 年 12 月 12 号，黄大文飞抵长春。黄大年见了弟弟和妹妹黄玲很高兴，告诉他们自己没什么大事，小毛病。

黄大年精神极好，病房里喜气洋洋。如果不是在病房，如果不是手臂上插满了管子，这里跟地质宫 507 室功能相同。

13 号上午，黄大文几乎没能在病房落脚，插不上话，也插不上手。病房已经变成办公室，讨论科研，部署工作，检查学生作业，给学生讲课，在一沓一沓文件上签字，黄大年一刻不停地忙碌。就连助手于平、秘书王郁涵也爱莫能助，想要劝黄大年休息，根本靠不了前。黄大文告诉我，哥哥进病房那天，第一句话便是：连通互联网，把电脑架上。人家本来是看望他，他却主动跟人家谈工作，话题一个接一个。第二天就是残酷的风险莫测的大手术，黄大年却跟“没事人一样”。

下午，黄大年偷偷跑回地质宫工作。任波和几位老师去看他，劝他早点儿回医院休息，黄大年说还有些工作没有忙完。

回到病房，马芳武和王献昌两位“千人专家”到医院看他，黄大年将他们让到沙发上，自己坐在小板凳上，聊了两个半小时“交叉学部”。黄大年热烈激昂，新创意火花四溅，两位专家也忘了他是一位即将要推上手术台的病人。

黄大年对秘书王郁涵说：“小王，来，这件重要的事要交给你来办。”他从枕头旁边拿出一个硬盘，递给王郁涵，“这里面是一些需要妥善保管的资料，收好了。万一我不在了，要把它交给学校，交给国家。”

“黄老师，”王郁涵当即红了眼圈，赶紧低下头掩饰，“您身体这么好，医生说手术很简单，您别多想，不会有事的。”

病房很快又热闹起来，焦健、孙勇等来看他，黄大年又热情地聊起来工作，分别布置任务。一聊就两个多小时，焦健怕黄老师累着，张罗着离开病房。

黄大年说：“你们别走，我想和你们在一起。”

护士进来要做术前肠道准备，黄大年又催着大家：“回去吧，明天手术完了又见面了。”大家相拥而去，黄大年顿感寂寞，他痴情地看着窗边学生们送来的鲜花若有所思。

晚上，黄大年开车将弟弟送回家，妻子张艳和妹妹黄玲早已将一桌美味准备好，一家人吃个团圆饭。黄大年谈笑风生，丝毫没有“怯阵”的感觉，只是专门嘱咐家人，不要把他手术的消息告诉女儿黄潇，小外孙即将出世，怕女儿分心。饭后，黄大年自己开车去医院。

医院静极了，黄大年内心却翻江倒海，身在医院，心系科研，惦念学生，辗转反侧想着心事。他在微信上告诉黄忠民，嘱咐王献昌，跟通讯学院的学生见个面，他们在无线电认识上有些想法。“我住院了，你代我去跟他们聊聊。”又叮嘱道，“聊了以后千万不要来看我，你也别来。”

每隔两小时来做例行检查的护士长谷玥，觉得黄大年“可真不一般，人缘好”。

“黄老师，您是不是哪里不舒服？”护士长谷玥问。

“没事，我就是有点儿急。”

“急？您急什么呢？”谷玥不解地说，“明天就要手术了，从上海请了最好的肝胆外科手术大夫来主刀，您的病一定会很快好起来的。”

“我知道，我说的不是这个。我手头，还有很多事情没有做……”

“您别急，黄老师，您出院以后很快就可以继续工作了。”

黄大年向谷玥笑了笑。

半个多小时后，完成了两次灌肠，一切又安静下来。

晚7时59分，黄大年在朋友圈感慨道：“人生的战场无所不在，很难说哪个最重要。无论什么样的战斗都有一个共性——大战前夕最寂静，静得像平安夜。无聊中翻看我的第一页微信相册，记录了2009年圣诞节后，把英国剑桥10多年的家移到长春南湖的日子。在湖边的上班路上奔忙，一晃又要到第7个圣诞节了。脑子里满是贺卡、圣诞歌、圣诞礼物、圣诞树，是忙碌后的放松感和浓浓的节日气氛。提醒职场拼搏的人们，事业重要，生活和家庭同样重要，但健康最重要！”

晚8点53分，黄大年在朋友圈中又写了一句话：“谢谢大家鼓励，明天上午开始，暂时失联一小段时间。”

凌晨1时，人们大多已进入梦乡，黄大年却想着他的学生。他给周文月发去微信，说他已经给剑桥大学发送了邮件，推荐她去攻读博士学位。

黎明时分，黄大年用最喜欢的《再别康桥》中的诗句，改写了微信的签名档：“轻轻地我走了，正如我轻轻地来。”

这一夜没有睡好，黄大年知道病情后，隐隐有些不安。肿瘤是恶性还是良性，要术后切片才知道。

14日上午9点半，手术室离病室很远，黄大年快步走了20多分钟，连他身后的弟弟黄大文都跟不上他的步伐。黄大年脚步噔噔有声，精力旺盛，神态威武，毫无大病将至的感觉。黄玲和王郁涵将黄大年送进手术室。

手术室的大门即将关上的那一刻，黄大年突然和医生说：“再看看我的学生们。”他又回到门外，跟他们一一握别。

手术室的门像个立式铡刀，将他和亲人们切开。

手术室外、走廊里，很多人在焦急地等待。好多领导、专家和朋友都在关注黄大年，期盼手术成功，期盼黄大年早日康复。

时间一分一秒地过去，分分秒秒都那样揪心！

3 个小时过去了，手术室的门紧紧关闭！

5 个小时过去了，手术室的门紧紧关闭！

7 个小时过去了，手术室的门仍在紧紧关闭！

妻子张艳的心都要跳出来了，在走廊里来来回回走。

妹妹黄玲、弟弟黄大年坐立不安。

于平、王郁涵和团队的伙伴以及学生们都在“候场”，一刻都不离开。更多的学生和同事、朋友们，互相打电话，焦急地等待手术结果……

手术进行了 8 个小时！

晚上 6 点钟，手术室的门终于徐徐打开，医生们将黄大年推出来，数十双目光刹那间扫过去，焦急而充满渴望……

当医生悄悄地告诉大家“手术很成功”，人们当即长长呼出一口气，笑容灿烂，张艳紧紧拉着黄玲的手，两人喜泪缤纷。

一片云彩散了！

天晴了！

听医生说，黄老师的身体很好，住几天院就可以上班了。手术的第 3 天，弟弟黄大文和妹妹黄玲离开长春回到南方。

2017 年 1 月 1 日元旦，黄大年手术后的第 18 天，病房里洋溢着喜气。在青年教师焦健的帮助下，胳臂上插了很多管子的黄大年，在专心收看习近平主席的元旦贺词。头一天晚上，黄大年嘱咐护士将这段视频录下来，拷贝进电脑。

2016 年是中国科学家扬眉吐气的一年，“中国天眼”落成启用，“墨子号”飞向太空，“悟空号”已经顺利运行一年，“神舟十一号”和“天宫二号”遨游星汉……

聆听着习近平主席的讲话，黄大年很激动，回想在北戴河意外地受到习主席的亲切接见，他说：“国家对科学创新这么重视……有了国家的决心……我们的技术马上就要派上用场……你们都要准备好，加油干哪！”

一阵剧烈的咳嗽，黄大年满脸通红，泪光闪闪。

焦健忍着泪，出了门才哭出声来。病榻上的黄大年，无时无刻不想着赶超科技前沿、超越极限啊！

2017 年 1 月 4 日，黄大年突然内脏大出血，转氨酶升高、肝功能快速衰竭、屏幕上呈现的心电图线条动荡起伏……

于平赶紧打电话，黄玲和黄大文再次连夜从南方赶来，黄大年再次转入重症监护室。不大工夫，医生刘凯走了出来，没等人们问他，他就像个孩子一样“哇”地哭出声来：“希望很渺茫了！头一次感觉到自己不想当医生了！我从来没有这么难受过，看到黄老师这样一个大科学家走到这一步，自己却一点儿办法都没有……”

医生们热泪奔流地按压、按压……丝毫不见效，准备放弃，黄玲见医生摇头了，“嘭”地跪下了：“我求求你们，求求你们了！一定还有希望的！”

几位医生继续轮流按压，奇迹却躲得远远的……

此刻，在万里之遥的欧洲英格兰，黄潇在临盆的阵痛中挣扎。或许这个混血小外孙急着向姥爷报到，他伴母亲一起努力，终于降生了！

“快！”虚弱的黄潇不顾大汗淋淋，告诉她的英国丈夫，“拍一张孩子的照片，赶快给我爸爸妈妈发过去！”

黄潇知道，爸爸最关心这孩子，早就把名字起好了，叫“春伦”，长春的春，伦敦的伦。这是黄大年最牵挂的两个城市，“春”和“伦”像两颗星，一颗亮在长春，一颗亮在伦敦。可是，世事太残酷啊！小春伦的照片传过来时，姥爷黄大年的手机正静静地躺在病房的柜子里。

黄玲听到柜子里“嘟”地响了一下，见到春伦照片的第一时间，立刻冲进了抢救室，把手机举过去：“哥，哥！你快醒醒啊，潇潇生了，是个男孩子……”

黄大年已经失去意识，脸色苍白，双目紧闭，毫无反应。

“哥，哥——你快睁眼看看啊，这是春伦，你的外孙啊！”

黄大年沉沉地睡去，仍然毫无反应。

上次手术后第 3 天，黄大年已经正常进食，弟弟黄大文便回到广西。哥哥病重他又赶回长春，见哥哥已经病危，黄大文术前签字的手都抖了，一连签了 10 多张单子，满脸是汗。张艳毕业于吉林中医学院，知道丈夫的病情已经很难回天，一下子蒙了，她接受不了这突如其来的打击，不吃不喝，目光发呆，站都站不稳。

于平含泪发出一条微信：大家都快来医院！

学生们正在食堂吃饭，赶紧扔下筷子跑向医院，万般焦急地守候在重症监护室门口。他们神情紧张，大气都不敢出。突然，ICU 那道神秘的门开了，医生说黄老师的病情严重，一分钟都不能耽搁！随后，黄老师被医护人员推了出来。看见心爱的老师戴着呼吸机，眼睛半闭着，“呼呼呼”哮喘，学生们的心都要碎了！他们自觉地退后一步，手攥着手，为老师拉起一道通向手术室的保护人墙。

目送黄老师进了手术室，一种不祥的预感袭上心头，学生们万般心痛，却只能在心底呼唤：黄老师，您一定要醒过来呀！您不能丢下我们哪！

我们要学习您的满身本事！

我们要报答您的恩情！

我们要做个像您那样的科学家！

可是，他们敬爱的黄老师一直昏睡不醒！

1 月 7 号，时逢“千人计划”联谊会换届。施一公介绍完候选人黄大年的基本情况后，忍不住说了一句：“大年病危，正在和病魔殊死搏斗。”全场立刻肃然，唏嘘一片，大家不约而同，高票推选黄大年为副会长，每一票都是祈祷，每一票都是挽留呀！

1 月 8 日 13 时 38 分，人们惊悉噩耗，敬爱的黄大年老师永远离开了！

妻子张艳听了医生的通报，立刻傻了，脸色蜡黄，仿佛一脚踩在棉花上，身体摇晃随时要散架。黄玲大声号哭着一把拉扶住她，感觉嫂嫂瘦弱的胳膊瞬间冰凉冰凉。

突然，张艳使劲挣脱开，疯魔般冲进抢救室，一头扑在丈夫身上，紧紧抱住他，脸贴在他的胸膛上：“大年，你不能走，别丢下我！”

为了丈夫开心，她放弃了自己的医学梦；为了丈夫开心，她将心爱的女儿独自留在英国；为了丈夫开心，她甘愿独守空房；为了丈夫开心，她为他弹琴……可这一切都是值得的，她边哭边说，“为了你，我什么都愿意！可你……你不能丢下我呀——”

张艳是长春人，她在医学院上大学认识了黄大年，两人一见钟情。从此天南地北，海角天涯，这对伉俪从未分开过。

“大年啊，”张艳悲恸欲绝，一次一次地重复着，“你……你不能离开我……”

悲伤漂光了色彩，此刻，全世界都是黑白片。

张艳特别牵挂丈夫，也曾心生埋怨，饭做好了，大年不回来。盼到后半夜，大年仍然不回来。在朋友圈中偶然发现丈夫的一条微信，只剩下感动：“可怜老妻一再孤独守家，周末、节日加平时，空守还是空守，秋去冬来，在挂念中空守，在空守中老去……我6年前安慰她，再有一年就忙完，再有一年就是剑桥的生活节奏……”

有人提示要不要将黄大年去世的消息告诉黄潇。“不要发，”黄玲阻止道，“潇潇还不知道。”可是，黄潇已经看到了！

坐在产床上，黄潇疯狂地拨打父亲的电话，她要“证实”这不是真的！

“为什么不告诉我真相啊！”黄潇号啕大哭，“我为什么相信你一直在出差呀……”

上一次和父亲见面，还是在自己的婚礼上。父亲请假匆匆赶到英国。那一天，父亲既高兴又不舍，搂着穿洁白婚纱的女儿，在优美的旋律中父女翩翩起舞。很久没有这样近距离看女儿了，原来女儿已经长大了，漂亮了，要嫁人了。女儿感动地看着父亲含泪的微笑。他送给女儿一块老旧的手表，那是父亲和母亲结婚时姥爷送给他俩的传家宝。父亲亲手把表给女儿戴上，便匆匆回到中国。

黄潇非常喜欢爸爸送的礼物，她知道，“父亲永远让我记住根在中国”。黄潇把手表调成“北京时间”，心便与祖国“同步”。她将手表放在耳边，“能听到祖国的心跳”。

谁知，这竟是最后一面，太痛心了！

黄潇一口东西都不想吃，可又担心幼小的孩子。丈夫哄她，喂她饭，黄潇味同嚼蜡地下咽，脸上热泪双流……

妹妹黄玲和秘书王郁涵到家里整理黄大年的遗物，打开床头柜，她们愣住了：三个抽屉装满了肝病药。“他早就知道……”王郁涵几乎泣不成声，“黄老师啊，您把我们都骗了！”

熟悉黄大年的人都知道，他从不在钱上计较。大哥离开，妹妹黄玲拿着卡去银行销户才发现，几个卡加起来才几十万元，要知道，他可是手里“有特权”，经手几亿元大项目的科学家啊！在一旁的于平见了吃惊又感动，泪流满面。

若非亲眼所见，谁能相信，在利益至上的时代，在一些人为了钱可以“不顾一切”的时代，竟然还有这样的人？

黄大年去世，牵动着千万人的心。

在军方引起很大的震动！因为，他所做的事情“太大了”！顶尖战略科学家，高科技团队领袖突然去世，国家的损失太大了！

在企业界引起巨大震动！黄大年领衔的高科技“前卫军”有的进行过半，有的刚刚开始……

在科技界引起巨大震动！黄大年协调组织了400多人的科技攻关团队，许多项目都是“半截子工程”啊！

与黄大年朝夕相处、共同打拼的科学家和学生们，简直痛得肝肠欲裂，不敢相信这是真的……

黄大年团队的科学家和学生们更是哀痛不已，他们不相信体育健将黄大年老师会倒下，一定是太累了歇一歇，他不会丢下他们不管，他一定能醒过来的！

1月8号将黄大年的遗体送往殡仪馆，至出殡前6天，学生们一直陪伴着老师，昼夜坚守。许多学生明显挺不住了，但撵都不走，一直在坚持。“连我都内疚，”黄大文告诉我，“我实在坚持不住了，还回去歇歇。学生们一直在昼夜坚守。他们发乎真情，每来一个都为我哥磕头。”

1月12日，在长春长白山宾馆，全国各地来了很多人。多数人从未见过黄大年，完全是慕名而来，送大年最后一程。

北京大学的教授们，那些交叉学部的合作伙伴，从未与黄大年谋面，更没有直接联系，也来送别这位领袖式的人物。

1月13日送别黄大年，苍天却用寒冷“考验”人们，零下23摄氏度的严寒，冷风呜咽，举世哀伤。天若有情，大片大片的雪花飘飞起舞，像洁白的纸钱，像化身的精灵，每一朵都是深情的悼文，字字入心；每一朵都是象征，赞美黄大年的清纯、清透和清洁……

焦健和黄玲捧着黄大年的遗像从黄家出发，按照当地民俗，青年教师焦健以“长子的身份”，把火盆高高举过头顶，冲天大喊一声：“黄老师，一路走好！”“咣”地摔在地上，泪水瞬间奔涌而出。

许多人都在擦拭眼角，仿佛摔碎的不是火盆，而是他们的心！

眼泪是透明的水，掉在地上也会破碎。不破的是映在泪里的灵魂。

送行的人涌向长春市殡仪馆，任缤纷泪雨和雪花扑簌簌坠落，在头顶、肩膀和手上、袖头绽放冰花。800多人神情肃穆，素色衣服胸前白花垂首，像星星缀满夜空。哀叹、痛惜、啜泣，如暗夜中翻卷的悲伤旋涡……

学生们知道黄老师生前爱吃烤苞米，特意摆在遗像前。

国失栋梁，学术界失去领军人，科研团队失去领袖，学生们失去导师……

张艳面容憔悴，瘦脱相了，仿佛几根骨棒支撑着衣服，随时要倒的样子，所见之人无不垂泪……

不知谁失控哭出声来，多少个压抑的悲伤瞬间决口，这里决口，那里也决口，刹那间许多处决口连成片，一派汪洋……

主持黄大年追悼会的马芳武说：“大家一定要忍住，不要哭。黄老师离开我们，大家觉得非常悲伤，非常痛心。但是如果我们哭成一团的话，这个场面就不好控制了，现在，让我们一起唱他生前最喜欢的歌曲《我爱你，中国》。”屏幕上播放黄老师生前的照片、视频，黄大年正在生龙活虎地游泳，激情澎湃，动作潇洒，一遍一遍地播放……仿佛黄大年就在身边。

歌声代替了哭声，动感代替了宁静，可人们大声唱着歌，却热泪如洗！有人边哭边唱……

“我爱你森林无边/我爱你群山巍峨/我爱你淙淙的小河/荡着清波从我的梦中流过//我爱你中国/我爱你中国/我要把美好的青春献给你/我的母亲/我的祖国……”

唱着这首歌，人们感觉黄大年没有走，就在身边。祖国的崇山峻岭里有他，祖国奔腾的江河上有他，祖国一马平川的大地上有他，祖国辽阔的海洋中有他，祖国的彩云高天之上有他……

追悼会上，清华大学副校长、中科院院士施一公满含热泪如泣如诉的演说再发一枚“催泪弹”：“从2010年认识起，我和大年学长就经常沟通交流，每一次接触，我都能真切地感受到他对祖国和科学事业深深的热爱。在祖国需要时回国，毅然决然、义无反顾。他是一名赤胆忠心的海归科学家，为推动祖国科学的发展全心全意、殚精竭虑；他是最单纯的科学家，单纯到为了祖国、为了祖国科学事业的发展不计个人得失，倾注全部精力。大年学长将是我永远崇敬、怀念的榜样和典范！他是一代人的楷模，是中国知识分子的楷模，是460万留学生的楷模！他的精神感染、激励和鼓舞的绝不仅是一个团队、几届学生、一所学校，而将是一个领域、一批学子、一代人。大年兄是我的好兄弟，是当代的邓稼先！”

最后的离别即将到来，黄大年团队和学生们更加悲痛，每一秒都是锉，一下一下锉着亲人的心。人生最大的悲伤莫过于不想离别却又不得不离别，而且是永不见面的诀别！

当程序进行到家属们做最后的告别时，马国庆说了声“我们就是黄老师的家属”，便站到家属行列。很快，1个、2个、20个、50个……很多学生加入家属队伍，唏嘘一片……

黄大年团队青年副教授马国庆，是黄大年回国带的第一批博士研究生，也是学生们的师兄。最后时刻，马国庆泪流满面：“我们都是黄老师的学生，现在我们向老师做最后的告别，跪下——”

“轰”的一声巨响，几百双膝盖同时砸在水泥地板上，惊天动地！

“哐！”“哐！”“哐！”几百个前额同时砸在地板上，连砸三下……

目睹之人无不震惊，无不动容！

刹那间，整个大厅号啕一片——

“我多么希望这是一场梦啊，我多么希望用我生命的10年、20年乃至后半生来换回您！”

“让我真诚地叫您一声——爸爸！”

“做您的学生真的很幸福，来生我还做您的学生！”

“老师，一日为师终身为父，我这辈子都是您的孩子，您未完成的事业有我们帮您完成，老师您好好休息吧，我们不会让您失望！”

…………

在同一个时刻，曾做过大手术的吉林大学植物科学学院副院长李荣茂，正高烧40摄氏度，病榻上得知黄大年不幸去世，当场号啕大哭，他浑身发抖，脸上虚汗淋漓，仍坚持创作了抒情长诗《黄大年，一盏永不熄灭的爱国明灯》，他在诗中呼唤：“请上帝带我走吧，留下大年兄！”

在同一个时刻，36 位从全国各地专程赶来的“千人”专家垂泪如雨，忍不住抱头痛哭。

在同一个时刻，网友们感慨：“黄大年是浮躁年代的定心丸”“让我们认识了一位伟大的科学家”“国之大匠”“已看哭，民族脊梁”“游子绩高如浮萍，归乡报国根泥深”……

马克思一个世纪前似乎早有“预见”：“我们的事业并不显赫一时，但将永远存在，而在将来，面对我们的骨灰，高尚的人们会挥洒下热泪的。”

续航：再出发

一叶红枫飘落，引爆整个秋天。

中共中央总书记、国家主席习近平知道黄大年的事迹后，当即号召全国人民学习黄大年心有大我、至诚报国的情怀。全国“时代楷模”、全国道德模范、全国优秀教师、全国“至诚报国楷模”等数十项荣誉实至名归。全世界有上千名华裔科学家受到震动，纷纷踏上报效祖国的归途。

“黄大年热”迅速升温。

2017 年 1 月 13 日，刚刚告别黄大年的当天，于平和其他两位团队成员不顾疲惫和忧伤，连夜坐火车去北京申报课题。那是黄大年生前就布置好的，一定要完成。申报顺利通过，三人去了黄大年生前常去的一家米粉店，点了五碗米粉，另两碗留给老师黄大年。饭店依旧是老样子，人还是这些人，唯独缺了黄老师。他们紧紧盯着那两碗热气腾腾的米粉，静静地等待，仿佛黄老师还能回来……

黄大年的话又在耳边响起：“吃东西可以汤汤水水，但做事千万不能汤汤水水，唯有认真对待每一个细节，才能成就最好的结果。”

“你来不来都一样，感觉每朵莲都是你。”王郁涵每星期都会修剪黄老师办公室中的绿植。黄老师看到哪片叶子枯萎都会不开心，认为花长得不好，不是花的问题，是养花的人没用心；事情做得不够好，同样是因为做事的人没有全心投入。

在地质宫大楼，507 室的灯光再也没亮，黄大年团队办公室的灯光却早早亮、晚晚熄。同事和学生们把怀念黄大年的悲痛，化成勤奋的攻关行动。这样，他们会离黄老师近些。

马国庆一口气领了多个科研项目，要像老师一样，拼尽全力科技报国。

黄大年曾经工作的英国科研团队领衔人说：“黄大年教授虽然离去，但我们承诺他的科研项目不会终止，我们全力支持黄大年的团队。”

中国工程院院士、吉林大学校长李元元郑重承诺：“学校将在人力、物力、财力等方面全力支持黄大年同志生前所在学院的团队，围绕国家重要需求和科技创新，将他未竟的科技事业全力推进，争取在短时间内，将黄大年同志所开辟的重要方向和课题实现重要突破。”

“千人计划”特聘教授殷长春领衔的移动平台探测技术研发中心，2017 年度国家级科研项目申报再次取得重大突破；李桐林教授负责的国家“十三五”重点研发计划“深地资源勘查开采”重点专项“移动平台地球物理探测技术装备与覆盖勘查示范”“航空重力梯度仪研制”项目，已经正式实施；杜晓娟教授负责的国家“十三五”重点研发计划“深地资源勘查重点专项”等多个课题顺利启动；刘财教授、李桐林教授、于平教授、冯晅教授、于显利副教授和马国庆副教授各自负责的高端项目，都层楼更上，令世界瞩目。

黄大年生前“建设一流学科、一流平台、一流团队”的设想，正开足马力，全力冲刺，向国际顶尖科学高峰攀登。

黄大年的学生们有的入职全国各大科研机构，继续项目研究；有的放弃优厚的工作机会，像黄老师一样在吉林大学任教。

那些已经散布在世界各地的学生，他们按照黄大年结合每个人特点设计的专业特长、兴趣方向、性格特点，种子一样播在科研土壤里，期待破土萌发，让祖国下一代多学科交叉研究的科研人才茂盛成长。

出国的学生们所学不同，异居各地，但有一点是相同的，他们永远牢记恩师黄大年的教诲：“一定要出去，出去了一定要回来；一定要出息，出息了一定要报国。”

（《北京文学》2018 年第 7 期刊载）

中共中央总书记、国家主席、中央军委主席习近平近日对廖俊波同志先进事迹做出重要指示强调，廖俊波同志任职期间，牢记党的嘱托，尽心尽责，带领当地干部群众扑下身子、苦干实干，以实际行动体现了对党忠诚、心系群众、忘我工作、无私奉献的优秀品质，无愧于“全国优秀县委书记”的称号。广大党员、干部要向廖俊波同志学习，不忘初心、扎实工作、廉洁奉公，身体力行把党的方针政策落实到基层和群众中去，真心实意为人民造福。

习近平指出，一段时间以来，一些优秀基层干部因各种原因在基层一线工作中不幸过世。各级党委和政府要关心这些优秀基层干部的家属，满腔热情帮助他们解决困难，特别是要把他们的老人和未成年子女照顾好。这项工作，要有专人负责、专人落实。

（据新华社北京 2017 年 4 月 14 日电）

初　心

——“新时期领导干部的楷模”廖俊波纪事

◎ 李春雷

公元2017年3月18日19时35分许，闽北大雨。

48岁的福建省南平市委常委、副市长廖俊波，在前往武夷新区开会途中，突发车祸，因公殉职。

信息甫出，舆论爆棚。万人痛惜，唏嘘满城。

但这个开放的社会呀，天然存在着多元的逆向思维。迅即，微信上便有人纷纷质疑：今天是周六，又逢暴雨，还是夜间，他不是去开会，肯定是去娱乐，抑或……

是啊，这个推测，不能说没有道理，不能说没有可能。

南平官方马上启动，详细调查：

有会议通知吗？

当然，前几天早已下发，有案可查！

有没有议题？

笑话，研究部署生活区搬迁、软件园招商等四个当务之急。而且，与会人员俱已签到，均可作证！

凌晨2点49分，信息如实公布。

所有的杂音立时缄默，所有的感慨轰然响起！

……

2017年5月，我开始深入南平民间，细细调查廖俊波事迹。

南平，俗称闽北。这里真是一块特殊的风水宝地啊：三溪汇流，闽江之起首；武夷巍峨，福建最高峰。然而，令人尴尬的是，其经济发展水平，却位于全省之尾。

20 多年来，廖俊波在这里转换了 9 个工作岗位，处处踏石有印，抓铁有痕。

在拿口镇，他缔造了南平市第一个乡镇工业区；在邵武市，他创建了南平市最大的化工基地——金塘工业园；在浦城县，他建造了南平市实体经济的重要增长极——荣华山工业组团；在武夷新区，他正在主持创造一个寄托着南平市未来的有史以来最大的新型工业园和现代化新城。尤其在全省经济最落后的政和县工作期间，更是屡屡创造奇迹：短短 5 年时间，县财政收入从 1.6 亿跃升到 4.9 亿元，经济发展指数上升 35 位，连续 3 年进入全省“县域经济发展十佳县”，他本人也被中央确定为“全国优秀县委书记”。

面对南平的青山绿水，我一直在思考：在目前这个丰富多元的新时代，廖俊波，这个出身草根的农家之子，这个学历不高的乡村教师，何以能够取得如此成绩？他的心中，到底揣着怎样的“秘密武器”……

一 乡村教师

起步不在早晚，储备只待激活。只要有能力，有激情，有梦想，机会就是前面虚掩着的门……

其实，廖俊波在 24 岁之前并没有什么政治理想。他的愿望，就是当一名合格的乡村教师。

1968 年 7 月，他出身于南平市浦城县一个偏僻农村，父亲是一名普通的公社办事员，母亲是一位小学民办老师。兄妹三人，他是老大。家境呢，虽比赤贫略好，只是聊以温饱。由于母亲的原因，他启蒙较早，从小爱写字，爱读书，爱整洁。

3 岁的时候，他突然被诊断出白血症。这是一个天大的祸端，医院里的生活便成为他的童年记忆。几年后，全县相同病情的六七个孩子，陆陆续续地夭折了，只有他，竟然奇迹般痊愈。小小的他，似乎明白了什么。所以，他总是微笑，总是感恩，同时，习练武术，强健身体。

只是他的天资似乎并不突出。他在中学期间留过一级，第一年高考也名落孙山。而且第二年，也只是考取了一所普通高校——南平师专物理系。这时候，他已经 20 岁了。

或许因为年龄大，兴趣广，成熟早，表现好，他被推选为系学生会主席。正当校方看好，准备培养他担任校学生会负责人时，他却有了新的目标，那就是同班女同学林莉。他热烈地追求，颇有爱美人不爱江山的决心。学校并不提倡恋爱，尤其是他这么一位优秀学生干部。奉劝再三，情志依然。于是，组织上叹息着放弃了对他的进一步培养，只是任命他为校学生会保卫部部长。

转眼就要大学毕业。他是父母唯一的儿子，女友是家里独生的女孩儿。因为爱情，1990 年暑期，他毅然背井离乡，投奔女友的家乡——邵武市。

都是没有任何背景的平民子女，不懂社会，更不会走关系。当年，这对情侣竟然没有分配到一起：女方到城外 60 公里的一所最偏僻的中学，而他落脚的大埠岗乡中，距离县城也有 30 公里。

不啻说，对于热恋中的他们，这是最糟糕的分配结果。

但他仍然十分知足，因为母亲教书大半生，至今没有转正，而自己刚刚上班就是国办教师，薪水比她还高。多么幸运啊，更需倍加珍惜！

执教之初，他便担任初二年级班主任。

他备课有一个习惯，喜用红笔和黑笔。黑笔是正稿和主体，是关键点和知识链；红笔是修改和补充，是延展和花絮。黑红相间，工工整整，既有枝有干，又有叶有蔓。上课呢，除了严正的讲授，多采用快乐教学法和激励教学法。整个课堂，时而蓝天丽日，时而杏雨霏霏，时而鱼翔浅底，时而鹰击长空；春园芳草，日日见长；秋蚕食桑，夜夜育肥。

班上有几个落后学生，他耐心启发、引导和奖励。课后，和他们一起吃饭、散步、打篮球、练武术。

校长姓刘，特别喜欢这个勤奋而又阳光的年轻人，却又发现他生活的困局：每个周末，都要骑自行车去探望女友。太远了，太累了。于是，刘校长悄悄地、主动地向教育局申请调入。

很快，一对情侣终于团聚。

内心的挚爱，组织的关怀，使他的热情之火更加白亮。

学校有 500 多名寄宿生，生活管理极其麻烦。廖俊波却主动要求担任宿管老师。每天早晨 5 点开始，组织跑操、晨读和早餐；中午监督午餐和午睡；晚上最需操心：夜自习严禁外出，闭灯睡觉更要保证准时和安静。琐琐碎碎，凌凌乱乱。他却乐此不疲，津津有味。

教室通往宿舍的小路上，碎石堆积，野草丛生，时有毒蛇出入，不仅行走不便，而且暗藏危险。他发动学生，义务劳动，搬走石块，铲除杂草。半个月后，一条整洁平坦的甬道出现了。

两年后毕业考试，他的班居然名列片区第一。

刘校长看着这个外地小伙子，煞是惊奇。他身上，确乎有着一种特殊的魅力。

恰在这时，乡政府请他推荐一名文笔好、品行优的年轻语文老师，调去工作，培养担任办公室主任。

刘校长陷入苦恼，选谁去呢？

有几位年轻的语文老师，虽然文笔不错，但惰性明显：早晨赖床，常常耽误早操和晨读，甚至上午第一节课也需要自己拍门催促，总让人牵肠挂肚。这样的素质和作风，怎么能干好政府工作呢？

综合考虑，还是选定廖俊波。虽然他是物理老师，文笔略差，但综合素养高，可塑性强。

这天夜里，刘校长严肃地找他谈话，并以长辈的口吻真诚相告：以他的潜质，应该选择一个更宽大的舞台，更适合的岗位。

青涩涩的廖俊波，热恋中的廖俊波，不明就里，却又若有所悟。他感激地看着校长，看着组织。

一个普通乡村教师的人生，悄悄地转航了……

二 新星

由小我到大我，由走近到走进。他的内心有了一次悄悄地却是热烈的淬火，铸定了朴实而坚韧的初心！

作为国家行政机构的最基层，乡镇干部的繁忙和苦累，城里人似乎永远也难以体味。

父亲在乡政府工作大半生，深知其中甘苦。他告诉廖俊波，乡镇干部最基层、最辛苦，但老百姓更弱势、更无奈、更可怜，千万不要为难他们，不要吆喝他们，要尽最大力量帮助他们。

是的，乡政府大院里每天像集市，笑声、哭声、叫喊声，相互碰撞，无休无止。这才是原汁原味的农村生态，这才是真真实实的基层现实。

好在，他有着火一样充沛的热情，牛一样坚韧的耐心，水一样自然的笑容。

更重要的是，他有海绵一样饥渴的学习欲望。

工作总结、情况汇报、领导讲话、个案调查、新闻稿件等，这些完全陌生的公文和信息写作，必须马上学会。他收集了大量范文，搁在案边，放在枕边，带在身边，细细模仿，深深琢磨，字斟句酌，庖丁解牛。

公文写作看似简单，但要达到娴熟和精准，绝非易事啊。一枚枚文字，像一颗颗蒺藜，扎手又扎脚。他小心翼翼，蹑手蹑脚地日夜探索、前行。瞪着大眼看电脑，满眼血红。猛然一豆幽明，马上疾步上前。夏天里，没有空调，浑身是汗，裸上身，赤双脚，地板上盛开着一朵朵水灵灵的肥硕的梅花。

有一次，乡政府举办一个乡镇企业成果展览。所有展品都要拍照，要文字介绍，还要布展。“没问题，我来！”连续一周，昼夜加班，一个美轮美奂的展室形成了。照片幅幅精美，文字篇篇精彩。更让人惊艳的是他的书法，颜筋柳骨，清新俊逸。

对外对上接待也是一把好手啊。他满面微笑，彬彬有礼，言语真诚。洁白的衬衣，深蓝的裤子，永远那么干干净净，折叠熨烫得有棱有角。尤其是一些僵局和矛盾，只要他出面，大多能一一抚平，云淡风轻。

没多长时间，乡党委便培养他入党，而后指定他担任党委会议记录，并负责保管公章。

全乡大院，都喜欢这个每天默默干、满头汗的勤快小伙子……

1993 年和 1994 年，廖俊波所在的大埠岗乡的信息资料工作和新闻稿件发表数量，均在全市排名第一。

这些当然引起了上级的注意，邵武市政府办公室急需这样的人才，迫不及待地紧急调入。

当今的青年人啊，大多好高骛远，心态浮躁，浅尝辄止，特别是文字工作，有几个人能够真正踏踏实实地潜入和掌握呢。

可想而知，他很快便成为全市的“笔杆子”，并被提拔为市委办公室副主任。

几年的乡镇和县级机关工作经历，廖俊波与这片土地、这种生活、这个社会似乎产生了一种越来越浓烈的生命感应。走在马路上，他品尝风儿是甜的；坐在办公室，他呼吸空气是香的；面对繁忙的工作，似乎感觉空气里跳动的是劲爆的音乐……

他竟然那么地热爱工作，以苦为乐。

有时，办公室集体加班，夜深，累极。他说，我给大家打一趟拳吧。说着，把大家招呼到楼道里或院子里。他微闭双目，静默片刻，便开始白鹤亮翅，双峰贯耳，形如捉兔之鹘，神如捕鼠之猫……

大家精神一振："廖副，再唱一首歌。"

"好！"

他收手，挺胸，吸气，略略凝神，一首欢快的《蜗牛与黄鹂鸟》便脱口而出。虽然半专业，却是全投入。

一片惊呼。

唱罢笑罢，大家回到案边，再埋头，再启程，直奔黎明。

他似乎真正触摸到了这片土地的脉搏，躁动与安宁，痛苦与成长。他似乎听到了国家机器最底层的齿轮吃力而又刚劲的"吱吱"的摩擦声，听到了大地"窸窸窣窣"的天籁声和庄稼们"噼噼啪啪"的拔节声。过去，他面对的是孩子们，只有几百人，而现在的对象，是几十万名父老乡亲。他们的生活，他们的生产，他们的生命，他们的苦恼，他们的欢乐，他们的梦想……

想起原来小小的自我，他常常发笑。

1998 年 6 月 22 日，邵武市大半区域遭受了一次百年不遇的水灾，损失惨重。

全市民众在市委、市政府组织下，众志成城，拼死抵御，展现了一种罕见的顽强不屈的精神状态。

市委决定，在抗洪救灾结束之时趁热打铁，召开一个隆重的表彰会，以进一步凝聚人心，提振精神。这一次表彰，在全市最大的剧场内举行，与会人员超过两千，98 个单位 622 位先进个人，全部上台领奖。

7 月中旬，正值酷暑，市委、市政府不少领导上班时穿着 T 恤、短裤和休闲鞋。

在筹备会议上，负责会务工作的办公室副主任廖俊波建议：在颁奖大会上，希望所有市领导统一穿着暑期正装：短袖白衬，红色领带，深色西裤和皮鞋。

不少市领导马上怒目而视，斥责他走形式、花架子。是的，现场没有空调制冷，人们岂不中暑？

他说，穿上正装，是对会议的重视，是对英雄的尊重，表现的是市委、市政府领导的态度和素养、精神和形象。至于炎热，可以用别的方法缓解。

市委书记林小华眼前一亮。是啊，过去随随便便，土八路作风，对这些细节未加注意。这绝不是形式，而是内涵，而是文化，更是文明！

那一天，虽然仍是炎热，但10多位市领导衣着崭新，领带鲜艳，严正地向全市英模一一颁奖。

廖俊波安排在现场摆上冰块，并调集了数十台电扇，摇头晃脑地吹风送爽。

全场气氛肃穆，悲壮激昂，仿佛是战场。颁奖的领导们领带飘起，头发飘起，着装整齐而庄重，极显大将风度。而立功受奖人员，更是群情激奋，神圣无比，血脉偾张，跃跃欲试，似乎每个人的心中，都揣着一个核工厂。

这次会议，反映强烈。大家说，这才真正是团结的大会，鼓劲的大会。

爱学习，肯用心，能吃苦，虽然进门起步晚，但是融入状态快。廖俊波，以朴实、真诚的努力和实绩走进了组织的视野！

三 一镇之长

共产党的干部，什么是信仰？什么是动力？

为人民服务，让群众幸福，这就是动力！难道，我们还需要别的什么动力吗？

拿口镇，是廖俊波主政的第一块试验田。

1998年9月，他被市委任命为拿口镇党委副书记、镇长。

拿口镇位于县城东侧36公里，是本次受灾最严重区域。全镇共倒塌房屋574幢，894户3843人无家可归。

大灾过后，当务之急是建房。而要建房，红砖紧俏。当地个体户借机抬价，砖价比过去高出2倍。面对歪风汹汹，他通过相关部门马上联系，用火车从外地调运红砖数十车皮。

外来红砖入赘，骤然稳定市场！

他，第一次感受到党和政府正能量调控的巨大优势。

仅仅5个月时间，全镇共建造楼房102座。春节之前，全部灾民迁入新居。

农民收入偏低。他深层调整种植结构，推广种植烟叶，倡导多养鳗鱼。2年之内，烟叶种植面积由1000亩扩大到6000亩，鳗鱼养殖水面达到1000亩，使全镇农民收入平均提升近千元。

小镇财政寡淡。他充分调研后，果断改革财税体制，对镇属电站和集体竹山进行重新竞争承包，使镇财政每年增收70余万元。

在拿口镇期间，他最大的贡献，就是创建了一个工业园。

乡镇建造工业园，整个南平市前所未有。但他经过反复考察，根据当地的地理位置和产业特点，决定打破这个先例！

他首先规划出600亩的园区平台，总体设计，分批开发，针对具有当地资源优势的竹木加工、工艺品、竹炭、矿产加工等行业进行重点招商。

千言万语，千山万水，千辛万苦。经过几年招商引资，深情呵护，热情服务，这个工业园竟然迅速发展起来。他离任之时，已经落户生产型企业27家，其中投资500万元以上者5家，工业税收达到260万元。

正是这个工业园，使拿口镇一跃成为邵武市数一数二的经济强镇！

在拿口镇，谈起廖俊波，人们总要说到一条路。

拿口镇的前身是拿口乡和朱坊乡，几年前，两者合并。由于原朱坊乡的20多个村庄地处偏僻，没有一条硬化公路，致使1.3万村民苦不堪言。但通村公路不在国家计划之列，没有政策资金补助。

一条路，关乎一方土地的未来，更关系到两个片区群众的和谐。廖俊波经过综合考虑，决定修筑这条民心路。

但问题随之而至：修柏油路还是水泥路？

全路总长19.6公里、宽7米，柏油路需要400万元，但寿命较短；而水泥路则需要600万，如果质量保证，可使用20年。

他选择水泥路！

困难，困难，党委解困，政府克难！

除了乡政府自筹和贷款，资金还有不小缺口。他马上捐出一个月工资，又动员全乡干部和教师捐款，并游说当地企业家赞助，然后又四处奔波，苦苦化缘。

终于，筑路资金基本凑足。

他日夜值守现场，协调监督施工质量。

铺路的石子大多从河中捞出，粘满泥沙。他主张对石子们进行统一洗澡。

现场工程师嘲笑他多此一举。

他是物理老师出身，明白在混凝土硬化过程中，凝结物之间的杂质容易产生裂缝。这些微裂纹虽然肉眼难辨，却是质量隐患。他再三呼吁，只需增加这一工序，便可使公路寿命延长几年。

于是，在他的坚持下，工人们用高压水枪对全部石料进行细细冲洗。

2000 年 12 月 26 日，公路终于通车。

当天上午，数百名群众自发地涌向乡政府，敲锣打鼓，点鞭放炮。最引人注目的是十几位白发苍苍的老翁和老婆婆，从家里拿出铁锅和脸盆，用铁勺拼命地敲击着，脸上全是笑容和泪水。

霎时间，他泪流满面。

我们共产党的干部，什么是为人民服务？什么是信仰？什么是动力？什么是目标？

这就是目标！这就是动力！

难道，我们还需要别的什么动力吗？

17 年过去了，这条“拿朱公路”至今未曾损坏，仍然在坦坦荡荡、扎扎实实、日日夜夜地为这片土地服役……

四 共享荣华

真正的干将，真正的干部，就是主动地披荆斩棘，攻坚克难，进行开创性工作，并且任劳任怨，无私无畏。唯其如此，才能受到群众的拥戴、组织的信任！

单人又独骑，勇闯荣华山，是廖俊波生命中的又一段传奇！

拿口镇工作 5 年，年年考核全市第一。2004 年 2 月，他被选举为邵武市副市长。在这个岗位上，他率先提出建设专业化产业平台，并主持创建占地26平方公里的省级循环经济园区和南平市最大的化工基地——金塘工业园，使全市规模工业产值3年几乎翻番。2006年5月，他调任南平市政府副秘书长，协调工业和城建系统。

此时，南平市为了突破发展瓶颈，决定在闽浙赣交界浦城县仙阳镇的荣华山一带，上马一个工业园区。

或许因为他熟悉工业，对建造园区颇有经验；或许因为他是浦城人，更熟悉当地情况。他，成为最佳人选。

2007年10月，廖俊波被任命为荣华山产业组团管委会主任。

从地理位置上看，荣华山位于福建省最北端，紧邻浙江和江西，位于长三角、珠三角和海西三个经济影响圈的叠合部，的确是一块天然的聚财和吸金宝地。

但当时，它却是一片荒山，没有土地，没有规划，没有人员。

更重要的是，由于经济基础薄弱，市委、市政府授权他的启动条件，只有1个人、1部车和2000万元包干经费。

所需人员，暂且从当地政府机关借用。而办公场所，只是租用附近农村的五间小房。

真是白手起家，平地创业呀。

不，没有平地，因为每一寸平地都需要自己开掘。

……

实在难以想象，4年时间，廖俊波投注了多少智慧和心血！

一组数字为证：

铲平山头13个，新造平地3732亩，完成征地7000余亩。

签约项目51个，开工项目23个，前期投资28.03亿元。

在荣华山的开发中，他别出心裁地大力采取园中园形式。

最早启动的是绿色食品产业园。福建仙芝生物科技有限公司落户之后，所研制产品出口美国、加拿大、日本等20多个国家和地区，在国内各城市设立了120多家专卖店，并在当地种植灵芝1500多亩，带动菌农2000多户。而后是合成革园中园。他精心规划4000亩平台，打造出一个极具吸引力的孵化温床，最快地招来23家同类企业，创建了全国第一个合成革产业园。接着是机械电子产业园。采用企业代管模式，打造小微企业创业集群……

他仍然坚持着当教师时的习惯，对每一项工作都备课般地细细规划。

他的皮包极其特殊，是一种黑色帆布包，五层，分别放着图纸、报表、文件、材料、笔记本和一沓打印纸。当然，还有红黑两支笔。这一切加起来，足有十几斤重。

4 个春节，他全在岗位上度过。春节之前，他会带着妻子女儿先回到老家，向父母叩头请安，奉上年货。而后，全家上山，在岗位上值班过年。从大年初一开始，他便向当地村干部和进驻企业的值班人员拜年。

平时，他最常态的工作，就是西装革履、腰插话筒，向客商们介绍情况，讲解规划。

最苦最累的是他的汽车，4 年时间，行程 36 万公里，平均每天竟然行驶 250 公里！

一部崭新的汽车跑成了老旧，而一个年产值近百亿元的产业组团，已经无中生有，蔚为大观！

果然，仅仅几年之后，一座丰茂且强劲的荣华山，已经成为南平市实体经济的重要支撑！

……

他把荒山，变成了金山，变成了财富！

荒山把他，变成了中年，变成了黧黑！

五“省尾书记”

由门外到门内，由会场到现场。

只有学习学习再学习，用心用心再用心，才能最快地进入，才能穷尽我们这一代人的智慧，不留遗憾！

毋庸讳言，廖俊波人生的最辉煌，是在政和县。

政和县位于闽北、闽东、浙南交界，全境山地丘陵面积约占 93% 以上，其余为河谷盆地。由于地处偏僻，自然条件恶劣，历史上曾用名关隶县。

关隶，处于大山深处，重重叠叠，只有一条羊肠山路通向州府。

但，荒蛮之地有特产，尤以白茶最优。

北宋政和五年（公元 1115 年），颇有雅趣的宋徽宗品尝到这种稀世佳茗，惊叹之余，竟以本朝年号相赐，政和县由此而来。

这在历史上，绝无仅有。

莫大的荣幸，金贵的广告。

但是千百年来，这里却没有富庶祥和。直到廖俊波就任县委书记时的 2011 年 6 月，只有 2 条省道过境，没有国道，更没有高速公路，全县 23.5 万人，财政收入只有 1.6 亿，位居全省倒数第一。

最让人惊奇的是，整个县城，没有一盏红绿灯，没有一条斑马线，没有一家规模超市，没有一处正规停车场。高压电缆和弱电线路，布满天空，密如蛛网。居民用水，时时瘫痪。这样落后的县城，在中东部地区应该也是绝无仅有。

为什么会这样呢？

原来，除了自然条件恶劣外，还有别的原因。20 世纪六七十年代，政和县曾两次被合并到邻近的松溪县，先后又恢复建制。而且，原属宁德地区管辖，后又划归南平市。还有，2000 年前后，政和县发生了一起贪腐案，时任县委书记、副县长等多人涉案。

多种缘故使得这个偏僻小县经济落后。

……

上任满月，一言未发。

50 天后，他汇集全县所有副科级以上干部，召开一个为时 3 天的务虚会，要求人人发言。最后，确定了一条特色化、差异化之路，即发展四大经济：工业、城市、旅游和回归。

前三者易于理解，回归经济是什么呢？

原来因为穷困，不少本地人外出谋生。全县人口 23 万，在外人口竟达 7 万。这些人中，不少已经发展壮大。

如何吸引他们回乡创业呢？

时任政和县城乡建设和旅游局局长卓成庆告诉我，廖俊波第一次见面，就向他索要一张全县等高线地图。

“什么？等高线地图？”他疑惑地问。

“是的！”

卓成庆心中震撼。过去历任领导，谁曾询问过这样的专业地图呢。

又过半个月，廖俊波再次找上门来，严肃地说，准备给他划拨 1000 万元，作为全面改造、提升城乡功能的设计费。除了县委、县政府办公楼，一切都可以进入规划设计视野！

“什么？1000 万？”卓成庆大惊失色。几十年来，全部的城乡规划设计费相加，也不过几十万元哪。

廖俊波说，政和要发展，必须要建设一个具有现代化功能的县城。缺少这些，谈何归属感，何谈吸引力！我们要穷尽这代人的全部智慧，力争不留遗憾。

年近五十的卓成庆，汪然出涕，热血沸腾！

于是，他聘请省内外数十位专家，开始了长达半年的奔忙，对城市规划、村镇规划和园区规划，特别是县城道路、桥梁、超市、电路、管网、文化场所、绿化等，进行了全面的科学规划和设计。

2012 年 4 月，一场史无前例的投资 26 亿的“十大工程”开工了。

投资 26 亿？全县年财政收入不足 2 亿，而且是吃饭财政。这些巨资从何而来？

其实，我们是人民政府，我们有国家后盾，有市场资源，有土地资源，更有多种途径和舞台。在这里，廖俊波以他无私的情怀和丰富的经验，舞动慧心和巧手，合理地撬动了多种资金。廖俊波提出用好“四块钱”：用好祖宗留下的钱，即土地、矿山、林业等变现来的钱，要用于民生、用于城乡基础设施建设；用好“东家”的钱，即中央、省、市帮扶的资金，要把事情做好，对得起“东家”；用好子孙的钱，即通过融资、贷款、债券等筹来的钱，要用于发展，如开发区建设等，赚更多的钱；用好赚来的钱，即通过开发区发展赚来的税收等，可以用来发工资。

这些资金，有沉睡的，有僵硬的，有惊险的，有意外的，但都需要真诚地、智慧地去争取，去激活。这里面，有着几多的苦口婆心，有着几多的泪流满面，有着几多的海誓山盟。

县人大副主任许绍卫已临近退休，廖俊波找到他，想请他兼任熊山街道党工委书记，主抓城市建设征迁工作。他摸着自己的满头白发，对廖俊波说：“我老了，还是让年轻人冲锋陷阵吧。”

廖俊波说：“老将出马，一个顶仨。这种事还是老同志。”

劝说再三，老许仍是不愿出山。

一天晚上，廖俊波再次登门拜访。当许绍卫再度说到自己的白发时，他从皮包里拿出一盒染发剂：“老兄啊，这是我托人专门从香港给你买的，保证绿色产品，保证立马年轻！哈哈……”

老许再也坐不住了，站起来，一把握住书记的手。

是的，只要科学精准，只要规划严密，只要摒弃私心，只要杜绝贪腐，只要没有浪费，一切投资，都会变成正能量，都会开花结果！

政和县城，开始了脱胎换骨的精彩蝶变！

谁都清楚，县域经济发展必须依靠规模化的实体经济。这个实体经济，就是工业区！

而政和，是南平市唯一没有工业区的县。

为什么没有工业区呢？一是因为政和县交通闭塞，经济落后，招商引资特别困难。更主要的是在这里创建工业区，周期长，见效慢，如果增加财政收入，最少需要五六年时间，而哪个县委书记有此耐心呢。

但是，为了政和县的长远发展，廖俊波下定决心。

经过再三踏寻，终于在县城西部 6 公里外的一个丘陵地带，寻找到一片合适的场地，可以最大限度地节省土地。

下一个难题，就是征地。

如何才能发挥大家的积极性，共同克难呢？他想起了县人大、县政协的领导们。他们都是当地人，都有着丰厚的人脉，在当地颇有威望，只是县里这些年的落后和前些年的腐败案使大家信心不足。于是，他决定成立 11 个小组，让他们各领一组，分头行动。

县政府副县长何宋林曾担任开发区所在地的镇党委书记，被派到开发区负责征地工作。廖俊波经常带着何宋林等人走村串户，与群众拉家常、谈远景，破解征迁难题。

2012 年 8 月 26 日晚，石屯村 82 岁的村民林子荣刚刚吃过晚饭，就听到一阵敲门声。

一个衣着随意、头发松散却又面目儒雅的中年人，笑微微地站在面前。

乡下村民，谁敢奢望县委书记傍晚叩门呢。

“能不能把邻居和各组的老乡请来，咱们一起聊聊？”廖俊波问。

很快，各组小组长，辈分高的老人，来到林家厅堂。

这个村的600多座祖坟，正好位于工业区规划的中心地带。多日来，村民们不肯搬迁，提出了种种要求。今天晚上的议题，就在于此。

大家议论着，争吵着，讨价还价。最后，终于同意搬迁。

可往哪里搬迁呢？

廖俊波说：“我们在附近的山上选一块风水宝地，建一座公墓，把先人都搬迁过去。他们都是老邻居、老相识，受了一辈子苦，也没有住上楼房。现在，让他们住在一起，楼上楼下的，不也热闹吗。”

大家一听，都笑了。

又有人拍马杀出：“还是不能搬！征地补偿标准明后年就要抬高，我们现在搬迁，不就吃亏了？”

“决不能让带头人吃亏，决不能让老实人吃亏！如果在开发期间，征地标准抬高，我们一定如数补齐！”他拍胸脯保证，而后，招呼大家：“来，吃西瓜喽！”

……

第二天，这位82岁的老人，颤颤巍巍地来到现场，戴着老花镜，翻着家谱，一一核对祖坟。

几天时间，12个家族的600多座祖坟全部移走。

短短3个月，征地3000亩，竟然零上访。

经过反复论证，工业区的支柱确定为机电产业。

政和县地处偏僻，发展机电产业的瓶颈是物流，所以只能从小物流开始培育。廖俊波和相关人员费尽心机，引进65家中小型机电企业。这些企业虽然入驻，却又不能异地贷款。于是，他又着手解决融资难问题。中小企业终于抱团成链，却又缺少龙头带动。为此，他辗转在3个省会和京津沪之间，连续40多趟，手捧鲜花，跪地求婚。

2014年2月的一天，他正在福州开会，晚餐间偶然听说一位国内知名机电企业董事长正在福安市。这位董事长曾来政和考察，而后没有回音。

马上电话，相约见面。

但这位老板公务繁忙，明天一早就要赶往厦门，飞往美国。

廖俊波恳求："我现在赶过去，您方便吗？"

老板大惊。从福州到福安，开车需要3个多小时，而且是夜行。正在他犹豫之时，廖俊波已经动身了。

当晚10点，双方见面。

1个小时后，廖俊波返回福州。

3个月后，这个投资3亿的项目，落户政和！

六 政通人和

郡县治，天下安！共产党的根基，主要在县级。老百姓会说，共产党怎么样，主要看县委书记。

在政和4年，他不仅把经济搞上去了，更把人心搞上去了。

"小张，能不能帮我在网上购买一双皮鞋？我的手机没有绑定支付宝。"

"当然可以！多少码？"

"42码，黑色，内增高5厘米。价格300至400之间。"

上网搜索，即刻锁定目标，定价368元。

第三天，鞋到了。当天晚上，他向廖俊波办公室走去……

张斌，男，1982年生，政和县黄坮村人，初中毕业到上海打工，后来从事电商业务，主要从事手表销售。近几年，在县委、县政府的召唤下，他回到故乡创业。不仅如此，他还根据市场感觉，设计开发自家品牌手表，在广东生产，在政和销售。

2014年，政和县成立电商协会，散落全国各地的政和籍电商终于有了自己的组织，而张斌也与廖俊波成了无话不谈的朋友。

去年春节，廖俊波专程赶到张斌乡下的老家拜年，而他设在政和县城的小家，廖俊波已是2次做客。

这期间，廖俊波多次主持召开电商座谈会议，并亲自陪同他们，合租一辆班车，前往厦门大型电商——乐麦总部，学习2天。

县政府已经正式决定，征地 38 亩，投资建造一座高标准电商孵化园——“同心电商创业园”。园区建成之前，由政府租下一处办公楼和一个 20000 平方米的大仓库，供政和电商无偿使用。

此时，全县工商登记注册的电商类企业达到 460 家，注册网店总数超过 2500 人，直接间接从业人员达到 4800 多人。

据阿里巴巴发布的“中国县域电商发展指数排行榜”显示：全国 2700 多个县市，政和电商赫然排名第 73 位。而在手表销售单项中，位居全国第一！

这个成绩，让人惊叹！

……

2015 年 6 月的这天晚上，廖俊波试穿皮鞋后，特别满意。

他悄悄地却是兴奋地告诉张斌，近日要去北京参加一个重要会议，习近平总书记出席并接见。这是他平生最昂贵的一双鞋了。

说着，他拿出一个信封。368 元，不多不少。

小张满脸窘色。这几年，在县委、县政府的鼓励支持下，自己成了千万富翁，而且他们又是好朋友，一双不足 400 元的皮鞋，竟然……

廖俊波温和却又坚定地说：“小张，咱们是君子之交。亲兄弟，明算账！”

张斌仍是尴尬不已。

“你如果过意不去的话，就考虑一下我的愿望。我希望你把手表生产地从广东迁移到咱们政和，带动家乡发展……”

自从宋徽宗抬爱之后，政和白茶盛极一时。

千百年来，这些精灵们沿七星溪蜿蜒而下，通过闽江融入中国文化。而县境内最大的茶运码头，就是县城西部 9 公里的石圳村。

石圳村是一个溪边半岛。作为方圆百里的白茶集散地，繁华之时曾拥有茶馆数十家，旅店十几所，甚至还有当铺和教堂。可近几十年来，由于种种原因，这里落后了，破败成一片荒芜。

不仅荒芜，而且颓废。全村 526 人，青壮村民大多出去打工，只剩下 180 多位老弱病残值守家门，茶园面积大大缩小，茶叶交易完全消失。新旧垃圾堆积四周，臭气熏天。

小村有个女儿袁云机，回娘家时实在看不过去，就动员 9 个妇女清运垃圾，并向镇政府申请垃圾箱。

廖俊波听说后，猛烈意识到小村有正气，有希望，便马上前来考察。

接着，他动员社会各界支持，并重点推荐小村创建全省美丽乡村示范村。省里相关部门考察认定后，决定支援小村 130 万元。

同时，他倡议村民集资入股，成立旅游开发公司，开垦茶园，恢复传统制茶工艺，开办农家乐、民俗馆、采摘园等，发展乡村旅游，创建白茶小镇。

仅仅 2 年时间，石圳村便恢复了昔日的繁荣。

各种体育和娱乐设施运来了，小村的欢乐也运来了。

我采访的时候，正值傍晚，放学的孩子们在秋千上摇荡着，几个老太太正在健身器材上活动身体。小村人像城里人一样，开始享受一个个熏风沉醉的夜晚。

是的，村街上的路灯一盏盏地亮起来了。不仅照亮了小村的夜，也照亮了小村的心。

石圳村醒了，笑了。

现在，小村新开辟茶园 600 多亩，茶叶市场逐渐恢复，青壮男女大多回归。

小村的苏醒，小村的微笑，小村的芳香，自然也引起了更多更大的关注。

2014 年 3 月，本地一位在厦门做医疗器械生意的企业家，决定在小村征地 50 亩，投资 2 亿元，建造“中国白茶博物馆”和白茶银行，向全国推介政和白茶。

政和白茶，再度飘香。

廖俊波说，或许别家的白茶是美女，让人一见钟情；但政和白茶肯定是才女，会让你日久生情……

廖俊波常说，招商引资，要有跪地求婚的真诚和勇气。

国内某著名大型养殖企业，养鸡养鸭，原料直供肯德基和麦当劳。

他通过中间关系联络若干次，对方一口回绝，拒不见面。正常情况下，别人早就知难而退了。可廖俊波说，双方没有见面，没有沟通，希望犹在，一切皆有可能！

2013 年 3 月，廖俊波终于见到对方董事长。没想到对方不客气地说，他知道政和，那是一个非常偏僻的地方，他怎么能往那里投资呢？

现场气氛，立时冰雕。

片刻，廖俊波高兴地说："非常偏僻的地方，正是投资创业的好地方。您想想，正是因为偏僻，现在高速公路刚刚开通，这个问题已经解决；非常偏僻，说明这个地方地域广阔而且生态良好，正是养殖的首选之地；再者，非常偏僻，地价肯定便宜。总之，希望您去看一看。"

董事长一怔，看着这个独特的县委书记，西服笔挺，头发板正，温文尔雅，不亢不卑。

事态的发展，果如廖俊波所言。

在董事长从政和考察回来的路上，一个全新的构想诞生了。

这是一家大型生态养殖企业，而政和偏远的山坡上，到处是闲置的天然养殖场。

双方签约后。廖俊波内心仍然不甚满足：这个项目虽然富民，却没有税收。

此时，他又得到信息：一家以熟食加工业务为主的美国著名公司正在寻找合作伙伴。

猛然，一个更加高新的构想再次升空！

于是，他又开始了新一轮的奔跑和游说。

2013 年 10 月，一家全新的集养殖加工于一体的中外合资企业，在政和呱呱落地！

如今，这家投资 15 亿元的大型合资企业，已在全县发展 44 家养殖场，日屠宰量达到 12 万只，用工 3000 余人。500 多辆冷链运输车，日夜不停地奔跑在这片曾经贫穷和寂寞的大地上。

天生天养的鸡鸭，源源不断地进入世界的肠胃；花花绿绿的现钞，滔滔不绝地回归政和的财政……

短短 4 年时间，政和的变化翻天覆地。

2012 年，县域经济发展指数提升 35 位，上升幅度全省第一；2013—2015 年蝉联全省"县域经济发展十佳县"，财政收入由 2011 年的 1.6 亿元猛增到 2016 年的 4.9 亿元。

更重要的是，他离任之前，一座现代化的新县城已经脱胎换骨：改造 5 条大道，打通 9 条断头路，新增 3 家大型超市，设置 4 个红绿灯和 1500 盏路灯，建造高标准的市民广场和文化中心，电缆和弱电线路全部地埋，供水管网全部改造。特别是县城周围，高速公路通车，2条国道过境，8座大桥竣工……

春节时，外出的乡亲和学子纷纷回家过年。走下高速是宽阔的迎宾大道，两侧站立着璀璨的街灯，高挂着喜庆的中国结。不少人看着这亮堂堂、红彤彤的场面，看着这全新的故乡，瞠目结舌……

政和政和，政通人和！

一个千年的梦想，终于实现！

最关键的是，廖俊波任职政和4年，不仅把经济搞上去了，还把人心搞上去了。

忠诚又干事，干事又干净。他的实干和廉洁，真真正正，让人折服。

党的事业，人民的事业，太需要这样的干部了！

他，不仅是县委书记的形象，更是共产党的形象！

七 我爱武夷山

是的，这个社会物质极大丰富，娱乐极其多元。很多人耽于娱乐，享受安闲，甚至指指戳戳。但总有更多人在支撑着这个社会，他们夜以继日，鞠躬尽瘁。

他们，就是中国的“脊梁”！

可别小看闽江，它的流量与黄河不相上下呢。

20世纪七八十年代，由于“三线”建设，南平的国民经济总产值在福建省名列前茅，是龙首。但改革开放后，随着沿海地区的发展，这里落后了，变成了龙尾。沉重的龙尾。

这些年，南平人一直在试图突围。

但是，毋庸置疑，南平的发展存在着巨大的瓶颈。首先，南平市政府所在地延平区是一片狭窄山地，四周无处延展，而且处于市境的犄角地带。这些年来，为了寻找一方舞台，南平和福建方面的领导和专家费尽心思，终于选定了一个好地方，那就是全市中心区域的邻近武夷山的建阳市市郊。如果依托现有城市基础，再创建一个武夷新区，把南平市政府搬迁过去，岂不是一个凤凰涅槃的好主意。于是，经过多年论证，在省委和中央的支持下，整套计划已经通过。

2013 年，新区整体规划完成，进入建设时期。

2016 年，市党代会明确提出：2018 年有序启动行政中心搬迁，2020 年初步形成布局合理、设施配套、宜居宜业的新兴中心城市。

不仅要尽早建造一座武夷新区，还要搬迁一座地级城市，这是一项多么巨大的工程！

这项任务，又历史性地、宿命般地落在了廖俊波肩上。

2016 年 8 月，身为南平市常务副市长的廖俊波，兼任武夷新区党工委书记。

市政府，他是常务负责人；武夷新区，他更是第一负责人。

武夷新区距离南平市委、市政府所在地 130 公里。于是，穿梭于两地之间，便成了他的常态。日日夜夜，风风雨雨。

工作之忙，压力之大，可想而知。

什么叫殚精竭虑？什么叫绞尽脑汁？什么叫夙兴夜寐？什么叫披肝沥胆？都是此时的廖俊波！

武夷新区初始的产业规划，只有四个产业：新能源新材料、绿色食品加工、电子机械和生物医药。

2017 年元旦过后，不少有识人士呼吁上马软件园。是啊，新区，新区，新在哪里？信息时代，怎么可以缺少软件产业？

但南平是一个偏僻之地，落后之隅，谁来落户呢。

于是，廖俊波开始了全面的考察。

1 月 23 日晚，市长许维泽和廖俊波都在市政府办公楼加班。晚上 9 点多，廖俊波来到市长办公室，主动提出汇报一下软件园的事情。

许维泽拉过一把椅子：“好哇，好哇。”

廖俊波说：“我市目前还比较落后，要想后发崛起、弯道超车，产业就必须插上科技和互联网这两个翅膀，要着手建设互联网产业基地。”

“我们当然希望建立自己的软件园，问题是以我市的综合条件，你感觉有把握吗？”

“只要我们目标明确，真正用力，就一定能建成。不仅要建成，而且一定要高起点规划、高标准设计、高质量建设，把硬件搞好，还要引进辐射带动强的 IT 龙头企业。”

许维泽眼前一亮：“说说看，说说看。”

廖俊波的构想，像画卷一样缓缓展开。他从软件园的建设谈到今后的管理，谈到云计算、大数据、智慧城市等。可以看出，每一个环节，都已经过反复考察和深思熟虑……

一直聊到凌晨 2 点，两人越聊越兴奋。

干脆，请值班人员从食堂拿来几瓶啤酒和一包花生米。

两人以酒助兴，直到天明。

……

马不停蹄。

一个多月时间，廖俊波连续拜访了国内 IT 业规模企业，其中 10 多家已经签订协议并陆续入驻。特别是在福州，他与国内 IT 巨鲸——浪潮集团福建公司总经理孙庆弟交上朋友，并在合作谈判中取得实质进展。

3 月 15 日，廖俊波北上拜访浪潮集团执行总裁，双方确定本月 20 日正式签订战略合作协议。

为什么确定在 3 月 20 日呢？

因为这一天，是浪潮集团福建公司总经理孙庆弟的生日。

八 清水出芙蓉

要说共产党的干部，好干，也不好干。只要你真正做到经济无贪念，心中有百姓，就可以无畏，就可以放开手脚，就可以无往而不胜！

每次外出上任时，廖俊波的行李之中，有一件东西必不可少。

熨斗！

这是他从来的习惯。他的衣服，从来都是白色衬衫，深色裤子，这是他的标配。虽然价格不高，但绝对保持整洁，并且熨得平平展展。

不仅衣服，他的头发，也是从来一丝不苟，他的皮鞋，更是始终亮亮光光。

这是对人的尊重，也是他的作风，更是他的心情。

工作之余，他在宿舍里自己用手洗衣服。晒干后，就把办公桌上的文件暂时推开，拿起电熨斗细细地熨衣服，有棱有角，工工整整。这样，无论是招商洽谈，还是开会座谈，都是精神抖擞；抑或亲友相见，也是如沐春风。

不仅对自己，对妻子女儿，也是如此。多少年来，他对妻子的爱一如既往，宛若鲜奶。妻子的衣服，大多是他购买。分别的日子，每天晚上，他都会用微信向妻子献上一束玫瑰。

多少年来，他养成一个习惯，只要在家，看书、写日记，即使看文件，也决不在自己的书房，而是和妻子女儿一起，围坐在餐桌前。三个人低着头，一个办公，一个备课，一个学习，各自沉思，各自前行，相视一笑，芳香四溢……

这也许就是他们的良好家风吧。

妻子是南平一中物理组的教研组长，是名师，而女儿在大学里是年级综合成绩第一名，最近被免试保送到同济大学读研究生。

不仅对家庭，对工作更是如此。

20 多年来，无论工作多么忙碌，他每天晚上都要做日志，用黑笔和红笔把当天的工作认认真真地记录下来，条分缕析，枝叶分明，像小学生的作业本。这样的日志，每年都有 10 多本。

……

工作，总是一如既往地忙碌。

但是，千万不要以为他是工作狂啊。

对他来说，工作不仅仅是工作，更是责任，是使命，是快乐！

看着城市在一天天精致起来，看着工厂在一天天成长起来，看着市场在一天天繁荣起来，他高兴啊。他感谢组织，感谢党给自己的工作机会。

有时候，加班到半夜，揉揉眼睛，舞动双手，总是感觉意犹未尽。于是，走到户外，拉开架式，打几趟拳。

他经常给大家表演打拳，给大家唱歌。只是节目更多了，除了《蜗牛与黄鹂鸟》，还有仓央嘉措的《那一天》：“那一瞬，我飘然成仙……”

打完拳，唱完歌，出一头汗，回到办公室，盘腿坐下，重归静思……

2006年，被任命为南平市政府副秘书长的第二天，他就在一个平民小区买下一套二手房。

因为协调城建工作，他不想让开发商们有任何的借口和企图。

去年，他在福州又买下一套36平方米的住房。

这是他们退休之后的巢。女儿研究生毕业后准备在福州工作，可以先住进去。女儿结婚时，他们再筹资在附近买一套，送给亲爱的女儿。然后，他们就住在这套小房里，就近守着女儿，安享晚年。

这座小房位于福州市东郊，首付20万，贷款50万，每月还款4000元。

一个曾经的县委书记，一个现职的常务副市长，为什么悄悄购买如此狭小的住房？

实在是财力所限。

试问天下高官，几人能够如此？

要说共产党的干部，好干，也不好干。只要你真正做到经济无贪念，心中有百姓，就可以无畏，就可以完全放开手脚，就可以无往而不胜！

九 雨别

从一个乡村教师到一名高级干部，他没有任何政治资源。如果说有，那就是民心，那就是政绩，那就是老百姓。老百姓就是他的后台，就是他的拥趸，就是他的选票，就是他的靠山！

2017年春节过后的2个多月，各项工作的挤压，他竟然没有休息过一个周末。

3月14日晚，他赶到北京，原定15日上午拜访的一家央企临时通知要改为下午2点，空出了一个上午的时间。工作人员提醒说："你父母住在北京，何不去探望？"是的，父母在妹妹家已经住下两三年，自己还没有登门看望过，只是春节期间在老家见一面。作为父母唯一的儿子，他常常心有愧疚呢。

转念一想，软件园事情太繁杂，便马上通过孙庆弟联系浪潮集团。正好，对方执行总裁答应见面。他马上拿出西服，打上领带，梳理头发，擦亮皮鞋，像谈恋爱一样，雀跃而去。

这一次，他终于见到了浪潮集团执行总裁，并取得了实质性进展。双方相约，3 月 20 日，南平见！

回到南平市，已是 3 月 16 日凌晨。他兴奋地对大家说，这几天行程太紧、太累，大家明天休息一下吧，晚一个小时上班。

第二天 8 点 30 分，大家仍是正常到岗。可他呢，已在建阳区参加过一个早上 8 点的开工会，又赶往南平市开会去了……

3 月 17 日下午，纪检部门在武夷新区调研，他全程陪同。晚饭后，新区开了碰头会，赶回南平已是晚上 11 点。

3 月 18 日上午，市长主持会议，协调研究武夷新区生活区搬迁相关事宜，直到 12 点 30 分结束。

午饭后，他睡得很沉。妻子不忍心叫醒他，可是他定了手机闹钟：14 点 30 分。

闹钟响了，他睁开眼，又闭上，对妻子说："我再睡一会儿，36 分叫我，盯紧啊。"

时间到了，妻子犹豫一下，还是叫醒了他。

下午 3 点，他主持会议，研究上午会议内容的具体落实。

会议 5 点半结束，又与市国土局局长一起开小会，商议武夷山国家公园事宜。由于涉及四个县市，决定下周二再开协调会。

下午 6 点，回家吃饭。饭后还要赶到 130 公里之外的武夷新区，主持今天晚上 8 点开始的协调会，几个当务之急的议题，不能再推。明天早上 8 点 30 分，还有一个重要的开工典礼大会。

他，为什么要把这些会议都安排在周末呢？

因为他的第一职务是常务副市长，平时，市委、市政府的重要活动和会议，他需要参加。而周末，这些重要活动和会议相对少些，他可以专注于新区。所以，每个周末，别人的休息日却是他的忙碌日。

快快吃饭，6 点半出发。

妻子静静地看着他。

这个匆匆忙忙的男人啊，真是她今生注定的眷侣。结婚 25 年了，他仍是像新婚一样爱着自己。只是，他常常不在身边。每次想他了，就打电话，可总是不接。有时候，回一个字：忙。有一次，他抱歉地说："以后退休了，买菜、洗衣服、熨衣服、做饭、拖地、养花，我全包了！你什么也不用干，只管坐在沙发上指挥，哈哈……”

那一刻，他兴奋得像一个孩子。而她，幸福得宛若初恋。

可他，毕竟心累呀。从政和县离任时，他还是一个精壮的中年人，而2年来，头发全部灰白，几乎脱落一半。脸上和手上，竟然长出了一片片老人斑。48岁的人，看似一个58岁的老者……

想到这里，她一阵心酸。唉，再干几年，退休后，到福州，陪着女儿，好好休息。相互依偎，相互守望，看着彼此从年轻到衰弱。这，就是白头到老吧。

他埋头喝粥。

这时，天阴沉下来。天气预报有大雨。

忽然想起还有130公里的山路，妻子就试着说：“反正是你召集的会议，今天又是星期天，你休息一下，也让大家休息一下吧。”

他没有吭声。

她又说了一遍。

他沉默一下，略有嗔怪地说：“你是老师，下雨天，就可以不去上课吗？”

妻子怔一下，无语。

这是多少年来，他们第一次交锋，第一次红脸，第一次矛盾。

于是，他一手提着公文包，一手提着衬衣、领带和西服，微驼背，弓身，点点头，笑一笑，走出门……

40分钟后，噩讯击来！

清晨的南平，睡意蒙眬，晨光熹微，宛若梦呓。

整座山城，高高低低，密密实实的楼房，一扇扇小窗，静静的窗帘，仿佛一双双闭合的眼睑。一棵棵大大小小的榕树，依偎着，像母亲抱着儿女，似丈夫拥着妻子，在梦乡中。

每个人，每座城市，每个民族，都有一涡甜甜的梦啊。

太阳出山，天光大亮。整个城市，开始了自己的忙碌。车辆出动，人员出行，开始了各自繁忙的、多滋多味的人生。

城市的每天，每人的每天，不都是这样吗，反反复复，复复反反。日子黑黑白白，季节青青黄黄。

这就是生活，这就是现实，这就是历史！

只是，南平的历史上，注定要刻写上一个人的名字。

他的微笑，像惠风和畅，弥漫在政和的山水之中。他的梦想，像白云朵朵，飘扬在南平的蓝天之内。他的精神，如浩然正气，健行在民族的天地之间！

这是一种什么精神！

正是他们理想和生命的光焰，烛照着我们精神的天空，正是他们瘦弱的肩膀，刚健的筋骨，支撑着共和国的大厦！

鲜花、掌声、流行音乐、舞蹈、高尔夫球……这些都是文明的装饰、表面的美丽，都不是社会的主干躯体，都是经济和科技大树上长出的杂碎的小花。没有这些小花，这个时代可能显得不够浪漫。而没有躯干，这个世界就会一派混乱，坍塌沦陷！

所以，我们应该脑洞清醒，不要本末倒置。

我们要清楚，支撑着这个时代稳定和发展的定海神针，是谁？

正是他，和他们——千千万万个廖俊波！

正是他们，带领和激活着社会成员，为这个社会创造了先进的、丰厚的物质基础，才有了大地的丰收，才有了丰收大田里的花花草草，才有了花花草草里蛐蛐的吟唱，蝴蝶的蹁跹……

这个开放多元的年代呀，人们都很智慧，都很警觉，都很冷静，都懂维权，都害怕受骗。人们已经学会选择，人们不再轻易盲从。

也许真正打动人的，只有真诚——经过时间验证之后的真诚！

听到噩讯后，万人震惊。与廖俊波有过接触的人们，纷纷要求现场吊唁，当面告别。限于安全、交通等方方面面的原因，官方进行了劝阻。但执意前来者，仍有数千人，送来的花圈达1500多个；仅政和县，就有10多万人网上发帖纪念；而其他地方的上网吊唁者，超过40万！

不啻说，这是闽江流域和武夷山脉有史以来最大规模的吊唁了。

3月26日，是遗体告别的日子。

一位在南平市做生意的政和籍商人，这些年深感故乡的巨变，却又从来没有见过廖俊波。这天一大早，他特意赶到灵堂，像拜祭长者那样，双膝跪下。而他的年龄，比廖俊波年长3岁。

他哽咽着说："我不是共产党员，但我佩服这样的共产党员，这才是真正的共产党员！”

林小华特意穿着笔挺的西服，打着黑色的领带，深深三鞠躬。已经满头霜雪的老书记，俯卧在地，泣不成声。

与林小华站在一起的是政和县人大常委会副主任许绍卫。昨天晚上，他特意把满头霜雪染成黑发。

张斌是执意赶来的。到南平后才发现，这几天全市宾馆爆满，他只得住在一个朋友家。去年以来，他遵从廖俊波的心愿，高薪聘请广东方面16位高级工匠，在本村创办手表制造厂，并对本地青年进行培训。

大山深处的原始村落，竟然可以生产精密手表了！

浪潮集团公司总经理孙庆弟在20日这个约定的日子如约来到南平，与武夷新区、南平实业集团洽谈对接项目后，再次前来南平为廖俊波送行。

在廖俊波的遗体和遗像前，他噙着眼泪，与同样噙着眼泪的南平市市长许维泽一起，用最简短、最低沉的语言进行了交谈。他们告诉南平市市长，浪潮集团已经决定：首期在武夷新区启动投资5亿元，建造一个高标准的软件园……

……

那一天，南平再降大雨。

天上雨，人间雨……

南平是一座山城。

采访结束后，我专门参观了廖俊波的办公室。他的办公桌上，摆着一个笔记本和两只红黑水笔，仿佛是教师的教案，好像是学生的作业。厚厚的笔记本上，记录着生前的工作日记，密密麻麻，红红黑黑，是他冷静的思考，是他炽热的心血。窗外，是九峰山。苍苍翠翠的群山之间，两条清清的溪水——建溪和沙溪，在南平市中心相约，举行婚礼，合二为一，形成一个大大的“丫”字。

这，就是闽江。

一江清水，向南流去，流入大海，汇入中国潮流，汇入世界潮流……

（《人民日报》2017年9月28日刊载）

中共中央总书记、国家主席、中央军委主席习近平近日对李保国同志先进事迹做出重要批示，指出："李保国同志35年如一日，坚持全心全意为人民服务的宗旨，长期奋战在扶贫攻坚和科技创新第一线，把毕生精力投入到山区生态建设和科技富民事业之中，用自己的模范行动彰显了共产党员的优秀品格，事迹感人至深。李保国同志堪称新时期共产党人的楷模，知识分子的优秀代表，太行山上的新愚公。广大党员、干部和教育、科技工作者要学习李保国同志心系群众、扎实苦干、奋发作为、无私奉献的高尚精神，自觉为人民服务、为人民造福，努力做出无愧于时代的业绩。"

（据新华社北京2016年6月12日电）

永远的李保国（节选）

◎ 徐富敏

第二章 富岗来了“科技财神”

1996 年 8 月的一天，“轰隆隆——”突然一声炸雷，震撼了寂静的山谷，排山倒海似的在颠连不绝的群山中回荡。刺眼的闪电，划破了漆黑的夜空。大团大团乌黑的云层飞速地从四周包抄上来，抹去了最后一点星光。天，宛若一口倒扣过来的大黑锅，罩在千家万户之上。刹那间，呼啦啦地起了风，风越刮越紧，越来越猛，门前来不及收进的晾杆、三脚架和挂在屋檐下的簸箕被吹得在地上翻滚。那些枯草败叶连同尘埃，被卷得老高老高，飘飘悠悠在半空中旋转。

狂风过后，一场多年不遇的特大暴雨袭击了华北地区，一霎时，仿佛天地之间都成了白茫茫的一片汪洋。暴雨，在冲刷着、倾注着，把整天未消的闷热冲得无影无踪，也似乎想把满山的秋色一口吞噬！暴雨，一个劲地从九龙岗上空倒下来，造成了巨大的洪涝灾害，位于太行深山区的岗底村更是损失惨重，全村 250 亩耕地冲了个一干二净，河滩地变成了乱石堆，甚至连老祖宗在山坡上留下的上百年的板栗树、柿子树也被连根拔走。仅存的那 800 多棵板栗树犹如一场残酷的血刃战后留下的惨不忍睹的场景一样，横七竖八歪歪扭扭地趴在地上无助地呻吟。村里男女老幼哭成一片……

洪灾过后的这天上午，岗底村按照县里的通知，接待省里的一个“灾后水土流失评估”专家组，一共有 7 人，河北农业大学的教授李保国是其中之一。他一条长裤卷到膝盖，足蹬一双绿色军品胶鞋，鞋底上沾满了泥泞。村支书杨双牛和村干部陪同他们一行在村里仔细巡察，大家都对岗底村被洪水和泥石流冲刷的惨状深感震惊和痛惜……

当时的岗底村和整个太行山区其他山村一样，重峦叠嶂，怪石嶙峋，抬头是石山，低头是山石。人们的田地就挂在山腰子上，巴掌大小，七扭八歪。遇到老天翻脸，一年庄稼连种子都收不回。村里穷得叮当响。人均收入只有几十元，吃粮靠返销，花钱靠贷款，只能是靠天吃饭、望山兴叹。

1984 年以前，这个当时只有 110 户的小村子，竟有 20 多条光棍汉，30 多个残障人员！村西的九龙岗是连绵不断的群山，山那边就是山西省，村里流传着这样的顺口溜："九龙岗下穷山庄，傻愚穷名传四方；山秃地贫收入少，光着脊梁睡土炕；糠菜树叶半年粮，十有九年闹饥荒。"

穷惯了的岗底人却有着极其旺盛的生命力。人多地少是这里最突出的矛盾，地里打粮食满足不了这些嘴，为求果腹，只能用糠菜树叶充饥。岗底人就把目光放在了本来没有什么价值的 8000 亩山场上。

1984 年，以杨双牛为村党支部书记的新班子上任时，岗底村和其他村一样，把村里的荒山全部分给了各家各户，但 3 年过去了，山场依旧是光秃秃的，没有给群众带来什么，反而给群众带来对山场的失望。问题在什么地方呢？从部队退伍的杨双牛和班子成员通过深入调查分析，根源就在于荒山分到户，群众放了"羊"。简单分山后，一家一户办不起水利，请不起技术员，拿不出治山必需的资金，不能很好地看护山场，牲畜不能有计划地放养，这些问题严重制约了山场的开发，村民索性把分给自己的山场搁置起来了。杨双牛在这个时候，霍地站起身来，在他绝望的悲伤的眼睛里，忽然迸放出一种狠狠的坚决的光焰。他深深地感到要想把山治好，就必须首先解决一家一户想解决而自身解决不了的问题。要解决这些问题必须先收回山场，进行统一规划，统一治理。

将分下去的山场再收回来统一治理，是要冒很大风险的，闹不好就要被摘掉"乌纱"，受到处分，因为当时"分"是顺潮流而行，"收"是逆潮流而动。一时不少班子成员犯了难，意志坚强的杨双牛自己也拿不准："收"是不是意味着与当时中央要求"两山下放"政策相抵触？

夜半，月儿偏西，星斗满天，露水浮地，一片凉意。

岗底村沉浸在夜色的宁静中……

杨双牛如饥似渴地反复学习党的现行土地承包经营政策，从中悟出了深奥的道理……中央一号文件不就是让我们坚持实事求是吗？不就是让我们发展生产过上好日子吗？岗底村的实事求是就是要依靠集体的力量治山致富，这有什么不对？一号文件上写的，农村生产责任制不是允许因地制宜选择多种形式吗？并不只是"分"，更不是"分"得越小越好，基本点是"统分结合"，如果只讲"分"而不讲"统"，就不是实事求是地理解中央一号文件精神。他想，只要对治理荒山有利，不管是分是统都是正确的，在实际工作中，必须宜统则统，宜分则分，统分结合。将山场收回集体统一治理，和中央一号文件精神并不矛盾。于是他坚定了"收山"的决心。

杨双牛紧急召集"两委"干部开会，他刚毅的眼睛注视着干部们的脸，足有两三分钟。他开门见山道："同志们，咱们当干部的就要有担当，担当就意味着牺牲。在风险和困难面前，干部不担当，群众要咱干部干啥？"

他低沉的声音充满感情，铁一样的下巴微微抖动。

杨双牛向前站了站，他那身躯——那充满顽强力量的钢骨铁架似的身躯，立刻使干部们振奋了，生动了。

像过去常有的情形一样，杨双牛一看见干部们，就觉得浑身翻涌着不能遏止的力量。他觉着每一个干部都是顶天立地的人，都是翻天覆地的英雄。他在干部们身上能看到别人看不出的神奇的力量。

他继续讲着，当他讲到"收荒山，放绿山"与中央"放"的精神是完全统一的，集体"收山"是为了更好地"治山"，这与群众利益和目标完全一致的时候，他胸脯略略向前，咬紧牙关，炯炯的目光直望着干部们。干部们的眼睛随着他的姿态转动，干部们的心都随着他的话语和情绪在跳动。他的每一句话，都是干部们的话。他的话，让干部们回想起集体"放山"的痛苦，让干部们心里点燃的集体"收山"的火烧得更大，让干部们以更强烈的感情向往岗底村美好的明天。

全体干部哗哗哗地鼓起掌了。掌声，震荡着会议室。

"两委"班子是群众的旗帜，一把手是班子的旗帜。岗底干部思想一坚定，多数群众举手赞同。当时全村130户，家家签字画押，一致表示自愿把山场交给集体统一治理。于是治山成了全村上下统一的意愿。

杨双牛和他的班子经过几年的实践探索和完善，总结出了"统一设计规划、统一组织施工、统一质量标准、统一检查验收、统一治好后实施分户管理”的“五统一分”的治山路子，并聘请专家设计规划，然后进行科学施工。托么沟是村里最大的一条沟，沟里除了稀稀落落的几棵小树以外，大小岩石裸露着，可供利用的土层很少。杨双牛带领岗底人饿着肚子，硬是在山上打眼放炮，炸开坚硬的岩石，接着按照科学的管理模式和工程技术，先后高标准治理开发了从托么沟到全村的“三沟两峪一面坡”，把8000亩山场换了模样，动土石210万立方米，累计投工40万个，栽果树20万株，形成了经济、生态、社会三大效益协同发展的格局。

岗底村治山的成功，得到了国内外专家学者和各级领导对岗底村工作的充分肯定，称“岗底是山区发展的榜样和一面旗帜”。德国经济专家达姆斯教授称之为“岗底模式”“中国农业的奇迹”，以岗底村的发展为模式，带来了EZE项目。中国著名的水土保持专家于宗周教授称岗底村治山“标准高、质量好、在全国罕见”。岗底村被评为“全国造林绿化千佳村”。

荒山都高标准治理了，红富士苹果也种了七八年，而且长势喜人。令杨双牛大为不解的是，这些果树年复一年地只长枝叶而很少开花结果。即使结果，全村没有一家的果品算得上上乘，不是个头儿小，就是有斑点，不是颜色差，就是心里烂，大多是“一咬一层皮”的“小黑蛋子”。除终年为大山罩上一片片绿荫外，每年贡献给人们的果实，树均尚不足10斤！

杨双牛的眼睛焦灼痛苦地望着满坡绿波滚浪的苹果树，百姓们干着急挣不到钱，现实像燃烧的鞭子抽打着他的心，逼迫他尽快改变，寻求新的科技之路。

1996年8月4日，杨双牛清晰地记得这一天。

太行山突发暴雨引发特大洪灾，泥石流从山顶奔袭而来，一下子冲垮了岗底村250亩“保命田”……

乡亲们跪在污泥里，一边流泪，一边疯了一样用泪水打湿的双手去“抢救”自己命根子般的果树，可挖出的都是一些光秃秃的死树枝子。

乡亲们的手指甲都挖掉了，血淋淋得瘆人……

面对荒滩上血迹斑斑的男人以及无数号啕大哭、悲恸欲绝的女人，杨双牛第一次真正懂得了什么叫凄惨，什么叫悲伤，什么叫撕心裂肺，什么叫悲痛欲绝，什么叫万念俱灰，什么叫生不如死！

专家们听完杨双牛的汇报，已是泪流满面。接着他们在山上进行了实地考察。

座谈时，村支书杨双牛，这个40多岁的农家汉子，好像见了亲人一样，在众多上级领导面前哽咽着说："十几年了，我们带领群众，吃了多少苦，受了多少累，才有了今天满山遍野的苹果树，没想到……唉！"这是一个在部队的大熔炉里锤炼出来的硬汉子，这是一个在市场经济浪潮里浸泡出来的硬汉子，这是一个在山上山下、山里山外摔打出来的硬汉子。这个硬汉子哭了！热泪横流，泣不成声："这以后，真不知道该咋办……"

老实说，在巨大的灾难面前，岗底村的父老乡亲都心痛得哭了，也有的人绝望了。60多岁的杨京春，看到洪水暴发后的惨状，说这光景没法过了，回家后服毒自杀了！杨双牛心痛归心痛，就是撕肝裂胆的痛，利剑穿心的痛，他也得忍着，在群众面前他不敢掉泪，有泪他也得憋在肚子里。他能向谁倾诉、宣泄这一腔子的悲苦呢？向群众，他不能，他怕感染了群众，因为他是岗底村的脊梁骨；向家里，他不能，他怕家里人担心，因为他是家里的顶梁柱。此刻，他在上级领导面前哭了！他不是为自己的苦和累哭，也不是被灾难吓哭的；这不是绝望的哭泣，更不是懦夫的哭泣！他是在控诉老天不公啊，你何必对一个饱经沧桑的穷山村这么残忍呀！

此情此景，深深地打动了在座的每一个人。

这时，脸色黝黑的李保国，一身疲惫地坐在下边听着。当他听到杨双牛这些年带领村民们种苹果的坎坷遭遇，便低下头在地上找了个空烟盒，拆开后撕出一张纸条，低头趴在木桌上，在上面写了两行字，悄悄递给了杨双牛。

因为专家们都在场，杨双牛正在汇报，也没顾上看，就随手装到了衣兜里。

等散会后，把专家们送走，杨双牛还没完全从阴晦的愁绪中走出来，乱七八糟的事儿都涌进脑子里来，好像山洪暴发，咆哮着，夹带着沙石，翻滚着波浪。他的脑壳感到有些沉重，也有点儿疼痛，于是便竭力想排除掉这股子烦躁情绪。可是无论如何也做不到，这股子烦躁情绪怎么都排除不掉，而且头绪越来越乱，好像形成了一股泥石流，冲坏了桥梁，堵塞了道路……他的心都要碎裂了。

但当他深一脚浅一脚地走回办公室，疑惑不解地打开李保国塞在他手里的小纸条，见上面苍劲有力地写着一行字："如果需要果树管理技术，我可以

帮忙。李保国。”

看着，看着，他的眼睛亮了，放光了，睁大了。捧在手里的这张小纸条，好像一道灿烂的阳光，照进了他的心底。李保国教授的果树管理技术来得太及时，太重要了！

这张十几个字的小纸条，具有一种强大的魅力：激动人心，清醒头脑，使5分钟以前的杨双牛和5分钟后的杨双牛，成了两个截然不同的人。他浑身蒸腾起热气来，他的眼前现出了彩虹，他的心里也笑了，亮了，他进入了新的美梦一样的境界。

岗底村山上没地了，可村里山场面积很大，特别适合种果树，杨双牛早有这心思，但不知道怎么整。

于是，第二天，杨双牛就按照李保国留给他的家庭电话，试着给远在保定的李保国打了个电话，非常诚恳地邀请他来岗底村考察。杨双牛这次伸出去一双火热的手，为岗底村拉来了一个“科技财神”。没过几天，李保国果然坐着长途汽车从保定出发，一路颠簸，辗转着倒了好几次车，才来到这个距县城百十里的小山村，并开始了整整20年矢志不渝的“科技扶贫”。

李保国来到村里后，在杨双牛和村干部的引导下，详细考察了村里所有的山场。

转完之后，李保国脸上没有表情，眼睛黯然无光，半晌不说话，像一尊泥塑的人像，默默地望着荒冷的山野，寂静的村庄。

杨双牛小心翼翼地问："李教授，你看咋样，具体指导指导我们，该怎么整？"

"你们这里，真是好地方啊，海拔 500 到 1200 米，昼夜温差 15 摄氏度，片麻岩的中性偏酸土壤。"李保国沉思片刻道，"可就是……"

"咋了？你说……"杨双牛神情紧张。

李保国指着山上的坡岗，叹口气说："你看，你们这里，连条路都没有，怎么到山上种树？种上了树，又怎么管理？"

大家看看四周，全是泥石流冲塌的山，岩石裸露，一座叠着一座，像大海的波涛，无穷无尽地延伸到遥远的天尽头，消失在云雾迷漫的深处。如果沿着村前一条弯弯曲曲的山路走去，小路两旁，丛生着肥硕的杂草柞木。拐过一个弯，再往山上就找不到路了，哪怕是羊肠小径。杨双牛他们都不吱声了。

李保国态度坚决地说："你们有没有信心改变现状？"

杨双牛毫不犹豫地说："有信心！"

李保国当场拍板："你们 3 个月修出一条通往村后沟的路，路修好了我搬到村里来，不要一分钱和你们一起干！"

李保国走后，杨双牛带领村干部，利用一周的时间，制定山场修路规划，并在山上高悬着一幅大字标语：开山劈岭赶修环形路，诚心诚意请进财神来。然后动员全村男女老幼，按人口将路段分到各家各户，要求保质保量完成施工任务。

70 多岁的郭树德无儿无女，是村里的五保户。考虑到他年事已高，领导小组没给他安排任务。但开工那天，郭树德自己提着镐头，扛着钢钎怒气冲冲地赶来："他安长才 73 岁能修，我郭树德就不能修啊？"他一边"发脾气"，一边"捡"个标段修起来。

"我无儿无女，是乡亲们照顾我到今天，莫说我还要享受几年（科技带来的好处），就是享受不到，我也要搞嘛！"郭树德对"组织"的安排很不满。

当年领着乡亲们修地造田，被誉为"穆桂英"的 71 岁的老妇女主任刘九玲，被人笑称"修路的中坚力量"——她所在的三人筑路小组，一位是体弱多病、现年45岁的郭成德，另一位是已经74岁的李成功老人。

人们争先恐后，挥汗如雨。按“规定”，早上8点出工，下午6点收工，中午还有2小时吃饭时间。但每天早上5点一过，修路村民便一个比一个早地赶到工地，晚上天黑才回家。中午，没人愿回家吃饭。家里有人的，都是送饭到工地，没人送饭的，早上出门时带点儿干粮，中午就着白开水就是一顿。

修路几乎全靠体力，肩挑、背扛、手刨，遇到稍大的石头，常要全组出动才行。工具全靠原始的镐头、钢钎。他们一次次手震裂了，磨破了，血，染红了钢钎，染红了锤把。杨双牛记不清有多少次手中的血泡破了又起，起了再破，最后都成了老茧。半个月后，一条长3公里、可通中型汽车的盘山路像飘带一样已经挂在了山上。杨双牛迫不及待地给李保国打电话，邀请他来这里看看。

李保国接到电话后，他不相信杨双牛在20天内组织岗底人按他的要求修好了那条路。

“李老师，真修好了，你来看看，看看是不是符合你的要求。”

李保国半信半疑地来了，到山上一看，这条通向山场荒岗薄地的路，比他要求的还宽，也比他要求的还长，像一条灰色的带子在山间起伏，消失在望不见的远方。李保国被岗底人那种自力更生、奋发图强的精神深深地感动了，他不敢相信，他丢下的一句话，只过了20天，就变成了现实。他知道这条路隐藏着什么，昭示着什么，那是岗底人的心血，那是岗底人的宣言，那是岗底人渴望科技、渴望富裕的希望啊！

李保国紧紧地握住杨双牛的手，激动万分地说：“杨书记，你们真行，干劲儿真大呀！好，从今天开始，我们就把富岗山庄作为河北农业大学‘教科研生产实验基地’，全方位对果农进行技术指导。”

李保国的心里呀，还藏着千言万语。然而，这个不善于用语言表达自己丰富感情的农业大学教授，只说了这么简简单单的一句话，这是一句发自肺腑的话，这是一句万千情感凝练成的语言。在农村扶贫开发工作中，他带着农大学生到太行山去，曾经遇到过多少这样激动人心的场面，遇到过多少这样真诚热情的干部群众啊！每当这时候，李保国的感情，并不仅仅停留在感激上。他已经深深地体会到，这是一种为全面建成小康社会英勇奋战的战友之间特有的感情，这是一种真正的同志之间的信任、鼓励和无限的希望。在这里，他受到莫大的鼓舞和教育，得到无穷的力量和智慧。

于是，从 1997 年年初开始，李保国身穿一件灰色大袄，脚蹬一双旧球鞋，带着同在河北农业大学任教的妻子郭素萍，把行李卷直接从车上搬到了岗底村给他们临时安排的石板房里，一住就是 20 个寒暑。

白天，李保国翻山越岭，一头扎进山里，一个个山坡、山头都要仔细考察。每天跑 50 多里山路，累得晚上都上不去炕。看到苹果树光疯长不挂果，他心疼地说："我来晚了。"中午，啃一个凉馒头，就着凉白开咽下去，算是午饭。傍晚，他又回到临时住处，挑灯夜战，仔细整理一天下来的考察数据，全村就属他屋里的灯灭得晚。

村支书杨双牛看着李保国对岗底村农民的事这样上心，心里特别感动，一天晚上，杨双牛带了包花生米，提了瓶酒，到李保国的住处，想找他聊聊。一张桌，两个人，喝得尽兴。杨双牛先给李保国斟满一杯酒，顺手给自己的酒杯满上了，然后，端起酒杯来，分外热情、分外诚恳地向李保国说："李老师，欢迎你和素萍老师不辞千辛万苦到岗底来，更欢迎你们夫妇二人全方位地对岗底的苹果树进行技术指导！"

"谢谢你的一片心意，杨书记。"李保国也端起酒，说完把酒杯举到唇边，仰起头来，一饮而尽。杨双牛也把酒喝干了。

这时，郭素萍正好端着一盘炒绿豆芽走进来，杨双牛迎面叫着说："郭老师，你也来喝一杯吧！"

"我不会喝酒。"郭素萍微笑着说，"你喝吧！杨书记。"

"不行，郭老师，为了欢迎你，你就喝一杯吧！李老师，你下地去再拿一个酒杯来。"

"不用去拿了。"郭素萍爽快地说，"既然杨书记这么说，我想也应该。就用保国这杯子吧！你可给我少斟点儿。"

"好。"杨双牛态度庄重地斟满了一杯酒，非常尊敬地端起酒杯，递给郭素萍，回手又把自己的酒杯斟满了酒，然后举起酒杯说："郭老师，你为了岗底村的苹果树科学管理，舍小家为大家，我和全村父老乡亲一辈子都感激不尽。为了表示我和全村父老乡亲对你的感谢，敬你一杯酒，你一定要喝干！"

"我喝。"郭素萍说着，把酒杯放在唇边，只见她一仰脖儿，就把一杯酒倒进喉咙里去了。然后，她捂着嘴望一眼杨双牛说："我喝完了，你们慢慢喝吧！我还要去准备饭哪！"

郭素萍走后，他们继续喝着，瓶里的酒越来越少，他俩的心越贴越近，杨双牛的心里面也越来越亮堂。

李保国对杨双牛说："我是农村长大的，过去家里也很穷，所以我见不得老百姓穷。你相信我，依靠科技肯定能致富，咱们一块干，让老百姓尽快富起来。"从那天起，这个愿望就在他俩心里扎下了根。

半个月下来，李保国踏遍了全村的沟沟坎坎。经过对全村 8000 亩山场的实地勘察，详细记录每一道沟谷的坡度、土质特征、地貌类型和植被情况。经过综合研究和分析，充分结合岗底村实际情况，李保国设计出了村里未来发展的三大支柱产业：一是立足本地苹果，通过技术改造创名牌上效益，年产量要达到 50 万公斤，产值 500 万元；二是新栽板栗，预计年产量 50 万公斤，产值 300 万至 400 万元；三是建立小尾寒羊饲养基地，饲养小尾寒羊 700—800 只，年产值 100 万元。有强壮劳动力的家庭可以通过种植业致富，年老体弱或缺少劳动力的家庭可以走养殖业的路子，每年也可以有超过 1 万元的收入。树叶和林间的苜蓿可以喂羊，羊粪可以生产沼气，沼气废料可以肥田，这样就形成一条良性发展的生态链。村民一合计，在李保国的账面里苹果挣得最多，自然就成为大家的首选。

李保国二话不说，马上指导乡亲们科学种植苹果，大刀阔斧地对岗底的苹果树进行了调整和管理。第一步是对果树进行修剪和疏果。可这刚开始的两项技术在推广中就遇到了重重阻力。

为了让农民能听懂、记住那些复杂枯燥的技术术语，李保国把很多技术编成顺口溜、歌谣，教给果农，比如剪枝："无肥不能把树长，树不结果不透光""角度小，枝疯长，不结苹果枝向上"……简单易懂接地气儿，老百姓一听就懂，一学就会，效果特别好。

李保国给村民上的第一堂课，是剪枝。他把课堂设在果园里，亲自动手，一会儿用锯，一会儿用剪子。李保国剪枝有自己独特的风格，以"狠"著称，下起手来"毫不留情"。对于岗底老祖宗留下来的老树，更是大刀阔斧，一棵树"剪"下来的干枝竟有几百斤之多，碗口粗的树枝照样齐根而下。剪枝队员们在旁边向上看，天哪！光秃秃的胳膊粗、碗口粗的苹果树枝，一枝接一枝地向他们打来。剪枝队员们闭着眼睛，全身都发抖了。待到他们下手时总是犹豫不决，躲躲闪闪。无奈杨双牛在一旁“督阵”，说必须按李教授的样子干，不能有一丝一毫的走样，可一天下来，看到苹果树底下大堆小堆的干枝也有些心虚。他的衣服都叫冷汗湿透了，但心虚也得给自己打气：你杨双牛要的不就是科技进山吗？

两天后，全体剪枝队员人人抄起剪刀、斧头上树，边干边实践边熟练。冬天的山野，显得空旷、辽阔。东北风在山野里一无阻拦地呼啸着，尖寒而薄刃，割得人脸疼。风刮过枯枝，都会发出一种绷紧了的弦声。剪枝队里的小伙子们，却在严寒的天气，挥动着雪亮的斧头，年轻的姑娘们飞舞着银闪闪的剪刀，卸老枝，疏弱枝。一会儿遍山响起了“当——当——”的砍树声，紧接着就是“咔嚓、咔嚓”的剪枝声，还有歌声、笑声，漫天飞扬。使人觉得，这儿的每一个迎风摇曳的树枝，都在喜悦地颤动着哩！整个托么沟在寒冷的冬天里热气腾腾，火火爆爆。

几十年放任生长的苹果树，要砍下多少枝枝丫丫啊！大枝子直往下卸。尤其是那些只吃养分不结果的劣种树，要实行多头高接，就必须把原有的枝丫统统截掉。一车车苹果树枝杈从早到晚往村里拉，分给各户当柴烧。

李保国万万没想到，就是这些树枝子，在村里掀起一场风波。

农民们何时见过这样的阵势？他们木头一般地站在那里，愣着两只眼睛发痴地看着拉树枝的拖拉机。眼见偌大的树枝子一个个被截下来，真比截断他们的胳膊还心疼！在岗底村已经种了十几年果树的老农们，一个个都觉得自己是把式。

“咱村的苹果树啥时候剪过枝，咱生怕枝子少呢，谁还嫌枝子多？枝多才能挂果多，这连小孩儿都懂的道理，还来教我们？”

“这不是故意让咱们减产吗？”

“咱老辈子种树都是靠自然生长，也没修剪，不是也照样结那么多吗？”

七嘴八舌的议论，像针刺一样，尖锐刻薄。还有的村民找到杨双牛家里，放肆地吵吵起来：“双牛，我问你，这苹果树是枝结果还是根结果？你找来的这个教授到底行不行啊？这不是糟蹋年景吗？简直是胡闹！”

“科学？甚科学！非把苹果树‘科’死不可！”

“败家子！败家子！胡折腾！比那阵‘割尾巴’还狠哩！”

面对这些质疑，李保国并未退缩。他分析，岗底村和前南峪村开始修剪苹果树的情况一样，在果树管理上都是靠传统、过时的错误观念和经验，缺乏新知识和新技术，必须马上帮助岗底村的果农们纠正过来，让他们少走弯路，尽快致富。于是，他一户户地做工作，不厌其烦地耐心讲解："你们想啊，咱们要建设社会主义新农村，不是过上吃不愁穿不愁的日子就行了，我们要为国家多生产苹果，要把我们幸福的根子深深扎下去。苹果的传统管理不转为科学管理，岗底的苹果就不可能大丰产，不光是社会主义新农村搞不成，就是吃不愁穿不愁的小日子也没保证。"他还把果树比成农家过日子，树枝子和果子就是家里的人口，人口多，每个人都得吃饭，最后日子紧巴了，挨饿。剪去几个次要的枝子，人口少了，日子反而过得好了，家里的人也长得健壮了。

村民听到李保国浅显、朴实的讲解，脑子开始转弯，但仍半信半疑。

李保国向村民们保证："明年果树挣了钱是大家的，如果损失了，算我的。"

农业科技研发难，推广更难。这之间的距离，被称为科技推广的最后"一公里"。

怎样打通这最后"一公里"？李保国概括为四个字——"死盯、盯死"。

"死盯、盯死"的背后，是他对农业、农民的深刻了解和热爱。了解李保国的人都说，他这个人性格太倔强，几十年没变，只要他认准的事情，会一直干到底，任何困难都会被他粉碎。李保国却觉得只有全心全意专注于农业技术和教学科研的推广，并将其转化为让老百姓致富的现实生产力，才配得上农民送给他的"科技财神""科技福星"的称号。

就这样，李保国和妻子郭素萍各有分工，手里拿着剪刀，一直钻在苹果园里，死死盯住各家各户果农，一个个环节盯着，亲眼看着他们完成剪枝和疏果。对于那些不听话的果农，怎么办呢？这是难不倒李保国的。他有很多老经验，非常熟悉农村的情况，像熟悉自己的手掌一样。问题即便再多、再复杂，他都能一下子抓到它的本质，并且看到隐藏在它背后的东西。当下，他略一思索，明确地讲道："……有些人所提的问题，我觉得都应该提到原则上来考虑。首先是修剪，现在碰到了困难，是事实。但我们不能在困难面前低头、退缩。科学管理既然大家已经赞同，就一定要完成。同时我们还应该注意到，有些人思想上是有抵触的，故意把困难夸大。”

这一番话，把人们说得哑口无言。李教授的意见一向是十分正确的。大家互相看了看，想开口又不敢开口，终于都不作声了。但也有的人，会上什么都同意了，会后却不是那么回事，有些决定往往贯彻不下去，或者贯彻了也不彻底，或者竟然走了样。李保国和妻子就直接上手。每户完成后还要经过他们来验收，方可“通关”。

当年，村民杨小平种着十几亩苹果，从未修剪、疏果，每年摘苹果后，整筐子卖也卖不了几个钱。李保国看到他家果树低产量、低品质的状况，就直截了当地掏心窝子说：“你这样放任不管不好，也不应当。我敢说，岗底的人，只要有一点儿科学管理果树技术的，都不会赞成你这样干。你仔细想想吧，准是这么一回事儿！”

“我顾不上这么多……”

“为啥要硬是一条道跑到黑呢？”

杨小平一挺胸脯子，大叫：“我就是走到没脖子深的火坑里，也不喊你们救我！”

“小平，你可把话说绝啦！”

“就是这个。”

李保国停顿一下，缓缓口气问他：“小平，我今儿个对你的说服，耐心不耐心？”

杨小平把脸扭到一边。

李保国又求援似的问郭素萍：“你说？”

郭素萍点点头说：“小平，你就是铁石心肠，也得被保国这火一样的心焐热了。”

李保国大声说道：“小平，告诉你，我李保国在这块蓝天黄土上活了39年，我没有嬉皮笑脸地哄过谁，我没有低三下四地求过谁，这一回为了岗底村脱贫致富，为了让你用科学技术管好果树，我才开天辟地头一遭儿，赏你的脸，哄你，求你。闹了半天，你竟是这样的不通情理！”他死死盯住杨小平，强制性地要求他必须疏果，“杨老弟，如果你自己忙不过来，你雇人也得疏果，哪怕是我来出工钱！”

为这，当时的岗底村民还给他起了个外号，叫“杠头儿”。

李保国刚到岗底村时，画了两张平面图，一张是果园分布图，一张是村民住宅图。他经常到果园里转，看到谁家的果树有问题，谁家操作不规范，就直接找到村民家里去辅导。

村里有些老树生了腐烂病，像疯了一样地传染开来，如果防治不及时，整个果园就毁掉了。村民们十分绝望，想把树刨了种庄稼。李保国想出了好多办法，一是用刮皮刀和杀菌剂治疗，二是跨过伤口，进行桥接，新建树体养分运输通道，并反复给果农做示范。就这样救活了100多亩果园，也重新点燃了老百姓心里的希望。

根据太行山独有的气候特征，李保国还对果树进行了树形改造，让树冠变成了垂帘形。改造后，果树变得通风，透光，枝条壮；苹果变得果形正，果面光，着色均匀。

一次，李保国为了教岗底村果农给果树刻芽的技术，他亲自爬到树上示范。正确的做法是在芽前刻伤，而村民却偏偏刻在了芽后，最后效果适得其反。李保国手把手地反复教授正确方法，可村民常常是前边听后头忘，老是弄不成。李保国干着急没办法，气得浑身发抖，一只手没抓牢树枝，一下子跌落在果树下。

"哎呀！不好！"

"摔着人啦！"

在场的人们惊叫起来。震耳的喊声惊动了果园里所有的人，大伙儿急忙放下自己手里的活计，潮水般地涌过来。

杨沣军第一个不顾一切地冲到李保国跟前。张海景、李志岐等几个青年也随着冲了过来。

李保国衣兜里斜插着一把大剪子，那锋利的尖刃正好抵住了他的肘窝，把他穿的大袄穿了一个洞。幸亏穿的大袄厚，要不真就插进了肉里！

李保国从树上重重地跌下来后，当时双唇紫紫的，脸色也黑得厉害……

杨沣军急切地呼唤着："李老师，李老师！"

李保国眯着双眼，有气无力地摆摆手，示意不要动他。他声音微弱地说："我有心脏病。"

大家一起围拢成一个圆圈，紧紧地把李保国围在中心，关切地注视着他。

杨书合冲过来，伸开双手，要去抱李保国，大家忙告诉他李老师有心脏病。杨书合两眼发红，腮上的肌肉抽搐着，急促地喊道："李老师，李老师！"

然而李保国仍是两眼紧闭，没有回声。杨书合不觉鼻子一酸，泪水在眼眶里转了几转，但他咬紧牙关忍住了。

张海景趴在李保国的身上哭起来。杨沣军说："海景，不要哭。快去把村医找来，进行急救！"

杨书合便喊身旁的李志岐："志岐，你快去叫杨支书！"

张海景擦着眼泪，跳起身来和李志岐一起跑去了。

这里，杨沣军给李保国喂了几口热水。不大一会儿，杨双牛带着村医，疾步跑来。在他们后面，还有焦虑不安的郭素萍，抱着一条被子。

人们给他们让出一条路来。郭素萍见自己丈夫昏迷不醒，立即扑了过去，两手抱着他的肩头轻声地叫道："保国，保国！"

村医蹲在李保国的身旁，快速打开药包，取出听诊器，迅速而熟练地给李保国诊断。

过了 10 多分钟，李保国脸色转淡了些，嘴唇由暗紫转为深红，万幸总算苏醒过来了。

杨双牛和乡亲们把李保国轻轻搀扶起来，送回到村里的宿舍。

杨双牛叮嘱他什么也不要干了，安心休息几天。可李保国哪里闲得住，令他着急上火的事没有得到解决，他是一刻也静不下心来。

为了让果农尽快掌握技术，李保国把村干部叫到他宿舍里开会，一起合计如何能让果农们准确、清晰、快速地掌握果树管理新技术。

大家很快纷纷议论起来：

"哎呀，想得好！真该搞个材料把果树整形修剪的方法排排队，让群众知道，什么时候刻芽，什么时候摘心，什么时候环剥……做到心里有数。"

"还有什么时间疏花疏果，也要列列项。"

"嘿，真能这样，那咱们科学管理果树就更有把握啦！"

会场里，气氛十分活跃。大家从果树整形修剪，谈到疏花疏果、病虫害防治，讨论十分热烈。当大家把想法充分摆开以后，李保国胸有成竹地说："看来，得给乡亲们弄一个明确的工序手册。"李保国请村干部先拉出一套果树管理工序，他利用业余时间，把工序订正、细化、完善。

岗底人文化低，为了让果农尽快掌握好技术，他编写了 128 道苹果标准化生产管理工序，助推了富岗品牌跃上极品和辉煌的阶梯，并印成“明白纸”，让果农像工人生产标准件一样生产苹果。一年365天，什么时候管什么，不管什么，管到什么程度，都要清楚明白。

128道生产管理工序的精华就在于：一是奠定果树生产的基础环节，主要体现在施肥和灌溉上，在128道生产管理工序中，施肥和灌溉是基础环节，要把烘干鸡粪足量施用到位，每年灌溉次数在5次以上。二是修剪、疏花疏果的能量集中环节。搞好修剪和疏花疏果，让果树充分见光，让能量集中供给有限的果实，提高果实质量。三是严格控制防病治虫环节。防病治虫直接关系到富岗苹果的农药残留和重金属指标达标。四是以增色、细腻为核心的提高质量环节。岗底果农就靠这一“金刚钻儿”，不仅生产出绿色、有机苹果，还避免了苹果“大小年”。按工序生产出来的富岗苹果，果形端庄、着色艳丽、个头硕大，而且个个相同，简直就是一个模子刻出来的。

有一次，李保国关切地对杨双牛说：“咱这128道工序可别光在兜里掖着，你花钱在媒体上公布出去。”再后来，他又把每道工序编写成一个精彩的故事，刊登在报纸上，最后集印成书，免费发给果农，发向太行山里种有果树的每个山村，乡亲们都“疯”抢着要。白塔村一位身材高大的老大爷，拄着一根枣木棍子，上身一躬一躬的，找到杨双牛，拿到那本书，他就站在原地如饥似渴地读起来，忘记了时间和场合。直到村干部上去推推他，他才猛然惊觉，随即解开衣襟，把书深情地放进怀里。还有羊峪村的一位大嫂，抱着娃娃急急忙忙赶来，对杨双牛说：“孩子他爸爸出车到外地拉脚，听说你们要发那本书，连夜打了个电话来，要我帮他领一本。”杨双牛笑了笑，用双手把书递给她……

很多果农来岗底学习128道生产管理工序，一部分学成的果农成了富岗连锁基地的成员，还有一大部分前来学习的果农，高兴而来，扫兴而归。学不成岗底的原因只有一个：相中价格，相不中管理。相不中管理的有两点。一是工序多，劳动强度大。施肥、剪枝、刻芽、疏花、疏果……一直到收获，一个劳动力管理2亩果园，常年得盯在山上，忙时还得雇小工。二是投入大。富岗基地一般一户承包4亩果园，200来棵果树，每年上鸡粪4000元，浇地1300元，施微肥6000元，铺反光膜、安黑光灯治虫、雇工等开支，不算果农的工夫钱，一年下来开支要2万元，每亩平均5000多元，亩产苹果一般控制不超过 5000 个，一个苹果的成本高达 1 块钱。

每次说起这件事，说起果农们如何喜欢他编写的故事，而且相互传诵，李保国就高兴得咧开那张有胡子的大嘴，真像一个稚气未脱的孩子。

他教疏花疏果技术时，都是先对村民集中培训，然后再单独辅导。疏花，隔 3 寸留一朵花；疏果，隔 6 寸留一个果，这些细节都要严格按照工序执行。有的村民不理解："听李老师的，他秋后一拍屁股走了，赔了算谁的？"

"我说你说的全是废话，有屁用！"

"实际上是这样。什么叫废话！"另一个回答。

杨双牛听出这是郭学新的声音，不觉停住了脚步。

"你要有种，你敢当面提？"赵令旗尖声说。

"当面提了！"

"向谁？"

"杨双牛！"

"哦，原来是杨双牛。你向他提有屁用！李老师在后面督着，他做不得主。你要有种，你敢当着李老师的面提？"

大家笑起来。

杨双牛有些忍不住了，他的眼睛闪闪的，像是烧着什么东西，当场在会上批评那些似乎有点儿"对着干"的村民："你们要想学技术，就听李老师讲，按李老师说的办。不愿意听就回家去！"现场一下子鸦雀无声了，村民们面面相觑，不敢言语了。

李保国站在杨双牛旁边，待杨双牛说完了，他咳嗽一声伸出手来拍拍杨双牛的肩膀，示意他消消气。李保国转身温和地对村民说："疏花疏果，大家都没经验。这是以前所没有的，谁都没有干过。所以经验要由大家来创造。岗底村是河北农大的教科研基地，河北农大很重视。可是，你们村的疏花疏果工作进度却比别的地方都慢。到底是什么原因？村里有些什么问题需要解决？大家可以尽量提。不是说，问题是最好的老师嘛。你们能提出问题来，就是我李保国的老师！"村民一听李保国这样讲，还这么谦虚，不高看自己，不禁激动地拍起巴掌来，掌声由稀稀拉拉逐渐整齐划一，满村都能听见。

李保国不仅向农民推广了树势调整、整形修剪、疏花疏果等常规技术和外地经验，还重点抓了苹果的无公害绿色食品生产。

李保国向村民讲，岗底村实现无公害绿色食品的生产，就苹果而言，主要从果园的土——果树——病——虫——草等整个生态系统出发，创造不利于病虫生存、有利于各类天敌繁衍的环境条件，保持农业生态系统的平衡。病虫防治，主要采取物理防治、生物防治、无公害农药防治；施肥以有机肥为主，以硼、锌、铁为主，以无公害金秋液肥为辅，根据土壤理化性质检测进行配方施肥。轮纹病、早期落叶病是苹果树常见的真菌病，如果得不到有效控制，会直接影响从萌芽到采收的整个生长期，甚至会影响果树的正常储藏。按照绿色食品的要求，在萌芽前，统一喷石硫合剂，同时果农每隔 10 天就要全园喷一次无毒的杀菌剂，这些杀菌剂起封闭、保护果树不受真菌侵害的作用。蚜虫是果树常见的一种吸汁类害虫，它直接吸取树上嫩枝、嫩叶、嫩尖上的树液，影响果树生长。传统的防治方法是喷高毒的氧化乐果，富岗公司的生产者通过科研单位从外地买来几十万只草蛉和七星瓢虫放在园子里，蚜虫是草蛉和七星瓢虫最喜欢吃的美食。放入草蛉和七星瓢虫后，蚜虫就得到了有效的控制。金龟子吃花，棉铃虫、卷叶蛾吃叶，桃小食心虫吃果，是果园常见的另一类害虫，传统的防治方法是喷菊酯类、1605 等剧毒农药，而岗底的生产者则根据这些害虫的成虫（蛾子）喜欢向甜酸味和具有紫外光的地方集中的特点，在全村所有果园布置了 160 个黑光灯和 120 个糖醋缸，在黑光灯下放上药缸，把害虫毒死在缸内。

除了药物污染以外，李保国还针对尘土和冰雹对苹果的侵害，在农村推广了苹果套袋技术。用纸袋把苹果保护起来，让它的表皮细嫩、光滑、洁净。到一定时间，摘去纸袋，再让它接受几天光照，颜色会很快变红，红得照样细嫩娇艳、光彩照人。

于是，每年 5 月上旬，当果树挂上幼果的时候，李保国指导果农们马上把苹果一个个套上双层纸袋，直到 9 月中旬，苹果开始着色的时候，才把一个个果实袋从苹果上小心翼翼地摘下来，苹果的整个生长期不受空气污染，而且着色好，颜色亮丽，果肉细腻。

然而，岗底村的果农们种了多少年的苹果，从来没有给苹果套过什么袋子。开始有些果农认为这根本不叫什么新技术，纯粹是奇思怪想。

一时间，人们叽叽喳喳地议论起来：

“嘿嘿，这是个新鲜事，见过大姑娘戴帽子、围纱巾，没见过苹果也戴帽子围纱巾的。”

“挺好的苹果，套个袋子，既不透气，又不着光，苹果烂了咋办？”

观望，徘徊。看来，此时，即使苹果卖不上好价钱，谁也不肯首先在自家果园里使用“套袋”技术，除非傻子才干那号蠢事。顿时，好像有谁在李保国心里打翻了五味瓶似的，酸、甜、苦、辣、咸一齐滚落出来。李保国心里痛苦极了，悲伤极了。一颗晶莹闪亮的泪珠，在他眼眶里滚来滚去。这些果农啊，你们怎么能这样踩蹦别人的感情？那新推广的“套袋”技术，可是花费了很大心血才研究出来的呀！最讲务实的果农啊，直到现在还没有完全从狭隘、保守和愚昧落后的小生产意识的束缚中解脱出来。要叫你们接受一种新鲜事物，除非是等你们套过、摘过，才会相信呀！李保国在思在想。既然有人对套袋顾虑重重，那就得消除这种顾虑，让农民的旧观念在实践中真正得到转变，最后使岗底村的苹果整体提升质量和市场竞争力，这才是最终目的。何况这一技术早已在其他地方开始试验，对于这项新技术，李保国充满了信心。想到这儿，他几步走进群众中间，抓住果农们粗壮的大手，真心实意地说：“乡亲们，你们在果园里大胆套袋吧，增产了是你们的，减产了是我的，绝产了我全包！”

这不是夸海口吗？这不是赔着钱给技术打包票吗？

当初心里也没底的杨双牛，听到李保国这句话，也有点儿替他揪心。于是，杨双牛悄悄把李保国拉到一旁，百思不解地发问：“李老师，这可是当着全体果农的面，说出去的话就是泼出去的水，难往回收。套袋技术真要是失败了可怎么向乡亲们交代呀？”

李保国说：“苹果套袋，咱们岗底虽然没有干过，可是别人已经为我们闯出了路子，找出了经验。”

说到这里，杨双牛和李保国又回到群众中去。

杨双牛毕竟是村支书，岗底的主心骨。请来了李保国，就得跟李保国站在一个战壕里。于是，他拍着胸脯说：“如果赔了钱，不管多少，我们村干部出！”

但李保国却不怎么“买账”，反而指着杨双牛埋怨道：“你给我的技术上保险没用，乡亲们怀疑的不是你，是我。”

随后，李保国自己拿出 5 万元购买了 16 万个苹果纸袋，全部运到岗底村，开始在农民果园里搞试验。村委会用大喇叭广播，要果农们来领袋子，由李保国手把手地教村民套袋方法。可一只袋子 3 毛多钱，当时的苹果一斤才卖 5 毛，经济账一算，多数人都不来领。16 万个袋子，只领走 8 万来个，余下 8 万个堆在仓库里。村民都认为李保国靠卖苹果袋赚钱是真，推广技术是假。

杨双牛心里着急，李保国却心平气和地劝他："老兄，别着急，当一个新生事物刚产生的时候，有些人不理解、不认识，这是可以理解的。我们要把道理向群众讲清。光让群众知道我们怎样做还不行，还得让他们知道为什么这样做，发动群众一起做。我们应该相信，群众对新事物是能够接受的，是热情欢迎的。关键在于我们领导如何去做群众的工作。向群众宣传好'套袋'技术的先进，是我们干部的责任。"

李保国说到这里，杨双牛不言语了。他长长地叹了一口气，从兜里掏出烟卷，划着火柴点着烟抽起来。

李保国看着杨双牛的神态，诚恳地说："农民最讲实惠，等他们看准了，你拉都拉不住。等着瞧吧！"

秋后，离采摘时刻近了，一枝枝、一树树快要成熟的苹果，像一群群风华正茂的妙龄姑娘拥挤在一起。它们并不羞羞答答，而是昂首侧脸、自得其乐地眺望着高远的天空、彩色的山野。

村民们按照李保国的要求，家家户户摘下了纸袋。纸袋子一摘，大伙儿可是傻了眼了。果农们发现苹果个头儿确实比以前大，可颜色却是白的。

当时村民都沉不住气了，议论纷纷："李保国在咱村这是胡闹哩！你瞧瞧现在这苹果弄成个啥了？白不拉几的，谁要呀！"

"前些日子李老师不是还说，套袋的苹果比不套袋的长得又大又红吗？"

"光说顶啥事，就这苹果，到时候你去卖卖，甭说挣钱了，白给都没人要，不信你试试。"

李保国一边听着，心里比磐石还要沉重。他憨笑着说："乡亲们别心急，往后看。"

接着，为了使苹果着全色，李保国又指导果农，一是在树下铺上反光膜，使果下阴面也着上色；二是摘叶，把挡着阳光的树叶摘掉，让在叶下乘凉的苹果见着太阳着上色；三是转果，每个果都有阴阳面，阴面不能见光，着不上色，他们把果转一下，把阴面转到阳面的位置。同时，李保国还让果农大搞“苹果文化”，他们把诸如“福”“禄”“寿”“喜”等字样贴在苹果上，尤其把“富岗商标”贴在苹果上，到 10 月中旬的时候，果农把贴上的字揭下来，苹果上红底绿字的“福”“禄”“寿”“喜”，非常好看。

当年，凡是套袋的苹果，竟都是那么红，那么鲜艳，像小红灯笼似的压弯了枝头。村民们看着满山遍野的丰收景象，个个喜出望外。

李保国套袋技术试验成功了，支书杨双牛高兴得整个身心都沉浸在欢乐之中，嘴角露出喜悦的笑纹。他说：“这套过袋的苹果就是城市里的‘小姑娘’，没套过袋的苹果就是山沟里的‘老土鳖’。”这样俏皮而形象的比喻惹得大伙儿哈哈大笑。

在李保国指导下的常规技术的落实和全面实施的无公害绿色果品生产技术，使富岗苹果无论在口感、颜色，还是在内部品质指标上都提升了个很高的档次。2000 年 1 月，富岗苹果获得了中国绿色食品发展中心颁发的绿色食品证书。有关人士在总结富岗苹果的优点时说了 16 个字：酸甜适口、细脆津纯、清香蜜味、易储耐藏。主要特点表现在以下几点：一是绿色。富岗苹果严格按照中国绿色食品中心的生产要求进行生产，生产的果品完全符合无公害绿色食品标准要求、毒素残留等项指标。二是营养。果实中含有对人体有益的微量元素钾、钙、镁等，人体必需的各种矿物质元素、微量元素、维生素均衡。三是纯、美。果汁含量丰富、糖酸适宜，果肉细脆、硬度大而无渣，具有典型的富士风味。果个儿大，果形端正，粉红，全红色。富岗苹果每年都要随机取果到中国农业大学食品学院进行检测。以下是 1999 年检测结果的一组数据：

外观品质：果色条红，着色均匀，颜色鲜红，果肉白色至淡黄色。

质地品质：果实硬度 18.9lb/cm^2，含水量 89.3%，果肉脆、多汁，质地细，纤维少。果肉含原糖 8.7%，蔗糖 15.1%，可溶性固形物含量 16.1%。果肉滴定酸 0.295%，果汁 pH 值 3.3。具有典型的芳香味，且风味较浓。以上指标均高于全国代表值。含有 18 种氨基酸，15 项均高于全国代表值。

李保国一次次给村民们立着军令状，推广新技术。第一年打基础，第二年初见成效，第三年果园的面貌全变了，1 亩苹果多卖了 3000 多元，带来效益 900 多万元，真成了金苹果。

一时间，李保国成了村里炙手可热的科技财神，好像一颗耀眼的明星，正悬挂在村庄后边山岗的顶上，是那么大，那么亮，散发着令人注目的光辉。

这一下，村民们都打心眼儿里服了，说李教授就是行，以后全都听他的，他说怎么干，他们就怎么干。

2003 年，在盛大的富岗公司改制大会上，村民们被喧腾而鼓舞人心的锣鼓声激奋了，被欢跃而热闹的秧歌队吸引了。人们一拥而上，把秧歌队包围起来，而且随着锣鼓的节拍，拍起手来。秧歌队的小青年们扭得更欢，锣鼓敲得更紧，喇叭吹得更响。

在这欢乐的气氛中，董事长杨双牛把李保国拉到一边，热情地握着他的手说："这些年辛苦你了，送你一些股份吧。"

李保国听后大惊失色，继而斩钉截铁地说："以后不要重复这个话题。"

……

后来，杨双牛才感觉此话不妥，在河北省苹果产业、核桃产业两个技术创新联盟产业里，有 50 多家大型龙头企业，李保国是产业联盟理事长，如果一家企业送他一个股份，他李保国成了啥人？

李保国是富有的，他拥有的 28 项科研成果和 36 项实用技术得以推广，他拥有一个和他一样优秀的林果研究员妻子，他拥有一个流动的 4 只轱辘支撑的每年颠簸 4 万公里的家，他拥有 140 万亩浸洇着李氏 DNA 的花果山。

翌年阳春三月，正是岗底村山坡上苹果花盛开的时节，远远望去，那一簇簇雪白而粉红的苹果花，如团团云絮，漫卷轻飘。

然而，天不作美。一场倒春寒突袭而来，漫天大雪飘飞而下，纷纷扬扬，贴在树上和人身上。气温骤降，果树发生严重晚霜冻害。李保国在电视里看到天气预报，不禁担起心来了：如果岗底村不及时采取措施，一旦霜冻了苹果花，不仅果农们一年的辛勤汗水会付诸东流，而且整个村子的苹果都会受到损害。"我得立刻上岗底看一看。"一种强烈的责任感，驱使他一边打电话到岗底村，让村民都上山，把树上的雪都摇下来，然后把村里能发烟的东西都运到山上，夜里 12 点开始烟熏，一亩地 4 到 5 堆；一边与妻子郭素萍辞行："这样的天气如果造成苹果花冻害，必然直接影响授粉，岗底的苹果就全完了！我得马上走！"

黑夜茫茫。整个大地像扣在黑锅里，伸手不见五指。

看不见汽车道，只觉着雪粉扑面打来。李保国连夜开车从保定出发，不顾雪后路滑进入内丘县城，然后沿着 328 省道，蜿蜒向西行进 50 余公里，经过 360 多个盘山弯道，来到位于太行深山区的侯家庄乡岗底村时，已过子夜。

李保国下车后，立即打开手电筒，“咯吱咯吱”地踏着积雪，直奔山坡上的果树园。在漆黑的山野上，手电的光柱忽儿闪到这里，忽儿闪到那里，给黑夜带来了生气！

凭借着光柱的照射，可以看到一株株受冻的苹果树。花冻了 85%，果农们垂头丧气。村干部杨和平说：“今年完了。”

李保国一户一户看过后说：“问题不大，有 10% 的花就够用了。”

然后，他马上召集人，布置到外地找花粉，人工授粉。那一年，岗底村不但没减产，反而增收了。

他爱老百姓，百姓更爱他。

盛夏的一天，李保国行至内丘县摩天岭村遇上交通堵塞，进退不得。他下车察看。

这里是一条新修的街道。它从正西伸过来，到村民李金和的西院墙外边，往正北拐，又顺着北墙往东拐，再顺着东墙往南拐，最后才能朝正东方向直伸过去。房后边这一截路更不好走，南边是李金和的后房山，北边是一处破厂房，因为低洼和雨后存水，所以非常泥泞。

果然，一台拉石头的拖拉机陷在这儿了。司机急得满头大汗，正挥锹铲石子垫道，一时半会儿很难奏效……

李保国奔过去就要帮着垫道，却被村民们认了出来。

“李老师，是你？”一个高个子村民问。

李保国一怔，赶忙扭头一瞧：“啊，你是……”

“我叫赵修海，前一阵子，听你讲过果树修剪课。”那个高个子说到这里，又用手一指不远处一个名叫李金和的和其他几位村民，“他们几个也听过你讲课。”

当大家听说李保国急着回保定参加一个学术会议，人群中的李金和大声喊道：“快把我家院墙推了，让李老师的车过去！”

没容李保国阻拦，几个人一拥而上，硬是将路边一堵土坯墙围成的农家院扒开 3 米多宽的缺口，让李保国的小汽车从院子中间穿过。

20年来，李保国与岗底人心连心、心贴心。杨双牛及岗底村的果农们见证了李保国由专家变成农民，并把200多名村民变成“永久牌”专家的全过程；见证了他把岗底村由人均收入不足80元的穷村，改变成人均收入3.1万元的小康村；见证了富岗苹果获得1999年昆明世博会银奖、奥运会专供果品、中国驰名商标、河北名片、邢台金名片，一个苹果卖到100元的天价，就是因为李保国教授的试验田在岗底，他在太行山研究推广的28项技术中，有15项是在岗底试验成功的；见证了以岗底为中心的富岗苹果连锁基地发展覆盖到太行山、燕山11个县市369个村，种植面积5.8万亩，产量超过1亿公斤，带动7万多农民走上致富路的宏伟图景。

常有人问李保国：“你跟岗底不沾亲带故，不图麸子白面，为什么这样卖劲儿干？”

李保国不假思索地说：“我是农民的儿子，最见不得农民穷，老百姓脱贫需要什么，我就研究什么。”

后来，跟杨双牛回忆起这件事时，李保国显得异常激动：“有些心里话我不能给村民说，说了人家会说我唱高调。给你说你信。双牛！在战争年代，我们的战士，迎着敌人的枪林弹雨，穿过敌人的铁丝网，在战火和硝烟的阵地上，高喊着口号，一次又一次地把敌人消灭在阵地前面。他们连做梦也没有想到图什么，只有一个念头，那就是怎样克服困难，英勇作战，坚决打垮敌人，把胜利的红旗，插上敌人的碉堡！你再说太行老区，解放时期牺牲了那么多人，你说他们图什么？不就图过上好日子？先辈流血都不怕，咱是共产党员，是党和人民成就了我们，我们为农民脱贫致富流点儿汗算啥？”

杨双牛的胸脯一起一伏，这一席恳切动人的话直接打动他的内心，激起了心海的狂潮。他凑到李保国的身边，紧挨着蹲下来，紧握住了对方的手。

停了一会儿，李保国咳了口痰，又慢声慢语地接着说：“你可能说，我那5万元血汗钱也不是大风刮来的。有钱留给谁？钱花到哪儿？留给儿子可能会害了他，花到果农身上，我觉得就是花对了地方！”

李保国不管走到哪里，总惦记着岗底。

2007年，李保国在日本长野县信州大学搞梨树矮化课题研究，发现那里作为富士苹果的发源地，拥有世界一流的果树管理技术，便打电话给妻子郭素萍。

郭素萍放下电话，立刻按照丈夫的要求，通知岗底村技术员杨双奎到日本学习世界一流的果树管理技术，并提前自费把杨双奎的一切出国手续和机票办好，送他上了飞机。

此刻，超音速客机正在烟波浩渺、水天一色的太平洋上空飞行。

西岸：中国。

东岸：日本。

……杨双奎端坐在宽舒的机舱里，双手接过身着白衫裙的俏丽的空中小姐送来的可口的饮料。

这时，他才注意到，整个机舱就是一个小国际社会。白、黄、黑、棕各种肤色，赤、橙、蓝、绿各色服装，英、汉、日、俄各国语言……鲜丽的异国情调，浓郁的香水气味，迷漫在机舱里。

班机在灯火辉煌的东京国际机场徐徐着陆。杨双奎笑容满面地一下舷梯，早有李保国在机场迎接，并自费为他安排好了一切。他们乘小车，驶上高速公路，向信州大学急驰而去。

杨双奎在日本全面学习了现代化果树管理技术。该技术以下垂枝结果为主，采光好、通风好、抗风灾、果形正、品质纯，省工又省力。这项国际领先的技术成就了"富岗"苹果。

岗底村有一位叫梁山林的村民，家里一贫如洗，是出了名的"大懒汉"，每天都是"衣来伸手，饭来张口"，早饭都要母亲给他端到被窝里吃，吃了睡，睡了吃，37 岁了还打着光棍。

李保国了解情况后，便想着把这个懒汉"改造"成有出息的男子汉。

一天，李保国走进梁山林家，见梁山林妈挑起水桶，要往外走。李保国连忙上前拦住说：

"大婶子，把担杖给我，我去挑。"

"我挑吧！你一个大教授，还能叫你去挑水干重活儿？"

"不要紧，能行！我在农村干惯了。"

梁山林妈见李保国执意要挑，只好把担杖交给他，自己去温猪食喂猪去了。

李保国一干起活儿来，便再也闲不住了。他挑罢水以后，又拿起扫帚扫起院子来。

在一阵叮叮当当的干活儿声中，把个“大懒汉”从睡梦中惊醒了。李保国干完活儿，还没等梁山林磨磨蹭蹭地穿好衣服，便走进屋子里。

他见梁山林懒洋洋地下了床，便笑着劝他道：“山林，你包几亩果园吧，种上苹果，挣点儿钱，盖个好房子，快点儿娶上个媳妇儿……”

梁山林不敢正眼瞧李保国，垂着头说：“我不会种，再说那挺累人的吧……”

李保国抚着他的肩膀说：“你身板这么好，年纪轻轻的不能光闲着，连挑水扫院子都靠你母亲，得干点儿事啊！啥事不干，不挣个钱，哪个女人愿意跟你？”

梁山林惭愧地说：“我刚下地的时候，也想在农村好好干一番，可是手上一磨了几个血泡，心里就受不了了。”

李保国往前凑了一下身子说：“在农村是艰苦。对你来说，更是一件不容易的事。现在和你同龄的人都有深刻的体会。你开始干的时候，手上不是磨了几个泡吗？现在我让你看看我的手。”说着，他把手伸给梁山林。

梁山林看见李保国的手，浑身哆嗦了一下，愣住了：李保国那双手，血泡摞着血泡，口子连着口子，血糊糊的一片，手心手背，横竖贴了几条橡皮膏。

李保国放下手，对梁山林说：“看到了吧，不单是我的手这样，你再看看杨双牛他们的手，都是这个样子啊！”

梁山林抬起头，喃喃地问了一句：“李老师，你们不怕疼吗？”

李保国看了一下梁山林，情绪激动地说：“手都是肉长的，怎么能不疼呢？关键在于我们如何对待它。山林，你想过没有？为什么同是一双手，人家广大干部群众的手是那么粗，那么壮，那么有力量，那么不怕磨？为什么你的手就这么娇嫩？这只能说明一个问题：缺少锻炼。山林，从今天起，你听我的，振作起来干吧，有我帮你，赔了算我的，苹果挣了钱都是你的。”

梁山林第一次听到这样贴心的话，他慢慢抬起头来，看着李保国那双充满温情而又坚毅的眼睛，流下了眼泪。

按照李保国的要求，梁山林种了4亩半苹果树，每天起早贪黑，整天整夜泡在果园里，简直不知道疲倦。没有牲口耕，他就用镢头，一镢一镢地把土地翻开；没有肥料，他每天清晨推着架子车到附近工厂的公共厕所去淘；

没有管理果树技术，他就虚心向别人请教。辛勤劳作，再加上李保国手把手教他，果树长势很好。眼瞅着梁山林地里、家里都变了样，“懒汉”的帽子一下子甩掉了，第二年开春，提亲的就上了门，冬天就结了婚。后来，梁山林又包了1亩半果园，6亩果园年收入15万多。如今的梁山林，早已走上富裕之路，住上了现代楼房，开上了漂亮轿车，还买了商铺。

在岗底村，像梁山林这样彻底被李保国改变了命运的农民还有很多。

这些都是李保国的功劳，可他却说：“山区要脱贫，不能光依靠我一个人，必须要把我变成农民，把农民变成我，把大家都培养成管理果树的专家。”

李保国知道，要农民变成专家，得叫农民对技术从感性认识上升到理性认识。平时，他想方设法给村民办夜校，搞培训。2009年，邢台农业学校校长关林柏为把农村党员培养成掌握和运用现代科学技术的新型农民，带动更多的农民学文化、学科技、学管理，加快农业现代化的进程，加速社会主义新农村建设，他大胆地设想，为什么就不能为离不开家门的农民办学，尽快提高他们的科技文化素质，让他们多得实惠、增产增收？为什么就不能变学生进城上学为学校送教下乡，创办没有围墙的学校呢？教育要公平，农民要富裕，就必须尽快实施送教下乡。这是几代中国农民孜孜以求的夙愿，更是历史和时代赋予当代农校人的神圣使命。很快邢台农业学校就形成了这样一个构想：送教下乡，招收对象为初、高中毕业生及同等学力的农村基层党员干部、专业户、复转军人和返乡农民等。培养形式实行学分制和弹性学制，工学交替，并适当延长修业年限。采取集中学习与生产实践相结合，农闲时间集中上课，农忙时间兼顾学习和工作。课程设计以模块为主，以技能训练为主，结合农业生产实际，侧重学习当地产业发展急需的知识和技能。在授课形式上，把专业课堂搬到乡镇和农场、养殖场，方便学员上学，解决生产实际问题。征得上级主管部门批准后，邢台农业学校开始在邢台市首批17个教学试点组织招生报名。“给我报个名。”“给我……”“给我……”人们争先恐后，潮水似的涌来，把临时招生教学试点的办公桌围得水泄不通。在邢台农业学校首批教学试点之一的隆尧县牛家桥乡，按规定只招两个果林班100名学生，前来报名的就达800多名农民。在邢台农业学校另一个首批教学试点之一的威县高公庄乡，按规定也只招两个蔬菜班100名学生，而前来报名的超过900名农民。与此同时，邢台农业学校选拔了一批实践经验丰富的骨干教师，并从科研单位、技术部门、生产第一线聘请本地化、专业化、技能化的教师。另外，为满足教学，农校还投资30多万元购置了60台迷你型计算机、10台笔记本电脑、5台投影仪，装配了2台流动教学车；为确保教学质量，学校投资15万元购置畜牧养殖、林果、种植专业必需的便携式教学仪器；为各教学点购置无线上网设备，可实现学校总部和各教学点的视频通话；为解决任课教师的交通问题，确保风雨无阻，按时上课，学校投资购置15台送教下乡专用车。烈日下的乡间，处处有辛勤耕耘的身影。教师们常常风雨无阻，亲自到田间、果园、猪场、棉田上实践课，为农民当场解决了许多生产技术上的难题。接着，邢台农业学校为传统的中国农村带来了科技、财富、活力，也带来了方向。接着，邢台农业学校又为真正改变中国农民的命运，彻底打破中国农村几千年传统耕作的模式，提出了让农民“持证下田”，进一步深化和拓展送教下乡活动。此时，李保国立刻感到职业教育的春天来了。春光融融，万物蓬发。李保国马上建议杨双牛，抓住这个千载难逢的机遇，在岗底村全面推行“持证下田”培训工程。

2010年4月23日，彩旗飘扬，歌声嘹亮，鞭炮齐鸣，巨大的彩色气球开放在会场四周。邢台市农村党员“持证下田”培训工程启动仪式在内丘县岗底村隆重举行。数千名农村干部，早早赶到披红结彩的会场上，一个个舒眉展眼，喜气洋洋。

按照岗底村与邢台农业学校签订的“持证下田”培训协议，邢台农业学校用一年时间对岗底村的208名学员进行果树初、中级工知识和技能培训。培训内容有果树育苗技术，果树建园与栽植技术，果树土、肥、水管理技术，果树整形修剪技术，果树花、果管理技术，果树病虫害防治技术，果品产地储藏技术和果品市场营销实务等8个大项，共计198个学时。为了鼓励村民学好知识、用好知识，岗底村规定，学员每人200元的培训费由村里负担。

“持证下田”培训工程启动后，热闹非凡，报名人数超过全村人口的三分之一，夫妻同班学技术，父子同窗比技艺，岗底人学习技术的热情十分高涨。

阳春时节，草木吐出了青芽、绿叶，桃花接着杏花，在山谷间、田陌上盛开怒放。置身于岗底村满山遍野的果园里，仿佛徜徉在花海中，淡粉如霞的苹果花在枝头竞相争艳，和风吹拂，送来淡淡花香。果农们反映，当地红富士苹果得轮纹病很普遍。邢台农业学校教师李克军看到这个情况，他把轮纹病的有效防治办法告诉这些学员：

“苹果树得轮纹病的原因是地下管理跟不上，需要在树下挖个坑，埋上一些柴草、鸡粪。”

“人粪尿行不行啊？”

“行啊行啊！”

师生间有问有答，好不热闹。

……

果农王文广是党员班的班长，面孔黧黑，眼睛明亮，笑时露出一口雪白的牙齿。这次他和妻子都踊跃在果林班报了名。“邢台农业学校的老师告诉我们，发达国家的农民80%都有大中专学历，我们在这方面还有差距。作为一名党员，仔细想想，党性修养和创业能力太重要了。尤其是现在，如果不能成为有知识、懂管理、会经营的行家里手，就会落后时代，落后群众。参加这次培训，就是想实现素质和能力的全面提升，争做一个优秀共产党员。”

王文广家有5口人，经营着4亩果园，年收入5万元。他和妻子商量好了，一块儿学习，一块儿拿到“下田证书”，再过4年，实现收入翻番。“党员时时刻刻都得想着进步，想着带头儿，致富也不例外，要不然怎么发挥带头儿作用？”谈及妻子，王文广呵呵地笑出声来，笑得很爽朗，“有时候为了一个问题，争得可激烈了。争归争，咱让老师在果园里评评理，谁对听谁的。”风吹乱了他的头发，黝黑的脸庞显得格外清朗。

像王文广这样夫妻二人同班学习的，岗底村就有8对，杨立军、翟建英就是其中的一对。“特别怕落下课，因为老师讲得太有用了。”翟建英脸上泛起幸福的微笑说，就算农活儿比较忙，家里有特殊的事，两口子也得“出一个代表”听课，“晚上回到家，说说今天讲了啥，近期果树管理要注意啥，实在弄不懂的，记在本子上，下回上课问老师”。

到了苹果成熟的时候，一踏进那漫山浓绿的果树园，就看到那红彤彤的苹果挂满枝头，有的树梢都被压得垂到地面了。熏风徐来，果香扑鼻，是那样浓，那样叫人心醉。“持证下田”使岗底村普及128道苹果标准化生产工序，苹果从果园到餐桌实现全程绿化监控，还生产出驰名中外的有机苹果，每个苹果能卖到100元。2010年，该村仅苹果一项人均收入就达16155元。

当年，邢台农业学校就为该村 208 名果农进行了初、中级果树工技能培训。为了鼓励村民学习，岗底村村委会对获得果树技能证书的村民种的苹果，每公斤收购价比无证的多 2 角钱；年满 60 岁的持证者享受村里的养老金比无证的多一倍；对考试成绩前三名的村民分别奖励 1500 元、1000 元、500 元。最终，191 名学员通过资格考试，成为全国第一个“持证下田”的村庄。2011 年 1 月 18 日，邢台市内丘县岗底村党支部、村委会代表全村 169 户 619 名村民，怀着对党的富民政策的感恩之情和对邢台农业学校的感激之情，给中共中央政治局委员、国务委员刘延东写了一封感谢信。1 月 31 日，刘延东满怀激情地在感谢信上做出重要批示：“河北省‘送教下乡’的做法很好。职业教育就是要面向基层，面向企业、农村，适应他们的需求，为他们服务，才能体现价值，才能更有作为。”同时，她还给岗底村的父老乡亲拜了年。富了钱袋和脑袋的岗底人，真正尝到了掌握科技知识的甜头。

2011 年，岗底村村委会又做出一个决定：凡拿到果树初级工证书的，要尽快拿到果树中级工证书；凡拿到中级工证书的，要尽快拿到高级工证书；凡中专毕业的，要尽快拿到大专学历。2012 年秋季，岗底村有 100 名果农中专毕业，后来又上大专，两年以后读中国农业大学的本科，直至 2016 年这 100 名果农真正变成了“本科生”农民。这 4 年间，岗底村又陆续培养了 100 名中专生。当这 200 名“大本”农民毕业后再回到岗底村工作，这些农民的素质跟发达国家农民的素质真可媲美。

无情未必真豪杰。在别人眼里，李保国好像从来不知道累，甚至对自己和家人有些不近人情。只有他的妻子和山里的果农知道，他把全部的精力都用到了工作上。李保国把村民们培养成才了，却耽误了他的儿子李东奇。李保国夫妇在岗底村最忙的那几年，根本顾不上回家照顾儿子，只好把李东奇从繁华的保定市迁到偏僻的内丘县读高中。

一天，夜晚出奇的黑，没有星星也没月亮。内丘县中学突然打来电话，说李东奇水土不服，来了不久就病了。郭素萍放下电话，立即跟丈夫李保国坐着杨双牛的车，连夜向学校奔去。

村边的小道坑坑洼洼，开不快。过了小河桥，上了大路，杨双牛猛开起来，飞也似的向前冲去。此时，郭素萍心急如焚，思潮澎湃，恨不能马上见到儿子，向医生询问儿子的病情。

开过一个个村庄，穿过沉睡的侯家庄乡，上了到县办高中去的公路。杨双牛浑身是汗，他一手轻扶方向盘，一手把外衣的扣子全解了开来。他开得好快呀！公路两旁那高高的白杨树，一株一株飞快地向后闪去。

一个多小时后，他们来到了内丘中学。郭素萍一进宿舍，看到李东奇躺在床上，发着高烧，面容明显消瘦，医护人员刚给他喂完药。

"东东！"郭素萍叫了一声，一下子扑到李东奇的身上，抱着儿子，再也控制不住自己，藏了半天的泪水唰唰流了下来："爸爸妈妈对不起你，孩子！"郭素萍心里内疚极了，她觉得做父母的没有尽到自己的责任。早在前南峪搞小流域治理工程时，他们就把儿子带在身边，村里条件差，没上过幼儿园。儿子读高中时，两口子在岗底村搞研发，只有把儿子转学到内丘县高中。儿子是放养大的，自理能力强，小学就会做饭。他其实很聪明，初二时，保定市八中选两个学生参加数学竞赛，就有他。男孩子贪玩，没人管，成绩就下来了。李保国夫妇都是高级知识分子，但丈夫关心农大学生比儿子多。刚刚有笔记本电脑的时候，他买了一个，只给他的研究生用，不让儿子用。写论文得刻光盘，他又买了个刻录机，绝对不让儿子碰。在日本做访问学者时，他给岗底村技术员办签证让他们去学习，也没想到让儿子过去看看。

李保国站在一边，眼圈红了。他朝床上看了看儿子的脸庞，儿子瘦了，两块颧骨高高地突出来。他走到李东奇跟前说："这些年，我在孩子的身上，用的心太少了。这，我知道，村里的干部群众都知道。"李保国说到这里，背过身去，用大手背一下子擦干眼泪。

看着一家三口，杨双牛心里有愧，他用灼热的目光望着李保国夫妇说："这不是你们对不起孩子，是我们岗底对不起孩子啊！"

（节选自徐富敏《永远的李保国》，作家出版社 2017 年 6 月）

中共中央总书记、国家主席、中央军委主席习近平近日对河北塞罕坝林场建设者感人事迹做出重要指示指出，55年来，河北塞罕坝林场的建设者们听从党的召唤，在“黄沙遮天日，飞鸟无栖树”的荒漠沙地上艰苦奋斗、甘于奉献，创造了荒原变林海的人间奇迹，用实际行动诠释了绿水青山就是金山银山的理念，铸就了牢记使命、艰苦创业、绿色发展的塞罕坝精神。他们的事迹感人至深，是推进生态文明建设的一个生动范例。

习近平强调，全党全社会要坚持绿色发展理念，弘扬塞罕坝精神，持之以恒推进生态文明建设，一代接着一代干，驰而不息，久久为功，努力形成人与自然和谐发展新格局，把我们伟大的祖国建设得更加美丽，为子孙后代留下天更蓝、山更绿、水更清的优美环境。

（据新华社北京2017年8月28日电）

中国读本：塞罕坝

——有关“金木水火土”的故事

◎蒋　巍

两个地名发生巨大的撞击，火光四溅，石破天惊，掀开了历史的全部记忆。

塞罕坝，蒙语原意为“美丽的高岭”，自古以来拥抱着一片浩瀚的原始森林。多少年之后，那里海拔最高的山却被当地百姓称为“大光顶子山”。令人惊骇的山河之变以及所有的惨痛、教训和意义，都在这两个地名的撞击中森然站立起来，刻写成一道警示。也因此，我的塞罕坝之行成为“寻找家园之旅”。是呵，人类的先祖抱着婴儿，带着孩子，最初就是从森林中走出来的，并依靠森林的滋养开创了属于人类的伟大纪元。森林就是人类的奶娘。而今，我们对于古老家园的记忆、留恋和乡愁还在吗？人类童年时的花冠和母亲肩头那个漾满溪水的陶罐还在吗？我们从小就迷恋的白雪公主和七个小矮人以及他们唱歌跳舞的木格楞小房还在吗？呵呵，这一切已遥远得不知去向。没有了森林，人类就丢失了家园，孩子就丢失了童话。我们必须找到森林和她的全部故事。

在塞罕坝，一天天的寻觅与遥望，一次次的震撼与感动，一回回湿润了我的所有路程。告别时，一颗心掏空了全部。郑重放在大地上，弯成一道深情而虔诚的投影，我的灵魂，向着塞罕坝的启示与意义，向着大自然的苍茫与美丽，向着历史的血脉与温度，长拜与匍匐。

土——家国之基

我们的先贤无比智慧，早在数千年前就提出“五行”之说，即大千世界是由不断循环运行且相生相克的金、木、水、火、土 5 种元素组成的。孔子说：“天有五行，水、火、金、木、土，分时化育，以成万物。”这个“行”字，揭示出一个令人叹为观止的伟大理念，即万事万物都在运行和变化之中。故《周易》又说：“天行健，君子以自强不息。地势坤，君子以厚德载物。”先贤这些学说主张，无不闪耀着朴素唯物主义的思想光辉和经天纬地的大智慧。此刻，当我的目光穿越时空，探寻着塞罕坝的昨天和今天，我惊异地发现，这里所有的故事都与“金木水火土”有关。

塞罕坝，位于河北省最北部的围场县，与中国十大沙漠之一——内蒙古高原上的浑善达克沙地接壤。地貌以高原和山地为主，海拔最高近 2000 米。历史上，这里森林广布，水草丰茂，鸟兽出没，气候温润。清王朝曾将这一带设为皇家猎苑，人称“木兰围场”，百姓禁入。每逢夏秋时节，前后几代清帝都曾带着王公大臣、后宫嫔妃和大批八旗精锐北出承德，来此避暑狩猎。看着皇上身披金甲，纵马放鹰，弯弓飞箭，前方草丛中的马鹿或野猪应声而倒，士兵们三呼“万岁”的声浪震天动地，可以想见那是怎样热烈豪迈的天朝盛景啊！ 1690 年秋，蒙古准噶尔部首领噶尔丹发动叛乱，康熙大帝在此处的点将台（亦称亮兵台）举行沙场阅兵，大军随即北上，在乌兰布通全歼噶尔丹叛军 2 万余人。今人为纪念此战，在点将台筑有威风凛凛的康熙大帝坐像，现已成为塞罕坝最负盛名的人文景观。

1840 年以后，经历了屈辱的鸦片战争，清王朝已是日薄西山、大厦将倾的惨淡景象。国库空虚，皇上无心游乐，遂于 1863 年下旨将木兰围场开禁放垦。很快，斧头与大锯、征伐与荒火蜂拥而入。进入 20 世纪，中国战乱频仍，烽火连天，且遭日寇长期的疯狂掠夺，人们惊恐地看到，塞罕坝的大森林排山倒海地倒下了，沙尘暴遮天蔽日地站起来了。没了森林的保护和滋润，大地沙化，气温骤降，最低温度达到零下 43 摄氏度，年平均气温至零下 1.3 摄氏度。来自西伯利亚的寒风呼啸着掠过大地，仿佛大自然悲切的哭号。无树无草无水无田，百姓们不得不纷纷逃难，饥饿的狼群一度成了塞罕坝的霸主。再往后，因生物链中断，狼们也远走他乡，贫瘠的大地只剩下成群结队的老鼠了。

悲乎！不足百年，“美丽的高岭”便梦碎荒原，沦落成“黄沙遮天日，飞鸟无栖树”的苍凉大漠和一座座乱石嶙峋的“大光顶子山”。

毁掉人类的家园，其实是轻而易举的。

中华人民共和国成立后，中国共产党人愈来愈深切地感到生态之痛。1956 年，毛泽东提出“绿化祖国”的伟大口号。从此，重整山河，植树造林，绿化祖国，成为中国领袖率先垂范和持之以恒的国家行动。

1961 年 10 月，塞罕坝已是冰天雪地。林业部国有林场管理局副局长（后为林业部副部长）、38 岁的“老革命”刘琨率队前来考察，进入茫茫荒野，无路无车，只能骑马。连续 3 天穿行在风雪飞沙中，刮得大家满身黄尘，从棉袄到内衣，一抖一股尘烟。考察完毕，刘琨忧虑地说：“这里海拔接近 1500 米，北京海拔只有 40 米左右。沙尘暴刮到北京不是扬过去的，而是居高临下，成百吨成千吨砸下去的。如今北京的老城墙都拆了，城区无遮无挡，风沙天越来越多，这种状况必须全力遏阻，尽快改变，否则首都早晚被黄沙吞没。”

当地干部摇头叹气：“老天爷的事情，咱们管得了吗？”

刘琨 17 岁投身革命，参加过抗战和解放战争，从战火硝烟中走出来的人难免脾气火暴。他大眼一瞪，说：“共产党为老百姓谋福利，就得上管天，下管地，中间还要管空气！”

在座人当笑话听了，无不哈哈大笑——今天证明，刘琨说对了。他接着说：“防沙防风的唯一办法就是种树固土，把森林恢复起来。中国五行说‘土生金’，没土哪来的金？如果大风把表土都刮跑了，沙漠直逼北京和中原，不要说老百姓的日子没法儿过，新中国还怎么面对世界呀？”

刘琨的考察报告惊动了中南海。在财政极其困难的情况下，中央下决心拨出一笔巨资，在河北北部开展大规模的防沙造林。林业部随即召开专门会议，商定调集一批精兵强将，在塞罕坝等荒漠化严重的地方筹建 5 个大型机械化林场，以弧线方式构筑一道保卫北京、造林固土的防线。

计划雄心勃勃。遗憾的是，数年后因资金困难、环境恶劣和时势有变，“文革”中其他 4 个林场都不了了之，只有塞罕坝林场像一支瘦弱的孤苗，在漫天黄沙中摇曳着。

大漠长空，一只孤雁，命悬一线。

“土生金”——我们的老祖宗说得太对了！960万平方公里的神州大地是中华民族赖以生存的寸土寸金的家园。无土何以为家？无土何以立国？土就是我们的家国之基。但年复一年、愈演愈烈的荒漠化，把我们的沃土不断刮到千里之外或冲入江河湖海。2017年8月2日，美国《洛杉矶时报》发出一则报道称：“去年，在国家科学基金会的支持下，加利福尼亚大学默塞德分校的科学家分析了约塞米蒂国家公园的尘土成分……他们发现，尘土中的一些物质来自中国戈壁和蒙古，另外还混杂了加州中央谷地的尘土。该研究不仅有助于解答专家的以下问题，即内华达山脉充斥着红杉和松树的针叶林如何在缺少养分的花岗石地区生长了数十万年，也能解释它们是如何应对气候变化的。”

换言之，就是从中国戈壁大漠刮走的滚滚风尘“养活”了美国森林！

青年毛泽东曾就中国革命的前途发出一问：“问苍茫大地，谁主沉浮？”中华人民共和国成立以后，中国共产党人愈来愈深刻地意识到，就生态保护而言，我们仍须面对和回答这惊天一问。

木——民族之脊

倾全党全民之力，保住中华大地的绿水青山，是关系到我们民族福祉、国家未来的命运大决战。

在塞罕坝，这场大决战从20世纪60年代初就开始了。那是1962年3月，一群身穿羊皮大衣、足蹬毡疙瘩的汉子顶着凛冽寒风，趟着没膝深的雪从历史深处走来。白天，他们搭起了第一个窝棚，傍晚，他们升起了第一缕炊烟，夜里，他们点燃了第一堆篝火。这一切都是有历史意义的——他们的行动标志着国家林业部规划的塞罕坝机械林场正式成立。篝火旁，除了年轻的场部秘书，还坐着林场的第一任领导班子成员：党委书记王尚海，原承德专署农业局局长；场长刘文仕，原承德专署林业局局长；技术副场长张启恩，原林业部造林司工程师；副场长王福明，原丰宁县副县长。

前两位是从烽火硝烟中走来的革命者，张启恩是北大毕业的高级知识分子，此前他们都在城里的大机关工作。但是，党一声令下，四人二话不说，打起背包就到了坝上。篝火旁，他们像指挥作战一样摊开一张新画的林场地界图，秘书惊叹："天哪，140 多万亩的荒野秃山，都种上树要多少年啊！"王尚海毫不在乎："管它呢！这就像打仗拿山头，拿下一个是一个！"接着他们议定：开春就干，没有树苗先跟外地借，机械没到人工先上。4 月下旬，春天到了。四个光杆司令扛着铁锹，率领收编的地方林场员工和周边人民公社的数百名社员，举红旗、牵骡马，呼呼啦啦开进荒原，打响了改天换地的第一仗，二十几天造林 1000 亩。瞧着绿油油的小树苗一排排站立在新土上，王尚海拿旧军帽抹抹额上的汗，喜滋滋地说："20 年后保准站起一片好林子！"

得。没等到 20 年后，仅仅 20 多天后，90% 以上的树苗都蔫头耷脑枯黄了。王尚海气得嗷嗷叫："娘的！我就不信这个邪，明年再来！"按老习惯，他发火时常把桌子拍得山响，但在塞罕坝他改了，不拍了，因为窝棚里没桌子。

9 月，让领导班子最为振奋的是，林场第一批新生力量乘着数台大解放到了，他们是来自全国各地的 172 名大中专毕业生。当时，面对天苍苍野茫茫的荒山野岭和眼前歪歪扭扭的马架子、地窨子和帐篷，这群年轻人吓呆了——这与他们想象中的机械化大林场完全是天上地下。有的女孩子缩在大解放车厢上，抱着行李呜呜哭，就是不肯下车。王尚海脸色铁青，但憋着没发火。抗战时他当过县游击大队队长，曾一夜之间炸掉鬼子四个炮楼。他知道怎样动员和教育新兵。后来那些让人热血沸腾的思想教育和精神激励不必细说了。这些学生战胜了最初的畏怯与动摇之后，绝大部分落地生根，与 242 名当地职工并肩奋战，成为塞罕坝林场第一代创业者。曾当过副场长的赵振宇回忆说："上坝的第一天晚上，我们住进一个大地窨子，两边是炕，各睡 10 个人。我和董万科是好朋友，睡觉铺挨铺。有天晚上他刚睡着，觉得身上冰凉。我掀开他被子拿手电一照，见一条蛇盘在他身边。董万科嗷的一声惨叫，大家都吓得跳起来了。后来我们给董万科起了个外号叫董仙，意思是那条蛇爱上他了。"

那时的共和国，还笼罩在三年困难时期的愁云惨雾之中，缺吃少穿，面黄肌瘦，人们的骨头撞得荒野大漠叮当作响。冬天喝雪水，夏天喝发黄的地下浅表水。一天两顿饭，长年没青菜。入冬大雪封山，职工大半年被困在山里，没电没路，没广播没报纸，完全与世隔绝。晚上想看书或记点儿什么，只能点小油灯。睡觉时要戴皮帽子，早晨起来，眉毛胡子、帽子被头儿结一层白霜，铺的毛毡冻在炕席上，卷起来得用铁锹慢慢铲。天天跑荒原穿草莽，衣服刮得千疮百孔，不会缝补的男人就用线绳把窟窿扎起来，远看活像一只只大刺猬。一年冬天，一位母亲抱着发烧的婴儿乘车去县医院看病，因为怕孩子冻着，一路把孩子包得紧紧的，到了地方打开小被子一看，孩子捂死了。所有的苦啊痛啊难啊累啊，都可以咬牙忍着，最难忍的就是思亲的眼泪。送到坝上的家书一到就是一捆儿，读到爸妈的字语和关切，心都碎了，这个哭那个也哭，最后全宿舍的人都跟着号啕大哭。不过，回信中他们绝口不提林场的艰难困苦，最后一句话总是："一切都好，请爸妈放心！"

1963 年春，林场第二次造林 1240 亩，成活率仍不足 8%。连续两年的失败让塞罕坝人灰心丧气，一些人觉得塞罕坝是一片"死亡之海"，没救了。造林没希望，环境又恶劣，投资也不足，林场干脆解散算了，"下马风"一时刮得人心惶惶。

塞罕坝向何处去？成为悬在人们心中沉甸甸的问号。

一天，场部说要开中层干部会，两台大解放拉上大家就走。往常开会都在大食堂，这回是去哪儿啊？干部们好纳闷儿。一个多小时之后，车到了林场东部的一片荒原。放眼一望，四野空旷，荒草萋萋，只有离车不远的地方立着一棵高大的落叶松。场领导把大家引过去，围着那棵松树站定。王尚海说："我们今天在这里开一个特殊的现场会，主题就是这棵老松树。"

干部们都愣了，仔细端详着那棵落叶松。此树高 1 丈有余，看样子足有二三百年树龄。皮层嶙峋黝黑，主干粗壮挺拔，不过在 1 米多高的地方却一劈两半，又在上方合抱成繁茂的树冠。

王尚海说："因为连续两年我们造林失败，有些同志思想动摇了，甚至公开主张林场下马。听到这些话，我的心情很沉痛。说实话，我也一直在想，在塞罕坝种树到底有没有希望？这关系到党交给我们的任务能不能完成，我们要不要在塞罕坝坚持到底？看到这棵树，我找到了答案！你们看，这棵树一劈两半，树皮黝黑，裂纹遍布。毫无疑问，几百年来它遭遇过无数次风雪袭击、电打雷劈，但它还是坚强地挺立着，一直挺到今天，哪怕荒原上只剩它自己也决不倒下。我看它就像我们革命者的脊梁，中华民族的脊梁！面对眼下林场遭遇的困难，我们难道不应该学学这棵松树的品格吗？"

全场静默，只有长风在远处发出尖利的呼啸。

王尚海的眼里似乎有了泪光："同志们，我是从战争年代烈士堆里爬出来的，那么多战友牺牲了，而我还活着，我这条命就是党的！党把我派到塞罕坝，我就下定了一个决心，我王尚海生是塞罕坝人，死是塞罕坝鬼！不把荒原变林海，死不瞑目！"

张启恩说："众木成林，独木难活。这棵孤立荒原的落叶松能活下来，证明塞罕坝植树造林是完全可行的。我可以负责任地告诉大家，对于前两年的失败，我和技术人员已经做了深入调研，以往我们在技术上、方法上存在的问题基本摸清了。事不过三。我相信，明年开春，大家的汗水一定不会白流！"

荒原上响起热烈的掌声。后来，这棵傲雪凌霜的老松树一直被塞罕坝人尊为"功勋树"，枝干上飘荡着许多祈福的红布条。

不久，王尚海、刘文仕、张启恩、王福明借着开会出差的机会，先后把老婆孩子从北京、承德和县城带到坝上，户口也迁来了。这明摆着：他们决心把这辈子交给塞罕坝了！领导的行动震撼和感动了全场，"下马风"销声匿迹。

1964年春，以往造林中的一切不妥之处都得到了纠正，一切操作都按照严格的科学要求进行：比如，外地树苗在运输过程中容易失水，捆放时间过长容易伤热捂苗，等等，相关工作都做了改进。苏联进口的造林机械不适合坡地作业，张启恩率领技术人员进行了大胆革新。塞罕坝土层薄、缺水分，于是树苗根部被裹上一坨含水泥团，再植入苗坑。选苗要选"矮胖子、大胡子"，即苗秆粗壮，根系发达，如此等等。

王尚海亲自四处踏查，最终选定了一片叫马蹄坑的荒地，那里三面环山，一面临水，是一块风水宝地。4月20日，塞罕坝历史上最著名的"马蹄坑大会战"开始了，领导、员工和雇来的公社社员用拖拉机和汽车、马车、推车，拉着行李、粮草、树苗、工具和锅碗瓢盆，像一个古老而极富血性的部落，轰轰烈烈开进荒地，挖坑设灶，搭棚进驻。王尚海的大嗓门儿天天吼个不停，张启恩和其他领导、技术人员一跟到底，坑深、株距差一点儿都不行。奋战20多天，造林516亩，过后，王尚海、张启恩他们提心吊胆，隔三岔五跑去看，直到张启恩下了定论："成活率80%以上！"王尚海亢奋得挥拳朝群山阔野大吼一声，好像把2年多来的闷气都吐了出来。吼完，这条血性汉子擦擦眼泪说："今晚开庆功宴，给大家上羊肉馅包子！"

这一年，正是清王朝开禁放垦的第101年，当称一元复始，万象更新。

拥有远大目标和坚定意志的人，是任何困难都压不倒的。没房没屋自己盖，没米没菜自己种，没鞋没衣自己做，他们把塞罕坝变成又一个"南泥湾"。他们开拖拉机加植苗机，像开着钢铁战车，一往无前、气势磅礴地向着茫茫荒野猛烈推进。即使在黑云压城城欲摧的"文革"中，塞罕坝人也没忘记自己的使命，至1976年，全场累计造林70万亩，是河北省8个林场中唯一完成造林指标的单位。但此后打击接踵而来：1977年，林场遭遇历史罕见的"雪凇"灾害，57万亩林木一夜之间被压弯折断，15年的劳动成果损失过半；1980年，林场遭遇百年不遇的百天大旱，12.6万亩树木枯死。塞罕坝人眼看自己用心血汗水浇灌的大片林木毁于一旦，多少人痛哭失声，然后擦干眼泪，从头再来！

植树造林是前人栽树、后人乘凉、造福子孙万代的伟大事业。此后通过探索和外出取经，一年一次的春季造林又变成春秋两季造林——塞罕坝林场真是拼了！

这是一场悲壮的不屈不挠的战斗，他们付出的代价是常人难以想象的。

——董加伦，1943年生于济南，1963年中专毕业后和27个同学来到塞罕坝，不久当了拖拉机手。那时他思想单纯，热情能干，苦啦累啦毫不在乎，觉得能挣钱就好。春秋翻地，一台车四人两班倒，歇人不歇车，有时他能连干三四个班。如今忆起当年，他说："当时最不适应的就是塞罕坝太偏僻太封闭了，头两年我没下过坝，第三年回家时看啥都觉得新鲜，人就跟傻子似的。"1970年，27岁的董加伦和在济南的妻子结婚了，从此开始了漫长的两地生活，2年后有了女儿。"可孩子怎么长大的？怎么会走的？怎么会说话的？我一概不知，上学更没管过。我就知道月月给媳妇汇钱，雷打不动。"因为长年两地分居，孩子小时候对董加伦没感情，回家不认爹，还撵他走。有一年春节晚上，董加伦在门外哭，老婆在屋里哭，直到女儿睡着他才敢进屋。"后来孩子慢慢大了才好点儿，但心里还是有隔阂，怨我不管她。直到老伴去世，我们结婚27年，在一起的时间超不过2年。可以说，我这辈子完完全全交给塞罕坝了。"说到这儿，74岁的老人潸然泪下。

——孟继之和凌少起，中专毕业后到了塞罕坝，在阴河分场当护林员。3年后的一个初冬，两人在巡山时突然下起大雪，一时间天昏地暗风雪弥漫，两人怎么也找不到回场部的路了。从上午转悠到近晚，两人又冷又饿，孟继之终于挺不住，昏倒在雪地里。凌少起拼命哭叫，孟继之毫无反应。凌少起不得已，连滚带爬冲到山下，凭着远处一星微弱的烛光，终于摸到一位老乡家。老乡当即跟凌少起一起上山把孟继之背了回来。后来，孟继之因严重冻伤双腿截肢，凌少起也患上风湿，但一生仍然坚守大山。

——多年后，一大群泥头花脸的"林二代"满地跑了。没学校，搭窝棚，一条宽木板当课桌，一条窄木板当坐凳。没老师，领导看谁文化高点儿，谁身体不好干不动重活儿，谁的老婆没事干又识点儿字的，好，就你啦！一个个"窝棚小学"就这样钻出地面。年复一年，大人们战恶风斗狂沙，育树苗种林子，一出门就几十天，哪有精力辅导孩子学习啊？没人管教的孩子是天下最快乐的，夏天捉迷藏，冬天打雪仗，书本满天飞。长大后，林二代们才明白自己是"被放养的一代"，学习成绩一般般，大学没指望，大多数中学毕业就在林场就业了。成家后，他们痛感自己小时候没能受到良好教育，于是节衣缩食，能省就省，纷纷把孩子送到围场县、承德市或老家的小学、中学，或住校，或托人代管，逢年过节或暑假寒假才能把孩子接回来。

2007年，因学生大量流失——初三年级只剩了8名学生——塞罕坝林场子弟学校不得不宣布停办。那天，最后一任校长刘晓兰独自走进校园，手抚院墙缓缓而行。呵，白粉墙上画的那些绚丽多彩的儿童画，还有平整的草坪、操场、沙坑和铺着塑胶垫子的儿童游戏区，这一切都饱含着她和教职员工的爱和心血。在这所学校的讲台上，刘晓兰整整站了18年，从一个花季女孩儿站成了人之妻、子之母，从老师站成了校长。而今一切都结束了，晓兰觉得她的心"一下被掏空了"。抚摸着墙上的一幅幅儿童画，望着寂寥的操场和孤独的篮球架，她边走边哭，眼泪怎么也止不住。开车来接她的妹妹见晓兰眼睛哭得红红的，劝她说："别哭了，企业办教育终归赶不上地方，过去的就让它过去吧。"晓兰激动地说："我的青春岁月都留在这儿了，我过不去！"

是的。历史上的许多事情就是不能过去，也过不去！一个民族、一个国家，如果遗忘和丢弃了自己的历史，必定没有未来。

但是，孩子们进了城里学校，新的伤痛又来了。采访路上，总场司机小高对我说："上学时，老爸每次下山把我送到县城小学，我都抱着爸爸的腿死活不放哇哇哭，一定要跟老爸回家。学校里凡是林场的孩子都这样，谁劝也不好使，大人也跟着抹泪，全操场哭声震天。有时大人想孩子了，就搭个便车下山，躲在校园外面等孩子下课。好不容易拿目光在孩子群里找到了，也只能一边偷偷看一边抹眼泪，不敢露面，怕孩子不让走。有一年放寒假，妈妈坐马车接我回家，一路刮着白毛风，我的脚冻僵了，妈妈便把我的脚塞进衣服里，一路用身体把我暖到家。到现在，只要一听到《世上只有妈妈好》这首歌，我就止不住流泪。"

血水汗水泪水，从来都是历史车轮前进的润滑剂。不在血水里泡三次，不在汗水里泡三次，不在泪水里泡三次，那简直不能称为胜利。我们应该能听到并且应该记住，到了今年和每年的开学日，承德市、围场县的一些校园里，林场孩子们和父母难舍难分的哭声仍将继续。因此塞罕坝人常说的一句话是："为了这片林子，我们一生最对不起的，就是老人和孩子。"

选择塞罕坝，就是选择了清贫，选择了奉献。进入新世纪，历经三代人的奋斗，大片大片的枯黄从塞罕坝版图上抹去了，上百万亩、4.8亿棵英雄树拔地而起了。它们和塞罕坝人肩并肩、臂挽臂站在一起，莽莽苍苍，顶天立地，傲视苍穹，谁能说它们和他们不是我们民族的伟大脊梁呢！

水——自然之冠

水，地球之宝，自然之冠，生命之母，文明之源。

通过高速摄影，我们可以清晰地看到，一滴水落到地面之后，溅起的形状像一顶皇冠。或许这就是大自然给我们的启示：在地球上，水养育了大自然的一切和我们人类。没有水，地球不过是一块风化的石头。

在黄沙漫漫的塞罕坝，最丰富最珍贵的就是雪水。漫长的冬天，在坝上，他们喝的是雪水。开春后，在山上，他们用的是储存在窖里的雪水。春秋两季，在大漠荒山种树，为了护苗养苗，他们用的不是纯水，而是泥浆——因为雪水太珍贵了，这样还可以减少流失。那些苦战的时日，东方红链轨拖拉机拉着三台并排的植苗机，在平整和疏松过的旷野坡地上隆隆前进，卷起漫天烟尘。每台植苗机上坐着两名女投苗员，大晴天，她们却穿着雨衣胶裤，戴着风镜帽子，守在装满泥浆树苗的木箱旁。随着机械前进，犁铧在地面挑开半尺多深的土沟，两名投苗员一先一后，从苗箱抽出苗子，团紧根部泥浆，再按照规定的株距，把苗株准确地投到沟里坐住。由员工、妇女或放假学生组成的护苗队则跟在机械后面，把一株株树苗扶正，踩实。一天十几小时干下来，投苗员成了泥人，护苗队成了土人。

后来，塞罕坝人又瞄准了最难啃的石山荒丘，展开“见缝插绿，攻坚造林”。这种地方土层薄坡度大，机械派不上用场，只能靠人扛马拉骡子驮，作业非常危险，曾摔死过好几头骡子。为增高成活率，林场人育苗越来越仔细了，用水也越来越仔细了。上山时，他们一人拎一个小桶，里面装着二三十株小苗，根部都裹着一坨饱含水分的泥团。土薄不够用，就用畜力把外来的“客土”运上去。再后来，他们又发明了专吃“小灶”的容器苗：即把树苗栽进薄薄的塑料容器内养上三五年，里面放进营养液、防虫药、生根粉等，再像养花一样按时、适量浇水，栽种时把容器割开就可以了。他们说的最碰心最动情的一句话是：“种下的树就像咱家的孩子，你不呵护谁呵护？”

如此珍贵的涓涓细水，如此温情的呵护之心，就这样一株株一片片，支撑起塞罕坝浩瀚壮美的人造大森林！

不过，塞罕坝也有水多的时候，北曼甸分场就发生过“一个人的淘水大战”。

1983 年正月初七，场领导打电话通知 24 岁的邹春，调他去十间房营林区当炊事员，并说营区主任巡山时摔断腿住院了，一位护林员临时调场部工作，一个值班的农村老头因病回了老家，“你就暂时守在那儿吧”。邹春立即打点行装，踏着厚厚的积雪，翻山穿林走了近 4 个小时，傍晚时到达目的地。可眼前的一切让他惊呆了：西屋里有两匹瘦马饿得嗷嗷叫，东屋里一头大黄牛正呼呼撞着木栏找草吃，偌大的营林区只有他一人。邹春立即放下行囊，跑到院外扒开积雪，拽出饲草抱进屋里。见牛马大口大口香甜咀嚼的样子，邹春不禁笑了——调他来的工作是炊事员，没想到第一顿晚餐的服务对象竟是两匹马、一头牛。可回头再找自己的粮米和饮水——一无所有！他只好捡些柴火把炕烧热，倒头睡了一夜，也饿了一夜。第二天清晨他早早起床，在半里之外找到一口井，但没有水。他只好牵着马赶着牛，来到远离营林区的一个山村，让马和牛喝足了水，又跟老乡借了半袋莜麦面，要了一点儿咸菜，然后返回营林区。就这样，他每天除了服侍马牛外，还要拾柴烧火，融化足够的雪水——干净的是自己的生活用水，剩下的是马牛每日两次的饮水。而最重要的工作任务，是守护苗子窖里存放的15万株松苗，定时浇水，以免枯死。如此孤寂的山林棚屋，连说话的人都没有，有时只能跟牛马唠唠嗑儿。一个多月后，怀孕的妻子来电话说她可能要临产，邹春向领导请了假，回家伺候了5天，等妻子生下孩子便急着重返山上。妻子说："你一个人守着一座空山，有什么可急的？"邹春说："苗子窖里有15万株松苗，需要人伺候哇！"妻子说："我和孩子就不需要伺候啊？"邹春无语，但还是毅然决然上了山。春天一到，冰雪融化，雪水到处漫流，苗子窖里的水越积越多。每天隔一两个小时，邹春就要从苗子窖内向外一瓢瓢淘水，以免树苗烂根泡死。天地苍茫，四野沉寂，无人督促，但邹春不分昼夜，干得自觉自愿，直到把一个大春天的雪水淘完。"时间长了，我也觉得对不住老婆。"邹春说，"可又一想，老婆在家照顾孩子，我在山上照顾苗子，都是为了子孙后代，心里也就自我安慰了。"

事情还没完。一个人的淘水大战持续了一个春天。4月下旬，造林即将开始，邹春便将妻子和出生4个月的女儿接到山上的营林区。妻子负责内务，他负责造林。天哪！还是他一个人，或骑马或走路，在营林区内外日夜奔波，找乡镇政府，组织社会劳力，然后举着小旗吹着哨子，像一个大官儿似的指挥数百名村民包括"娃娃军"，总共完成造林420亩，荒山整地400亩，人工林修枝1500余亩。来请示工作的人叫他"邹主任"，他也含糊应着。直到7月中旬，终于完成了"一个人的造林大战"，领导表扬他三个字："好样的！"他回了三个字："应该的。"过后，新任命的营林区主任带着几位新护林员上山了，邹春拍拍身上的土，系上围裙，乐呵呵回到炊事员的岗位，天天把铁锅大勺敲得山响，好像什么事都没发生过，又像一棵树出来遛遛弯儿又回到茫茫林海，世界很难找到他的身影和名字。

都说女人是水做的，可塞罕坝女人的刚强是超乎寻常的。

满头银发的陈彦娴说："在塞罕坝，我们一辈子都在和冰凉的雪水打交道，害得很多人患了关节病，可晚年看到我们亲手种下的大森林起来了，都觉得这辈子没白干，值了！"1944年，陈彦娴生于承德市一位市级干部家庭。1964年夏正在备考大学时，她听了当时的知青典型邢燕子、侯隽的事迹报告，不禁激动得血沸衷肠，彻夜未眠。"到祖国最需要的地方去"成了她最热切的愿望。经过悄悄串联，陈彦娴和甄瑞林、王晚霞、史德荣、李如意、王桂珍5个女同学瞒着父母，联名给塞罕坝林场领导写了信，强烈要求奔赴林场，为绿化祖国奉献火热青春。从此，六姐妹用终生不变的行动，书写了"六女上坝"的一段佳话。她们干的第一个最累的活儿是在苗圃里刨大粪，第一个最苦的活儿是坐在草棚里育苗和选苗。每天任务有定量，完不成不出来。那时还没过中秋，坝上已经下雪了，棚子四面透风，一双手天天浸在凉水里，泡得又红又肿。女孩儿们把带来的厚衣服都套在身上，依然冻得直打哆嗦。一天的任务完成了，人已经僵了，需要相互拉扯着才能站起来。后来她们又上了植苗机，双手不停地从木箱里取苗、投苗，一干就是"白加黑、5加2"，身上一层泥浆一层尘土。大野地里没水喝，她们渴得满嘴起泡，嘴唇干裂，中午啃窝头时只能掰成小块往嘴里塞。夜里回到窝棚，她们常常一个窝头没啃完就倒头睡了。

1964年初春的"马蹄坑大会战"，女孩儿们和大批青壮汉子一起上山清障。她们穿上大棉袄，足蹬牛皮靰鞡，再打上裹腿，戴上口罩棉帽，走到跟前也看不出男女。到山上寒风一吹，姑娘们眼瞅着对方脸上鼓起几个透明的大泡，还取笑对方"长青春痘了"。一天劳动十几个小时，只有两顿饭，饿了就挺着，渴了就抓把雪，就这样苦干了一个多月。陈彦娴说："当时我们热情高干劲儿大，相互比着干，其实也是怕冷。汗水把棉袄湿透了，棉衣结成冰甲，鞋冻成冰坨，走起路来哗哗响。现在想想，真不知道那些日子是怎么熬过来的！"

六姐妹上坝3年，一直没回家探亲。1968年春节前，场领导特意派了一辆大卡车送她们下山去火车站，还派了一台链轨拖拉机在前面推雪开道。可出发不久就刮起了白毛风，拖拉机和汽车走了一整天，才挪出4公里。临到晚上，风雪弥漫，看不清路，拖拉机掉进路边的雪坑，汽车也抛了锚。显然没法儿下山了，家也回不去了，挺在山上只能冻死。于是两个师傅在前领路，六姐妹含着泪，手拉手踩着没膝深的雪，过半夜才摸黑返回林场。那个除夕夜，她们躲在被窝里是哭着睡着的。

半个世纪过去了，当年自愿来到塞罕坝的六姐妹，用青春与汗水浇灌了荒山漠野，最终也浇灌了自己的幸福。年届六旬，她们和那些"老坝上"一起退休了。这些年，林场新建和更新了 29 个“宾馆化”的营林区房舍，在围场县城建了花草如茵的新社区，陈彦娴一家住进了漂亮的楼房，她和第一代创业者都过上了丰富舒适的城市生活。“这样的好日子，当年我们做梦都想不到哇！”陈彦娴说。

如水的女人呵，用一生的爱和汗水滋润了这片大地，晚年该享享清福了。

火——光热之源

森林太脆弱了，一根火柴就可以燃着整片森林。

数十年来，由塞罕坝人养育守护的上百万亩森林却从未发生过大的山火。

是上苍的特别眷顾吗？不。塞罕坝人从创业到现在，从岗哨到巡查，从联网到天眼，他们无疑创造了世界上最严格最严密的护林防火制度。那是铁的规定，更是爱的守护。毕竟，上百万亩的人工林，每棵树都是塞罕坝人亲手种下的，自己的儿孙们也是和小树一起长大的。他们早已把一棵棵树视为自己的亲骨肉，和“我的林子我的树”相依为命了。

——刘军、祁淑艳夫妇：“15 分钟”的人生定式。

在海拔近 2000 米的大光顶子山头，坐落着一栋细高的 5 层望海楼，那是防火瞭望哨。林场规定：每隔 15 分钟，防火员必须通过望远镜瞭望观察，确认无火情，然后打电话向总部报一声“平安”。夜间，放宽到 1 小时报 1 次。迄今，46 岁的刘军和妻子在这栋望海楼整整守了 11 年，用难以计数的“15 分钟”，忠诚地瞭望了 11 年，报告了 11 年，这是两口子雷打不动的人生定式。他们不能离开望海楼，不能携手散步，不能外出旅游，不能下山看望上学的孩子。一年 365 天没有任何节假日，唯一的短暂的休息方式就是夫妻轮班。1 台电话机，1 副望远镜，1 本记录册，成为他们生活中最重要的“三大件”。淑艳说：“2006 年我们进来时，住的是一个铁棚子，早晚冷，中午热，冬天冻。食用水是蓄水窖存的雨水，夏天里面游着一层小虫子。最可怕的是下暴雨，闪电打下来的火球咣咣砸到铁皮顶上，我以为自己快死了。”刘军说：“最大的难处是寂寞，整年整月看不到人，连我们两口子之间都没话说了。而且工作节奏过于紧张，顾不上和孩子交流。儿子 3 岁多还不会说话，见陌生人就跑。”

2013年春的一天，晚6时许，内蒙古那边的一片林子着火了，炽红的火浪借着风势迅速向塞罕坝卷来。因刘军报告及时，林场扑火队上百人迅速堵上去，和当地群众一起把林火扑灭。事后，林场奖励刘军100元。时间久了，太寂寞了，刘军开始自学画画。现在，好几幅花鸟画挂在墙上。儿子志钢到了上学年龄，下山住进寄宿学校。一天，母亲发现他书包里有一个纸包，里面裹着几根长发。母亲很奇怪，问儿子是谁的头发？志钢支支吾吾不说。母亲火了，一定要刨根问底。儿子不得不说了真话："是你的，在学校想你时就拿出来看看。"母亲一把抱住儿子，泪水怎么也止不住了……

刘军的父亲刘海云是造林员，刘军是防火员，儿子刘志钢现今是扑火队队员，这是塞罕坝最典型的一家——"老少三大员"。

——贺玉国、王丽聪夫妇："起杆、落杆"的生活模式。

贺玉国父亲早年是河北平泉县粮库保管员。贺玉国至今仍然记得：困难年代，一家老小吃不饱，饿得眼睛发绿，可父亲一粒粮食不往家带，连地上扫出来的粮食粒儿都交了公。只要碰上下雨，父亲不管家里漏不漏，披上雨衣就往粮库冲。老人有医疗本，看病吃药能报销，但他极少看病，也绝不许家里人用他的医疗本开药。1978年，玉国和9个同学来到塞罕坝，因为生活太苦，10人跑了7个。玉国当了护林员，一年四季风雪无阻，天天骑马在林子里转。1982年，经别人介绍，贺玉国认识了围场县中学的数学老师王丽聪。从文化、身高到形象，贺玉国都比人家丽聪矮一截儿，但姑娘见玉国是个忠厚人，二话没说，辞掉教师工作，背上一口铁锅就上了坝。2007年，贺玉国调到交道口护林防火检查站当检查员，王丽聪也跟着上了山。没人轮班换岗，检查站便成了玉国、丽聪的"夫妻店"，而他们的生活模式就是起杆和落杆，如同风雪无阻、永远闪亮在路口的红绿灯。无论白天黑夜，凡有车来人过，一律拦下，严格询问、检查是否带有打火机，车上是否有盗伐木，然后登记时间、牌号、姓名，再发一张粉红色的森林防火宣传单。就在我前往采访的头两天，一位老爷子把打火机藏在裤裆里，生生让老贺"动员"出来了。仅仅半年时间，十几册登记簿已超过半尺高。如此枯燥刻板的日子，两口子整整过了10年，看样子还要长久地过下去。

父亲是一尘不染的粮库保管员，贺玉国是一丝不苟的护林检查员，儿子是总场纪委的工作人员，又一个忠诚的森林之家！

莽莽群山，寂寂荒野，浩浩林海，无边的视野中能有什么呢？寂寞，只有寂寞。塞罕坝人却把一生的寂寞变成了庄严的守护。

——“大虫”国志锋，今年40岁，2000年大学毕业，森林保护专业，先学士，后硕士，现在是高级工程师、总场森保站站长。他肤色黝黑，掉地上能找着——因为他比地还黑，显然常在大森林里转悠。他说：“我来塞罕坝不需要决心和意志，因为我是农村孩子，家境贫寒，上大学的学费都是从亲戚家借的。在保定上大学4年，书本是我唯一的世界，只去过一次免费的公园。”来林场报到当天，国志锋就被拉到前曼甸营林区搞昆虫观测。那是接近山顶的一片林地，已经进入新世纪了，仍无路无电，白天观测、捉拿昆虫靠太阳，晚上走路靠月亮，夜里整理数据靠蜡烛。做饭烧水，用的是蓄水窖里的雪水、雨水。入夏，水面上的一层虫子活得比他还朝气蓬勃。与外界的联系只有一部防火电话，由营林区主任严格控制，只能接不能打，以防耽误火警。2003年有了女儿，可她和塞罕坝的很多孩子一样，上学后经常几个月才能和爸妈见一面，见了就恋恋不舍一直盯着父母，唯恐父母再走，甚至上厕所都跟着。国志锋说：“每次和孩子分别是最痛苦的，几天缓不过来。”2014年，国志锋当了总场森保站站长，承担起全场防治林业有害生物的工作。他率领全站积极引进先进的防治理念和技术，倡导绿色、无公害防治，坚决抛弃传统的高毒、高污染的防治方法。由于他们出色的工作，塞罕坝多年来从未发生大面积的虫灾和外来有害生物入侵。国志锋和同事们把小虫治住了，人们因此送他一个“大虫”的绰号。国志锋笑说：“不过，我们也有压力。森防工作做得好，林子不出虫害，大家认为天经地义，老天照顾，看不到我们付出的努力和劳动。一旦有林子被虫子吃黄或吃死了，很多人就认为我们没好好工作。我觉得，我们森防工作者就是一群‘只有森林知道的奉献者’。”

就这样，一次次的采访，一回回的攀谈，我都能听到塞罕坝人共有的一种信念、一种自豪、一种坚守，那是钢铁般的声音和烈焰般的光热！是的，自然之火被他们坚决地挡在时间之外和森林之外，精神之火却在他们胸中始终不息地燃烧，并成为他们含辛茹苦、奋勇拼搏的强大动力。我知道，那是来自红色血脉的激情奔流，是第一代创业者留下的好品格、好作风，至今口口相传，被人铭记：

——艰难困苦的岁月，听说林业部筹划的另外几个林场下马了，塞罕坝也难免风雨飘摇，人心惶惶，四位领导却不约而同把家搬来了。尤为难能可贵的是技术副场长张启恩，妻子在中国林科院工作，家在北京和平里，他却义无反顾，把妻子和三个孩子带上塞罕坝。我们完全可以想见，于人之常情，四位领导者的妻子一定不情愿，一定哭过、吵过、闹过，年幼的儿女们更是泪水涟涟，因为没有电、没有房，没有花园、动物园，没有宽敞的公路和热闹的学校。但是，四位领导干部带着自己的家人，像烈士群雕般挺立在塞罕坝，寸步不离，坚如磐石。1967 年，张启恩参加劳动时从机车上摔下来，一条腿粉碎性骨折。从此他终生与拐杖为伴，但依然满怀热情坚持工作，同事们因此送他一个绰号——“特号锅炉”。

——创业之初，马架子、地窨子搭起来了，大冬天，党委书记王尚海下令：“领导干部睡门口，让群众睡里头！”

——无论在总场还是下基层，所有场领导都在职工食堂吃饭，跟大家一样排队买饭，有啥吃啥，从不单做。

——大队人马去荒原野岭造林，为节省时间，都在当地临时扎帐篷、搭窝棚，领导干部始终坚持和群众同吃、同住、同劳动。天黑了，下工了，职工们可以呼呼大睡了，领导们还要凑着柴油灯或围着篝火，开会到深夜。

——2005 年，大唤起林场（分场）职工贾晓华在打井时因吸入有毒气体昏倒井下。场长王凤明闻讯赶到，甩掉棉袄，纵身跳下 3 米多深的井坑，使尽全身力气将贾晓华托起。贾晓华获救了，王凤明却献出了宝贵的生命，年仅 49 岁。

——1989 年 12 月 24 日，老书记王尚海因病去世。按照他的生前遗愿，人们把他的骨灰撒在当年“马蹄坑大会战”栽下的一片松林中——那里被称为“尚海纪念林”。林边立有一块金黄色的巨石，上刻三个大字“绿之源”。前往瞻仰时，我穿过横平竖直的茂密松林，蹚着积水荒草，一直走到巨石前。松涛阵阵，细读碑文，我仿佛听到一颗强劲心脏的跳动和广阔山野的激情回响，就像王尚海头戴狗皮帽子，身披白茬羊毛大氅，足蹬毡疙瘩，仍在那里对着大山哈哈大笑。

三代人寸步不离的坚守，55 年不屈不挠的苦战，大漠黄沙不见了踪影，近 150 万亩的巍巍林海、近 5 亿棵苍松排天而立！这是三代塞罕坝人一棵棵、一行行、一片片、一年年种植起来的啊，这是惊天地泣鬼神的前所未有的伟大业绩呀！试问，世界上有哪个国家、哪个团体、哪个政党能把这件事情一干到底？即或不是绝无仅有，中国共产党人在塞罕坝也一定创造了最为生动、最为感人的光辉典范！

党的十八大将“中国共产党领导人民建设社会主义生态文明”郑重写入自己的党章，高瞻远瞩的中国共产党在全世界也是第一个！

历史无数次证明，塞罕坝再次证明，无论在战争年代生死存亡的关键时刻，还是和平时期超乎想象的困难条件下，缺少了中国共产党的核心领导作用，缺少了党组织的强大凝聚力和动员力，缺少了共产党人的带头作用，人们将一事无成，塞罕坝或许早散伙了。

金——绿水青山

天地公道，道法自然，塞罕坝人成为伟大的绿色播种者。

有人计算，如果把塞罕坝的林木按1米株距排列下去，可以绕赤道12圈，等于给我们的地球系上了一条亮丽的绿飘带。

塞罕坝终于迎来“土生金”的黄金时代。如今从高空俯瞰，塞罕坝上百万亩波澜壮阔、郁郁葱葱的人造森林，犹如一只奋飞的雄鹰，用两只巨大的翅膀牢牢扼守着浑善达克沙地南缘，并与河北承德、张家口一带的防护林连成一体，筑起一道雄伟的绿色长城，成为京津冀和华北地区的“风沙屏障、水源卫士”。漫步其间，映入眼帘的尽是诗情画意：春夏之际，绿海碧涛，汹涌澎湃；秋风一到，橙黄红绿，流光溢彩；冬天降临，青松白雪，雄丽壮美。曾经是“半年风雪半年沙”，今天是“绿海林涛大氧吧”；曾经是令人望而却步的蛮荒之地，今天成为避暑胜地和风景如画的国家级森林公园。目睹塞罕坝改天换地的巨变，连林一代老人们都感到莫大的震惊和欣喜，他们的共同感受是：“这辈子吃多少苦都值了！”

事实证明，“绿水青山就是金山银山”：

——据中国林科院统计，塞罕坝森林资产的总价值如今达到200亿元以上。

——每年吸收二氧化碳近75万吨，释放氧气约55万吨。

——作为滦河、辽河两大水系的发源地之一，每年为两河下游地区涵养水源、净化水质约 1.37 亿立方米。

——明显改善了当地小气候。与建场前相比，这里的无霜期由 52 天增加到 64 天，年均大风日数由 83 天减少到 53 天，年均降水量由不足 410 毫米增加到 460 毫米。

——塞罕坝连同河北北部防风林构成的绿色长城，为改善北京气候环境做出了重大贡献。20 世纪 50 年代，北京年均沙尘天数为 56.2 天，如今下降到 10.1 天。2016 年，北京沙尘天仅有 5 天。

——生物多样性得到恢复，现有野生脊椎动物 261 种、鱼类 32 种、昆虫 660 种、植物 625 种，其中国家重点保护动物 47 种，国家重点保护植物 9 种。曾远走他乡的狼、马鹿、狍子、野猪等，又回到魂牵梦绕的故乡。

人类只有一个家园。人类是不可分割的命运共同体。当今世界，日渐扩大的土地荒漠化已成为人类生活、生态环境的严重威胁。中国是荒漠化严重的国家之一。1994 年通过的《联合国防治荒漠化公约》，凝聚了世界各国的共识，敲响了保护地球生态的警钟。进入后工业化时代，全球向何处去？这是迫切需要全人类做出回答的严峻挑战。

写作中，每每翻读和学习习近平总书记有关生态文明建设的重要讲话，我都被深深地感动着。篇篇页页，字里行间，充满高瞻远瞩的思想和对祖国人民的炽热感情。我深感，习近平总书记就像当今中国最伟大、最负责任的“一号护林员”，始终深情关注和关爱着神州大地的每一片森林，每一座青山，每一条绿水。

2016 年 1 月，在省部级主要领导干部的一次学习会上，习近平特别提到：“河北北部的围场，早年树海茫茫、水草丰美，但从同治年间开围放垦，致使千里松林几乎荡然无存，出现了几十万亩的荒山秃岭。这些深刻教训，我们一定要认真吸取。”

年年植树节，习近平都参加植树造林劳动，期间他谆谆叮嘱：“森林是陆地生态系统的主体和重要资源，是人类生存发展的重要生态保障。不可想象，没有森林，地球和人类会是什么样子。”

他还说：“生态环境保护是功在当代、利在千秋的事业。要清醒认识保护生态环境、治理环境污染的紧迫性和艰巨性……以对人民群众、对子孙后代高度负责的态度和责任……为人民创造良好生产生活环境。”

“建设生态文明是关系人民福祉、关系民族未来的大计。我们既要绿水青山，也要金山银山。宁要绿水青山，不要金山银山，而且绿水青山就是金山银山。”

“要广泛开展国土绿化行动，每人植几棵，每年植几片，年年岁岁，日积月累，祖国大地绿色就会不断多起来，山川面貌就会不断美起来，人民生活质量就会不断高起来。”

都是耳提面命、切切叮嘱的深情啊！

日前，获知塞罕坝林场建设者的感人事迹，习近平又做出重要指示：55年来，河北塞罕坝林场的建设者们听从党的召唤，在“黄沙遮天日，飞鸟无栖树”的荒漠沙地上艰苦奋斗、甘于奉献，创造了荒原变林海的人间奇迹，用实际行动诠释了绿水青山就是金山银山的理念，铸就了牢记使命、艰苦创业、绿色发展的塞罕坝精神。他们的事迹感人至深，是推进生态文明建设的一个生动范例。他强调，全党全社会要坚持绿色发展理念，弘扬塞罕坝精神，持之以恒推进生态文明建设，一代接着一代干，驰而不息，久久为功，努力形成人与自然和谐发展新格局，把我们伟大的祖国建设得更加美丽，为子孙后代留下天更蓝、山更绿、水更清的优美环境。

塞罕坝人以大无畏的英雄气概和百折不挠的苦战精神，创造了一个人间奇迹，谱写了一部绿色史诗，提供了一个中国读本。

它是中国故事，又具有世界意义。

它告诉我们和整个世界：人类可以做到、应该做到、必须做到，并且一定能够做到：为子孙后代留下一个美丽的家园。

我们决不能把可爱的熊猫和它的家园只留在照片上，供子孙后代怀念和欣赏。

此刻，时光在蓝天丽日下热烈地展开。那份在手心里荡漾的蓝与绿，那个温馨宁静却曾经无处安放的梦乡，那些小草、露珠、蝶翅和从月光中滴下的诗情，一起翩然归来。我坚信，塞罕坝的浓浓绿色，英雄的塞罕坝精神，必将像浩荡春风一样吹遍美丽中国，去拥抱我们的大地、我们的天空、我们的未来——当然，还有人类最初藏在森林里的如花梦想。

成就伟大的事业，需要伟大的精神。当年塞罕坝创业者写在工棚门边的一副春联，值得我们永远感念：

一日三餐有味无味无所谓，
爬冰卧雪冷乎冻乎不在乎。
横批：乐在其中。

（《塞罕坝的意义》，《人民日报》2017年9月20日刊载）

中共中央总书记、国家主席、中央军委主席习近平近日对王继才同志先进事迹做出重要指示强调，王继才同志守岛卫国32年，用无怨无悔的坚守和付出，在平凡的岗位上书写了不平凡的人生华章。我们要大力倡导这种爱国奉献精神，使之成为新时代奋斗者的价值追求。

习近平指出，对王继才同志的家人，有关方面要关心慰问。对像王继才同志那样长期在艰苦岗位甘于奉献的同志，各级组织要积极主动帮助他们解决实际困难，在思想、工作和生活上给予更多关心爱护。

（据新华社北京 2018 年 8 月 6 日电）

面对大海的诉说

◎朝 煜

第一章 上级派我去守开山岛

鲁河乡小伙子王继才

1986年7月正是盛夏季节，灌云县鲁河乡鲁河村28岁的小伙子王继才，背着一些简单的生活用具，去开山岛赴任了。王继才一米七八的个子，敦敦实实的，站在那里犹如苏北无边的高粱地里一株熟透的红高粱。苏北的高粱地是个惊心动魄的去处，如无边的血海、无际的哨兵，王继才就是这无边无际高粱地里的一株。

灌云县人武部政委王长杰叫王继才上午8点到燕尾港镇码头登岛。他激动得一夜没睡好觉，一早6点钟就到了。几天前，王长杰政委对他说："给你一个绝密任务，派你为祖国戍边，去守开山岛。燕尾港镇人都说那地方是水牢，条件非常艰苦，但你还不能说不去。"王继才说："不就是苦吗？苦点儿算什么，为国戍边，我认了。"王长杰说："好。你父亲是老退伍军人，我们已向他老人家打过招呼了。你母亲、你妻子都不知道，你就别对他们讲了。"王继才说："你放心，我绝对不讲。"王长杰又说："你去之前要少拿衣服，带多了会引起你爱人的怀疑。""知道了。"

开山岛属于灌云县燕尾港镇。此时的燕尾港镇正是夏季捕鱼的黄金季节（那时还没有休渔一说），来往的渔船在港口出出进进，整筐整筐的马鲛鱼、大黄鱼从船上抬上抬下。闲不住的王继才放下行李，帮起忙来，只见他端起一大筐马鲛鱼"嘿"的一声，便端下船来。"好一块力气。"有人暗暗地说。有人仔细地打量这小伙子，只见他生得竖高横大，结结实实，一双解放鞋，穿一件老头衫，黄军裤，戴一块最不值钱、当地人号称是“山芋干”的钟山表，一看就知道是农村来的。忙了一会儿，就有人放过话来：“哪里人？”“灌云鲁河乡人。”“是来找工做？”“不，上级派我去守开山岛。”“你是去守开山岛的？”不少人惊奇地围了过来。“是啊。”“失敬，失敬，原来是开山岛第五任岛主来了。”

王继才从渔民那带有几分嘲讽的语言中，明白了他们话中有话。有一位年纪大一点儿的像是船老大的人说：“小伙子，留下来吧，我看你是块干活儿的料。燕尾港镇到处都是黄金，我给你每月1000元，另外还包吃、包住。这一年下来，就是1万多元，怎么样？”王继才想，月工资1000元不少了，这年头儿是天价了，县人武部要我去守开山岛，每月才300元。王继才说：“不行，我要守开山岛。”有个汉子听罢横插一句道：“小子，你执意去守开山岛，你知道开山岛吗？”“不知道。”“不知道你守什么开山岛？”“真不理解，好好的小伙子为什么要去坐水牢？”又有人插上一句：“该不是犯了什么罪，被发配充军上了开山岛了吧？”王继才有点儿不高兴了，说：“话怎么说得这样难听，怎么叫坐水牢，怎么叫发配充军了呢？”

“上开山岛就是去坐水牢，就是发配充军，我们燕尾港镇人就是这样叫的，不信，你去了就知道了。”有人悄悄地告诉王继才：那开山岛是个十分险恶的地方，岛上有害人的双头蛇，有目如铜铃、口如血盆、专吃人心肝的海怪，山崖下有吃人的大鲨鱼，山上有海盗出没，岸边还有“大元宝”。“大元宝？那我多捡它几个。”

众人哈哈大笑。王继才被笑红了脸，被笑得一时不知所措。

“这小子，连大元宝都不懂，还去守什么开山岛。”还是那个船老大说：“不要拿一个不懂海事的人开玩笑了。”还又和颜悦色地对王继才说，“大元宝是海中漂上来遇难者的尸体。渔民为了讨吉利，称其为大元宝。那大元宝都是在海水里泡了多少天的，暴睁两眼，张大嘴巴，这样的大元宝，你也敢捡吗？”

王继才被吓得两眼发直。“傻小子，自从部队撤走以后，派上去四批人都纷纷下岛了，难道你真的要成为第五批？”

初登开山岛

正说着，县人武部政委王长杰来了。王继才带着无限的疑虑和忐忑不安的心情，在人武部政委王长杰的带领下，登上一叶扁舟，经过一个多小时的航行，终于登上了开山岛。

“1986年7月14日早晨8时40分。”王继才说这个日子他终生难忘，他记到了分。在开山岛，王长杰政委指点江山说：“开山岛向东12海里，是我国的海域，向南、向北、向西都是我们的海域。开山岛周围的这片海域，从现在开始就交给你了，这块阵地你一定要守好了。”“行。请领导放心。”“说说你的责任和任务。”面对这片辽阔无垠的海域，王继才从心底里“腾”地升起了一种使命感，不由得双腿立正，背诵着在人武部经过简单培训而熟记于心的开山岛哨所职责和使命：“一、观察监视和报告当面海上和空中情况；二、防敌内潜和外逃……”

王继才一字不漏地回答出来了。王长杰拍着王继才的肩臂说：“好小子，行。大家都说你与众不同，你果然与前四位守岛人有明显的不同。”王继才就嘿嘿地笑笑，说：“这算啥，我在村里传达上级会议精神时，一讲就是一个多小时，不带落下一件事的。”说完又嘿嘿地笑笑。王长杰说：“你小子三天后还能笑得出来吗？”“没问题。”王继才说。

接着王长杰交代生活：“年补贴3700元，平均每月补贴300多元，是少了点儿，但开山岛四周都是海，你可以在这里捕鱼捉蟹，以劳养武，生活应当没有问题。部队撤走了，岛上留下几十间营房，门窗完好。房子住哪间，随你便。有床、有被子，生活用具应有尽有。吃水也没有问题，岛上有部队撤走时留下的一个蓄水池，够你吃用的。还有煤、炉子，够你用一阵子的。”王长杰又从船上搬下大米100斤，挂面50斤，云山白酒6扎，烟6条。王继才说：“我不抽烟，不喝酒，用不着这个。”王长杰说：“到时候你就用得着了。”最后王长杰又交代几句：“刮大风时千万不要出门，好生地待在屋里，不要让风刮到海里；每天晚上7点钟用这里的手摇电话和我联系一次，汇报这里的情况；一个月后再来看你。”“记住，一定要先坚持一个月。”王长杰强调说。王长杰政委布置完这里的一切，便下岛去了。

一艘永不沉没的航空母舰

王长杰政委走了，小小的开山岛变成了一人世界，岛上一下子静了下来。

王继才认真地打量着这个曾经是一级军事禁区的开山岛。

开山岛实在太小了，绕着岛转一圈，用不了半个小时。岛的西边有几排营房，营房上有一排排排列整齐的窗户，像是轮船上的舷窗，再加之开山岛地形南陡北尖，如果西眺开山岛，就如一艘巨大的客轮正在黄海里航行。这让王继才自豪了好一会儿：说开山岛是祖国黄海前哨的一艘永不沉没的航空母舰，我王继才就是这艘航空母舰的舰长。这话让王继才说对了，这开山岛说到底也就是一艘航空母舰那么大。

如果东眺开山岛，开山岛就是另一个模样了。这里怪石嶙峋，到处是悬崖峭壁，一座座山崖像一把把利剑一样直指苍穹，又像一位位哨兵，忠实地守护着开山岛。据说当年日本人利用夜晚贼一样地在此偷偷登陆。俗话说，做贼心虚。这帮小鬼子就心虚得很了，他们乍一看开山岛，说，不好，开山岛有士兵把守。吓得小鬼子急忙要掉头，后来仔细一看，原来是一座座低低的山峰，日本人骂了一声“八格”，这才放心大胆地登上开山岛。

此时的王继才正站在岛的西面，远眺着大陆，他可以隐隐地看见对岸，那是灌云县的燕尾港镇。今天天气晴朗，隔着茫茫的大海远远望去，对岸燕尾港镇的几座高楼犹如竖起的火柴盒，高大的烟囱犹如竖起的火柴棒。这就是所说的12海里的距离了，据说稍一有雾气，便什么也看不见了。向北望，是无边的大海，向东望是无边的大海，向南望是无边的大海，王继才忽然觉得这开山岛就是这无边无垠的大海里的一片树叶，而他王继才就是这片树叶上的一粒尘埃。

一种无尽的孤独感产生了。

海浪拍打着礁石，发出永无休止的“哗——轰！”“哗——轰！”的响声，几只海鸥在蓝蓝的大海上翱翔，高声地鸣叫着：“啊——啊——”有三条大鲸鱼，围着开山岛，在海面上悠哉悠哉地游弋着，那大鱼喷出一丈多高的水柱，王继才可清晰地听到那“呼——呼——”的呼吸声。王继才看了好长一会儿，入了神。

双头蛇、“海怪”、大鲨鱼及其他

岛上没有一棵树，到处都是一人高的蒿草，王继才一不留神就掉进这一人多高的蒿草里。想起蒿草里有双头蛇的传说，王继才吓出了一身的冷汗。奇怪了，解放军在这岛上生活了多年，怎么一棵树也不栽？“我一定要把这些该死的蒿草拔了，全部栽上树，让这岛上绿树成荫。”王继才想。想起双头蛇，王继才就想起了这岛上种种可怕的传说：“海怪”、海盗、大鲨鱼、“大元宝”，这些东西真会出现吗？一旦出现了我该怎么办？王继才毫无目的地沿着山上的小路走着。

“妈呀，大鲨鱼！”

王继才不知不觉走到崖底下，无意中与崖底下的一群大鲨鱼“相遇”了。那是一群饥饿的大鲨鱼，个个张开血盆大口，对着王继才，有一条大鲨鱼竟然蹿起一人多高，直冲王继才，只差几厘米就把王继才拖下水了。大鲨鱼身上那刺鼻的腥臭味，王继才闻得清清楚楚，大鲨鱼溅起的水花，弄湿了王继才的衣裳。王继才吓得魂飞魄散，连连后退，跌跌爬爬地瘫坐在一块岩石上。“妈呀！还真有吃人的大鲨鱼呀！”惊出一身冷汗后，王继才突然憋足了劲儿，一声长吼：“啊——”这一声长吼，便吼出了许多故事。从此王继才紧张了，便一声长吼；遇到险情了，便一声长吼；孤独难受了，便一声长吼。

天渐渐地黑下来，起大风了，大海上空乌云密布，大风掀起阵阵巨浪，撞击在礁石上，发出震耳欲聋的“轰轰”声。今晚是既无星星，又无月亮的“双黑月头”。农村里也有这样的双黑月头，但要比开山岛好多了，至少远处会有村灯、鬼火，可这开山岛连一闪一闪的鬼火都没有，更别说村灯了。王继才活在这个世界上20多年了，这才真正体会到海岛上的黑夜才是真正的黑夜，那是黑得可以把人压垮的黑夜。岛上没有电，王继才胆战心惊地点起了那盏如豆的煤油灯，开始摇动着那台老式的手摇电话机，汇报一天的工作。“王政委吗？我是王继才，我这里一切都正常。”“岛上起大风了吧？”“是的，你怎么知道的？”“电话里听到了哗哗的海浪声。一个人在岛上，紧张吗？”王继才使劲儿地挤了挤脸颊，好不容易才“挤”出点儿干瘪的笑容来，说：“嘿！嘿！还好。”“不要紧张，岛上除了大风、大浪，其他啥也没有。”“谢谢，知道了。”“还有，岛东边的山崖下，你不要去，那里有大鲨鱼。”“知道了，领教过了。”王长杰听得出，王继才回答此话时似乎有了几分哭腔。

王继才刚挂了电话，一个黑影在窗户上一闪。“海怪！”王继才头一炸。

那黑影在窗户上又一闪，又一闪，而且是和真人一般大小的黑影，绝对不是幻觉！“哗——哗——哗——”海怪走路的声音，听得真真切切，一点儿都不假！王继才头一炸，又一炸，又一炸，汗毛一根根地竖了起来，骨架都几乎吓塌了。海怪，一定是海怪，因为这个岛上除了他王继才绝对没有第二个会喘气的。王继才头又一炸一炸的，全身冒冷汗。弄不好，我王继才今晚就被海怪当点心吃了。真要是被海怪吃了，我王继才情何以堪，命何以堪哪！

王继才唯一能做的，就是把门关得更紧了，窗户关得更严了。

相持了一段时间，他突然想到了王部长送给他的那些白酒，他抓过一瓶白酒，想起“酒壮英雄胆”这句话，一仰脖子，把这瓶白酒喝了个精光，然后手握空酒瓶，摆出一副要和海怪搏斗的架势。奇怪的是，海怪并没有来，一阵酒意袭来，王继才支持不住，倒在床上，心里却明白：好哇，好哇，一醉方休，一醉解千愁。

第二天天大亮，王继才酒醒了。推开门窗，哇！是个大晴天，昨天夜里下了一夜的雷暴大雨，自己却浑然不知！出门去看看。一抬头，“海怪”的迷全解开了，原来对面那墙壁上不知是谁，也不知什么时候挂着一件部队的破雨衣，夜里海风呼呼地刮着，活像海怪的鬼影，那“哗哗”的声音活像海怪的走路声。

王继才觉得自己好笑，真是草木皆兵了。

开山岛美极了

王继才大步登上山顶，这才发现，开山岛美极了，瓦蓝瓦蓝的天空，飘着一朵朵肥羊似的白云，在蓝天上悠哉悠哉地啃青。大的又如一堆堆棉花堆，村里秋天棉花丰收采摘时就是这样。大海平静得如一位美丽的处子，又像一块硕大无边微微飘动的蓝绸子。王继才忽然觉得，自己脚下的开山岛犹如无边的蓝绸子上嵌着的一块白色的象牙雕，白云在天空移动，似乎这块白色的“象牙雕”也在移动。王继才觉得自己心潮激荡，作一首诗吧，赞美一下这美丽的海景。王继才搜肠刮肚，也没想出半个字来。他自嘲说，自己上高中的那点儿语文底子，大部分还给老师了。王继才想起了苏联大作家高尔基的名著《海燕》，这篇散文他在中学里学过，现在面对大海他想朗诵这篇散文，可怎么也记不起来了，只记得文章的最后一句："让暴风雨来得更猛烈些吧！"王继才想，他的妻子王仕花在校时语文成绩很好，又是小学语文教师，她一定记得。三条大鲸鱼又出现了，巨大的黑色鱼背像是浮动的山梁，"呼——呼——"喷着高高的水柱。"大鱼你好，我叫王继才，今后我们就是邻居了。""呼——呼——"大鱼喷着高高的水柱，像是回答。王继才问了渔船上的渔民，渔民告诉王继才，这三条大鱼是开山岛"护岛的大鱼神"，常年不离开开山岛。

王继才向崖底下看，一种叫"靠山红"的红色海蟹成群结队地爬上礁石，把一大片礁石都染红了。那蟹一个个傲慢地竖起两只眼睛，冷冷地打量着王继才。这种海蟹是连云港特有的珍馐美味，肥肥的蟹膏令人眼馋。这么多蟹呀，看来在开山岛可以捕鱼捉蟹，生活是不成问题了。整个上午，王继才的心情好多了，初上岛时那种紧张、恐惧的心情开始平静下来。

王继才忽然想起，为了避免忘记日子，应当每过一天在岛上的岩石上划刻一刀，这样就有了日历，日子就过得有头有尾、心中有数了。于是王继才在一块岩石上刻下："1986 年 7 月 14 日上午 8 时 40 分王继才登上开山岛。"然后在岩石上又重重地划了一刀。

晚上，王继才关好门窗，准备好好地睡一觉，这才发现海岛的夜晚真热啊，热得像蒸笼。蚊子也特别大，大得几乎像陆地上的"豆娘娘"，一咬一个紫疙瘩，钻心痛。这些倒也罢了，最难熬的是海涛声，已是午夜，门外狂呼的海风伴随着近在咫尺的海浪声音，"轰——轰——"像一颗颗炸弹，震得床在摇晃，由于离海浪太近，整个床如同漂在水面上，摇哇摇的。王继才这才想起燕尾港镇人为什么把这开山岛称之为水牢了。王继才自嘲道，哪里如坐牢，坐牢还有牢友说说话，坐牢还有一天三顿饭呢。王继才辗转反侧，很难入睡。奇怪的是昨天晚上怎么没注意到这海涛声，这硕大的蚊子，还有这闷热的蒸笼？想想终于明白了，那是让"海怪"闹的。既然睡不着，还是喝酒吧，喝醉了就啥也不知道了。

于是王继才又打开了一瓶云山白酒。

他又在岩石上狠狠地划了一刀

就这样，王继才一天天扳着指头算日子，一天天地喝酒、一天天地熬下去。那块岩石上已被王继才重重地划下第 15 刀了。

这又是一个难熬的白天。王继才觉得，时间仿佛凝固了：天上的白云像一张张破碎的白纸，被图钉牢牢地钉在蓝天上，一动都不动；几只海鸥懒懒地缩着脖子，趴在礁石上，大白天在睡大觉；三条大鲸鱼呼吸的节奏似乎也放慢了，“呼——！呼——！呼——！”然后像三座黑礁石一样停在那里一动也不动。开山岛的一切似乎都凝固了。只有飞鱼到来的时候，开山岛才有了一点儿活力。飞鱼是开山岛的一种鱼类，一群有数千条，甚至上万条，它们都有一对银色的翅膀，游着游着，遇到三条大鲸鱼，受到惊吓，一齐银箭似的飞出海面，数千条飞鱼鼓动着湿漉漉的翅膀，飞出海面三四米高，发出哗哗的响声。同时无数个水珠落入海面，如大珠小珠落玉盘。飞二三百米远后，飞鱼又一起银箭似的插入海底，十分壮观。而吃饱喝足了的大鲸鱼，对此熟视无睹，依然是一动不动地停在那里。就这样，来了一批飞鱼跃出海面，飞了一段距离后，钻入海底，又来了一批飞鱼跃出海面，飞了一段距离后，又钻入海底。今天上午，王继才已经数了第 8 批飞鱼了，他觉得时间已经过去很久很久了，大概是中午了，该吃午饭了吧？再看一看他的那块钟山表，才上午 9 点钟，王继才深深地叹了口气：时间过得真慢哪！王继才想：如果能睡一大觉，这一觉睡 3 天、4 天、10 天、15 天，一觉醒来，他的守岛任务完成了，下岛了，和妻子王仕花见面了，那该多好哇！可是他睡不着哇，越急越睡不着哇！他失眠了。

他又在岩石上狠狠地划了一刀。

闲得无聊时王继才突然想到，海岛上有这么多的鱼，我何不以钓鱼为乐，这一来可以改善生活，二来可以打发一下这枯燥的时间。可是要钓鱼，谈何容易，开山岛上一没有鱼竿，二没有鱼线，三没有鱼钩。王继才决定在兵营的房间里一间一间地找。鱼竿找到了，那是一根战士挂蚊帐的竹竿。又找了几天，发现宝贝似的找到了战士的一个针线包，里面有线还有针。王继才拿来一根大一点儿的针，在小油灯上把它烧红了，将其弯成钩状，这便是鱼钩了。岸边有一只死去的山雀，王继才把它撕巴撕巴，作为鱼的饵料。就这样，王继才的海岛钓鱼计划开始实施了。

刚放下鱼钩，鱼就上钩了，一拉，就拉上了一条活蹦乱跳、三斤多重的海鲈鱼，喜得王继才手舞足蹈。“中午有鱼吃了。”“海上的鱼太好钓了。”王继才想。

当王继才第二次放下鱼钩钓鱼时，情况变化了。还是刚放下鱼钩，鱼就上钩了，但王继才一拉、再拉，拉不动，再使劲儿一拉，竹竿断了，鱼线断了，鱼钩被拉直了。

王继才惊呼：“妈呀！这是什么鱼，这么大呀！”正当王继才惊魂未定的时候，海里被钓的大家伙露面了。“是条大鲨鱼！”那条大鲨鱼示威似的向王继才张了张血盆大口，又示威似的在水面上翻了个跟头，然后狠狠地向深海游去。王继才吓得脸变了色，第一次钓鱼就这样失败了。

就这样熬着熬着，一个月渐渐地熬过去了，该是王长杰上岛的日子了。就在这个月的最后几天，忽然刮起了14级台风。这片海域属于祖国的黄海，8、9、10月，3个月，正是台风横行的日子，最高可达15级，这回让王继才赶上了。如果没有台风，开山岛周围还有星星点点的渔船，王继才可以和这些渔船打招呼：“喂，你好，今天收获怎样？”“很好，有事吗？”“没有事。”“有事只管言语一声。”“谢谢，你们有需要我帮忙的，也只管说。”“谢谢。”虽然只有几句话，王继才却有无尽的快乐，一天的时光也就在这几句话中打发了。一刮台风，渔船避港了，开山岛周围便成了一片死海。满海的滔天巨浪，鱼也钓不成了，寂寞呀寂寞，孤独哇孤独。王继才是个好动好玩能说会道的青年，村里开村民大会，王继才不用稿子，一讲就是一个多小时。在家是老婆孩子热炕头，在岛上是海风海浪冷石头，王继才整天只能对着无尽的大海发呆，听着震耳的涛声发呆。王继才想老婆了，想他那结婚不久、娇小婀娜又文文静静、美丽的女教师王仕花了。

从不抽烟、喝酒的他，开始猛抽烟、喝酒。王继才这才明白，王长杰政委为什么要给自己送来这么多的烟和酒。第31天酒喝完了，第35天烟抽完了，他把岛上的一种大叶草烘干了，切成丝，用报纸卷起来：抽！猛抽！王继才快要急疯了！对着大海猛喊道：“我坚持不下去了，我要下岛，我要下岛！”没有人回答他，他王继才就是把喉咙喊破了，就是跳进大海也没有人帮助他。“人呢？人呢？”王继才大声地吼叫着。“中国有十几亿人口，随便来一个闲人和我聊聊天也好，可是人呢？人呢？这么大的茫茫大海里就我一个王继才，就我一个王继才呀！”王继才急疯了，他真的要跳海了。他体会到，在开山岛，寂寞和孤独远比海怪可怕多了。

开山岛哇，那足以令人发疯的寂寞和孤独！“啊——啊——”王继才又开始长吼了，王继才又开始满山遍野奔跑着长吼了，王继才又开始像野人一样一声声地长吼了。他止不住自己狂吼的欲望。他完全变成一个野人了：头发长长地蓬起，胡子长长的像钢针，光着双脚，赤裸着上身，海风和烈日把他烤成了古铜色。他整天不停地在山路上奔跑，不停地在这座荒岛上呐喊，他的喉咙彻底哑了，两眼也变得赤红，他暴怒了：“啊——啊——”他觉得自己的声音越来越大，但发出的声音却越来越小。他彻底绝望了！这情景被一个偶然路过的渔船上的渔民看到了。回去，他对大家说开山岛上有一个疯子，说这个疯子光着脚，赤着上身，满山跑；说这个疯子不会说话，只会“啊——啊——”地狂喊。知情的人说，王继才疯了，可怜哪！

王继才只能和大海说说心里话

王继才就这样跑了多天，喊了多天，冷静下来以后，觉得这样下去不行，得找人说说话。找谁呢？这个荒岛还有谁？只有大海了。于是王继才把狂吼声变成一种诉说，变成一种向大海的倾诉。王继才说：“大海啊，大海，我们是朋友了。我得好好想一想，如何和你聊天，聊哪些呢？倾诉我的哪些苦衷呢？”

王继才躺在海边的礁石上苦思冥想起来。海风在昏天黑地地刮，海浪在昏天黑地地翻腾。巨大的海浪有时冲上十几米高的山崖，浪花冲上了屋顶，从屋顶上盖下来，“哗，哗，哗”，一尺多长的海鱼被海浪冲上屋顶，又从屋顶上摔下来，在屋前的台阶上“吧嗒、吧嗒”地跳动着。房子在震动，王继才人在震动，王继才的心在震动，太可怕了。在这昏天黑地的摧压下，人的忍受已达到了极限。

下午，王长杰政委打来电话：“王继才，你要坚持住，风浪太大，我们几次派船去看你，都无法靠岸，你一定要坚持住，风浪稍小点儿我们立即就派船，听到了吗？”“听到了。”王长杰左一个“一定要坚持住”，右一个“一定要坚持住”，让王继才想起了在临上开山岛的前一天晚上他二舅给他讲的一个故事。王继才的二舅是王继才崇拜的偶像，这位老人16岁就参加了八路军，一生经历过无数次战斗，参加过解放战争、抗美援朝战争，多次立功，多次负伤，至今身上还留有几块弹片，是二等甲级残疾军人。解放战争时，二舅就是解放军某部的一位连长，一次守阵地，原计划是阻击一个排的敌人，结果来了一个连，后来又来了两个营。二舅这个连支持不住了，师部不断打来电话："一定要坚持住，一定要坚持住，援兵马上就到。"敌人那个机枪打得猛啊，一扫他们就倒下一大片，一扫他们就倒下一大片。二舅硬是顶住了，援兵到时，全连只剩下5个人。二舅搂住增援部队的连长，二人抱头痛哭。

二舅对王继才说："小二子，你要记住了，上级交给我们的阵地千万不能丢，丢了就是逃兵，丢了就是人民的敌人。"王继才的父亲也是1942年入党的老革命，对王继才说："小二子，二舅的话你记住了吗？"王继才说："记住了。"

老父亲说："打江山时，你们没有参加，你去守开山岛，守江山你参加了。我们老王家出了你这么一个守江山的，我们感到非常光荣，你一定要给我们守好了，不要丢了我们老王家的脸，不要丢了你二舅的脸，否则你就不是老王家的种。"

"老爸，如果我去守开山岛，就不能在您面前尽孝了。""傻二子，家事不能干扰国事，家事再大也是小事，国事再小也是大事。古人认为为国尽忠是大孝，吾儿能为国尽忠，老父满足矣！"想到此，王继才只觉得阵阵豪情涌了上来。他大声吼道："王继才，你这是干什么，难道你要做战场上的逃兵？难道你要做人民的敌人？不就是寂寞吗，不就是孤独吗，不就是不能老婆孩子热炕头吗？我这点儿困难和革命先烈们比起来算什么？王继才呀王继才，祖国把这么重要的岗位交给你，你害怕了？退却了？你对得起祖国人民对你的信任吗？你对得起革命先烈们吗？你对得起二舅吗？"

远处，海风大作，惊涛际天，阴云如墨，浪如走山，风声如鼓，涛声如雷，震耳欲聋。王继才站在高高的礁石上，面对浩瀚的大海，如山的海浪，胸中涌动着一股激情，那股激情像一头小鹿，在胸中撞击着，撞击着，终于冲出口并彻底地喷发了出来。王继才大声（他必须大声，因为声音稍小就会被如鼓的风声、如雷的涛声淹没得连自己都听不到）而急切地诉说着："是国土就得有人守。我王继才一个人守着金子一样的一大片国土，银子一样的一大片海域，我王继才就是为国守边的大臣了，是岳飞、是戚继光、是杨六郎、是——”那天，他搜肠刮肚，动用了他高中所有的历史基础知识，大概历数了七八个中国历史上为国守边的大臣，连女将梁红玉、穆桂英、樊梨花也被列入名册（樊梨花是否是为国守边的大臣，就无须考证了，王继才说是就是了），王继才觉得自己和他们一样光荣，一样自豪，一样有价值。

“王仕花，你的丈夫是堂堂正正的为国守边的男子汉，我王继才为祖宗争光了，为你王仕花脸上争光了！王仕花，你应当更爱我了！”王继才站在高高的礁岩上，面对大海高声地呼喊着。后来王继才觉得，这段话说起来不那么朗朗上口，读起来不那么顺溜，于是便逐渐演化成如下内容：“是国土就得有人守。我王继才为国家坚守一大片国土、海域，我活得自豪，我活得光荣，我活得最有价值。如果祖国需要，我要在这开山岛上坚守一辈子。”“我发誓：开山岛从今往后，决不能再做日本人侵略中国的跳板，小鬼子再敢来，中国人定打你个满地找牙！”

王继才，这个朴实的庄稼汉子站在祖国黄海的一座小岛上，把自己的誓言说了一遍又一遍，直到说得口干舌苦，喉咙哑了，说不出话来了，便倒在一块礁石上，大睡一觉，醒来后，又开始向大海发出自己的誓言。

可是誓言之后，接踵而来的仍然是无限的孤独和寂寞。在这无限孤独和寂寞的环境里，王继才真的十分想老婆了，王继才想他那结婚不久、娇小婀娜又文文静静、美丽的女教师王仕花了。王继才望了望空寂的大海，扯开喉咙，向大海喊了句在陆地上怎么也喊不出口，而在这里就是喊破喉咙也没人听见的私房话：“王仕花，你在家干什么呢？想我吗？我非常想你呀！王仕花，我爱你！”

通过这一诉说，王继才觉得自己的心情好多了，像是把自己的心里话对自己的亲人说了。大海似乎也听懂了，发出巨大的呜呜声。王继才觉得自己和大海交上了朋友，大海是自己最亲的人了。从此王继才和大海有了一个约定：今后凡是遇到困难的事、烦恼的事、高兴的事、幸福的事都要向大海——最忠实的朋友诉说一番：“大海你知道了吗？大海你听懂了吗？大海……”极度疲惫的王继才，躺在大海——他最忠实的朋友面前再次睡着了。醒来后，他又在岩石上狠狠地划了一刀。从此王继才安静了下来，不再疯了似的满山跑了，不再疯了似的满山地狂喊了，王继才突然觉得自己长高了许多，头脑也清醒了许多。

2012 年我采访王继才，提起这段往事，王继才说："在这大海上，不用自言自语的方法来排解一下寂寞，又能做什么呢？清白鼓嘴的（灌云方言，意为冷清清的）难受啊！就这么说两句，孬好还能听到人的声音，时间就在这自言自语中，被打发走了。"

第二章 夫妻哨所正式开张

鲁河乡小学教师王仕花

灌云县鲁河乡小学教师王仕花这两天慌了神，对她恩爱有加的丈夫王继才不见了。王仕花和王继才结婚不足 2 年，有一个不满 1 岁的女儿。王仕花娇小婀娜、美丽贤惠，又是小学民办教师。王继才高大威猛，是村里的民兵营长。这对夫妻的结合自然成了人们羡慕的对象。村里的小姐妹没人时就对王仕花耳语："有钱找个高大汉，不会干活儿也好看。王仕花，你个小丫头片子，把王继才看好了，别让他给跑了。"王仕花就说："臭丫头，看我不撕破你这张臭嘴。"

于是就打成一团，笑成一团。

几天前，王继才对她说："仕花，我要出去几天，不要找我，到时我会回来的。"然后他就拿了换洗衣服什么的，出门了。1 天、2 天、3 天……7 天、8 天，王继才像一汪水被蒸发掉了一样，在这个世界上消失了。王仕花问婆婆，继才哪里去了？婆婆回答："不知道。二子是个老实人，不会出什么事的。"

又过了几天，王仕花再问婆婆："妈，继才哪里去了？这都 10 多天了，连个音信都没有。"婆婆说："你去问你爸，兴许他知道。"

又过了几天，王仕花大着胆子问老公公："爸，继才到哪里去了？""干大事去了。"王仕花再问老公公，老公公黑着个脸，说："瞎打听个啥呀，女人家，不该知道的事，就不要知道。"没头没脑地一顿"呲"，王仕花委屈地走了出来。

婆婆道："你爸呲你了？这个老东西，说话冲倒山，一辈子说不出一句好话，就连对我都没有一个好脸色。不过人是个好人，没坏心。"

一个多月后，王继才还是没有音信。王仕花向村里小姐妹打听，村里的小姐妹们说：“丫头，慌了吧。我早就说过要你把那小子看好了，没想到这一天终于来了。”本想王仕花又会和往常一样和她们打在一起、闹在一起，没想到王仕花委屈的泪水一下子流了出来，抱着小姐妹痛哭了一场。小姐妹们傻眼了，拍着王仕花，哄道：“好乖、好乖，听话、听话。王继才那小子我们都知根知底的，绝不是个坏种。你放心，一定是发生了什么事情。他真的要把你给甩了，我们小姐妹们把这小子一人一口给啃了！”说得王仕花“扑哧”一声笑了。

又过了几天，王仕花的婆婆当着王仕花的面问丈夫：“老头子，你儿媳妇王仕花到处打听你儿子的下落，你倒是说话呀，你把我儿子弄到哪里去了？”“守岛去了。”“守啥岛呀？”“你们这些娘儿们少打听男人的事。”“这个老东西。”婆婆愤愤地说。第47天，王仕花突然接到县人武部的一个通知，要她带上王继才的换洗衣服上开山岛看王继才。“开山岛，开山岛在哪里？”“开山岛是燕尾港镇海里的一个小岛，离燕尾港镇大约有12海里，燕尾港镇离这里大约40公里，加在一起大约有60公里。”王仕花的老公公说。第48天，王仕花几经周折，最终和灌云县人武部政委王长杰一起登上了开山岛。

难道前面站着的就是她朝思暮想的丈夫王继才？这个人的胡子像一把钢针，嘴被深深地埋在里面。头发长得拖到了衣领上，乱七八糟得像一蓬乱稻草。身上的白衬衣，已经辨不出是什么颜色了。由于多天没洗澡，散发出一股腥臭味，而且这个人又黑又瘦，她的丈夫可是一个又白又胖的帅小伙子。直到王继才喊了一声：“王仕花。”王仕花这才惊愕地回过神来，一下子扑到王继才的怀里大哭：“王继才，这些天你死到哪里去了？你死到哪里去了？”她在王继才的胸脯上又拍又打。王长杰立即为王继才安排洗澡、理发（随船带了一名理发师上岛）、换衣服、吃饭。饭后，王长杰把王继才带到岛的最高处，面对大海问：“王继才，你在岛上48天，这48天来你最大的体会是什么？”王继才站了起来，正了正身子，从心底里涌动着一股豪情，大声地说：“我王继才为国家坚守一大片国土、海域，我活得自豪，我活得光荣，我活得最有价值。如果祖国需要，我要在这开山岛上坚守一辈子。”王长杰政委连连称赞后说：“王继才，经组织研究，决定任命你为开山岛民兵哨所第一任所长，这是你的任命书。”王长杰把红头文件交给王继才，王继才用颤抖的手，向王长杰敬了一个规范的军礼，然后庄重地接过红头文件，放进胸前的口袋里。王继才的“如果祖国需要，我要在这开山岛上坚守一辈子”这句话如飞溅的钢花，撞在开山岛坚硬的礁石上，又火花四溅，经开山岛的海风一吹，散落在全县各地，引起全县人的一片喝彩之声：“说得好！王继才是条硬汉子，有他在，我们就放心了。”

王仕花吃惊了，她不敢相信刚才那段充满豪情的话是自己的丈夫王继才说的。那段话无论是思想内涵和修辞水平，都是上乘的。事后王仕花悄悄地问王继才：“那段话是你想起来的？”“我在岛上琢磨了48天，就琢磨出这几句话来，怎么样，我的语文老师，还行吧？”

王仕花一下子扑到丈夫的怀里，从此对丈夫王继才刮目相看了。

回家后，王仕花宣布了一个惊人的决定：辞掉小学民办教师的职务，和丈夫去守开山岛。理由是丈夫在岛上太苦了，丈夫的生活不能没有她，开山岛不能没有她。首先支持王仕花的是王仕花的老公公。老公公说：“老二家里的选择得对，是老王家的儿媳妇，有出息。”王仕花的婆婆有点儿不高兴了，说：“再怎么说仕花也是小学民办教师，好好的书不教了，去守那个破岛，值得吗？”

老公公正色道：“妇道人家，头发长，见识短。这要往远里说，你儿子王继才就是镇守边关的大臣，就是杨宗保、杨文广，你儿媳妇就是穆桂英。这一说是守岛重要还是教书重要，就全明白了。妇道人家，啥也不懂。”“就你懂，就你懂。”公婆在屋外一句一句地斗嘴，王仕花在自己的房间里“扑哧、扑哧”地笑。

当王仕花把自己要辞掉小学教师职务的想法汇报给小学校长时，小学校长正色道：“王老师，这你可要好好考虑了。你是代课教师，代课教师马上就要转正了，我们学校研究过了，认为你表现好，成绩突出，就是有一个转正名额也要给你，你现在辞职了不是太可惜了？”王仕花说：“岛上需要我，我丈夫的生活离不开我。”

灌云县人武部很快批准了王仕花的请求，并任命王仕花为开山岛民兵哨所哨员。接到任命后，王仕花要把不满周岁的女儿带上岛，婆婆坚决不同意，说岛上条件那样艰苦，带大丫上岛，遭罪呀，不能让孙女受那罪。

为了丈夫，为了丈夫能更好地完成守岛大业，王仕花一抹眼泪，走了。

“开山岛”号航空母舰

王仕花再次上岛的时候，王继才着急了：“谁叫你来的，你在家小学教师干得好好的，谁叫你辞掉的，你和我商量了吗？”王仕花理直气壮地说：“你在家民兵营长干得好好的，跑到开山岛上来守岛，你跟我商量了吗？”王继才被妻子反问得张大了嘴，一句话也说不出来。别看王仕花个子小，斗嘴往往是王继才甘拜下风，四两压千斤啊！“那好吧，从今往后，咱夫妻俩就共同守岛吧。”

从此，江苏省灌云县开山岛民兵夫妻哨所便正式开张了。

他们在开山岛的制高点上，安装了一台高倍望远镜。别小看了这台高倍望远镜，它可是祖国安放在黄海深处的一只眼睛。这台高倍望远镜在当时可算是比较先进的一种。王继才、王仕花每天不定时地对着这台高倍望远镜向祖国广袤的海域观察，看看有没有可疑目标。这一天，王仕花发现一艘不明国籍的船只，晕头晕脑地闯进了中国的领海，受到警告后，又晕头晕脑、狼狈不堪地退出我国的海域。王仕花看着那艘船急急慌慌的样子，心里顿时升起了一种无上的自豪感和使命感。也就是从这个时候起，周边国家才把这小小的开山岛作为注意对象：船到开山岛，凡事得小心点儿。王继才问她：“怎么样，我们的岗位重要吧？”“重要，十分重要。”

王仕花套用丈夫王继才的话说：“放弃小学教师的工作值得。”“还是我的妻子了解我。”“王继才，我就是在你‘如果祖国需要，我要在这开山岛上坚守一辈子’这句话的影响下，放弃工作、放弃女儿上岛的。”“难道我个人长相就没有一点儿魅力？”“美了你。”王仕花嘴上这么说，心里却在想，丈夫这句“如果祖国需要，我要在这开山岛上坚守一辈子”，确实为丈夫增强了不少魅力，丈夫变得有理想、有抱负，是一个胸怀大志、深明大义的人了，这样的男人难道不值得深爱一辈子吗？王继才说：“开山岛是祖国的黄海前哨，我最大的愿望就是把它建成一艘不沉的航空母舰。”王仕花说：“从现在起，军功章有你的一半，也有我的一半，建成这艘不沉的航空母舰，也有我一半的责任了。”王继才说：“既是航空母舰，总该有个名字，就叫‘开山岛号’怎么样？”王仕花点头称是。王继才说：“从今往后，我就是‘开山岛号’航空母舰的舰长，你就是副舰长，我们夫妻二人共同开着这艘航母，在黄海里航行。”

王继才用手向前方一指，王仕花就觉得这艘航母真的动了起来，在祖国的黄海里，乘风破浪，奋勇前进，巡视着祖国广袤的海洋。

后来据统计，王继才夫妇守岛32年来，为公安、边防部门提供各种有价值的线索达50多条，有力地守护了我国黄海的一方平安。

王仕花掉进了“新石器时代”

可是王仕花发现，要在这艘“不沉的航空母舰”上生存下去，困难确实太大了。

首先，岛上没有电。所以，电灯没有，电脑没有，电视没有，电冰箱没有，电饭煲没有，总之，一切与电有关的生活用品都没有。这对具有较高文明水准的小学教师王仕花来说，不亚于从文明的现代社会一下子退回到蒙昧原始的“新石器时代”。夜晚，昏天黑地的荒岛中，只有一盏如豆的小油灯，一晃一晃的，岛上所有的对外联系就靠一部手摇电话机和一台老旧了的收音机。

岛上没有淡水，只有一口水窖用来存放雨水，这是岛上唯一赖以生存的淡水资源。因为经常混进海水，洗衣、浇菜可以，但不能直接食用。

岛上到处都是一人多高的蒿草，竟没有一棵树。王继才夫妇开始拔蒿草，说是要栽上树，让全岛披上绿荫，长上瓜果蔬菜。可要真正干起来，王仕花发现，岛上种树的难度太大了。岛上栽树，先要在石窝窝里凿坑，一天最快凿一个坑，有时几天甚至几十天才能凿一个。坑凿好了，还要燕子衔泥似的到远离这里几十公里的陆地上背土。

岛上没有动物，甚至连一只老鼠都没有。用王继才的话来说，由于岛上没有动物，就是看见一只老鼠都觉得亲切。临来开山岛，王仕花的小姐妹们说：“王仕花，你疯了，那开山岛上连海鸟都不落脚，你却要在开山岛上安家落户。”来岛后，王仕花果然发现，这开山岛虽在深海中，可真的连一只海鸟都很少来。这是为什么？后来王仕花终于找到了原因，原来这开山岛上没有自然存在的淡水，所以就根本没有什么动物。至于双头蛇之说，根本就是无稽之谈。

王继才夫妇在岛上养了鸡、鸭、狗、羊，这才使岛上有了点儿生机。可惜，岛上的4只羊一夜之间就被台风掀到大海里去了，从此岛上再没有羊，只有几只鸡、鸭和一只叫乐乐的小狗活了下来。乐乐是一只聪明的小狗，据王继才说，乐乐多次立功，是开山岛的功臣之一。乐乐发现海上有不明漂浮物会汪汪地叫，发现可疑目标也会汪汪地叫，且每隔一小时就会自动巡山一次，很多次可疑目标都是乐乐首先发现的。

他们还有一个乐趣，就是给小鸟喂水。

岛上不知从什么地方飞来了几只黄雀，几只蜡嘴鸟，几只野鸽子。它们飞来便无法飞走了，善良的女主人每天都要端一盆淡水放在山坡上，几只小鸟便立刻飞来，围着女主人飞舞，然后挥之不去、旁若无人地喝着，因为这是它们唯一的水源。这里的鸟儿没有欢快的歌声，有的只是凄惨而惊诧的鸣叫，因为这些鸟总是试图逃离这座缺水、少食、可怕的开山岛，然而就在它们飞出去不久，就又被那无边的大海、汹涌的波涛吓得退了回来，悲哀而绝望地围着开山岛鸣叫着，为开山岛铁铸一样的山峰涂上一层凄厉的色彩。

王继才夫妇就在这鸟不愿落，连老鼠都不能生存的开山岛上生活了下来，而且一生活就是一辈子，这确实不是常人能做到的事情啊！

“雪皑皑，野茫茫，高原寒，炊断粮”

王仕花上开山岛不久，便遇上了台风，罐装煤气用光了，他们开始吃生米，抓一把生米，放在嘴里嚼，嚼得满嘴流白浆，冒白沫。在陆地上生活惯了，王仕花胆小，从未见过这样大的台风，吓得躲在丈夫的怀里。王继才轻轻地拍着王仕花说：“莫怕，莫怕。天塌下来，有高个子顶着。”说完便呆呆地望着远海。看着正在发呆的丈夫，王仕花苦笑着问：“想什么呢？”“一碗香喷喷的米饭，一只油旺旺的烧鸡……”王继才美美地笑笑。“我想吃一碗红烧肉。”王仕花说。夫妻双双吮了吮即将流出的口水，又咂了咂嘴，苦笑了笑。

王继才问：“我们吃生米已经几天了？”“3天。”“看来还要吃3天，3天后会有补给船来的。”王继才又抓过一把米，放在嘴里慢慢地嚼着。

王仕花说：“我给你唱首歌吧。”“好”。“你最喜欢哪一首？”“《长征组歌》中的《过雪山草地》，这首歌我特别喜欢听，一听就觉得浑身有劲儿。”“那我就给你唱。”王仕花站起来，正了正身子，开始唱：“雪皑皑，野茫茫，高原寒，炊断粮，红军都是钢铁汉，千锤百炼不怕难……革命理想高于天。”

丈夫为妻子鼓掌，说：“仕花，你唱得真好。”

“当年，我可是乡里的演出队员，经常到县里、乡里、各村演出。”

“记得。那时你扎两个短辫子，跳舞时辫梢一跳一跳的，好看极了。当时我就想，这是哪家的小丫头，将来我准把她娶过来，做我的女人。”

王仕花扳着手指头一算，故意怒道：“好你个王继才，当年我才 15 岁，还是一个小黄毛丫头，你就打我的主意，你坏，你坏。”王仕花知道，她这样说，这样做，这样逗着丈夫，丈夫会非常高兴的，会忘记烦恼的。果然不出所料，王继才哈哈大笑起来，说：“王仕花，我终于娶了你，如愿以偿了。”

在条件艰苦的情况下，想起愉快的事情而开怀一笑，是多么弥足珍贵啊，王仕花就是这样，在丈夫苦闷的时候，总是想尽一切办法让丈夫开心一笑，这是困苦时的笑，这是艰难时的笑，这是含着眼泪的笑！

王继才说：“王仕花，你喜欢唱哪首歌？”“我喜欢歌剧《江姐》中的《绣红旗》。”“那你就唱《绣红旗》吧。”当王仕花唱完《绣红旗》的时候，王继才突发奇想：一是开山岛上要升一面五星红旗。开山岛是祖国的领土，就要有祖国的国旗。开山岛既然是祖国的航空母舰，就一定要在这艘航空母舰上升起国旗。二是要在岛上定期举办文娱晚会，地点就在战士礼堂。

开山岛上有个条件不错的战士礼堂，有舞台，观众席上有座位，主演当然是王仕花。王仕花会唱歌，会跳舞，会朗诵，也会讲故事，过几天再把大丫头带上岛，这样岛上就有两名观众了。王仕花完全同意。王继才说，那就这样说定了。王继才觉得，由于有了妻子王仕花的加入，开山岛的生活不再那么孤独可怕了。王继才说他守岛 30 多年，没有王仕花他是无法坚持下来的。

那天，王仕花应丈夫之邀，为其朗诵了高尔基的《海燕》：“在苍茫的大海上，风聚集着乌云。在乌云和大海之间，海燕像黑色的闪电，高傲地飞翔。”

窗外，几只海燕在苍茫的大海上飞翔着。王仕花在朗诵：“看吧，狂风紧紧地抱起一层层巨浪，恶狠狠地甩到悬崖上，把这些大块的翡翠摔成尘雾和碎末。”

窗外，巨浪敲击着山崖，发出震耳欲聋的轰鸣声：“哗——轰！哗——轰！哗——轰！”

王继才只记得最后一句，于是和妻子一齐朗诵道："让暴风雨来得更猛烈些吧！"

一场暴风雨在他们夫妻两人高亢的朗诵声里，就真的这样来临了。好一个大舞台呀，这可是世界上最真实的、最大的大舞台了。

一连嚼了七天生米，饿得话都说不出来。风停了，远远地看到给养船来了，王继才夫妇忍不住哭了。狂风暴雨、孤独无助、饥饿难忍，他们都没有流泪，看到亲人来了，这眼泪却怎么也止不住……

这是王仕花上岛的第一次断炊。

岛上断炊是常有的事

王仕花说，岛上断炊是常有的事。

第一次断炊是因为罐装煤气没有了，粮食尚存，所以只能吃生米。第二次断炊却相反，粮食没了，罐装煤气尚存。那天，开山岛又遇上了特级台风，供给中断了，王仕花一查，罐装煤气尚有些，粮食一粒都没有了。王仕花便到海里抓一些海鲜煮着吃，这当然要比生嚼大米好多了，可天天吃海鲜，顿顿吃海鲜，长时间一粒粮食都没有，就这么吃海鲜，吃到最后就不是海鲜了，而是"海臭"了。满嘴的腥臭味，全身也散发出一股难闻的腥臭味。王继才说："再这么吃下去，我们都要变成'臭海鱼'了。"

"粮食，粮食。王仕花，我的老婆大人，能不能给我搞点儿粮食来？"

本是一句无可奈何的话，倒是一下子提醒了王仕花，王仕花一拍脑袋说："王继才，我想起来了，我们还有二斤黄豆。"于是王仕花便把二斤黄豆炒了炒，放点儿盐，做成一碗盐豆子，饿了，就抓一把一粒粒地放在嘴里嚼。哎呀！黄豆好香啊，比海鲜好吃十倍、百倍。俗话说：一个黄豆三个屁，十个黄豆一台戏。王继才大把大把地嚼着黄豆，开山岛上便"好戏"连台了。娇小婀娜又文文静静的女教师王仕花就有了几分羞涩，几分责怪："你不能忍着点儿？"高大威猛的王继才说："没事，没事。"说罢，夫妻俩苦中作乐地哈哈大笑起来。

开山岛又传来一次含着眼泪的笑。

王继才说："我要去巡逻了。外面风太大，你在家，别出门。"王仕花说："不，我要跟你一起走。""外面危险。""你不是说天塌下来有高个子顶着吗？"

王继才拗不过妻子，只好按常规找根背包带子把两人的腰扎起来，就这样手拉手去巡逻。在这个岛上，王继才夫妇每天都要定时巡逻，不论是刮风还是下雨，也不论是白天还是黑夜，巡逻是他们每天雷打不动的必修课。

开山岛岩石陡峭，不利于日常巡逻，特别是遇到强台风，稍有不慎，就有可能从岩石上滚下去，被海水吞没。所以，每次大风天气巡逻，王继才夫妇就用一根背包带，以 1 米的距离互相拴住，防止风把人刮跑。曾经有几次，王仕花被风吹得倒在山崖下，幸亏王继才眼疾手快，拉住背包带，将王仕花从危险边缘拉回来。这次王仕花坚持要和丈夫一起去巡逻，一是不放心丈夫，二是一个人留下来害怕。丈夫说过，在这昏天黑地的台风里，最容易出现“大元宝”。一想到“大元宝”那暴睁的两眼，王仕花吓得头皮都发麻了。

就在几天前，开山岛就出现过“大元宝”。那是一天下午，风也是这样昏天黑地地刮，浪也是这样昏天黑地地翻，就在自己住处不远的海滩上，“大元宝”出现了：“大元宝！”王仕花魂都吓掉了。

这是一具男人的尸体。因为海水长时间的浸泡，致使这具男尸两眼疾睁，嘴张得大大的、黑洞洞的，形成一个可怕的圆，像是在拼命地呐喊。一些海虾在这具男尸的嘴里爬进爬出，海浪拍打着这具男尸，致使这具男尸头一摇一摇的，像是一副很不情愿的样子。这具男尸手上有厚厚的老趼，手指弯曲，这是长期拉网所致，说明这是一位渔民。王继才说死者为大，就按照当地渔民的习惯，找来几支香，点着了，又烧了几张纸，嘴里念道：“这里不是您老的久蹲之处，您老还是早点儿动身吧。”又几个巨浪打过来，“大元宝”不见了。

王继才说，这种事情在 20 世纪 90 年代以前很常见，因为那时渔民用的都是木帆船，吨位小，又没有 GPS 导航，一遇台风，渔民很容易因迷航而失事，直到 20 世纪 90 年代末，渔民的条件好了，木帆船换成了铁壳机器船，吨位加大了，再加上 GPS 导航，现在渔民打渔基本上不会再出事了。

下午，风更猛烈了，巡逻的时候王继才坚持一个人去。王仕花说，你可要注意点儿。王继才带着小狗乐乐巡逻去了。这次巡逻，王继才被台风吹到峭崖下，摔伤了，不能动了，小狗乐乐慌慌张张地回来报信，王仕花在乐乐的带领下，找到了摔伤的丈夫，好不容易才把王继才弄回家。

小狗乐乐又立了一大功。

王继才对妻子说："我摔伤了。""别动，别动，我给你检查检查。"在学校里学过简单医学常识的王仕花给丈夫认真地检查起来。"你有什么感觉？""有点儿胸闷。"王仕花在为丈夫认真检查后说："你的肋骨摔断了。就这么躺着，风停了，上医院检查一下。"这时的王继才便十分听话了，一动不动地躺在床上静养着。

这次台风刮了二十几天，二斤黄豆救了夫妻俩的命。

王继才说，岛上断炊，如果"三股麻绳一齐断"：断粮、断煤气、断交通，那结局就更惨了，只能生吃海鱼、海虾，那滋味，想想都能吐。

第三章 升国旗——小岛上最庄严的时刻

他自掏腰包买国旗，32 年来升坏了 200 多面国旗

刮了二十几天的台风终于停了。王继才按照妻子王仕花的要求，下岛去医院检查，果然如妻子所说，自己的肋骨断了两根。医生说，不要紧，包扎一下，开点儿消炎药，静养几天，再观察观察。王继才拿着处方笺，到收费处一划价，45.8 元，王继才吓了一跳，他身上一共只有 80 多元，准备交党费和买国旗用。燕尾港镇党组负责人说，王继才夫妇虽然工资不高，但党费都是第一个交。他们难得下一回岛，下岛第一件事就是到他这里交党费。对于困难党员，我党有规定可以不交党费，但王继才说无论怎么困难，党费一定要按时交上。

这次王继才下岛交了两个人一个月的党费，身上只剩下 60 多块钱了，就是说交了药费，就不能买国旗，买了国旗就不能交药费，二者必取其一。王继才好不容易说服了医生，将伤口简单包扎一下，又拿了点儿消炎药，医疗费只用了 20 多元。王继才买了一面五星红旗和一些升旗用的必备工具，共用去 30 多元，当王继才再次登上开山岛的时候，怀里已揣着一面鲜红的五星红旗。

"回来啦？""回来了。""国旗呢？""在怀里。"王继才郑重地从怀里捧出五星红旗，交给妻子王仕花。王仕花慢慢地将国旗展开，幸福地笑了，说："我们国家的五星红旗，就是喜庆，红的，又镶有金黄色的五颗星，看了都让人舒坦。"王继才说："是的，当我把五星红旗揣进怀里的时候，心跳都加

速了。”

为了把升旗搞得更隆重些，王继才夫妇自己编排了一套升旗仪式。首先是要确定升旗时间。天安门国旗班升旗是太阳初升之时，王继才想到了哨所里的那台高倍望远镜，对，就是它了，明天一早用它来观看日出，用它来确定升旗的时间。王继才很满意自己的决定。第二天是正式升旗的日子。天蒙蒙亮，王继才醒了，王仕花也醒了。“醒了吗，睡得怎么样？”“激动得一夜没睡好觉。”“我也是。”夫妻俩没再说话，穿衣、洗漱，整理好民兵的着装。妻子王仕花扛着国旗，迎着轻轻的海风，踏着陡峭的石阶走向升旗台。王继才则走向哨所里的那台高倍望远镜，将其打开，观看日出。也许是起得太早了，大海的东方黑黢黢的，什么也看不见。据说在中国看日出，有两个最佳处：泰山极顶看日出、黄山之巅看日出。中国散文家杨朔还写了一篇著名的散文《泰山极顶》，说泰山极顶看日出，是一部难得的大戏。他们哪里知道，在祖国的黄海开山岛之巅看日出，那才是一部十分难得的大戏，是一部大戏中的大戏。试想想，在高倍望远镜下，在碧波万顷的大海上，一轮红日突然喷薄而出，那是多么震撼人的魂魄？笔者曾在开山岛的高倍望远镜下看过一次日出，那气势，那画面，终生难忘，心情激动了整整一个上午。

王继才趴在高倍望远镜上，一动不动地认真观察着。

太阳在大海深处憋得太久太久了，就像一个人做了深呼吸潜入海底，迫不及待地要冲向海面，急切地要大口呼吸一下新鲜的空气一样。就这样憋着，憋着，终于，太阳一下子冲出了海面。这一冲，动作并不大，似乎有一种神秘的力量把太阳紧紧地向下按，黑黢黢的东方仅有一点点拳头大小的血红色，而这一点点拳头大小的血红色，在无边无际黑幕一样的天空中，肉眼根本看不见，只有在高倍望远镜下才能发现那一点点拳头大小的血红。太阳再一次向上冲的时候，东方才喷出了半张竹席大的鲜血红，王继才知道，太阳就要出来了。“王仕花，准备！”

太阳第三次向上冲的时候，黑黢黢的东方开始燃烧了，这烈火般的燃烧把大海染成了一大片红，荡荡悠悠的，那才是血的海洋啊！

王继才说，他在高倍望远镜中看过无数次日出，今天的日出是最美的，因为今天是开山岛第一次升旗。王继才立即跑到王仕花面前，一声令下：“升旗！”

妻子王仕花拉动旗绳，五星红旗迎着初升的太阳，在朝霞、碧海上冉冉升起！“敬礼！”夫妻二人向庄严的国旗敬礼。“唱国歌。”“起来，不愿做奴隶的人们……”

第一次，这座荒无人烟的开山岛升起了五星红旗。王继才对媳妇王仕花说：“今天岛上第一次升旗，改善生活，我要喝酒。”

中午，王继才喝醉了，想起了和大海的约定：今后我王继才凡遇困苦的事、高兴的事、幸福的事都要向大海诉说一番。喝醉酒的王继才摇摇晃晃地向大海走去。在一块礁石上，王继才坐了下来，说：“大海呀，我的老朋友，我看你来了。我今天高兴啊，看到了吗？五星红旗在你的身边升起来了。碧海、蓝天、红旗，多喜庆呀，开山岛这才像个家。”他想再多诉说一些，突然想起一首歌，于是他大声地唱起来：“五星红旗迎风飘扬，胜利歌声多么嘹亮。歌唱我们亲爱的祖国，从今走向繁荣富强……”

大海静了下来，是柔和的静、梦幻般的静。王继才天生五音不全，唱歌跑调，又加上喝醉了酒，唱歌水平就更不敢恭维了。“老王，喊啥呢？”王仕花问。“这话说得不好听，咋叫喊啥呢？我在唱歌。”“听了半天，听出点儿道道来了，好像是在唱歌。因为是我丈夫唱的，虽然有点儿跑调，但我还是觉得，这是世界上最美的歌。我丈夫王继才，是最美的歌唱家。”王仕花深情地说。王继才说：“这才是我的媳妇。”

从此，这一简单的升旗仪式，坚持了 32 年，而且一天没有间断过。

笔者看到一沓厚厚的发票，数了一下，王继才 32 年来共升坏了 200 多面国旗，这些发票从未报销过！王继才深通《国旗法》，他说根据国旗法，国旗不能脏、旧，必须经常更新。于是更新国旗就成了他们生活中一件重要的事情，也是他们经济上的重要负担。

开山岛夫妻哨所自掏腰包买国旗，坚持每天早晨升旗，30 多年从未间断过，这件事令天安门国旗班新老班长们十分感动，高度赞扬他们胸怀祖国、情系国防的爱国情怀。天安门国旗班决定在 2012 年元月 1 日这一天向开山岛夫妻哨所捐赠一台手动不锈钢升旗台和一面由天安门国旗班新老班长们共同签名的国旗，并决定在开山岛举行特别的升旗仪式。国旗班班长董立敢说：“同一面国旗，你们在祖国的小岛边陲升起，我们在祖国的心脏升起，不同的场景，一样的骄傲，让开山岛连着北京。”这一天，全国各大媒体都争相报道了这件事，成为当天的头号新闻。小小开山岛，一个极为普通的升旗仪式，产生这么大的影响，这在全国也是十分罕见的。

2011 年国庆节前夕，中央电视台主持人董卿邀请王继才夫妇参加《五星红旗我为你骄傲——庆祝新中国成立 62 周年文艺晚会》。在休息室里，董卿从王继才面前走过，王继才说："这是谁家的姑娘？个子长得高，模样儿又好看。"一位工作人员吃惊地问："你这位同志难道是外星球来客？她叫董卿，你不认识？"王继才苦笑了一下，暗暗说，他那地方和外星球差不多。这位工作人员把这件事告诉董卿，说，外面那个人是怎么回事？竟然不认识董卿。

董卿的同事听了个个瞠目结舌。

董卿听到后有了十分的同情，十分的感慨，同情的是王继才老哥的生活环境太艰苦了，感慨的是开山岛的信息封闭竟然这样严重。

中央电视台当家花旦董卿不愧是一位优秀的电视节目主持人，在主持这档节目时，她立即抓住了这一契机，一开口切入点就非同一般："各位观众，今天我要向大家介绍一位朋友，他叫王继才。对别人，我没有必要自我介绍，对王继才这位老哥哥，我要自我介绍一下，因为王继才同志为保卫祖国的海防驻守在江苏省连云港市一个海岛上，长达 25 年。25 年来王继才夫妇每天早晨在海岛上坚持升起五星红旗。25 年来因为海岛上无电，他们夫妻几乎从未看过电视。"董卿深情地转向王继才说："王老哥，我叫董卿，是中央电视台节目主持人。"董卿说这段话的时候，显得非常激动，显然是被王继才夫妇的事迹深深地打动了。董卿大大方方地称王继才为"王老哥"，王继才也大大方方地称董卿为"董小妹"，董卿这位中央电视台的当家花旦，竟也高兴地应了下来。

全场掌声雷动。

第四章"开山岛小学"连着南京航空航天大学

"杨文广"出生记

岛上的生活是真正的二人世界，夫妻生活是甜蜜的。王仕花很快就发现自己怀孕了，一算预产期，还早着呢，于是夫妻俩又忙于站岗、巡逻、观察、瞭望，谁也没有想到，就是这么一大意，一场危险正悄悄向他们逼来，这场危险几乎毁掉他们夫妻甜蜜的生活，他们幸福的家庭，甚至毁掉他们夫妻的守岛大业！

1987年7月8日晚6点30分。

岛上突起大风，浪高5—6米，这样的大风，这样高的巨浪，任何船都上不来了。王继才夫妇吃过晚饭，简单收拾一下，上床休息了。

9日夜1点20分。

王仕花肚子有点儿痛，一算预产期，王仕花大惊失色，预产期算错了！准确的预产期就在这几天。天哪，这大风大浪，可如何下得了岛？王仕花急忙推醒丈夫王继才，说明情况，王继才大惊："你没算错吧？"

"没有，现在就肚子痛，可能要生了。"

9日早晨7点钟。

老婆肚子越来越疼，豆粒大的汗珠子直往下滚，听到老婆痛苦的喊声，王继才心疼得心都碎了，只好任凭妻子在他身上捶打，说不出一句安慰的话来。生孩子是大事，万一遇上难产，是要出人命的，而且是两条命！如果母子俩遇到不测，一家就完了。窗外，海风呼啸，海浪"哗——轰！""哗——轰！"一声高过一声，任何船都不可能靠岸了，对外一切交通都断了，老婆不停地埋怨王继才、捶打王继才。在那一刻，王继才十分后悔，后悔自己当初是不是脑子进水了，怎么会同意她留在这么个不是人待的地方。老天爷难道真要发难于自己？

王仕花绝望了，剧烈的疼痛使她失去了理智，大骂："王继才，你害死了我。我王仕花凭什么要和你守这荒岛？你害死我了，我要死在这个荒岛上了。"

王继才急得六神无主，浑身冒冷汗，几乎要用脑袋去撞山崖！万般无奈之中，王继才"砰"的一声，跪了下来，以头碰地祈告苍天："苍天呀，大地呀，我老王家一家从未做过坏事。我王继才奉国家之命驻守开山岛，为国为民，忠心耿耿，请苍天大地保佑我，保佑我妻子平安生产，保佑母子平安。"妻子感动了，首先平静下来，说："王继才，你来一下。事情已经这样了，我们不要乱了自己的阵脚。刚才我骂你的那些话，不应该，我错了，向你赔礼道歉。"王继才说："王仕花，你骂得好，你跟着我受苦了。你向我赔礼道歉，我心里更难受。"王继才热泪长流。

上午8点整。

王继才突然想到了那部手摇电话机，他立即抓过电话，向燕尾港镇武装部徐正友部长求救："徐部长，徐部长，救救我们一家吧，我妻子要生孩子了。"

"什么，你妻子要生孩子了，那为什么早不做准备？"

"我妻子算错预产期了，救救我们吧，救救我们吧。"

徐正友不愧是当过几年兵的，颇有几分指挥若定的"大将风度"，说："你别着急，我让我妻子和你通电话。"

徐正友的妻子经受过几天的医护培训，在接生方面有一些经验。

"什么情况？""肚子痛。""羊水破没破？""没有。""胎位正不正？""我一个大老爷们哪里知道？""说的也是。"徐正友的妻子笑了笑，说："估计再过一个小时羊水就破了。好，王继才，你听我指挥，不要紧张，不要乱，一切听我的。""是。""有纱布吗？""没有。""小汗衫子呢？""有。""烧开水，把汗衫子放在锅里煮20分钟。剪刀有吗？""有。""放在炉子上烧红了，放在水里煮20分钟。""是，照办。""都煮好了吗？""都煮好了。""将小汗衫子剪成10厘米宽的长条，备用。剪刀放在干净的地方，备用。""是，照办。"

上午9点整。

羊水破了。王继才立即汇报："羊水破了。""好，叫王仕花使劲儿。""是，照办。王仕花，你使劲儿。""头露出来了……""衣包出来了。""衣包确实出来了吗？""确实出来了。""哇！"孩子的哭声。"好。是个男孩儿吧？""是个男孩儿。你怎么知道的？""这小子哭声好大，不是男孩儿是什么。恭喜你，王继才，祝贺你喜得贵子。下面剪脐带。注意，脐带一定要留两指宽，留了吗？""留了。""剪断。"

王继才的手在颤抖，剪刀都握不住了，远在燕尾港镇的部长夫人听到了这微弱的剪刀颤抖的响动，说："王继才，你手在颤动，不要紧张，先做深呼吸，放松，放松，再放松，好，注意脐带留下两指宽，剪脐带。""剪断了。""留下两指宽了吗？""留下了。""好。将剪断的脐带环头，用消过毒的汗衫布包起来，扎好。"

忙完这一切，已是中午12点3分。

王继才身上的汗衫、裤子都被汗水浸透了，像是刚从水里捞起来一般。

儿子平安落地，王继才瘫坐在地上，不由地大哭起来。王仕花说：“我们母子都平安了，你哭什么？”王继才说：“老天爷呀，王家的祖宗先人呀，你救了我们全家的命，谢谢你呀，我王继才给您老人家磕头了。”

王继才在岛上帮妻子接生的事传到了岸上，传到母亲和岳母的耳朵里，她们都吓出了一身冷汗。第五天，大风停了，海浪小了，岳母就上岛看望王仕花和孩子，王继才的母亲也跟她一同前来。

王继才心里很是紧张，因为岳母听说王继才在岛上为仕花接生，她在对讲机里对王继才破口大骂。果然，岳母一上岛，看见王继才就像看见了仇人，指着王继才凶巴巴地说：“王继才，你一个大男人，把我女儿带到这个鬼地方，你还是不是一个负责任的男人。”“亲家母，别这样，你女儿不是好好的吗？”“什么好好的，我女儿迟早会被他害死。”岳母又生气地对王继才的母亲说：“我说你也真是的，儿子儿媳到这个鬼地方来，你不但不劝阻，还支持他们，有你这样做老人的吗？”王仕花急忙说：“妈，这事不怪王继才，是我算错了预产期。是王继才救了我的命，他一个大男人为我接生，世上这样的男人真少见，我感谢还来不及呢。”王继才的母亲说：“亲家母，不要怨天怨地了，你闺女婿是国家赴边守疆大臣，是当代的杨宗保，你闺女就是穆桂英，如今你又有了大外孙，将来就是杨文广，我们这些佘老太君应当高兴才是。”

一句话说得亲家母破涕为笑，大家也都大笑起来。

数月之后，忽一日，王仕花觉得闲暇无聊，要找点儿事说说，对王继才说：“王继才，你好大胆，在这叫天天不应，叫地地不灵的开山岛竟敢给我接生，如遇难产我死了怎么办？”“你死了，我就把你葬在这开山岛上。冬天我给你的坟头盖床被子，开山岛冷啊。夏天我就睡在你旁边，一年四季在你身边吃饭，这开山岛屁大点儿地方，我饭碗一端就到了。心里烦了，就在你面前拉拉家常。但我有个条件你要记住了。”王仕花想：你王继才敢对一个死人提条件，要求太过分了。

王继才说：“你要经常托梦给我，否则我不饶你。”

几句话说得王仕花眼泪哗哗的，她知道她的丈夫是说到做到，一口唾沫一颗钉的主儿，便把头深深地贴在王继才的怀里，把王继才的胸脯都弄湿了。

有网友评论说：“王继才、王仕花是中国人的脊梁。他们的爱情故事，是中国最美的爱情故事。”笔者对此十分认同。他们生死相随，堪比梁祝恋；他们不计贫富，远胜董仙配。王仕花是小学教师，每月有较高的工资收入，且享受现代文明生活，电脑、电视、电子计算机不离左右，可为了爱情，为了支持丈夫的工作，毅然放弃，去过一种月生活补贴只有150元、极原始的“新石器时代”的日子。从文明的现代社会，一下子掉入“新石器时代”，其间的差距，甚似天上人间。他们志同道合，为了祖国的海防事业，他们吃尽千辛万苦，他们在困难中互相勉励，高唱“革命理想高于天”。他们的爱情故事，难道不值得我们肃然起敬吗？

“开山岛小学”开学了

王继才的儿子取名王志国，有立志报效国家之意。儿子王志国很聪明，活泼可爱，在岛上生活了8年。王志国5岁时，当过小学教师的母亲王仕花教给儿子几个字，要他做作业，他端端正正地写在习字本上，并一字不错地认了下来。第二天又教几个字，又是如此。第三天再教，儿子贪玩，忘了做作业，被打了屁股。第四天，王仕花对王继才说，她要在开山岛办一个开山岛小学，让儿子享受正规教育。王继才说好。

于是开山岛小学开学了。

王志国端端正正地坐在自己的小墩子上，小黑板、小课桌齐全。王仕花手拿教鞭，站在讲台上。王仕花讲：“同学们好！开山岛小学今天正式开学了。开山岛小学共有3人，校长王继才，教师王仕花，学生王志国。现在宣布几条纪律：一是上课时学生说话应先举手报告，得到老师同意后才能发言；二是上课时儿子不能叫妈妈，应叫老师，不能叫爸爸，应叫王校长。”

“报告。”王志国举起小手。“好，请讲。”“王老师，我认为儿子也不应叫儿子，应叫王志国同学。”“说得对，请坐下。”王仕花吃惊了，为一个仅有5岁的孩子能说出这样的话而吃惊。“报告王校长，昨天王老师打了学生王志国的屁股。”王仕花想笑，憋住了。王继才也想笑，也憋住了。王继才说：“王志国同学，你说一说老师为什么要打你的屁股？”“因为，因为我……我没有按时完成老师布置的作业。”“王仕花老师打学生的屁股是不对的，应向王志国同学赔礼道歉。王志国同学没按时完成老师布置的作业，也是不对的，以后一定要改正。”

王继才夫妇暗暗喝彩，为开山岛小学的开学，更为儿子王志国的聪明机智。

“这孩子将来必成大器。”王继才信心十足地说。从此，这个小小的开山岛，除了风声、海涛声外，又多了学子雅童的琅琅读书声。

王仕花在岛上养了一只芦花老母鸡，这只芦花老母鸡勤快，每天一个蛋，这个蛋就成了儿子王志国唯一的高级营养品。每天芦花鸡一叫，幼小的王志国就把手伸进鸡窝里，抓出那个还热乎儿的鸡蛋说：“妈妈，芦花鸡又下蛋了。”王仕花说：“乖儿子，拿来，妈弄给乖儿子吃。”这已经成为小岛上多年来的“固定节目”。

王志国6岁那年，一次台风刮了20多天，陆地上的补给船上不来了，家里的粮食吃光了，持续多天的大雨打到室内，被褥、衣服、生活用品都被打湿了，油盐、煤球及用于照明的煤油等生活必需品也相继断了，前所未有的饥饿加寒冷无情地向他们袭来。开始大人还能坚持住，可孩子哪里受得了饥寒交迫的煎熬呢？年幼的娃娃又冷又饿，哭闹不止，任凭王继才夫妻再怎么哄也无济于事。实在没办法，王继才夫妻只得一边搂着孩子，一边顶着狂风暴雨，赶到海滩边上去捡拾那些半死不活的海螺，然后带回来砸开螺壳扒肉吃。

孩子哪里能吃得惯这样奇怪而又有些腥臭味的“饭”呢？王仕花只得先把螺肉放进自己嘴里咀嚼，当觉得腥臭味减轻了，才往嗷嗷待哺的孩子嘴里填。就这样，王继才一家人顿顿吃海蛎，吃得6岁的儿子王志国看见海蛎子就摇头：“妈妈，我不想吃海蛎子，我恶心想吐。”

王仕花说：“儿子，家里的粮食没了，为了活命，要坚持吃下去。”

就这样坚持吃，吃到最后儿子尿的小便都是白的，王仕花心疼得直哆嗦，面对茫茫大海，面对无边的巨大海浪，王仕花绝望地说：“现在唯一的办法就是把芦花鸡杀掉。”6岁的小志国抱着芦花鸡，跪在妈妈面前，哭成了泪人儿：“妈妈呀，芦花鸡不能杀呀，杀了鸡我就没有鸡蛋吃了。”妈妈紧紧抱住小志国也哭成了泪人儿：“儿子啊，我的好儿子啊，如果不杀这只鸡，全家就得饿死了。”

芦花鸡杀了，熬了一大锅鸡汤，全家人喝了一个多星期。一只芦花鸡帮助王继才全家度过了那段艰难的日子，一只芦花鸡救了全家人的命。

2011年，王志国在南京航空航天大学上学时，被河北电视台请去做一档节目，回忆在岛上的8年生活，说起那次遭遇大台风，说起那只芦花鸡，说到王志国跪在妈妈面前说："妈呀，芦花鸡不能杀呀，杀了鸡我就没有鸡蛋吃了。"已经是研究生的王志国嘴张圆了哭，哭得片场上人人泪流满面，哭得节目做不下去了。王继才、王仕花看了，对着电视荧屏哭着说："儿子，委屈你了，爸爸妈妈对不起你呀。"

王志国的学习成绩很好。儿子在校品学兼优，王继才心里暗喜。

2001年6月王志国参加了中考，由于那年正好赶上中考制度改革，学校招收分数线提高了，1000多人的招生计划，只有前100名是免费入学，王志国需要缴纳5000元的学费才能入学。到了8月，离到学校报名的时间越来越近了，是否去报名入学王继才还没有决定下来。王志国知道，前一年爸爸生病还欠了挺多钱没有还，因此他偷偷地收拾了几件衣服，准备和"落榜"的同学出去打工，而王继才每天却依然为了给王志国凑入学的学费奔波着。

眼看还有几天就到9月了，那天下午，王继才从岛上请渔船捎回了一张纸条，王志国看到纸条上写着："一定要让王志国读书！"王志国的眼泪忍不住哗地流了下来，一边为自己的不争气感觉羞愧，一边下定决心再不能给家里增加负担了。王继才决定下岛借钱给儿子读书。下岛后的一天晚上八九点钟，王继才才回来，从他下岛给儿子借学费这10多天来，儿子第一次主动坐到他身边："爸，我们班好几个同学都要去苏南打工了，我想和他们一起去。"

"我快想到办法了，你小孩子不要管那么多，这两天在家好好看书，别辜负了我和你妈的期望！"

抬头看到父亲那布满血丝的双眼，儿子又不知所措了起来。

"去了学校要认真读书，我们家的希望全寄托在你身上了。爸爸为你找殷小慧她爸担保，去向人借了4500块钱，三分利的高利贷，你去了学校若不好好学习，就真的对不起爸妈了。"姐姐郑重地对弟弟王志国说。

原来，因为家里经济状况差，根本就没人敢借那么多钱给王继才，连放高利贷的人，都提出要有担保人才能贷。王继才听说儿子要出去打工，急坏了，于是，下定了决心借高利贷给儿子读书。

那天晚上，王志国一个人去了海边，在海堤上来来回回地走到了深夜，他觉得亏欠父母的太多了！当时真想不辞而别，可脑海中怎么也抹不掉父亲那张憔悴而期待的脸庞。儿子王志国在父母无私大爱的感召下，彻底放弃了外出打工的念想。高中毕业了，王志国顺利地考上了大学，被南京航空航天大学录取，后又考取这个学校的硕士研究生，成为国家航天事业的栋梁之材。

夫妻俩做梦也没想到，10多年前“开山岛小学”的大门，竟然和南京航空航天大学连接起来了，夫妻俩激动得几天几夜没睡好觉。

穷人的孩子早当家

王继才说，他能够在岛上坚持下去，还有一个大功臣，就是他的大女儿王苏。一提到大女儿王苏，王仕花的眼圈就红了。王仕花说欠大女儿王苏的，这辈子怕是没办法还了。

王继才夫妇上岛那年，王苏才1岁多，硬是跟奶奶给“留守”了。那时候，他们不管谁下岛，大女儿都抱住父母的腿哭着拼死拼活不让走。还是奶奶想了一个办法，他们要上岛时，奶奶就把孙女带到邻家去玩，回家时大女儿王苏就满村找妈妈。一次大女儿为找妈妈跌进水塘里，幸好被人救了，他们听了心都要碎了。到了上学年纪，两个孩子都要上学，谁照顾谁呀？那时姐姐王苏12岁，弟弟王志国9岁。大女儿王苏对此有一段辛酸的回忆：“爸爸和妈妈去开山岛守岛，我和弟弟要上学，只好回到村里，跟着奶奶过日子。奶奶年纪大了，身体又不好，自己都照顾不了自己。本该在妈妈怀里撒娇的我，用稚嫩的肩膀早早地扛起了家庭的重担。”

12岁那年，王苏考上了中学，当王苏接到录取通知书的时候，和所有的孩子一样，激动万分。可是让王苏感到不解和诧异的是，爸爸显得并不高兴，蹲在一边默默地抽烟，妈妈也是愁容满面。难道是家穷，交不起学费？“是不是怕花钱？”王苏生气地冲他们喊。“孩子，不是爸爸狠心，你走了，弟弟怎么办？奶奶怎么办？”“孩子，不是妈妈无情，你应该理解妈妈。”妈妈哽咽了。“你们怎么不理解我的感受？馒头大的开山岛，别人都不愿去，你们却想死守一辈子，别人的爸爸妈妈处处替孩子着想，你们却从来没有想到过孩子，为了那馒头大的开山岛，你们竟然牺牲我的前途？”王苏的泪水哭干了，哭累了。她发现，爸爸一个劲儿地抽烟，妈妈也哭得稀里哗啦。

王苏陷入了深深的矛盾和痛苦之中，思虑再三，做出了人生最艰难的一次选择，也是决定王苏命运的选择：辍学回家，照顾奶奶和弟弟！看着同龄人背着书包快快乐乐地上学校，王苏又羡慕又妒忌。在家里，王苏就像一个小大人，洗衣、做饭、喂猪、送弟弟上学，还要去田里干农活儿。烈日当空，咬牙坚持，12 岁的王苏过早地体会了生活的艰辛，成了这个三人家庭的“小家长”“小铁梅”。开始弟弟还哭闹着要去开山岛，要和爸爸妈妈在一起，时间一长，他把爸爸妈妈忘了，一切都依靠 12 岁的姐姐、小家长王苏。

王志国回忆说：“离开开山岛，到了岸上以后，世界变得好复杂，到处都是陌生人：早出晚归的邻居、严肃的老师、爱捉弄人的同学，回家后经常吃姐姐做的夹生饭……”学校开家长会时，由于王志国没有父母参加，就被小朋友取笑说是孤儿，那时候王志国会躲起来哭。

有几次，下午天气突变，不一会儿就下起了暴雨，小伙伴们都陆续被家长接走了，唯有王志国，一个人留在学校里。到天黑了若雨还没有停，王志国常会一个人站在漆黑的走廊里或躲进臭烘烘的厕所里，有时被茅坑里的鼠叫或不知什么奇怪的动静吓得号啕大哭……哭累了，就长时间抽泣着思念爸妈……

还有一次，让母亲王仕花彻底放心不下了。

那是一个夏天的晚上，王苏带着弟弟在家睡觉，滑下床沿的蚊帐被蚊香点着了，火苗蹿了起来，惊醒了姐姐王苏，王苏一跃而起，端起小盆跑到水缸里舀水，直到把火泼灭。看着湿漉漉被火烧焦了的被子，姐弟俩抱头痛哭。

王苏写了一封信，托上岛的渔民捎给王继才。看完信，王继才、王仕花一下子僵住了，急忙惊慌失措地跑回家。“爸爸、妈妈，我们差点儿见不到你们了。”王苏哭着说。王继才、王仕花一把把他们搂得紧紧的，一家人泪流满面。

后来王仕花大哭一场，对丈夫王继才说：“老王，我们下岛吧，孩子们的生活太苦了，小志国可是我们唯一的儿子啊！”铁打的汉子在儿女亲情面前也动摇了：是啊！儿子，儿子，那是他唯一的儿子啊！不干了，下岛去！

王继才的手颤抖着，决心写辞职报告，可几次拿起笔来又放下了，最后下了最大的决心，一咬牙写了一份辞职报告，大意是：我守岛已经七八年了，算是守岛时间最长的民兵了，对组织也算有了交代了吧，能不能请组织找人代替？我上有老，下有小，实在放心不下，请领导考虑。报告上呈后，再没有回音，如石沉大海。一不做，二不休，王继才决定当面向领导辞职。到了县人武部后，有人告诉王继才，你要找的领导王政委病了。

在王政委的病床前，还没等王继才开口，王政委就抢先拉着王继才的手说："继才呀，你爸是我的老朋友了，你要答应叔叔，一定要把那个岛守下去，你下岛就真的再也找不到人守岛了。那可是我们国家的神圣国土哇，是烈士鲜血换来的国土哇！"由于激动，王政委剧烈地咳嗽起来。王继才为他轻轻地拍打着后背，他的咳嗽才停了下来。见此情景，王继才只好把话到嘴边的"辞职"两字又咽了回去，含着眼泪离开了王政委，从此再也不提辞职的事了。

不久王政委去世了。王继才"辞职"的事就这样黄了。

日本人的红砖墙

在开山岛上，有一面红砖墙，与岛上其他灰泥瓦的房屋显得格格不入。每个人上岛后都在想，这面墙有什么用？王继才每每经过这里都要多望几眼。后来，王继才被告知了真相，原来这面墙是日本侵略者留下的。

1939 年 7 月日本人占领开山岛，并盘踞开山岛达 7 年之久，直到日本投降才撤出开山岛。日本人在开山岛修建了牢固的军用设施，这面墙就是当年的遗迹。虽然历经多年，这面墙却始终不倒，仿佛在述说着当年日本军国主义侵华的罪行。王继才每当经过这面墙时，都会驻足沉思，从中明白了国防事业的重要性，每天的巡港放哨变得更加频繁了，即便是夜里也时刻不敢放松警惕。

王继才和王仕花在红砖墙前发誓说："小日本亡我之心不死，侵我中华之心不死，开山岛是祖国的前哨阵地，我要时时为祖国巡好每一次逻，站好每一班岗，做到时时不脱岗，生病不离岗。"

从此，"时时不脱岗，生病不离岗"成了王继才夫妇终生的誓言。

王继才父亲病重，正赶上上级领导来哨所检查，直到检查结束，王继才才请假回家，而父亲已去世了，只看见了一座新坟。王继才趴在父亲的坟前大哭一场："爸呀，虽然您说为国尽忠是大孝，可我还是觉得未能给您老送终，心中对不起您老人家，您儿子我心中有愧呀！"

两年后的 10 月，王继才的大哥突然去世，又恰逢大风大浪，没有船。10 天后，风停了，浪息了，回到家又只是看到一座新坟堆……大哥的儿子冷冷地对他说："你是大忙人，守岛去吧，回来干什么？"王继才想去大哥坟上上炷香，可他的侄儿始终不让，甚至说：“这个社会上，像你这样的人都已经死绝了，从现在开始，我就当你已经死了。”这让王继才更加悲痛。后来，家里人百般求情，侄儿才同意让王继才去坟上添把土。

有一次王继才回家看望母亲，老母亲说：“你是谁呀？”王继才说：“妈，我是二子啊。”“你是二子啊，我都认不得了。”王继才知道母亲说的是气话。王继才跪在母亲面前，久久不起来。

对此，他女儿王帆最有感触，王帆说：“由于开山岛地理位置的特殊，加上气候环境的恶劣，家中的亲友经常联系不上爸爸妈妈。亲朋好友遇事光想图个热闹，儿子结婚，女儿出嫁，盖新房，考大学，都要请客的，一个电话打过去，不是信号不通，就是爸爸妈妈忙，脱不开身。即使有时间，又没有过往的船只，下不了岛。一次、两次，情有可原，时间一长，那些亲朋好友就不理解了，说话就难听了。认为他是在找借口，是故意冷淡他们。”

王继才老母亲病危，连邻居都责怪王继才，怨他只顾守岛不来看望老母亲，老母亲却说：“你们别怨继才了，二子他守岛很不容易啊！”王继才得知母亲病重的消息，急得团团转，只是苦于无船，无法下岛。他只能心中默默地祈祷，直到母亲去世的当天夜里才赶到家。

30 多年来，王继才为了守岛，不知得罪了多少亲朋好友，就连他的儿女开始都不理解，说他是“不近人情的爸爸”。王继才的大女儿王苏结婚时化了五次妆，都被泪水打湿了，就是为了想让爸妈参加她的婚礼，可左等右等，爸妈就是不来。“真是狠心的爸爸。”王苏只能一次次地流泪。进礼堂的时候，新娘一步三回头，埋怨新郎说：“你不能走得慢一点儿，或许我爸妈就能赶上来了。”

而这个时候，王继才夫妇正站在开山岛上，无助地望着被一阵阵台风撕裂的大海，心里虽然在流泪，却也有一种无奈的自豪感：“祖国的大门随时都要有人守。丫头，老爸为你的婚礼站岗，不能参加你的婚礼，你能原谅你爸吗？”

王继才面对大海一遍遍大声地喊着，表达着对女儿的歉意。

儿子王志国在灌云县杨集镇上高中时，下楼不小心与同学迎面相撞，导致肩膀锁骨撞裂。经简单处理后，王志国吊着绷带给姐姐王苏打了电话。

姐姐王苏吓得赶紧把这个坏消息写成了纸条，请出海的渔民带到岛上去，满指望爸妈会下岛来看望受伤的儿子，可怎么也没想到，王苏等来的是王继才托人捎来的100元钱和一句话："他一个大男人，这么点儿事情自己处理。"

当姐姐王苏拿着钱赶到学校来看望弟弟王志国时，听到姐姐捎来的这句冷冰冰的话，想起别的同学只要有一丁点儿小毛病，父母便会在第一时间赶到学校陪着上医院，而自己呢，都粉碎性骨折了，这么伤筋动骨的大事情，他们竟然还这样无动于衷。王志国想，自己还算不算是他们唯一的儿子啊？

看来，在他们的心中，守护开山岛远比守护他们受伤的儿子更重要！

王志国眼巴巴遥望着开山岛，却等不来父母哪怕是一分一秒的陪伴，心中不禁对开山岛充满了羡慕、忌妒和恨，各种心酸和委屈一下子涌上了心头。王志国的眼泪像泉水一样涌出来，从心底里责问起爸爸妈妈来："爸呀，妈呀！我到底是不是你们亲生的呀？"

王志国摔成了骨折，王继才居然也没当回事。王继才的老母亲知道了这件事，心疼得老泪横流，一双眼看着可怜巴巴的大孙子，这回老母亲真的生气了："哪有你这样当爹的呀？孩子还小，你要多多关心才是啊！再这样下去，我也不认你这个儿子了！"王继才知道母亲那是气话，他带着忏悔，跪在老母亲面前，迟迟不肯起来！

后来王志国才知道，父亲下不了岛，是因为战备，而且形势很紧张。

谈到守岛30多年，王继才十分自豪地说："我可以毫不含糊地说，我王继才守岛30多年，真正做到了'时时不脱岗，生病不离岗'，我王继才无愧于自己的誓言。"

第五章 少得可怜的生活补贴

"以劳养武"名存实亡

1986年王继才初上岛时年生活补助是3700元，每月生活补助只有300元，说是可以"以劳养武"。"以劳"者，可以在开山岛捕鱼捉蟹，补贴生活，达到"养武"之目的。后来爱人王仕花上岛，年补助还是3700元，说是俩人在岛上，更有利于"以劳养武"，补助就不增加了，这样每人的生活补助只有150元。那时的开山岛周边海域鱼虾蟹真多，只要捉一个上午，自己吃不了不用说，还可以拿出一部分交给来往的渔船代卖，每月有一笔稳定的收入，加上当时的物价较低，3700元一年，足够生活下去了。

王继才在渔民的指导下，学会了一种叫“团网”的捕鱼技术。这种叫“团网”的网，如一对口扣在一起的大洗脸盆子，里面放上鱼饵，边上有一处门，鱼进去就出不来了。王继才一天可下几十只团网，一天可捕几十斤甚至100多斤的鱼。这些鱼、虾、蟹除供王继才夫妇食用外，还可以交给过往的渔船，请他们拉到鱼市上卖，这样，王继才就有了一笔稳定的收入，上级称之为“以劳养武”，为此还被江苏省军区评为“以劳养武”先进单位。

后来的情况变化大了，先是开山岛周围的鱼、虾、蟹没了，所谓“以劳养武”根本就不存在了。20世纪90年代末期，受工业发展和城市化建设的影响，开山岛周围的鱼、虾、蟹资源越来越少，燕尾港镇近海几乎无鱼可捕，渔民都捕不到鱼了，王继才这个靠小网小笼捕点儿小鱼虾的非专业捕鱼者，便更无鱼可捕了。记得20世纪90年代末的一个夏天，开山岛的三条“大鱼神”因开山岛周围无鱼虾可食了，便艰难地围着开山岛转了三圈，最后才一步一回头地离开了开山岛，有一条“大鱼神”竟恋恋不舍地向开山岛摇了摇尾巴，好像在说，再见了，开山岛，拜拜了，开山岛。从此这三条“鱼神”便消失在深海里，再也没有来过开山岛。“鱼神”没了，开山岛哪来的鱼？“鱼神”走了，鲨鱼崖下的鲨鱼也绝迹了。

因为无鱼可捕了，王继才夫妇的生活也成了大问题。笔者在开山岛和王继才共同生活了4天，真正体会到王继才夫妇生活的艰辛。王继才夫妇平时很少下岛，岛上种点儿小青菜、葱等，要吃时摘一点儿。要改善生活，王仕花会拿着竹篮到海边拾一种叫生蚝的海蛎子。笔者第一顿吃这种海蛎子，觉得口感很好；第二顿再吃，发现这海蛎子海腥味很重；第三顿再吃，就觉得海腥味刺鼻了；第四顿、第五顿，最后见到海蛎子就想吐，根本无法再吃了。要知道这种所谓的“吃”，绝不是我们平常想象的那样当作佐饭的一道菜，而是当作主食来吃的，这种吃法你受得了吗？真不敢想象王继才吃这种叫海蛎子的东西竟吃了30多年，这日子是怎么过的？

王继才爱喝酒，爱抽烟，喝的都是最低档的酒，抽的都是最低档的烟。喝酒时，妻子炒一盘豆腐他就觉得太奢侈了，这是吃的。

再说穿的。王继才夫妇穿的衣服，每件都得穿上个十年八载。为了节省，夏天，王继才在岛上很少穿鞋子，大多时候穿个大裤头，光脚赤膊干活儿。

一件棉袄穿了十几年，面子都破光了，只剩下棉花，王仕花用针线把棉花缝在一起，就这又穿了好几年。岸上人偶尔上岛，说王继才是“野人”，还有人风趣地说他是“拿破仑”。别人家里有存款单，王继才家里有欠账单。大女儿结婚时几乎没一件像样的嫁妆；儿子考大学贷款3万元，银行催着还；修建房屋的6万元钱是借姐姐的。还欠款成了王继才一大头痛的事。

王继才第三次和大海说说心里话

笔者在岛上采访进入第三天。那天晚上，晚饭后，大海喧闹了一天，似乎也平静了下来。

今晚采访的主题是：岛上生活情况。王继才沉默了一会儿，似乎很动感情，说:“老哥呀!”——笔者多次采访王继才，双方已经很熟了，他对我一口一个“老哥”地叫，我也一口一个“老弟”地回答。王继才觉得这样还不够亲切，便叫“我哥”，更进一步便是“我高老哥”，这样的氛围，很适合采访的深化。

“我哥呀，一提到生活的艰苦，你老弟虽是个刚强的汉子，但我也心酸，有些话也很难说出口，丢人哪。我上开山岛之前，那些比我穷的人现在都发了财了，他们有的在县城、市里、省城都有自己的房子，还有小汽车。而我有啥呢？只有满身的债务。一些好心的渔民有时上岛来指着鼻子对我说，王岛主，你这叫什么生活，你下去看看，哪家不比你好，你这叫自己糟蹋自己。”

那天他真的下岛了，还认真地打扮了一下，上身穿一件短袖老头汗衫，下身穿一条破军裤，一双张了嘴“前卖生姜，后卖鸭蛋”的解放鞋，这套服装，还是他10多年前上岛时穿的，在岛上是舍不得穿的，这也是他唯一的外出会客的服饰了。还是那块钟山表，不过这块钟山表已经十分破旧了，黄黄的表面，像是一个垂暮老人毫无光泽的眼球，这种表早就被人扔到垃圾箱里了，可王继才还把它当宝贝一样地戴着。他踏上燕尾港镇的码头，见好多渔民在那里把一筐筐的鱼往码头上搬，10多年前刚上岛的那一幕又出现了。

“王继才，王岛主，不认识我了？”“你是？”“10多年前要你跟我打工的那一位。”“哦，想起来了，是船老大。”“王继才呀，王继才，你这身‘行头’，可让我菜刀擦屁股——开眼了。”码头上的人哈哈大笑，有的人笑弯了腰。

“你这双解放鞋不少年了吧？怕是有点儿‘道行’了。有个好处，穿了这样的鞋子不生脚气。”码头上的人再次哈哈大笑，有的人再次笑弯了腰。

“怎么？ 10多年了你就混成这个样子？你到燕尾港垃圾箱里翻一翻，垃圾箱翻出来的衣服都比你这身衣服强。你穿这衣服上街，不觉得丢了燕尾港人的脸？”王继才的脸唰地白了。

“每月150元的生活补贴，要饭的比你强多少倍。你看看现在的燕尾港，哪家不是小院子、小楼房、小汽车，日子过得红红火火的。你一个竖高横大的男子汉混成这个样子，你对得起遍地黄金的燕尾港吗？”

王继才大惭，说没脸去燕尾港了，乘着一条小渔船又返回开山岛，趴在床上，足足地哭了一个多小时。王继才对我说这话时，十分地动容，眼圈红红的，讲不下去了。我几乎落泪，趁机说休息一会儿，便冲出门外。门外近在咫尺处就是大海，大海波涛声又起了：“哗——轰！”“哗——轰！”“哗——轰！”

我的心潮伴着阵阵海潮声，涌上头顶，手脚都凉了。休息一会儿后，采访继续进行。王继才对我说：“老哥呀，那天我哭了一个多小时后，突然爬起来冲向大海。我妻子被我吓坏了，急忙问：‘老王，你要干什么？’我说：‘你放心，我要到大海边散散心，和大海说说话。’”来到大海边，王继才躺在一块礁石上。这块礁石就是王继才第一次上岛时在那里睡了一觉的那块礁石，这次他又躺在那儿，仿佛又听到了王长杰急促的呼叫声：“王继才，你要坚持住，你一定要坚持住！”

王继才大声地反问自己：王继才，王继才，难道你动摇了吗，难道你要当逃兵吗！这块阵地要是丢在你王继才手里了，你回家如何面对父亲、二舅两位老人家？

王继才振奋起来：我王继才就认一个死理，我苦是苦了点儿，但如果和那些为打江山而牺牲的烈士相比，我这点儿苦算个啥啊，烈士打下的江山没人守，一个个都去过甜日子了，我们还有脸去见为国牺牲的烈士吗？如果我为了过甜日子，就把该守的国土丢了，这是多么丢人的事啊！丢中国人的脸，丢老祖宗的脸！

王继才大悲！

王继才突然反问自己：你王继才为什么要哭，难道你做了什么亏心事了吗？难道你做了对不起党、对不起人民的亏心事了吗？你是国家守边大臣，你应当挺起腰杆、理直气壮、堂堂正正地走在燕尾港镇最繁华的大街上，堂堂正正地走在县城最繁华的大街上，堂堂正正地走在中国最繁华的大街上。你不应当哭，当哭者应当是那些富了口袋、穷了脑袋的人。当哭者是那些富了口袋而麻木不仁的人。王继才发誓：你数你的票子，我守我的海岛，永不动摇！王继才站起来，面对大海再次发出了自己的誓言："为了祖国的开山岛，我要在这里坚守一辈子！"说完哈哈大笑。

我问王仕花："那天你听到王继才的笑声了吗？""听到了，是狂笑，笑得有点儿不正常。我吓坏了，知道老王这次下岛受了刺激，作为妻子，我心里难受极了。我的丈夫堂堂七尺男子汉，要模样有模样，要能力有能力，为什么混得连一套像样的衣裳都没有？我这做妻子的对不起丈夫啊！可我毫无办法，我的口袋里没有分文。"王仕花心如刀绞，暗暗落泪，只能正面开导她的丈夫。王仕花想起了一个故事，就对王继才说："今晚是星期六，按规定是周末晚会，我给你讲个故事吧。"王继才说："听你的安排。"

那天王仕花的大女儿也在岛上，大女儿报幕，王仕花主演。王仕花说："各位观众，晚上好，今晚我要讲的故事是'草鞋将军——陈赓'。

"1933 年 3 月，当时担任红军师长的陈赓不幸被捕。国民党捕获如此大官，如获至宝，立即向蒋介石报告。蒋介石亲自给陈赓上茶让座。陈赓知道其用意，直截了当地对蒋介石说：'你不要演戏，不要对我抱任何幻想。'蒋介石对他说：'你不要激动，不要那么激动嘛，我看你还是当年在一块共事的脾气。年轻气盛干什么？今天不谈这个，谈点儿别的，我们多年没见面了，啊……有好几年了……'

"蒋介石站起来踱着步子，若无其事地说：'你还年轻啊，前途无量嘛，俗话说，人生一世草木一秋，转眼就百年啊，你还是想开点儿。'看到陈赓衣衫褴褛，十分破烂，蒋介石接着说：'你也是大官了，还穿着这满是虱子的衣服，有失体面，有失体面啊。'陈赓冷笑道：'虱子天生和我陈赓有缘分，虱子是革命虫！怕你还生不得！'这番话气得蒋介石发抖，可他仍装出很有涵养的样子说：'那你的鞋子总该换换吧。''我天生就是草鞋将军！用不着换。'

"一番话令蒋介石彻底丧失了信心，无奈，只得让人把陈赓押回了监狱。

蒋介石大概永远不会理解，共产主义为何令陈赓如此坚定不移。”

7 岁的大女儿拍着手说：“爸爸是草鞋将军。”

王继才苦笑了一下说：“是的，看来爸爸这一辈子都要做草鞋将军了。”

采访完草鞋将军的故事，已是下午 5 点多钟了。是夜，我和王继才一起夜巡开山岛。王继才说，他今天是上半夜值班巡岛，妻子王仕花是下半夜值班巡岛。王继才背着一支压满子弹的五六式步枪，我抖擞精神，跟在王继才后面，和王继才登上开山岛最高山头，开始巡岛值班了。

王继才对我说过：“我守开山岛，就是为了守岛、守家、守国门。”

大海安静了下来，似乎睡着了；小岛也安静了下来，似乎是个无人的世界。开山岛这孤悬祖国海外 12 海里的拳头大的小岛，身后便是十几亿正在酣睡的国人，我突然觉得自己的使命崇高、神圣起来。我长长地出了一口气，站在开山岛最高峰向四周眺望，四周是无边的漆黑漆黑的大海；向天空眺望，天空是无边的漆黑漆黑的天空，黑幕一样的天空上，只有北斗七星在闪烁着，我想起唐朝西鄙人的《哥舒歌》，不禁豪情满怀，慷慨赋诗一首：

小岛七星高，巡海夜带刀；
当年玩火者，不敢过惊涛。

王继才连说：“好诗，好诗。”王继才笑了笑，完全忘记了今天下午采访时，那草鞋将军引起的烦恼与悲痛。

顶天立地的中国人

王仕花说，在岛上最难堪的日子就是过大年。每逢过年，女儿闹，要穿花衣裳；儿子闹，要吃饺子，要放鞭炮。可他们哪来的钱哪？

有一年年底，要过年了，王继才提前下了岛，回来时，一脸的愁云。儿子看到别人家都忙着买年货，本以为爸爸也是下岛去大办年货的呢。可没想到的是，王继才空手而归，原来人家都知道他是从荒岛上下来的，根本没有什么经济来源，估计人家是担心借出去的钱，指不定猴年马月才会还，所以，王继才好几天都没有借到一分钱。最终王继才费尽周折只搞来了四十几元钱。

“那就是我家过年的全部费用了。”儿子王志国回忆说。

王继才拿这四十几元钱，去街上买了 40 斤大米、1 斤猪肉、1 袋大白菜，还有 3 元钱一串的小爆竹，就算是办齐了年货。这就是王继才一家过年的全部年货！说到底，王继才一家人这一年过年的年货就是 1 斤猪肉、一串小爆竹！哦！过年了。儿子王志国高高兴兴地提着一串小爆竹，就跟着父亲上岛过年了。王继才说：“能借到四十几元钱过年就非常不错了，经常是，过年一分钱都没有，大年初一干咬牙，那是常有的事。”王继才笑笑，对笔者说：“俗话说，有钱也过年，没钱也过年，多少年来，我们家就是这样过大年的。”一天他的姐姐来了，在开山岛上东转转，西转转，说：“二子，我真不明白，开山岛有什么好的，竟把你给迷住了。”王继才傻笑了一下。“这个岛你不能守下去了。现在哪个不认钱，你不为你自己着想，也要为你的孩子着想。中国的海岛多着呢，你守得过来吗？再说你已守了这么长的时间了，也该换换班了。我给你在南京一家修理厂找个工作，你们俩干一年至少七八万。”王继才说：“钱可以不赚，岛不能不守。姐，中国确实有好多海岛，但要论战略意义，开山岛是举足轻重的，这样举足轻重的地方，若来个不熟悉情况的人守岛，我们夫妻那么多年的心血就泡汤了。”

姐姐心疼地说了一声：“二子守岛守傻了。”哭着下岛去了。

上海测绘大队的江大队长是个正团级复员军人，每年上开山岛搞测绘。俗话说：“有朋自远方来，不亦乐乎。”王继才认真接待这位远方来的客人，一来二去就和江大队长交上了朋友。江大队长看到王继才生活得这样艰苦，补助这样低，简直不敢相信，当今社会还有这样低的工资、这样艰苦的岗位、这样忠心耿耿的人，就说：“这个岛你就不守了，我给你在上海找一个场地，你在那里收破烂，一年能赚几十万，两三年你就发家了。”王继才说：“我让我堂哥去吧。”

王继才向江大队长坦诚心迹，说他不愿意做弃岛而逃的第五任岛主，那是丢了咱中国人的脸，丢了老王家祖宗亡人脸的大事啊！王继才说：“现在的社会，人人都在忙着过甜日子，我王继才一旦下岛，谁来过这岛上的苦日子？怕是一时半会儿找不到守岛人。这几天海上不平静，我看出来了，有人要闹事，在这关键时刻，岛上没人守怎么行？还是让我王继才一人过这苦日子吧，这些年我也过惯了这里的苦日子。”江大队长掩面大恸，说：“此乃国士之风也。王继才青史留名，王继才忠义千秋，王继才精神是当今社会十分难得的红色基因，王继才是令人十分敬佩的守岛大英雄！”后来，王继才的堂哥去了南京，三年果然攒了个腰肥钵满，在南京买了房子，买了小汽车，过起了富人的生活。

有人知道了这件事，嘲笑王继才是痴子、傻子。王继才说：“物质财富我远远不如你，精神财富你们远远不如我。”还是那个江大队长，他拍案而起：“王继才说得好，也‘傻’得好，中国要是没有这样的一批‘傻子’，中国这座大厦就会垮掉，伟大的中华人民共和国就是靠这样一批‘傻子’而支撑起来的，我为中国有这样一批‘傻子’而感到自豪，我为中国有这样一批‘傻子’而骄傲。王继才，顶天立地的中国人。王继才让那些蝇营狗苟者汗颜。”江大队长当时就开了一瓶从上海带来的高档美酒，和王继才对饮，说：“美酒能让你这位守边大将、英雄喝，这是美酒的福分。我江某沾光了，来，干！”那天，两人喝得酩酊大醉。

几年前，王继才夫妇被中央电视台请去做一档节目，中央电视台主持人得知王继才夫妇非常低的经济收入后，心情非常沉重，对王继才说：“我可以利用主持节目的机会，把你的收入情况向观众曝光一下，这样也许会引起有关方面的注意，方法是我问你答，你如实配合就行了。”

王继才沉思了一会儿，说：“事关个人利益，我无法开口。”

中央电视台主持人心疼得半天说不出话来，说：“王继才是我见过的最大的老实人。”

第六章 精神乞丐巧遇精神富翁

从中华烟到 10 万元人民币

开山岛虽是远离大陆的一个荒岛，却是走私者的风水宝地。早先因为部队驻守，走私者只能望岛兴叹。1986 年部队撤出后，走私者认为机会来了：不就是一个王继才吗，本乡本土的好说话。首先登场的是王继才的一位熟人。那天一条渔船靠上了码头，一个青年人接连从船上扛了几箱货上岸。“王叔，这几个箱子放你这里，过几天就取走。”说着就递过一个塑料袋，“这 4 条‘中华’您尝尝，比您那老烟叶子强多了。”“不行！”王继才沉着个脸，“青年人要走正道，来路不明的东西我不能要，请你立即把你那几箱货搬走。”“王叔，你这人真是，现在的社会哪个不为钱忙。这事要成了，我就是您的小银行。”“给我滚！”王继才大吼。

事后有人说：“这小子，不会办事，4条烟就想买路，鱼饵太小，鱼就不咬钩。要王岛主动心，就要舍得花血本，办大事的人就不能像娘儿们似的。”

不多久，果然有一个“蛇头”登场了。这个“蛇头”带着49名偷渡客来到这个岛上。“蛇头”拿出一只蛇皮袋子，鼓鼓囊囊的，一打开全是成捆的10元大票子（那时还没有百元钞票），王继才一辈子都没有见过这么多的钱，心跳得厉害。“蛇头”说：“这口袋里共是10万元，全归你了。”（当时的10万元可是个天文数字）“蛇头”又说：“我这次带来了49名偷渡客，在你的山洞里就住半天，夜里外国的船来了就离开，如果有人发现，就说这些人是旅游的。先给你10万元好处费，嫌少再加，钱多少都好说，只要你肯帮忙。”

王继才望着那些偷渡客，见他们中不少都是些年轻女子，她们看见王继才，目光躲躲闪闪，惶惶不安，像是做了亏心事。王继才明白了，收这钱伤天害理，天理不容。王继才说：“钱你就不要再加了，你就是给我100万、1000万，我也不会帮你忙的。”“蛇头”说：“别这样，别这样，我们可以再谈谈。”

王继才翻脸了：“你这钱不干净，不要把这块军事基地弄脏了，快滚！”

“蛇头”带着49名偷渡客灰溜溜地走了。王继才立刻汇报有关部门，有关部门在公海截住了这批偷渡客，49人被解救，“蛇头”被抓。

这事传开后，偷渡者、走私者傻了眼，无计可施了。

走私者、偷渡者说，王继才这人钱少不动心，钱多更不动心；熟人不给面子，生人更不给面子；王继才真是个难剃的头。

于是走私者便和王继才玩起了“藏猫猫”的游戏，把走私轮船停在公海外，用小舢板船玩起蚂蚁搬山的把戏来，一船船地搬上岸。然而王继才是火眼金睛，在公海众多的商务船中能一眼就看出哪条是走私船，哪条是商务船。笔者请教其中的奥妙，王继才说：“其实这很简单，走私船如幽灵，走走停停，停停走走，飘忽不定。白天停在那里，有时一停就是半个多月，晚上还会发信号，信号灯一亮一熄的。还有一个最大的特征，就是走私船往往用帆布将船号掩盖起来。”

据了解，王继才仅20世纪末就抓获走私船9起，抓获的走私物品有香烟、家用电器、汽油、柴油、生活用品，为国家挽回10多亿元的巨大经济损失。

走私分子彻底绝望了，说王继才在开山岛把门，和部队一样严，我们走私无望了。

开山岛来了个开发商

20世纪末，开山岛来了个开发商，这个开发商把自己打扮得跟钦差大臣似的，头昂得高高的，说话的口吻大大的，出手的票子多多的，底气似乎也足足的。这个开发商在岛上转了又转，看了又看，连连说“好地方，好地方”。开山岛的山顶，有一个小广场，那是当年战士出操的地方，开发商说：“这里可以建一个舞厅，你看这四面都是大海，是一个世界级的海景大舞厅，好，好！”开发商来到战士的小会堂，说：“这里可以建一个酒吧，在这里可听到海涛声，好，好！”开发商来到战士的宿舍，说：“这些小房间可以装修一下，将来客人们跳舞跳累了，可以在这里拥香而眠，好，好，真是好地方。”王继才越听越不对味儿，问：“你是干什么的？”“我是开发商。你的守岛任务完成了，这个岛是我的了。我要把这里建成一个海上‘小香港’，至于你的工作嘛，有人会给你安排一个好岗位，你王继才就等着端金饭碗吧。”说完前呼后拥，下岛乘船而去。

王继才不理他，以为是一个喝醉酒的醉汉子说了一通疯话。两天后情况大变了，打扮得花枝招展的小姐们一批批地上岛了，霎时间，圣洁的兵营里挂满了女人的内衣，花花绿绿的，像万国旗。兵营受到了玷污，王继才大怒道：“你们都给我滚下岛去！”开发商说：“老王，别着急，这岛已经是我的了，我先给你一笔安家费，你的工作也已经安排好了，你下岛吧。”王继才说：“我受部队直接指挥，你有什么权力叫我下岛？你有什么权力把昔日的军营办成色情场所？”

开发商的一个小头目把一沓厚厚的百元大钞放在王继才的床上说：“这归你了。”王继才惊讶得差点儿控制不住自己。说真的，王继才哪见过那么多的钱哪？说句不好听的话，当时望着厚厚的钞票，眼睛都红了。开发商小头目进一步做工作道：“王叔，我对你的情况也了解点儿，我知道，你家里很穷，儿子上学、盖房子欠了10多万元的债务。俗话说，天下熙熙，皆为利来；天下攘攘，皆为利往。现在的社会哪个不为钱？离你只有12海里的西岸，就是燕尾港，那里的人都过着富足的生活，你看你，过的这叫什么日子，整个一个旧社会，我们看了都心痛，不如下岛去吧，我们除给你一笔安家费外，将来这岛上赚了钱还要和你对半分，条件是你不能向上级部队汇报。”王继才说：“打住。钱请你拿走，别脏了我的床。”开发商小头目说：“王叔呀，不要异想天开了，离开这荒岛吧！”“你觉得这里是荒岛吗？我觉得这里生活条件简单，却肩负着重大责任。”“王叔哇，你们这一辈人受的苦太多了，不要唱高调了，也该享受享受生活了。”“你又说错了。我在开山岛活得充实，活得坦荡，我在这里生活得非常舒服。”“你不要敬酒不吃吃罚酒。”

“有什么招数，你就使吧，要我下岛，你就死了那条心。”开发商的态度完全变了：“王继才，你已经40多岁了，死了还值，可惜你儿子才10岁。”

王继才听说这班人要对他儿子下毒手，心如刀割，他一咬牙说：“我不怕。”

开山岛这艘航空母舰，永远不会沉没

这班人要对王继才动手了。

第二天王仕花突然接到一个莫名的电话，说是她的老母亲病重，要她立即下岛。王仕花急急忙忙乘船下岛去了。这样，岛上只剩下王继才、开发商和一些打扮得花枝招展的小姐。小姐们开始在王继才面前跳脱衣舞，一件一件地脱，直到脱成全裸体，围着王继才跳舞。开发商说：“跳，跳，你们给我使劲儿地跳。我不相信，这个王继才才40郎当岁，能逃得过美女这一关，除非他不是男人。”开发商传令：“一定要拿下王继才！”开发商又传令：“拿下王继才有大奖！”开发商再传令：“谁拿下王继才奖励谁！”小姐们像打了鸡血，发疯了，四五个赤裸的小姐手拉着手，把王继才围在了中间，拼命地扭着屁股，一面疯狂地跳舞，一面嘻嘻哈哈地喊：“王叔、王叔我爱你！”“王叔、王叔我爱你！”“王叔、王叔我爱你！”王继才热血上涌，面孔赤红，奋力“杀”出重围，钻进自己的小屋。

主角出场了。主角是一位特别美貌的小姐，是这批小姐中的“皇后”，绝招是肚皮舞。据说那是勾魂舞，什么男人都招架不住。“皇后”全裸着钻进王继才的屋里，死死地缠住王继才跳肚皮舞。王继才骂道：“给我滚！”“皇后”说：“王叔，难道我不美、不漂亮？”“你很美，也很漂亮，但你现在变得丑恶了。”赤裸的“皇后”大惭，掩面而泣，离开前看了一眼王继才，说：“王叔，你是真正的大英雄。”

门外，小姐们的裸体艳舞还在疯狂地跳，小姐们还在疯狂地喊：“王叔、王叔我爱你！”“王叔、王叔我爱你！”“王叔、王叔我爱你！”王继才觉得自己受到了莫大的污辱，愤怒像火山一样爆发了。王继才拿出一根棍子，在自己房前10多米处画了一道白线说：“你们要是超过这道白线，不论是谁，我打断你的狗腿。”王继才骂道：“你们这些人，光天化日之下你们一丝不挂，父母不应当生你们，你们把你爸你妈的脸丢尽了，你们把你们祖上的脸丢尽了，你们是一群猪狗不如的东西。”一位小姐在王继才的高声呵斥下，“哎呀”一声蹲下身子，便扯了一块晾晒着的白被单，急忙裹着自己，哭着跑回宿舍。

下午3点多钟，这帮人开始烧、砸、打。先是放一把火，把王继才夫妇的住处烧了，最可惜的是那存放了10多年的海防资料，在这场大火中被付之一炬。最后他们推推搡搡把王继才推到码头，在推搡中，王继才的头被弄破了，血流满面。

“王继才，你再不下岛，我就把你推下大海喂大鲨鱼。”

王继才大义凛然，不急不躁地说：“你们这帮人，知道你们在干什么？”

这帮人说：“你说我要干什么？”

“这里是海防前线，敌国、敌对势力经常来骚扰我们。我在这里给你们站岗、放哨，你们不支持也就罢了，还要来搞破坏，搞打砸烧，你们还是中国人吗？”

这帮人哑了。

“有打江山的就有守江山的，自古就有赴边守土的大臣。十几年来我辛苦守候着这个小岛，每月的生活补贴只有150元，你们不同情也就罢了，却还要打我，把我打得血流满面，你们还有中国人的良心吗？”

这帮人更哑了。

“你们是过甜日子，你们的甜日子比我好百倍、千倍。但你们为了争着过甜日子，总不能该守的国土都不守了吧？你们不守还不让别人守，这要是让外国人知道了是多么丢人的事啊！丢中国人的脸，丢老祖宗的脸！”

这帮人彻底哑了。

良久，一个小头目说：“从现在起，你们不准再动王继才一指头，谁要是不听老子的，老子废了他！”

这场闹剧就这样结束了。

当天傍晚，王继才找块纱布把自己负伤的头简单包扎了一下，来到咆哮的大海边。王继才说：“大海呀，你看到了吗，你的老朋友我王继才来了。这次我负了伤，你看我的头上扎了一块纱布，我来就是想和你说说心里话，在这个岛上连个说话的人都没有，我只好和你唠唠嗑了。我王继才守开山岛，父母不能尽孝，儿女不能照顾，亲情我不能尽义务，每想到此，我心里非常难受，觉得很对不起他们，如今我又因为守岛被人打了，心里觉得憋屈啊，但有一点，我是问心无愧的，我对祖国对党尽心尽职了，这是我唯一的安慰。今天我挨打了，我不流泪，我决不能在这班人面前流泪。守海人的胸怀，应像海一样的宽广，我更坚强了。”

王继才面对大海发誓：“开山岛，这艘祖国黄海里的航空母舰，永远不会沉没。”一股鲜血从伤口上流了出来，像一条红色的虫子在脸上爬。白色的绷带、鲜红的血，王继才像一位从战场上归来的战士，一动不动地立在海边，夕阳在王继才身上镀上了一层红色，整个山头都红了。

此时的王继才有了一种自豪感，觉得自己是战场归来的战士，是炸碉堡的董存瑞，是堵枪眼的黄继光，是二舅手下一名打阻击战的战士。大海在他的脚下咆哮，发出阵阵愤怒的轰鸣声：“哗——轰！”“哗——轰！”“哗——轰！”

王继才屹立在山崖上，像一尊雕塑、一座山峰、一座黑塔。而那个自称是开发商的人，此刻则完全无可奈何了。

灌云县委县政府十分重视开山岛被砸事件，责令县公安局抓紧时间立案处理。县公安局经调查，立即逮捕了开发商头目，并判刑7年。在审问开发商头目时，这个开发商头目无限感慨地说了三句话。第一句：“我虽然被抓，被判刑，但我十分佩服王继才。”第二句：“王继才金钱不爱，美女不爱，高压不怕，权力不怕，不知王继才身上流的是什么血。”第三句：“王继才才是我真正佩服的共产党员。”至此，王继才那守岛大英雄的美名才一下子传开了。

第七章 名人王继才

王继才完全被人遗忘了

王继才守岛 20 多年，完全被人遗忘了，首先是被他的出生地灌云县鲁河村遗忘了。20 多年了，谁还记得当年这个“九品芝麻官”，这个曾一夜之间破获了 7500 斤麦子被盗案件的民兵营长？

更可怕的遗忘是被燕尾港人遗忘。

燕尾港离开山岛只有 12 海里，完全可以说是隔海相望，但你要问燕尾港人：你可认识王继才？回答是摇摇头，说不知道。再问：就是那个开山岛上的王继才。

摇头者再答：开山岛上只有一个王开山，又叫王岛主，没听说还有一个王继才。

就这样，王继才消失在十几亿国人中。直到有一天，有一位记者背着照相机登上开山岛，见了王继才，举起照相机就要给王继才拍照。王继才一脸的严肃，说：“停。你是干什么的？”“我是报社记者。”“报社记者？奇了怪了，一个报社记者跑到这鸟不拉屎的海岛上干什么？”王继才“高度警惕”了，说：“这里是海防前线，禁止拍照。”和记者同行的上级领导再三解释，如此这般地说了一大堆，王继才这才半信半疑地勉强接受采访。

这位记者把他在这里所看到的一切写成一篇几千字的通讯报道，说灌云县有一对叫王继才、王仕花的夫妇，夫妻俩在祖国的黄海前哨，一个只有 0.013 平方公里的叫开山岛的荒岛上，默默无闻为祖国站了二十几年的岗；说那里的条件极为艰苦，无水、无电、无任何现代化生活设施，大风暴来了常常是断粮、断水、断煤气，只能吃生米、吃生鱼虾；说他们每月的工资只有 150 元；说他们二十几年来，无怨无悔，坚守岗位，毫不懈怠。王继才还向记者表示：要为祖国坚守一辈子开山岛。

全国媒体大哗，全国民众大哗。怎么？当今社会物欲横流，还有这样的人、这样的事，过这样艰苦的日子？这是真的吗？该不是哪个记者耐不住寂寞，又编出了一条八卦新闻？于是上开山岛来采访的记者们络绎不绝，全国报道王继才事迹的媒体铺天盖地。经这样一“折腾”，王继才就出大名了，一下子成为中国新闻媒体争相报道的大红人。

在开山岛，老实本分的王继才吓得不知所措，搓着两只手说：怎么了？怎么了？怎么会这样？怎么会这样？而新闻媒体像一辆奔跑的快车，对开山岛的新闻报道根本就没有停下来的意思，报纸三天两头登，电视媒体从中央电视台到各省台、地方台，采访记者接二连三上岛，请他们做节目的邀请电话不断。摄影家们来了，为王继才摄影；画家们来了，为王继才作画；文学家们来了，为王继才写文章；诗人们来了，为他写赞美诗。这还不算，那些慕名上岛参观学习的、登岛组织国防教育的、新党员上岛举行入党宣誓的，一批又一批，忙得王继才接待不过来。王继才因此也获得了多项荣誉称号：1991 年 8 月开山岛被原南京军区指定为一类民兵哨所；2012 年元月，王继才被评为全国“十大正义人物”；2012 年，中国妇联授予王继才夫妇“中华和谐社会幸福家庭”；2012 年度，被评为“全国海洋十大新闻人物”；2013 年度，被评为情系国防好家庭……王继才已获得各种荣誉上百次，上百次与军地领导合影留念，甚至有不少令人羡慕的“大人物”和“大名人”与王继才合影。灌云县领导自豪地称：“王继才是我们灌云县的一张名片。”

2013 年 2 月，灌云县委县政府特批开山岛为全国最小的行政村，这个村只有村党支部书记王继才、王仕花和几位渔民。于是开山岛多了两块崭新的牌子：一块是“中共灌云县燕尾港镇开山岛党支部”，一块是“灌云县燕尾港镇开山岛村民委员会”。当上村党支部书记后，王继才每年多了一份工资收入，当王继才夫妇第一次拿到自己的工资时，他们热泪盈眶。王继才夫妇现在的工资虽然不高，但已经非常满足了。王继才的大女儿王苏，在燕尾港镇党委领导的关心下，现在被安排在燕尾港镇一家企业工作；儿子王志国研究生毕业后，被江苏省军区安排在省边防总队工作。王继才一家终于有了好的结果。灌云人说：“好人总应有好报的呀！王继才一家有了好的归宿，我们也安心了。”

从此，大爱从祖国四面八方涌来。

还是那个开山岛，在各方面的关怀下，告别“新石器时代”，开始现代化起来了：2012 年 5 月 1 日，开山岛上安装了 3500W 太阳能离网发电系统，坚守孤岛 20 多年的王继才夫妇终于可以用电照明了，终于看上了电视。原南京军区、江苏省军区还为开山岛修缮了房屋 10 多间，太阳能厂家还赠送了一套太阳能热水器，王继才说，现在我不出开山岛就可以洗到热水澡了。不光如此，每逢重大节日，江苏省军区、连云港警备区、市委市政府、县委县政府领导还亲带慰问金、慰问品登岛慰问。更让王继才夫妇惊喜的是，灌云县委宣传部一次赠送给他们国旗 50 面。

一时间，王继才夫妇生活在鲜花和幸福之中。

终生难忘——和习近平主席在一起近两个小时

2015 年初，就在全国人民即将迎来新春佳节的时候，王继才接到全国双拥办通知，邀请王继才于 2 月 11 日上午 10 时，参加北京新春茶话会。

王继才兴奋地准备行装，11 日上午准时出席。10 时整，党和国家领导人习近平、李克强、刘云山、张高丽等步入会场。习近平主席先向大家挥挥手，热情地向大家拜个早年。接着习近平主席迈着稳健的步子向王继才走来，王继才激动地站了起来，热烈地鼓掌迎接。王继才是第一次见到习主席，见习主席高大而威武，步伐矫健而有力，和蔼的笑容让人感到十分亲切，好一派大国领袖的风采！

习近平主席来到王继才身边的圆桌旁，王继才激动得心都快要跳了出来：这是全国十几亿人口的领袖哇！这是令全世界瞩目、肩负世界风云的领袖哇！王继才的心怎能不激动？王继才的心怎能不紧张？

习近平主席伸出有力的大手，紧紧地握着王继才那多年被海浪吹打得粗糙的手，并在王继才身边的圆桌旁坐了下来，开始和王继才拉家常，问王继才是哪里人？王继才回答：“我是江苏省灌云县开——山岛民兵哨所所长。”由于紧张，王继才差点儿说破句子。习主席说：“辛苦你了。”

几句家常话，一句“辛苦你了”的问候，把领袖和百姓之间的距离一下子拉近了。王继才心里暖洋洋的，王继才不再紧张了。

王继才忽而觉得，习近平主席虽是全国十几亿人民的领袖，却十分平易近人，就像邻庄的大哥，说起话来的样子，就像和邻庄的大哥在一起拉家常。王继才的心彻底平静了下来。

新春茶话会会场开始放映南海的一个短片，放完后习近平主席又开始和王继才拉家常，习主席听说王继才是连云港市燕尾港镇的，便关心起渔民的生活来。他十分关切地问：“你们那边的渔船是什么样的，还是木质的吗？”

王继才回答："我们那边木质船已基本淘汰了，现在全部都是大型铁质机器船，安全系数大大提高了。"习主席说："好的。"

新春茶话会结束时，习主席说："回去以后代我向你的家人问好，祝你们全家新年快乐。"王继才满脸幸福地说："祝习主席全家新年快乐。"

王继才看了一下时钟，茶话会整整进行了1个小时50分钟，也就是说，王继才和习主席待在一起整整1小时50分钟！这是幸福的1小时50分钟，王继才说他终生难忘。王继才立即把这个好消息用电话告诉妻子王仕花："我见到习主席了。习主席和我坐在一起1小时50分钟，习主席和我拉家常，习主席向我们全家人问好，习主席祝我们全家新年快乐！"王仕花高兴得一夜没睡好觉。

几天后便是2015年中国的羊年春节了。大年初一的早晨，王继才一家站在开山岛的最高峰，面向北京向习主席问好，祝习主席全家新年快乐！王仕花说："这是我们全家最幸福的一年！"

到2018年为止，王继才夫妇守岛30多年了。30多年来王继才夫妇在这块兽不落脚、鸟不歇翅的荒岛上，默默地坚守着祖国的黄海前哨，过着极其清苦、极其清贫的生活，感动了近千家次媒体登岛采访报道，激励了亿万国人的爱国激情，多少人为之扼腕，多少人为之振奋？这样的坚守，这样的意志，中国有几人，世界有几人？王继才夫妇守岛的政治意义远远超过了守岛的实际意义。

王继才留给我们的最后一句话：守好开山岛

我和王继才是同乡，都是灌云县人。为了写好王继才，本人从2012年起曾5次上开山岛采访。由于有了多次采访，王继才就成了我的好友，即使下了开山岛，我们也经常通电话，电话里王继才依然是一口一个我哥、我哥地叫，让我感觉十分亲切。又有几个月没有和王继才通电话了。2018年7月中旬我又拨电话给王继才，王继才说他最近感觉身体有点儿不舒服。我说："你要注意休息"。他说："我哥呀，没事，没事。"我想起王继才在岛上对着我用右手锤着左胸，一副信心满满的样子对我说："我的身体好着呢，榔头都能锤三下。"是的，王继才人高马大，虎背熊腰，牛一样壮的身体，我怎么都想不到王继才会有什么意外。7月26日，我再次拨打电话，王继才竟没有接。这让我很奇怪，王继才是手机不离身的人，怎么能不接我的电话？7月27日我两次拨打王继才的电话，仍然没人接，我大惑不解，怎么了，王继才？28日我只好拨打王仕花的电话，问："王继才哪里去了？怎么不接我的电话？"王仕花声音低沉地说："继才走了。"我问："走了，出发了吗？到哪里去了？"王仕花哇的一声大哭起来："王继才去世了。"

"什么？王仕花，你再说一遍。"

"王继才去世了。就昨天，27号。"

我惊呆了，半天没说一句话，手机滑落了下来，跌在地上，"内脏"跌了一地，我热泪长流了。事后我才知道，王继才是在7月27日执勤时突发疾病去世的，逝世前留给我们的最后一句话是："守好开山岛。"

来自习近平主席的关爱

中共中央总书记、国家主席、中央军委主席习近平，近日对王继才同志先进事迹做出重要指示，强调：王继才同志守岛卫国32年，用无怨无悔的坚守和付出，在平凡的岗位上书写了不平凡的人生华章。我们要大力倡导这种爱国奉献精神，使之成为新时代奋斗者的价值追求。

习近平指出，对王继才同志的家人，有关方面要关心慰问。对像王继才同志那样长期在艰苦岗位甘于奉献的同志，各级组织要积极主动帮助他们解决实际困难，在思想、工作和生活上给予更多关心爱护。

灌云县委立即派专人向王仕花传达了习近平主席的重要指示。王仕花激动不已，含泪说："习近平主席在百忙之中关心我丈夫王继才，关心我们全家人的生活，我无以报答，我唯一能做的就是要继承丈夫的遗志，要一人独守开山岛，这样才对得起我的丈夫王继才。"王仕花当即向灌云县人武部打了一份报告，要求一人独守开山岛。报告由灌云县人武部转到灌云县委，灌云县委反复研究，认为王仕花是位女同志，年纪又大了，不适合再守开山岛，决定任命王仕花为开山岛名誉所长，开山岛由预备役民兵轮流值班。8月1日，正是建军节，灌云县第一批预备役民兵轮流值班人员，接过守岛英雄王继才坚守32年的岗位，开始登岛执勤了。开山岛总算后继有人了，王继才总算可以闭上眼睛了。

王继才去世后，江苏省委宣传部、连云港市委宣传部、灌云县委宣传部为了落实习近平主席关于王继才同志的重要指示，进一步弘扬王继才同志的爱国主义精神，组织联合报告团在全省巡回演讲，报告团成员由王仕花、王继才的儿子王志国等 8 人组成。报告团每到一地，每一场演讲，王继才的动人事迹都深深打动每一位听众。每次演讲，台下掌声不断，有时甚至都没有停下来的意思。

有一次，王仕花面对热烈鼓掌的听众，激动得浑身颤抖着，她抓过麦克风，热泪盈眶，对着听众大声说："王继才，你听到了吗？大家在为你鼓掌！"台上台下，人人泪流满面！听众激动地高呼："王继才，王继才！""老王太不容易了。""太不容易了。""太不……"

中共中央总书记、国家主席、中央军委主席习近平近日对邹碧华同志先进事迹做出重要批示指出，邹碧华同志是新时期公正为民的好法官、敢于担当的好干部。他崇法尚德，践行党的宗旨、捍卫公平正义，特别是在司法改革中，敢啃硬骨头，甘当“燃灯者”，生动诠释了一名共产党员对党和人民事业的忠诚。广大党员干部特别是政法干部要以邹碧华同志为榜样，在全面深化改革、全面依法治国的征程中，坚定理想信念，坚守法治精神，忠诚敬业、锐意进取、勇于创新、乐于奉献，努力做出无愧于时代、无愧于人民、无愧于历史的业绩。

（据新华社北京 2015 年 3 月 2 日电）

“燃灯者”邹碧华

◎ 李泓冰　郝　洪

题　记

与世界不分离，把生命置于阳光之中，一生就不会一事无成。不管处在何种境地，遇到何种不幸或失望，我的所有努力便是重新去寻找与阳光的接触。

——邹碧华喜爱的加缪语录

大道煌煌，法如青天。一灯如豆，汇作汪洋。

有数千年人治传统的中国，法治曾遥不可及。如今，决策层正将全面依法治国坚决楔入国家治理基石，迅速推进司法改革，筑起捍卫人权、捍卫公平正义的安全屏障——这是一个足以让法律人激动、让百姓受益、让国家长治久安的重大战略部署。

其间，有“燃灯者”邹碧华用生命迸射的一线微芒。

司改之碑，足耀千秋；而司改之难，超乎蜀道，需要志士仁人勠力担当。西当太白有鸟道，可以横绝峨眉巅。地崩山摧壮士死，然后天梯石栈相钩连——志在横绝峨眉的壮士邹碧华，不幸累倒在司改的途中。

2013年深秋的一天，时任上海市高级人民法院代理院长的崔亚东约谈副院长邹碧华，派给他一个活儿：担任即将成立的上海市高级人民法院司法改革办公室主任，工作重点是结合中央、市委、最高院要求，参与制定上海法院整体司法体制改革方案。邹碧华神色一凛："这活儿分量重啊！"崔亚东深深望着他："你能行！"

邹碧华把自己绑在日夜疾驰的司改战车上。十八届四中全会擂响全面依法治国鼙鼓；全国司改，选择上海率先试点……春节长假刚过，《最高人民法院关于全面深化人民法院改革的意见》公布，65项司法改革举措中，也凝聚着他的心血。

然而，他却不能和同道举杯相贺了。

时光回到那个阴冷的冬日。

2014年12月9日晚，邹碧华又加班到9点才回家，钻进小书房准备次日的工作。经妻子唐海琳提醒，他抽空给上大学的儿子打了电话，祝贺其21岁生日。零点左右，他嘟囔了一声"累了"，比往常提前一两个小时睡下。

12月10日中午，在上海市委政法委开完司法改革会议，他直奔徐汇区法院，另一场司改座谈会在等着他。突然，一阵剧痛击中他的心脏，他倒在小车后座，顶住意识的涣散，让司机打电话给上海高院政治部主任郭伟清，替他参加下午的会。

当司机载着邹碧华赶到瑞金医院，他已无力举步……

唐海琳感觉天塌了！"碧华，你昨晚路上来电话，让我给你泡杯好茶。我心疼地赌气：又这么晚回家，不管了！你笑着'威胁'：'你要后悔哦！'为什么我等得到和你一起出门，却等不到你回家，我后悔呀！"

崔亚东热泪难抑："碧华，那天他们拿来接待调研团报告，我举笔停了半晌，是不是派你去，担心你太累了，可谈司改你是不二人选，还是咬牙写下你的名字。我内疚啊！"

最高人民法院司法改革领导小组办公室主任贺小荣和司改规划处处长何帆，闻听噩耗，呆立路旁。"他是累死的！"傍晚，贺小荣发微信到朋友圈："邹碧华，上海法院司法改革方案的设计者和实践者，全国法院司法改革领域的一位智者和勇士，今天下午永远累倒在自己的工作岗位上。有多少方案需要数据支撑，有多少部门需要沟通求情，有多少冷嘲热讽需要自己一人面对，有多少酸甜苦辣需要自己慢慢品味。碧华走了，留给我们太多太多……”

夜深人静，何帆敲下一篇长文，发在微信公号“法影斑斓”:《追忆老友邹碧华：搞改革，就不能怕背黑锅》。两天后，文章的点击量高达 40 万次！

湖南律协在新律师培训课播放邹碧华纪念专辑，近千人起立致敬；北京“法律互联网的未来”论坛上，各界精英为他集体默哀；深圳律师足球赛前，全场为邹碧华默哀……

灯火常在，行者不孤。

邹碧华生命的最后一瞬，宛如时光王冠上的隋珠和璧，陡放光华。

探寻这位江西山里娃成长为屹立司改潮头“燃灯者”的生命历程，能掂出时代进步的力量和改革前行的希望。

“这伢子仗义”

20 世纪 70 年代初，举国闹“文革”。

而山的这一边远离政治风暴。稻田里一片金黄，掩住赤壤的红色，尽头是一簇簇蔫头耷脑的土房，一间轩敞的祠堂鹤立其间，传出孩子们琅琅的读书声。四望皆坡，林木蓊郁，小男孩儿的视线飞不出去——这便是江西奉新县巴掌大的塘下村。

新鲜牛粪和晾晒芥菜的味道，被阳光簸扬在空中。5 岁的碧华坐在两条逼仄村路交错的拐角处一块 U 形青石上，晃荡着两条小腿。他喜欢坐在这儿，要是爸妈来，他第一眼就能看见。在县文化馆当电影放映员的爸爸，在养猪场打工的妈妈，还有他和弟弟，一家人分在三处。

祠堂传出敲击铁片的声音，上课了。碧华跳下来，追着大一岁的小姨，进了祠堂小学。一、二、三年级的孩子挤在一间房里上课。老师叫碧华小姨站起来念课文，她有些迟疑，倒是旁听的碧华快嘴背了出来。

点灯时分，碧华蹦回家。

歪歪斜斜的这群土房子，挤了 9 家人。碧华、弟弟和早年守寡的哑巴外婆挤在过廊隔出的耳房里，只能挤下一张床、一个尿桶。外婆永远拿着一根针，给人缝制衣衫。

外婆盛了一碗稀稀的、撒了盐巴的芥菜煮饭，碧华大口吃着，看到弟弟盯着看，忍不住往弟弟嘴里喂了几口，又把舅公刚给的花生剥开，递给弟弟。

老人微笑，手里比画着：这伢子仗义。

6 岁的碧华，终于被父母接到奉新县城，读小学二年级。县城很小，两条街从这头喊一声，那头就兴许听见了。邹家大小子的顽皮，很快街知巷闻。

每天撑到下课，他便和一群淘小子冲向清亮亮的潦河，扎猛子、捉鱼、比赛游泳。唯一能让碧华安静的是看爸爸画画。淘小子有鬼聪明：画画传神，唱歌动听，水性好，跑得快，跳高、跳远也所向披靡。至今，他还是奉新一中跳远纪录保持者。

进了奉新一中，他一如既往地淘气。

彼时，高考恢复了，科学春天来了——邹爸爸想，儿子读书能有出息就好了。

谁知班主任找上家门告状。碧华和几个男生晚自习逃课，溜出去看电视剧《加里森敢死队》，考试成绩年级倒数第一。失望的邹爸爸狠揍了儿子一顿。

邹爸爸买回《数理化自学丛书》，郑重地对儿子说："全县才 3 套，爸爸为你买了一套！"对要养 3 个孩子的父母，挤出钱买这书，碧华深知父亲的期望。

碧华开始发愤，成绩越来越好。高考前夕，他向常给自己开古文"小灶"的班主任刘屏山夸下海口："我要考北大！"

1984 年 8 月，考了全县第二的邹碧华，举着北大录取通知书，冲向刘老师报喜。这个淘小子迅速成为奉新县城励志故事的主角，并流传至今。

行前，碧华打了十几天零工，顶着日头搬砖，搬一块 1 分钱，最终赚了 50 多元，这在当年是笔"巨款"。儿子要去北京了，还从没穿过买来的衣服，邹妈妈从儿子挣的钱里抽出几张，买了件当时最时尚的"的确良"白衬衫。

碧华临行前却偷偷把"的确良"压在枕下，留给了弟弟。

山里孩子要远行了。

邹式笑容

1984 年 9 月，北大新生报到。

“阳光、沙滩、海浪、仙人掌……”来自广东汕头的姚真勇走进北大40楼130宿舍，未见其人，先闻清越歌声。唱歌的大男孩儿戴着眼镜，肩膀宽阔，个子很高却稚气尚未脱尽。

“你好，我是邹碧华，来自江西奉新。”

“奉新？”姚真勇迟疑地问。

“宜春的一个县。你不知道‘中国三奉’么？”邹碧华随口胡编，“喏，蒋介石家乡浙江奉化、张作霖家乡辽宁奉大、宋应星家乡江西奉新，”他做着鬼脸，“奉新还有一位名人呢……不是邹碧华啦，是辫子大帅张勋张大人……”他调皮地侧着头咧嘴笑，露出洁白整齐的牙齿，带点儿小小慧黠，又有大男孩儿的羞涩。

以后的30年，很多人熟悉这典型的邹式笑容。

姚真勇和女友外出办事，突遇倾盆大雨，碧华骑着自行车，浑身湿透送来雨伞时就这么笑着；同学帅圣极到北京玩儿，钱花光了，碧华卖掉旧自行车，也这么笑着送来买车票的钱；刘屏山老师路过北京，碧华留他住在宿舍，这么笑着对人说：“他是我老爸。”多年后的广州亚运会，中韩男篮对决冠亚军，碧华夫妇带着儿子逸风前来观战，要奏国歌了，碧华郑重地望着儿子，“风风，站起来！”他自豪地把右手放在心口，随着《义勇军进行曲》大声唱起来，周围观众受到感染也跟唱起来。曲毕，他才带着邹式笑容坐下。

当时的北大新生中农家子弟很多。世界于他们，一切都是新的。

那一年，中国改革大幕次第拉开，沿海14城相继开放；企业扩大自主权，国企利改税进入第二阶段；中英两国发表联合声明，香港将回归祖国……

博雅塔下，兼容并包，天降大任，舍我其谁。“邹碧华”们聆听国宝级大师传道解惑，在三角地搜寻感兴趣的讲座，饭后则冲进图书馆……

不久前还为备战高考日夜沉浸于书山题海，赫然间精神上一夜暴富，犹如阿里巴巴的芝麻开门，璀璨珠玉令邹碧华陶醉。

入学一个月后的国庆节，他们挤在一台电视机前，集体收看大阅兵直播，看到北大学长游行到天安门前，突然打出用床单制作的横幅“小平您好”，他们惊喜地欢呼。

“邹碧华”们，成为改革时代幸运的孩子。

碧华还有一份陶醉：他遇见了他的“公主”。

当时中日建交不久，日本NHK电视台对因中国女排夺冠而喊出“振兴中华”口号的北大很感兴趣，要在北大拍一部纪录片。他们在北大84级2300多名新生中，选中了上海新生唐海琳做纪录片主角。自海琳启程，便一路跟拍，也拍下了84级经济法班的大小课堂、班集体活动……中秋节，北大未名湖石舫成了班级联欢舞台。围绕海琳，在电视台聚光灯下，天南地北的新生载歌载舞，邹碧华那曲《外婆的澎湖湾》，让海琳颇为惊艳。

这个踢足球到疯魔的农家淘小子，和冰雪聪明又温婉内敛的上海“学霸”唐海琳，一见钟情。

碧华变了，很少疯玩儿了，床铺整齐了，起居规律了，去图书馆抢座位更勤了；卧谈会越来越“一本正经”，能以逻辑思辨把人辩死；原来难看的豆芽字，在海琳亲选的庞中华硬笔书法临摹下，越来越好看了……

大学4年，“邹碧华”们恰逢中国立法的流金岁月。1979年至1988年10年间，百余部法律起草制定，“在法律面前一律平等”被重新写入宪法。邹碧华的北大导师们，不少参与立法工作，学生们时常聆听教授们谈“立法故事”，谈中国如何一点一点填补法律空白，仿佛自己也参与其中。

邹碧华的法律人生与中国的法治时代，渐渐重叠。

“捡到一棵好苗子”

毕业了，为了爱情，邹碧华决定跟海琳去上海。他借住中国纺织大学学生宿舍，“海投”了60多份简历，最终，被上海高院录用。

进入上海高院，碧华遇到多位好师父。

一次，时任经济审判庭情况调研组组长的高境梅去简陋的单身宿舍看邹碧华，年轻的主人在面壁，口中念念有词背着英文单词。联想到这个江西小伙子很快学会一口标准的上海话，她觉得“捡”到一棵聪明好学的好苗子。

那时，法院讨论案件，常常针锋相对，邹碧华有时也会和师父争得面红耳赤。一次，高境梅不赞同碧华的意见，说：“你不行。”邹碧华不服气地说：“高老师，我有我的想法，不会因为你是我师父，就附和你。”师父不恼反笑。

一次，高境梅随口说让碧华研究一下公司法案例。过了几天，她吃了一惊，发现碧华从基层法院调了几十部卷宗上来，一本一本看，总结公司法案例有多少类型，思考现在审判中还存在哪些问题，并梳理出一些审理意见。

邹碧华一直叫高境梅“高博导”，他说：“我是博士，你是我导师。”高境梅笑：“你像海绵一样，把我几十年存下的老底子都吸光了。”

1998 年，邹碧华在北京读博士的最后一年，上海高院迎来新院长滕一龙。滕院长发现，法官队伍中，法学院毕业的仅占四成。老同志有经验，但未来还是要靠年轻人。上海高院制订了两个 5 年培训计划，跟踪了 20 个年轻人，邹碧华是其中之一。

让人大跌眼镜的是，1998 年年底邹碧华参加助理审判员晋升审判员考试，这个北大博士竟没通过。

滕一龙诧异：“题目很难吗？”

“不难，我没来得及答完。”邹碧华涨红了脸。用惯了电脑，他不习惯手写答卷。

次年，邹碧华不但通过了审判员晋升考试，还入了党。2000 年 10 月，根据组织安排，邹碧华前往美国联邦司法中心担任研究员，后又前往耶鲁短期访问。

在美国，一次庭审经历让他印象深刻。

那天，他跟随一位地区法院法官去开庭。法官特地询问双方当事人律师，是否愿意这位中国法官旁听。得到同意，才安排邹碧华坐在身边。庭审中，律师之间辩出火药味，法官将他们叫到审判台前，小声提醒。法官对邹碧华解释：“不能在当事人面前指责律师。靠了他们，法官能够更快弄清案件事实。”“法官与律师之间互相不尊重，会破坏法治的根基：信任。”

邹碧华心中一震。这句话、这一情景不断回放，直至 2010 年，身为上海市长宁区法院院长的他，郑重写下《法官尊重律师十条意见》，并付诸实施。

回国后，邹碧华进入上海高院政策研究室。一次，邹碧华回北京看望博士生导师贾俊玲，感叹法院必须改革，并说要为此写份报告。2001 年，他完成了 4 万字的研究报告——《关于美国联邦法院内部职责分工及法官辅助人员配置方法的考察报告》。

滕一龙很惊讶。当时，司法公开刚刚起步，邹碧华对法院的研究却已触及更深层的法官管理体制、机制变革层面。

此时，上海高院也加快了对年轻干部的培养，邹碧华担任了上海高院民一庭副庭长。根据回避制度，妻子唐海琳从银行高管的位置退到幕后。

而邹碧华在法治征途中则激流勇进。2003 年 10 月至 2008 年 6 月，邹碧华先后担任上海高院民一庭副庭长、民二庭庭长、审委会委员，指导或参与审理了我国首例涉及英国皇家建筑协会 JCT 文本的建筑工程案，涉及数千名当事人的“乐客多”超市群体诉讼案等一大批在全国具有重大影响的案件。

2008 年，滕一龙离职前，应组织部门之请，推荐了 8 个年轻干部，并由高中院、基层法院所有领导班子成员投票。结果，投票的票数顺序和滕一龙的推荐顺序一模一样，邹碧华均名列第一。

邹碧华高举的那盏“灯”，渐渐注满灯油，开始绽放越来越夺目的光华。

时代给了他机遇，他也竭尽全力，站在自己的岗位，推动时代前行。

这是一代人的机遇，也是一代人的选择。

种下试验田

2008 年 6 月 25 日下午，长宁法院不少法官从窗口看见一个挺拔的背影，那是他们议论很久的“博士院长”邹碧华上任了。

邹碧华有个习惯，常到各部门“串门”：旁听年轻法官开庭，讨论庭审技巧；去诉调中心，了解案件调解情况；随时随地出现在立案大厅接待信访人。邹碧华称之为“走动式管理”。

他遭遇了巨大压力：干警心态不够振奋，信访案件居高不下，执行投诉信令他夜不能寐。2009 年 1 月 17 日、18 日，长宁法院召开党组会，邹碧华用 62 张幻灯片，把长宁法院存在的问题逐一梳理。

一场深刻的基层法院改革开始了，邹碧华将他多年来对于法院管理体制、运行机制的思考，关于司法改革的设想，诉诸实践。

邹碧华调取了 60 件执行中止的案件。哪些还可以查一查，哪些需要当事人提供新的线索——活儿派下去了，他的思考没有停止。为什么执行投诉率高？是否机制上出了问题？他发现，所有执行案件都是一案到底、一个人负责，缺乏必要的监控。

能不能采取执行流程分段式管理，把原来一人一案的执行模式分为 4 个阶段？要打破几十年来执行案件的办理模式，执行干警反应激烈。分管执行工作的副院长提出，能否缓一缓，以免影响执行绩效。邹碧华说，只要改革方向正确，就要坚持下去。

改革两年后，长宁法院的执行绩效迅速提升，执行信访率大幅下降。

邹碧华又启动审判辅助流程改革，尝试法院人员分类管理，给法官“减负”。原来法院人员分类只是法官加书记员，邹碧华将审判辅助流程分为法官助理、庭室内勤、庭审记录、庭内的辅助人员以及文书归档。同时利用社会化分工，将文书归档大量外包。紧接着是信访改革、审判大楼改建……

渐渐的，邹碧华的“长宁试验”被传开了。

2012年，北京的何帆，这位译介过一系列法学著作的最高院法官，注意到微博上有个“庭前独角兽”的ID经常语出不凡。谁呢？有朋友告诉他，此人厉害，写过《要件审判九步法》，那可是不少民事审判法官的案头必备，法院管理也有不少创新。

秋天，何帆在长宁法院初会邹碧华。寒暄刚过，邹碧华就打开幻灯片，演示法院可视化管理。接着，邹碧华又带何帆参观改建的长宁法院审判大楼。

立案大厅设了众多小隔间，保护并尊重当事人隐私；用圆弧取代直角，避免激发对抗情绪……更特别的是，每一个法官都有独立办公室，虽然很小，但“给法官以尊严，碧华搭对了法官这个职业的脉”。一开始还漫不经心的何帆，很快被这个大自己10来岁的“60后”触动了。

此时，邹碧华即将调回上海高院，担任分管刑事的副院长。何帆诧异：“你可是民事审判专家呀，怎么管刑事？”

“都尝试一下，挺好，可以学嘛！我以前对自己的定位，是学者型法官。现在，去做法院管理者，值得挑战！”

司改奋楫者

邹碧华40多年的人生积累，仿佛都是为2013年开始的新一轮司法改革而贮备。他生命的最后两年，如蓄足能量的火山，喷薄出浓烈的光和热。

国家层面的司法改革方略既定，需要敢于担当也善于担当的操盘手。

顶层设计，中间推进，基层实践——将顶层设计的战略意图与基层实际相结合，寻找到一条切实可行的改革路径，是对处于中间层的改革推进者们的巨大考验。《上海市高级人民法院司法体制改革试点工作实施方案》，在邹碧华及上海司改团队的手中，历经了34稿的不断磨合，就是试图寻找融通顶层设计与基层实践的改革路径。

自担任上海高院司法改革办公室主任之日起，邹碧华就没有休息过，几乎每个双休日、每天晚上都要加班，有时凌晨两三点才从办公室回家。

上海法院司法改革两大重心——审判权力运行机制改革、人员分类管理改革。前者是法院内部的机制改革，上海已有探索；后者则是最难啃的“硬骨头”。

问题一个接着一个。

法官员额要从原来的49%压缩到33%，法官人数在减少，但案件量却逐年递增，如何解决“案多人少”的尖锐矛盾？邹碧华在方案中提出法官助理概念。“让法官从繁杂琐碎的事务中解脱出来，专心办案。”

谁能进33%员额？传统做法是为了保持法官比例，采取“一刀切”的做法，把助审员切掉。这样一来，年轻人的工作积极性没了，一些多年未办案子的老法官们重返一线，他们能否担得起独立审判的责任？

邹碧华忧心忡忡，在各个不同场合呼吁，不能让年轻人“就地卧倒”，“要有科学考核标准，让真正胜任审判工作的优秀法官进入员额”。

那么，谁有能力上？如何考核法官的办案水平？邹碧华成立了工作小组，上海有多少法官、一年要审多少案子、有多少种类、总计要耗费多少时间，把这些数据调研出来，再分析测算，整出了一套“案件权重系数”，法官工作量和办案质效的考核就有了科学依据。

“他这个计算公式很‘可怕’，很科学。做司改，如果上海觉得一项改革措施可行，而且碧华团队进行过调研分析，让人就踏实多了。”贺小荣每次到上海出差，邹碧华总会请他到上海高院图书室坐坐，两人各要一杯浓咖啡，畅聊司法改革。

贺小荣至今记得两人最后的热聊。邹碧华关注的是法官权力监督问题。还法官以独立审判权，这是司法改革大方向，坚决不能动摇。他担心的是，以目前法官队伍现状，恐怕不能全盘照搬国外，“中国法官队伍多是师父带徒弟，一茬茬带出来的，你一下子拿掉他的拐杖，弄不好会出问题”。改革成果万一失陷于明显的体制漏洞，将授人以柄，甚至使改革归零，“那我们就是历史罪人了！”

司改从起步到今天，始终伴随着激烈的争论。各种声音、各种意见，一浪又一浪扑向身处改革前沿的划桨手。

“邹碧华”们面对一个环环相扣、互相掣肘的循环：法院地位不高，法官专业化程度不够、难以承担独立审判责任，法官待遇太低留不住人才，法官队伍庞大，司法腐败，审判层层审批环节太多……

退一步是悬崖，进一步是峭壁。但邹碧华从不抱怨。

司法改革很复杂，非法院、检察院一家能单兵突进，它涉及政府各个部门。法官待遇要提高，提高多少，作为操盘手，邹碧华得去争取，有时要看冷脸色。若争取不到位，圈内人也不理解，觉得人数减了，责任加码，工资却没加多少，很多基层法官有怨言，甚至打电话骂上门：你搞的这是什么改革！

同在法官微信群，有些改革参与者有时受不了冷言冷语，会驳回去。而邹碧华总是平和有礼，耐心解释。他安慰同道，说改革就是一点点拱出来的，要有拱卒子精神。

每谈司改，邹碧华就精神抖擞，很少人看出他身体严重透支。

2014 年 4 月的一天，最高人民法院院长周强到上海调研，邹碧华介绍上海信息化建设最新进展，天不热，他却满头大汗。贺小荣问他怎么了，他悄悄说：“昨晚一夜没睡，做汇报幻灯片。”

那天，周强院长问邹碧华：“你在美国待过，英语好，能不能用英语到中央电视台去讲讲中国法院？”邹碧华说：“可以的。”贺小荣眼前一亮，这将是中国法官第一次用外语对外讲述自己的法院，值得期待。

然而，“船到江心，操桨者骤然沉默”，但他的声音，仍在人间，鼓舞着同道：

> 人的一生，都有一个需要坚守的价值。理想的完满人格，应当是破除自我，将自己融入人民中，融入祖国的法治中。无我，党的事业不朽，如是我心。

（《人民日报》2015 年 3 月 11 日刊载）

中共中央总书记、国家主席、中央军委主席习近平闻讯后对黄群等3名同志壮烈牺牲做出重要指示指出，黄群、宋月才、姜开斌3位同志面对台风和巨浪，挺身而出、英勇无惧，为保护国家重点试验平台壮烈牺牲，用实际行动诠释了共产党员对党忠诚、恪尽职守、不怕牺牲的优秀品格，用宝贵生命践行了共产党员“随时准备为党和人民牺牲一切”的初心和誓言，他们是共产党员的优秀代表、时代楷模。习近平强调，广大党员干部要以黄群、宋月才、姜开斌同志为榜样，坚定理想信念，不忘初心、牢记使命，履职尽责、许党报国，为实现“两个一百年”奋斗目标、实现中华民族伟大复兴的中国梦贡献智慧和力量。

（据新华社北京2018年8月26日电）

致敬英雄
——中船重工第七六〇所英雄群体抗灾抢险纪实

◎鹤　蜚

2018年10月27日上午，孙逊陪同某单位党建活动的一群年轻人，来到中船重工第七六〇研究所的南码头上，码头300米长，呈L形伸向前方，码头的左侧是海，右侧仍然是海。正值一场秋雨过后，天空清澈无比，大海碧波荡漾。孙逊站在码头中间，看着眼前的大海，好久好久没有说话，大家也没有打扰他，都在静静地陪着他。他想起了那场海上保卫战，想到失去的好领导、好战友，不禁悲从中来，泪湿衣襟。

就在2个多月前，中船重工第七六〇研究所的17个兄弟，在这片海域里，经历了一场惊心动魄的生死大战。

意外发威："温比亚"掀起惊涛骇浪

2018年的夏天注定是个不平凡的夏天。这个夏天里，台风格外任性，而位于辽东半岛最南端的大连，仿佛成了狂风骤雨恣意妄为的战场，"安比""云雀""魔蝎"等台风相继登场，一次比一次猛烈，一次比一次惊心。

8月17日，第18号强热带风暴台风"温比亚"从我国东部登陆。每次台风来袭之前，位于大连南部海滨的中船重工第七六〇研究所从上到下都高度警惕，停靠在研究所南码头上的国家某重点试验平台，是海上科研试验的核心装备，对提升我国舰船多项技术具有重要作用，不能丝毫懈怠。8月19日傍晚时分，大连气象局发布了大风橙色预警。试验平台按照应急预案加强部署，采取加装缆绳、更换钢丝扣等措施进行加固，并将试验平台夜间保障人员由 2 人增加到 4 人，24 小时严密监控试验平台情况，做好抗击台风、抵御风浪的一切准备，确保试验平台万无一失。

晚上 10 点半，孙逊从单位回到家，但他始终无法入睡，一直在手机上观察着卫星云图。白天，台风并没有往大连方向来，而是往天津和秦皇岛方向去了，孙逊还和天津的朋友们说：你们注意了，台风要到了。

后半夜 2 点多，孙逊发现卫星云图上风向开始变得捉摸不定，台风没有向白天预报的方向前行，而是突然开始转向。孙逊担任规划处副处长，负责试验平台的建设工作，他担心试验平台的情况，索性走出家门，在漆黑的夜色中顶着大雨开车往单位驶去。

孙逊后半夜 3 点到单位时，分管安全工作的副所长黄群和宋月才等相关值班人员都在，他们已经多次到码头上检查。此时，海上风只有 8 级，从值班室望过去，探照灯下的平台并无异样。

然而，到 8 月 20 日清晨，台风"温比亚"不再温顺，它不但没有像预报的那样逐渐减弱，反而使起了性子，突然发威，变换路径，掉过头向大连扑来。

海面风力渐渐增强，雨势越来越大，继而出现了前所未有的凶猛之势，一场罕见的狂风暴雨开始肆虐，仿佛一瞬间，海面上开始翻江倒海，一排排巨浪在码头上翻滚。正在试验平台上值班的刘子辉，第一时间感受到了平台的异常，随着剧烈的震荡，码头上的缆桩发出断裂的声音。

9 时 30 分，天气更加恶劣，狂风呼啸，暴雨倾盆，岸边的大树被连根拔起，码头上狂风卷起海水，掀起一浪高过一浪的擎天水柱，不断拍打、撞击着停泊在码头的试验平台。对讲机里不断传来"2 号系缆柱变形""首部缆绳吃紧""2 号缆绳双系柱断裂""1 号系缆柱断裂"的报告，10 时 20 分，平台 8 根缆桩已断裂 4 根。

试验平台上传来的消息，让所有人的心都提到了嗓子眼儿。黄群和试验平台负责人宋月才、试验平台机电负责人姜开斌等当时在场的十几个人，焦急地聚集在岸边的 3 楼值班室，透过值班室窗户望出去，能看到大浪高过四五十米，直接从值班室楼顶呼啸而过，拍到后山，在窗户上留下模糊一片。

大海是天使也是魔鬼，它撕下了温柔的面纱，现出了恶魔般狰狞的面孔。此时，台风陡然升级，让人猝不及防，早已严阵以待的试验平台也在巨浪的冲击下开始大幅度起伏摇摆，刹那间陷入危险之中。

险情严峻，情况万分危急。如果不果断采取措施，可能会导致平台失控、毁损、倾覆、沉没，造成严重损失，不仅大家倾注多年心血的试验平台可能毁于一旦，平台上刘子辉等4位保障人员的生命也会受到严重威胁。

前方告急！码头告急！试验平台告急！试验平台上值班的4个兄弟告急！

真的勇士：向死而生

险情就是命令。生死攸关的时刻，没有动员，黄群、宋月才、姜开斌和孙逊等在场人员，默契又迅速地穿上救生衣，携带备用缆绳，带上高频对讲机，毫不犹豫地向码头冲去，去捆绑加固试验平台，救援被困在试验平台上的4名同志。

巨浪挟裹着狂风像一堵堵坚硬的墙，急速地推移过来，砸向码头，雨水和海浪被狂风吹得像拉了丝一样，打在人的脸上如同刀割一样疼痛，让人根本睁不开眼睛，呼吸也变得非常困难。台风持续加大，巨浪不停翻滚，海天一片混沌，码头上涌上来的海水已经齐腰深，大家在码头上行进异常艰难。此时他们还不知道，气象台10时13分刚刚发布大风红色预警信号，黄海北部风力10级，局部阵风11级，最高达13级。

风浪太猛烈，无法前行，他们用叉车推着缆绳一起向码头行进，但风浪一阵猛过一阵，推着叉车根本走不动。谁也没见过更没有经历过这样恶劣的天气，他们在巨浪的间歇里往前冲。为了避免有人被巨浪击倒滑落海中，大家用同一根缆绳串联起来，共同牵挽，依次抓着缆绳，顶着风浪携手向前，一阵接一阵的狂风大浪不时把人打倒在地。倒下，他们再爬起来，继续前行，每向前一步都异常艰难，每往前进一步，就走向了更加危险的境地，但没有一个人退缩，大家低着头，躲避着不时袭来的巨浪，艰难地前进。

孙逊告诉我，当他走到2号泊位时，突然一个巨浪翻过码头扑过来，他大喊一声“来浪了！”情急之下，躲在一个集装箱后面。但是集装箱被海浪推移2米多，他被打了个跟头，险些掉进海里，幸亏身旁的高天山处长一把把他拉住。

即使再大的风浪也没有人退缩，被海浪打倒的人很快爬起来，继续坚定地向平台走去。雨越下越大，台风卷起一个又一个巨浪，一次接一次地强力拍打在他们身上。终于艰难到达试验平台旁，大家争分夺秒，分工协作，在身上系上绳索，另一端绑在桩上，冲在码头最前沿也是加固作业最需要而又最危险的位置。他们在风浪的抽打中，弯腰低头，全神贯注，抛缆、系扣……

此时的他们哪里知道，更大的危险还在后面。

正当大家全神贯注作业时，又一个巨浪打过来，孙逊感觉后背仿佛有一面墙倒压过来，他使出浑身力气，闭上眼睛，死死攥住缆绳，突然袭来的巨浪瞬间把处在码头最边沿最前面抢险作业的黄群和姜开斌卷入海中，几乎就在他们落水的刹那间，有人大喊："有人落水了，有人落水了！"这时，孙逊听到宋月才在狂风中几乎是失声一般大喊："快救黄所，快救老姜！"

黄群和姜开斌被大浪打到了海里，落在了码头坚硬的水泥墙与钢质试验平台之间的海水中，汹涌的海浪推搡着两人在码头与平台之间来回撞击，两人处于极度危险之中。码头上的人焦急万分，他们急忙往黄群、姜开斌身上抛绳施救，让他们抓稳，想把他们拉上来。终于，他们抓到了缆绳，但码头地面与海面落差高达 3 米，悬崖一样的码头又陡又滑，海面波涛汹涌，海况越发恶劣，大浪不断袭来，一次次砸向拉着缆绳的黄群和姜开斌，一次次把他们打入海里。几度失手后，黄群在海里无力地挣扎着，在海浪中起伏，姜开斌则在海水的冲击中，时浮时沉，奄奄一息……

此时，已近 60 岁的黄超富情急之下抓住缆绳奋不顾身跳进海里，他游到最近的姜开斌身边时，姜开斌已失去意识，根本无法配合他的施救，他用尽气力把姜开斌向上托举，让姜开斌少呛点儿水，努力把缆绳绑到姜开斌的腰上。他一手抓着缆绳，一手抓着姜开斌，风浪实在太大了，缆绳根本套不住，套上就松开了，一个浪接着一个浪打过来，他在风浪中一遍一遍地尝试，他的两条腿死死地夹住、缠住水里的缆绳，一边紧紧抱住姜开斌，一边与海浪搏斗，但一个接一个不断翻滚的巨浪一次又一次把他俩打散……

此时，加固后已经稳定的试验平台上的 4 个人，一面保持与岸上值班室通讯联络，一面帮助施救落水人员，海里救人的黄超富呛了水，体力严重不支。平台上的人向黄超富抛去缆绳，齐心协力将筋疲力尽的他拉上平台。他身上多处受伤，缆绳在他的腿上划了很深的伤口，身上多处被绳子和海浪碰撞得鲜血淋漓，衣服全被刮碎打烂了，被海水卷得不知去向，浑身上下只剩下一条短裤。他的心撕裂般的疼痛，眼泪止不住地流下来，伤心不已，他为自己无法救上黄群、无法救上姜开斌而难过。

不幸接踵而至，又一个大浪打过来，把正在码头上救援的孙逊和贾凌军、董江一起卷入大海。经过大家共同努力，贾凌军、董江被成功救了上来，而孙逊始终无法上来。

码头环境恶劣，狂风巨浪仍肆虐不止，为避免更多的人员落水，有多年航海经验的宋月才果断决定，码头所有人员全部撤离，并请求支援。

大家让宋月才一起撤退，但宋月才不撤，他让大家先撤，他要断后。头天晚上，他还说“无论发生什么事情，我就是拼了命也要把平台保住”。

不知何时，巨浪把断后的宋月才打落海中。

生死大营救

刚落水时，孙逊还挺冷静，他是“80后”，身高体健，一开始，他还能抓住码头上抛下来的绳子往上攀，但每攀上一半，大浪就把他砸向海里，他在海里呛了水，等浮上来缓口气，又拼命拽着绳子，再往上攀。大雨和风浪胡乱碰撞，左右开弓，每每爬到一半，都被浪头拍回海里。一次次攀爬，一次次跌落，海浪拍击着他的头，打得他晕头转向，几个回合，他的体力就被拉没了，到后来胳膊已无力去拽绳子了，当又一个巨浪袭来时，孙逊一下子被抛出码头和试验平台的区域，直接翻滚进远离码头的大海中。

绳子够不着了，码头也越来越远，风浪中的战友变得模糊了，孙逊回头望了试验平台一眼，解开缠在腰上的缆绳，一边漂浮一边顺着海浪尽力向岸滩游去。

孙逊说，这是他平时轻松游过的距离。但在狂风骤雨巨浪滔天的情形下，孙逊的体力消耗殆尽，加上浪头打来时人会被按入水中，就会不停地呛水，这几百米的距离对他来说仿佛是一道道难以逾越的鬼门关。一开始他还能看到岸滩上有人向他打手势，鼓励他坚持，示意他们会来救他，但渐渐地，他什么也看不见了，像一片随时会被狂风撕裂的树叶一样在大海里飘荡。他的意识有些模糊，海上礁石林立，如果这样随波漂流，很可能会撞上坚硬的岸礁而丧命，他只感觉到深深的绝望……

此时，得知险情的七六〇所车队队长阎堃赶到码头，当他看到巨浪中的孙逊，没有任何犹豫，绑上救生圈和救生绳，戴上泳镜，纵身跃入大海，奋力向孙逊游去。

孙逊时而清醒，时而昏迷，就在他感到绝望的时候，朦胧中看到有人向他游过来了，孙逊的身体里突然涌出一股热流，他感觉到了生的希望。

孙逊任由阎堃抱着他向岸边游去，风浪太大了，两人始终无法靠近岸边。在巨浪的不断拍打下，阎堃也没有力气了，眼看两人都已经筋疲力尽，好在离岸边已不远了，同事们合力把他们两个都拉上了岸。

有时候，天堂和地狱只有一步之遥。不知过了多久，孙逊感觉到双脚已经触到了海滩，回到岸上的感觉真好。孙逊倒在海滩上，终于活着回来了。模糊中，他看到阎堃打开水镜，水镜里的眼眶周围和头上、脸上全是沙子。孙逊看着围过来的同事无力地说，海里还有人，快去救他们。孙逊并不知道，他在海里已经漂浮了 2 个多小时，他是最后一个被救上来的。

在人类历史的长河中，不仅回荡着胜利的凯歌，有时候也包含着痛苦与悲伤的泪水。

当天中午，在七六〇所和当地多方救援力量的参与下，冲进码头抢险和试验平台上的值班人员以及参与救援的孙逊、高天山、黄超富、李克忠、贾凌军、宋健、王贵龙、李雪冰、董江、刘子辉、蔡国安、李晓、单正磊、阎堃 14 名同志安然无恙，试验平台也安然无恙，而黄群、宋月才、姜开斌 3 个人却在抢险中壮烈牺牲。

永怀难忘：无悔的英雄传奇

一个有希望的民族不能没有英雄，一个有前途的国家不能没有先锋。祖国是人民最坚实的依靠，英雄是民族最闪亮的坐标。

——习近平

黄群：“我要跑遍武汉每一所大学的操场。”

2017 年 4 月，时年 51 岁的黄群，从七一九所副总质量师，提任七六〇所副所长，只身从武汉到大连任职，重新过上"单身"生活。这时，儿子已经到国外读书，爱人留在武汉，一家三口，天各一方。有人不解，告别年迈的母亲、爱人和牵挂的家人还有熟悉的工作环境，他究竟图的什么？他在一封给儿子的信中写道："离开为之奋斗了20多年的单位，毕竟是新的挑战，但我想，人生就是不断地挑战来证明自己的能力，在挑战中实现自己的人生价值。"

"随时准备为党和人民牺牲一切。"这是8月15日那天，黄群在工作日记扉页上一笔一画、工工整整写下的入党誓言里的一句话，5天以后，他用行动践行了这一誓言。

无情未必真豪杰，怜子如何不丈夫。在妻子亢群的眼里，在风浪面前英勇无畏的黄群，却是生活中的暖男。

1992年，黄群和亢群相识，两个人的名字中都带一个"群"字，这特殊的缘分让两个人一见钟情。结婚以后，黄群一直在葫芦岛驻厂，儿子4岁前黄群就没怎么在家待过。黄群工作之余，非常想念妻子，牵挂孩子。那时候，他几乎每两天就写一封信，每一封信都表达了他对家人满满的思念和牵挂——

"天气冷，一定要给儿子戴上围巾和口罩，实在太冷的话，如下雪，就用自行车推着送他，我送他时也曾看到有的妈妈就推着车子送孩子去幼儿园。"

"你瞧我说着说着又说到儿子身上了，因为我太爱他了，爱他，其实也是爱你的一部分，也是爱我们这样一个家，我一直想给你们带来欢乐与幸福。"

"亲爱的，转眼间，11月27日就要到了，这是我们相识纪念日，我在日历上做了记号，从前还保存着这一天的日历（这点儿小秘密我一直未告诉你），所有这些年的事情都深深地印在我的心里……"

1989年，品学兼优的黄群从华中理工大学（现华中科技大学）毕业，分配到七一九所工作。那时的所里，科研任务不饱满，为给员工发工资，所里不得不搞起了第三产业，开始生产洗衣机、塑钢窗等。和黄群一起分到所里的大学生，流失过半，而黄群拿着微薄的工资却干劲儿十足。有人劝他跳槽，他不为所动，他对同学说："能参与'国之重器'的研制，我觉得自己很幸运。"

因长年在外驻厂，每次当黄群归心似箭地从现场赶回家时，好几个月没见面的孩子竟睁大双眼，一脸戒备地将他当成陌生人。虽然驻厂艰苦，但黄群想的是，能到现场跟船，完成一次从建造到航行试验的全过程，是年轻人难得的学习和成长机会。刻苦的学习钻研，过硬的技术，使他很快在同龄人中脱颖而出，成为当时七一九所最年轻的主任设计师。

“立标准，建体系，细检验，重过程，一丝不苟严谨认真难以计量；出关山，入紫阳，迁藏龙，转滨海，一路征程以身许国军工强”，这是七一九所微信公众号里的一份留言，难抑悲痛的同事用一副对联，寄托对黄群的崇敬和哀思。

黄群是个念旧的人，他经常去看望已经年迈的中学语文老师；他惦记年近 80 的老母亲，每天晚上都会定时打电话向老母亲报平安；他想念妻子和儿子，每天晚上都会和他们微信视频聊天……

从黄群家里的阳台上南望，是黄群曾经工作过的七一九所老办公楼。曾经很多年，黄群每天下班回来简单吃口饭后，就再回到所里加班，那时候儿子在读高中，等到 10 点多时，亢群看着时间差不多了，就热好了饭菜等着爷儿俩，黄群几乎和放学回来的儿子前后脚进门，然后全家人一起吃饭聊天。亢群说，那是一家三口最开心最快乐的时候。

如今，亢群经常会站在阳台上看着不远处的大楼发呆，想着黄群的一切，想着无数个温暖的日子。如今，她与黄群，已经是咫尺天涯，夜晚等待的灯光变得昏暗，悲伤像身体里的痛，在身体里慢慢扩散，又集聚。往昔的岁月里一家三口相互等待的美好时光，永不再现。

亢群告诉我，黄群自小体弱，为了增强体质，他养成了锻炼身体的好习惯，身体也越来越强壮。他喜欢跑步，经常到家附近的大学操场上跑步，在外地进修，就到驻地附近的大学操场上去跑，到了大连后，他仍然保持着跑步的习惯。黄群对大学有感情，武汉是大学城，黄群有一个愿望：要跑遍武汉每一所大学的操场。

亢群站在家附近的学校操场旁，仿佛看到了黄群奔跑的身影，那身影要多矫健就有多矫健，要多温暖，有多温暖……

宋月才:“小黑”之家的“老船长”

2011 年年底，已经退休的宋月才接到邀请，请他参加中船重工第七六〇研究所国家某重点试验平台建设，他兴奋不已："太好了！我太熟悉了，闭着眼睛我都能摸到每一个角落！让我来招兵买马吧！"陆陆续续，试验平台的人招来了，组成了"小黑"之家。

"小黑"是宋月才给试验平台起的名字。其实"小黑"不小，它的身长超过 70 米，绝对算得上庞然大物。叫它"小黑"，不仅因为它有着通体黑色的皮肤，还因为七六〇所上上下下都把试验平台当作自己的孩子，宝贝得不得了。宋月才将试验平台团队的微信群命名为"小黑之家"，给自己起了新名字"老船长"。

"老船长"出生于 1957 年 1 月，18 岁时，到农村插队落户，1976 年应征入伍，从此与海军结下不解之缘。1979 年他考入军校，1991 年再次深造。从一名普通战士成长为舰船负责人，每一步他都走得坚实有力。

在同事们的眼里，"老船长"宋月才言语不多，几乎没有什么业余爱好，天天都是"三点一线"，除了在试验平台工作、食堂吃饭，就是一个人钻在办公室里，埋头编写平台操作培训教材，用"二指禅"往电脑里敲字，几年下来，积累了几十万字，装订成 7 本厚厚的教材，这些教材，既是工作标准、操作规范，也是试验平台的安全保障、生命所系。

2018 年 4 月，老战友宋良见到宋月才，说："老哥，怎看你的身体大不如从前了？别干了，要多休息。"宋月才悄悄说："查出糖尿病了。我现在必须给平台带出一支政治过硬、业务过硬、作风过硬的队伍，再干几年，等平台走上正轨，一切运行正常，找好了接班人，我就回家歇着去。"

"小黑"已经 6 岁，已经长大了，谁也没想到，老船长却与小黑永久别离了。这六七年，老船长对小黑付出了太多心血。老船长对平台的各方面都了如指掌，因此，从一开始，他既要当甲方，严把技术质量关，又常常给船厂出谋划策，提出改造建议，做了乙方的义务技术指导。船厂的同志哪怕是一个小小的希望和要求，他都主动配合帮助，除了技术质量，没对船厂提过任何个人要求。因此，船厂负责改造项目的上上下下，对他都是一个字，"服"。这个服，不只技术上，更是钦佩老船长的敬业精神和人品。

宋月才的儿子想起小时候的点点滴滴，至今也无法从悲痛中走出来，他回忆说："我出生的时候，是早上 6 点多，我三姨给爸爸打电话，当时爸爸正在旅顺的老虎尾工作，他接到电话后很兴奋，为了庆祝还专门去理了发，给战友发烟发糖。记得上小学一年级的时候，我爸回家休假，到学校接我，当时我说要买书，姥姥家附近刚好开了一家新书店，我看上了一套中国民间故事系列丛书，一套7本，每本15块，总共105块，我爸二话不说就给我买了，这套书至今还在我的书架上，这是爸爸给我买的第一套书，当时他的工资不高……”

在儿子眼里，父亲宋月才永远是懂他爱他的好父亲。

作为一个老船长，他曾在穿越台湾海峡时面对巨浪，把自己捆在舰桥上指挥作业，曾在南沙巡逻时周密计划保证航海安全，何曾惧过风浪与生死？8月20日，他在大风大浪面前冲锋向前，勇敢坚守，直到生命的尽头。

姜开斌：老兵一生最恋大海

姜开斌出生在农村，家里有6个兄弟姐妹，他最小，老小应当是最受宠，然而，在他1岁的时候，他的父亲就去世了，他也过早地开始体味到生活的艰难。姜开斌从小就有一个梦想，就是成为一名军人。1976年，他如愿参军，来到大连，成为一名海军战士，参军第二年，就加入了中国共产党。他聪明好学，喜欢钻研，1978年以优异的成绩考入海军工程学院。在校期间，他成绩优秀。毕业时，学校要留他当教官，但他想念部队，想念朝夕相处的战友，想念大海，更有一份难舍的情怀在心里，他说：“我是部队培养出来的，我要回到部队去。”

姜开斌是性情中人，他为自己是一名军人而骄傲自豪。他最喜欢穿着海魂衫、穿着军装照相，照片里的他英姿勃发，豪情满怀。他太热爱大海，太热爱部队了。学成归来后，他工作起来劲头十足。海上训练特别枯燥和艰苦，但他总是乐在其中，从不叫苦叫累。有一次执行特殊任务，他甚至带头儿写下了遗书。他勤奋好学，喜欢钻研，功夫不负有心人，很快练就了一身绝活儿。比如动力系统出现故障，他仅凭耳朵就能判断问题出在哪里。他发挥才能，学以致用，很快成为技术和业务上的行家里手，并担任了潜艇机电长。

后来，女儿出生了，女儿出生后体弱多病，经常会半夜三更地去医院，爱人身体也不好，母女俩在湖南常德，而他远在大连，千里之遥，他有劲儿使不上。爱人让他转业，他却始终不舍得离开部队。姜开斌爱人珍藏了近百封家书，那是姜开斌当年写给家里的信。他在给爱人的一封信里写道：“我们是新时代的青年，应该志在四方。历史上的一些伟人，都是奔走在外，很少有人在家乡搞出一番事业来。我当然不能与历史上的伟人比，但我想，我们应该想远一些，想开一些。”在他的一封又一封书信里，蛰伏着他的梦想，暗涌着无尽的激情，深埋着理想和志向。

但家里的实际困难在那里摆着，他很矛盾，一边为家里的困难揪心，牵挂着女儿，一边又不舍得离开部队，毕竟成为军人是他一生的梦想。但姜开斌又是个重情重义之人，他对爱人对孩子全心全意，在长时间的纠结和煎熬中，姜廾斌只好向部队提出了转业要求。

1989 年，在部队工作了 13 年之后，他从大连海军某部机电长的岗位上退伍转业，脱下了雪白的海军军装，万般不舍地离开了部队，离开了他朝夕相处的战友，离开了他深爱的大海，离开了他心爱的机电长岗位，回到湖南省常德市，做了一名物价局的公务员，从此把梦想深深地埋在心中。

回到地方后，姜开斌心中的军人情结从来没有断过，每天早上还像在部队一样 5 点起床锻炼。他干一行，爱一行；钻一行，精一行。他经常说：“当过兵的人，就没有干不了的事。”不到 3 个月，姜开斌就对与工作相关的政策和法规了如指掌。

常德地处洞庭湖西侧，沅水、澧水横穿而过。1998 年洞庭湖发大水，按照上级部署，物价局负责湖区安乡县一段堤坝的防汛工作。姜开斌知道后，主动报名，要求到防汛第一线。那段时间他吃住在大堤上，查管涌，排险情，泥里水里，一马当先。回到家后，人瘦了一大圈，皮肤也晒得黝黑，身上到处都是蚊虫叮咬留下的疙瘩。

2008 年 1 月南方遭遇冰灾，整个常德天寒地冻，道路结冰 10 厘米厚。姜开斌预感到由于春节临近，恶劣气候有可能导致市场价格混乱，于是他主动要求带队到城乡去检查物价。

姜开斌始终以曾经是一名军人而自豪，他特别喜欢别人称他“斌哥”。他经常抚摸着珍藏多年的海军服，默默沉思，他一直保留着读军校时的学习笔记，经常看那些从部队带回来的海军书、舰船书等，这些书总是摆在他家里书橱最醒目的位置。有了外孙后，他经常叮嘱女儿，等两个小外孙长大后，一定要考军校当海军，他特意给两个小外孙每个人买了一套海魂衫，他要让两个小外孙继续圆他的军人梦。

去年年底的一天，已经退休的姜开斌接到老战友刘子辉的电话，这个电话点燃了他心中深埋已久的梦想。当他知道国家的试验平台需要他这个有经验的老兵的时候，想到自己所掌握的技能还能为部队装备研发贡献力量，姜开斌开心极了，要知道，他做梦都想重回军营，重新开始军旅生涯，重续那份割舍不下的军人情结。

刘子辉记得当时在电话里对姜开斌说，我们这么大年纪了，还能走过去的路，还能干过去的工作，是不是特别有意义。姜开斌听了特别高兴，他说退伍这么长时间了，可能很多东西都生疏了，但他还想着部队，怀念部队的生活。当时刘子辉还担心他去大连会不习惯，姜开斌却说，大连是他的第二故乡，他爱这个工作，爱大海。

大连，他一定要去。

到海上试验平台工作需要严格的身体审查，他担心自己不能过关，于是积极加强锻炼，保持旺盛的精力。2018 年 3 月，姜开斌接到了正式工作邀请，重回大连。此时，他离开部队已经 29 年了。

去大连的前一天晚上，姜开斌十分兴奋，就要回到他眷恋一辈子的大海边，他无法不激动。他不停地给亲戚和战友们打电话，说："我要奔赴新的战场了！"这一天他似乎等了好久，好像时刻都在梦想着，准备着重新回到国防一线，回到祖国的万里海疆。

面对姜开斌的选择，家人都舍不得，他的女儿姜微非常不理解，她多次问姜开斌，为什么要这样？家里也不缺钱，过去家里最难的那些坎儿都跨过去了，现在应该好好享享清福的时候，却要一个人去那么远。姜开斌对女儿说："我是个老兵，当兵报国是我的理想。现在你大了，该到我继续为理想奋斗的时候了。"

姜开斌离开家乡，离开爱人和女儿，离开他非常疼爱的两个小外孙，还有他在家乡那些亲密无间的好友，跨越 2000 多公里，回到他魂牵梦绕的大连，来到他熟悉的试验平台，回到他无比挚爱的机电长岗位。

也许，作为军人，姜开斌从来没有甘心过那种一眼望到底的生活；也许，作为军人，他心中储备了太多的能量，有着聚集已久的激情与渴望。回到试验平台，姜开斌立即全身心投入到工作中。他经验丰富，熟悉设备结构，对轮机、电路等系统非常精通，他指导年轻人完成了各种高难度任务。尽管试验平台活动空间闷热潮湿，狭小局促，但他并不在意，一门儿心思投入工作中，享受着工作的快乐。

姜开斌平时在家里，绝对称得上是好儿子、好丈夫、好父亲、好外公，夫妻感情很深，突然远行离家，家里人都十分牵挂，他们每天都要准时通过微信视频聊天。20号那天早晨，姜开斌和爱人通话，他说："大连今天有台风，外面风大雨大，我和其他同事都在值班。"没想到，这竟然是夫妻俩最后一次通话。

8月16号那天，姜开斌通过微信向党支部交了自己最后一次党费。

姜开斌性格非常豪爽开朗，他是战友中公认的开心果，每隔一段时间，他们战友就要聚一次。姜开斌遇难后，大家都不敢相信是真的，有一个老战友说："在战友们经常聚会的地方，在他常走的路口，在他经常锻炼的小树林里，总感觉斌哥会从哪个拐角，笑呵呵地走过来。"

姜开斌去世后，战友们第一次聚会，他们在饭桌上专门为姜开斌摆上一套餐具，倒上一杯酒，大声地叫他的名字："姜开斌，战友们又聚会了，第一杯酒，你一定要喝下去！"

致敬英雄：无尽思念化作力量

8月27日，是为国捐躯的英雄们烧"头七"的日子，七六〇所的一条试验船航行经过南码头，在距离码头1海里处停泊，举行了集体海上祭奠，再送英雄一程。"90后"李克忠跟老宋最亲，他清楚地记得，宋月才曾跟他说，等咱们的试验平台工作完成了，大家一定好好约上一场酒，好好聚一聚。

"宋叔，现在平台工作还没完成，您却走了，等平台工作完成的那一天，我会带上一瓶酒洒进海里，跟您说咱们的小黑长大了。宋叔，我知道，您就在那里，宋叔，我们很想您！"李克忠每每想起老船长，心里就无比难过，他说，虽然老船长再也不能听见，再也不能看见，但是，请老船长放心，有他们在，小黑会完成它的使命的！

"谁在苍穹最高处翱翔，就必须忘记地上的谷粒。"

天很蓝，风柔和，孙逊的目光向着大海深处，长久地凝视着，凝视着……这是他经历那场海上生死保卫战后第一次重回码头，他的眼前不由得浮现出黄群、宋月才、姜开斌的身影。每当想起那些牺牲的同事，他的心里就无比难过。生理的健康恢复容易，心灵的伤口很难愈合，那场惊心动魄的海上保卫战，在他记忆中留下了深深的印记。在强悍的大自然面前，人的力量有时真的非常渺小和脆弱。尽管每次回忆都很痛苦，但孙逊愿意向人们讲述那场惊心动魄的战斗，愿意把英雄的壮举呈现出来，愿意把军工人的铁骨丹心告诉人们。他还要把战友间的生死情义高声歌颂，更要把英雄们未竟的事业继续完成！

他要告诉人们，无论何地，我们的勇士们永不退缩！

他要告诉人们，无论何时，我们共产党员永不退缩！

附记：

【新华社北京 9 月 14 日电】为贯彻落实习近平总书记重要指示精神，中央宣传部 14 日向全社会公开发布中船重工第七六〇研究所抗灾抢险英雄群体的先进事迹，授予他们“时代楷模”的称号。

8 月 20 日，2018 年第 18 号台风“温比亚”过境辽宁省大连市，受其影响，停靠在中船重工第七六〇研究所的国家某重点试验平台出现重大险情。在危急紧要关头，第七六〇研究所党委委员、副所长黄群等 17 名同志，面对台风和巨浪，挺身而出、英勇无惧，对试验平台进行加固作业。作业过程中，黄群、宋月才、姜开斌被巨浪卷入海中，英勇牺牲。习近平总书记做出重要指示，褒扬他们用实际行动诠释了共产党员对党忠诚、恪尽职守、不怕牺牲的优秀品格，用宝贵的生命践行了共产党员“随时准备为党和人民牺牲一切”的初心和誓言，他们是共产党员的优秀代表、时代楷模。

中共中央追授在抗灾抢险中壮烈牺牲的黄群、宋月才、姜开斌“全国优秀共产党员”称号，中宣部授予中船重工第七六〇研究所抗灾抢险英雄群体“时代楷模”称号。

山　神（节选）

◎ 何建明

在大山住久了的人，一定会相信山神的存在。山神具有超凡的力量，那力量来自大山不可逆行的意志与信仰，那是大山的精气与灵魂。山神，就是大山的精气与灵魂的融合体。

2017 年 11 月 17 日，我的主人公真的成了“山神”。习近平总书记亲自为他让座，“山神”从此受万众瞩目与崇敬，被奉为当代英雄。

——题记

序　上天的路

如果突然有一天，在毫无准备的情况下，你会把自己的命托付给一个从不认识的陌生人吗？这个问题有些荒诞，恐怕一般人的回答也会非常坚定：绝对不！

人之常情。完全可以理解。

但最近的我，偏偏遇到了这样的事：在一个毫无准备的日子和情形下，我把命突然交给了一位 82 岁的老人——这位老人住在贵州的一座大山深处。

据当地人讲，过去没有通公路时，要进到这位老人的村子，从有公路的县城出发，需要步行整整两天，还得翻山越岭，抄熟悉的山道近路走。如今，即便像贵州这样的边远地区，村村也都通了公路。然而，到这位老人的村上，小轿车从高速公路下来，仍要用两个来小时方能到达。那条通往老人所在地的村庄，一路上尽是七拐八弯的盘山路，我让同行的人数了一下，共有 200

多个弯。第一天进山，我的大脑就被转晕了……

若干天后，我把2017年8月间“三上绝命悬崖”采访一位老共产党人的事告诉了家人和母亲时，他们竟然联手把我关了10余天“禁闭”：不让出门，断我所有外出活动。

老母亲不止一次流泪说，你也一把年纪了，别再折腾了好不好，让娘多活几年吧！

仍然让年近九旬的老母亲牵挂，作为儿子的我非常愧疚，但又不得不说：“妈，儿身为作家，写了一辈子，似乎今天才明白，以前所有的人和事都可以不写，但这个人不能不写。”我的话说得绝对些，但这位名叫“黄大发”的老共产党员，实在令人敬佩和感叹，我甚至觉得他本身就是一个神话。

他到底是啥人？母亲不解。

我说，他叫黄大发，跟我父亲同辈，也是个村支书，不过他是在贵州的大山深处当村支书。在那个地方当村支书同我父亲那辈人在江南水乡当村支书相比，可以说，一个在地下，一个在天上！

母亲抬起了疑惑的眼神，问：“有啥不一样？”

我说：“不一样。那个地方的人喝不上一口干净水。如果不下雨，人会渴死，庄稼会枯死，颗粒无收……”

“作孽啊！”母亲长叹一声，摇头。

但就是那样的地方，我去采访的那个黄大发老支书，用了30多年时间，带着乡亲们，几乎是赤手空拳，硬是在千米高的山崖上凿出了一条几十里长的渠道，引来涓涓清泉，让村里人有了水喝，吃上了大米饭……

1000米高的地方能凿道渠？不成天渠了吗？母亲惊诧万分，睁大了眼睛。

“是，所以我才去写他。”我轻轻说。

母亲看着我，半晌不语，末后长叹一声：“你父亲当干部带领大伙干已经非常不易了，但他命苦，早早走了。可那个黄大发更稀罕啊！”

想起早逝的父亲，我的鼻子有些酸。可，面对眼前的黄大发，我收起了眼泪，有了一种冒死也要为这样的人去书写的情感，不然怎么对得起这样的人呢？“黄大发这样的人确实稀罕，所以儿才冒了命去采访他……”当我再抬头时，发现母亲也在抹泪。

“你父亲他们那个时候的人都一样。”母亲喃喃地说了一句，默默地离我而去。

房间里空空的，只留下我一个人。但就在这一刻，我的眼前突然一阵恍惚：有两个人同时出现在眼前，一个是黄大发，一个是我父亲……

父亲是幻影。他给了我生命。

黄大发是真实的。就在前些天，他带我上了一条命悬一线的“天渠”——天上本没有渠，“天渠”是黄大发领着村民们用几十年时间凿出的一条悬于云崖之端的渠道，顾名思义，百姓所赐之名。

从贵州回京已近一个月了，我右脚的脚板越发疼痛……无法想象，青年时期因劳作而落下的骨伤，竟然在40多年后的这次采访中复发。

数十天的脚骨疼痛，使我从生理上有机会与情感同行，念念不忘那几天与黄大发老书记一起走天渠的情景——

同行的当地干部早已落得见不着人影，走！往前，再往前走一点儿！已经82岁高龄的黄大发，一直在距我三五米前的石渠沿上带路，边走边一次次地放慢脚步回头鼓励着我。

我们各自手中拿着一根竹竿作拐杖，而另一只手则撑着雨伞，当时天正下着雨。如果在平地上或者一般的山路上行走，并没有什么了不起；但现在我和黄大发老人是在千米之上，高悬于绝壁上的那条被当地人称为“天渠”的堤沿崖子上行走，而走这条“天渠”需过三道绝壁，穿三道险崖，紧贴我身子的左侧，即是嶙峋的山体，岩石凹凸不平，令你时时躲闪不及，一个不小心就会撞到脑袋。右边则是万丈深渊，雨雾中更显幽深无底，此时山脚底下的公路，已宛如一根细细的银丝线。我们的双脚之间，便是黄大发老书记当年凿出来的这条令我慕名而来的如今已被乡亲们叫作“大发渠”的天险之渠。

所谓“天渠”，其实是在山体边缘凿出来的一条宽六七十厘米、平均深

50厘米的石渠。该渠一边傍着大山山体，一边是峭壁悬崖。站在山的底端往上看去，“天渠”犹如刻在大山颈部的一条被切割的缝线；平行观察，“天渠”宛如一条系在山腰上的银丝绸带，那清凌凌的泉水，潺潺而流，即便是我们去的当日，老天下着中雨，但看着流动着清泉的“天渠”，仍然赏心悦目。

这是纯天然的矿泉水。黄大发老书记用手掌做示范往嘴里捧掬了好几口清泉水。我随之学其样连喝几口——感觉仿佛第一次品尝纯天然的矿泉水：清爽的甜！

“小心啊，这石板滑！”走在前头的黄大发，时不时地回头或者停下步子来拉我的手。一时可以，两回、三回还可以，但数公里、数小时让一位八十几岁的老人这么拉着我，实在过意不去。

并非我逞强，只是想不能再让已经吃了不少苦的黄大发老人为我这样的“走马观花”者费力费心了。然而，我的这份心思却着实苦了自己——命悬一线。

这绝非夸张！

悬崖上的水渠茬子仅有20厘米左右，黄大发老人可以在上面稳健行走，甚至可以用“健步如飞”来形容，因为在这么窄的“石沿沿”上——我这样形容脚下的“天路”，黄大发老书记已经走了几十年，我在后面看着他前行的身影，无法不佩服：稳稳当当，敦实有力。不到一米六的个头儿，在如此山崖上行走，身子骨儿丝毫不晃不摇，不像我，近一米八的个头儿，瘦溜溜的，每走一步，左右摇晃，仿佛随时会被一阵山风刮倒在几百米深的山崖底下……那一天看水渠，是斜倚着身体左侧的山体行走，右边是深渊，所以整个行进过程中，黄大发告诉我，身子得往左边倾斜一点儿。也就是说，有意将身子重心贴向山体，一旦摇晃，也是撞在石崖上。我心想：如果真的摇晃起来，撞在石崖上的一定是头部，那也得头破血流啊！但，比起朝右边的悬崖滑去，身子骨掉进万丈深渊，我自然宁可选择撞在山体上头破血流，也不愿去尝试身子滚下万丈悬崖的后果。

这就是第一次跟黄大发老书记去看“天渠”现场的感受与经历。

小石渠的外沿与山体一般有七八十厘米的距离，一根竹竿保持着我的身子与山体的这个距离，设想一下，在行走的过程中，突然有一次身子完全倾斜着倒向内侧的山体，首先与凹凸不平的山体岩石撞击的肯定是头部，这个距离与这个角度，受撞的头部毫无疑问将头破血流，也难免撞成重伤。老实说，那天我一直准备着经历这样的头破血流，而且我一直暗暗地这样想：宁肯头破血流，也决不身子往右倒……右倒是无法挽回的“彻底”了！

“何作家，就到这儿吧！别往前走了！”当地的区委宣传部部长雪梅同志一次次地劝道。开始我很坚定地回答：“不，再走一段看看……”

往前再走一段，是越走越无法迈出步子的险要之处。那一段像我这样近一米八的个头儿必须弓着身子走了——水渠已是嵌在悬崖的“脖颈”底下了。

还走不走？我感到极其为难，双腿已经酸痛万分。

“还有多长？”我问走在前面的黄大发老书记。

“刚走一小半……”他说，说完又转身只管往前走。显然，他并没有意识到我已经力不从心了。

又经一阵“排除万难”后，看着我不停地擦着脸上的不知是雨水还是汗珠时，雪梅部长非常坚决地拦住道：“不能再往前了！看到这儿就可以了……”

她的话，其实正合我意。说实在话，我已精疲力竭，再走下去，危险程度必将成倍增加。

但我不能自己说不走了，因为走在前面一二十米的黄大发根本没有止步的意思。“老书记，你不能再让何作家往前走啦！”最后是雪梅部长有些厉声地喝住了他的步子。

82 岁的黄大发老人回过头，走到距我五六米处，止步看着我，他一语不发。那坚毅的目光，紧盯着我，显然是让我自己选择。那一瞬间，我从老人的目光中获得了一份强烈的信息，性格很犟的他，是多么希望我多看看他的水渠，而且从他的目光中，我读懂了一件事：那水渠是他的全部成就，值得一生夸耀的事。如果我不能走到他最想让我看到的地方，老人会感觉遗憾的，而遗憾的当然还有我，一个准备写他的访问者。

“走吧。再往前走！多看一点儿水渠，就能多了解一下老书记当年的艰苦奋斗精神……”我这么说，也就跟着迈开了步子。

黄大发的脸上顿时露出一丝满意的微笑。他把手伸出来，拉着我的手——我们就这样继续前行。

水渠越走越险，后面的人已经没有几个了。宣传部部长雪梅同志则一直跟着，我劝她别走了。“你是女同志。”我说。

“你们不停下来，我敢停下来吗？”雪梅说。我知道她没有说出口的话：她无法承受我和黄大发老书记有半点儿闪失，那将是她负不起的责任。

而那一天，我完全或者根本不可能把自己当作什么“部级干部”“著名作家”的。我只觉得，一个 82 岁的老人在前行，甚至不时拉着我的手往前行，我有何理由退缩与止步呢？

且与黄大发站在一起时，我强烈地感受到：只要有他在，我绝对不会出事。尽管他没有说过半句这样打保票的话，但他的目光告诉我他有这个保证。我甚至知道，一旦我往山下滚，那垫在我身子底下的一定是他黄大发……

再过几百米，就到水渠最险的擦耳岩了，黄大发说。看他的神色和听他的口气，分明像是参加过上甘岭战役的老志愿军战士带着某种荣耀重回上甘岭战场似的。

擦耳岩这名字，听着就有些毛骨悚然。果不其然，近看“擦耳岩”，耳边就传来“飕飕”的冷风，仿佛有锋利之物在你耳边削过。山岩是倒着长的，上凸下凹，头顶上看不到天，是斜凸的山崖顶在你头上；下面是斜凹的峭壁，人在水渠上行走，只能双脚潜入水渠中间……“在接近擦耳岩的水渠上，设有一道小铁门，一般人到这儿就不让再往前了。”村上的人说。

雪梅部长看着我和黄大发，显得十分无奈。我朝她笑笑说：“来一趟不容易。老书记跑了近半个世纪，而且是开山辟崖凿出来的路，他走了大半辈子，我们才来一次……”

不知是我的话激励了黄大发，还是太想让我了解他的“丰功伟绩”，老人竟然又十分欢实地走在了水渠的茬口上，真的有点儿健步如飞！

“小心——老书记！”雪梅受不了啦，喊的声音都有些变了。

“老书记，您还是小心一点儿为好。我们走水渠吧！”我用另一种比较温和的口气跟黄大发说。

管些用。老人家朝我一笑，说：“没事。我走了几十年，熟悉这里每一块山崖的脾气……”再看看他的走崖姿势，双腿迈出，稳如磐石，每一落足，犹如铁钎凿在石窝里，四平八稳。这架势，分明就是飞檐走壁之功，你无法不服。82 岁的老人，却完全不像我们这般每走一步，瞻前顾后，方小心翼翼地挪动一步，身子仍然在摇摇晃晃之中……

我感觉后背的汗水比雨滴流得还要多。老实说，在黄大发面前我深感惭愧。

到了——终于到了擦耳岩！

这个时候，除了我和黄大发外，已经没有几个跟随者了。县里的一位同志甚至半鼓励似的对我说，我或许能够创造到过这“天渠”的最高级别的干部纪录了！他说，一般领导干部都不会上这么危险的地方。

我想：我这算什么？我仅仅是黄大发的采访者而已，而一般的凡人是无法与黄大发相比的。他是大山的儿了，他是大山的神，他本人就是一座巍峨的大山！只要他出现，大山就不会抖动，而他的身躯，我甚至觉得就是大山的一部分，与山岩不可分。所以，再险、再峻峭，在黄大发那里，根本不是什么危险，只是一些可有可无的基本概念。

但，峻峭的大山，悬崖与绝壁，对我们这些凡人来说，它在很多时候是无法逾越的“天堑”，甚至是“鬼门关”。

现在，我身临擦耳岩，当举目环视一番之后，内心无比惊叹：他黄大发竟然能在这么个地方开山凿渠！在这里，你即使站立于几十厘米宽的水渠中，双腿也会感觉是酥软的，身体仿佛一枝无根须的小树苗，没有风吹，你已在不停地摇晃。所谓的水渠，其实就像刻在悬崖上的一条细细的石槽而已，身子稍稍往外倾斜，那几百米深的绝壁悬崖就会让你粉身碎骨。

黄大发似乎早已看出我有许多疑惑要向他提出，然而他却偏偏不接话茬，而是实实在在地让我在现场感受“天渠”之“天”的一面。

“凿这一段渠，我们整整用了半年时间。人多了没用，光一两个人也不知凿到何年何月，所以那半年里，基本上都是我带着村上五六个骨干吃住在这里……”黄大发一边用手捞着清澈的泉水，一边跟我聊着他的“渠”。

“慢，慢，老支书！”我打断他的话，“你说你们当年就吃住在这里？”

“对呀！就吃住在这里。”黄大发肯定地朝我点头。

“这个地方……能住？”我左右环顾，无法找到答案。

“来，再往前走十几米。”他又拉我前行——是弓着腰、捂着脑袋的那种前行，因为有的地方的渠道和凸出来的岩石之间只有 1 米多一点儿，我们只能把身子弓得低低的。

“看，我们就住在里面……”猫腰一段后，黄大发老书记让我直起腰看“奇景”：嘿，一个小山洞啊！

想不到在悬崖绝壁上，竟然有个约一个平方米空间的洞穴，其高度与我身高接近，洞穴内还残存着一些灰渣和岩壁上的某些人工印痕。

“都是我们干活儿时留下的……”黄大发显得很自豪地告诉我。

“那个时候你们就吃住在里边？”

“是。有这么一块好地方，天赐的！”老人的脸上乐开了花。

我能想象，那个时候他和村民是如何蜷曲着身子在这洞穴里，或看着天上的星星，或淋着飘落进来的雨水，一天又一天地等着开山凿渠早日收工，其情其景，有苦有乐，真是一群不屈的山民！

雨，越下越大。“天渠”到擦耳岩并非收笔之处，前面还有十几里长，黄大发说还有两处非常险要的地方，跟擦耳岩差不多，就不用看了。从他的眼神可以看出，他对我能跟他到擦耳岩已非常满足。

“明天带你去看水源……”他说。

这也是我的愿望。如此一个伟大壮举，其潺潺而流的清泉，自然极大地诱发了我去探秘一下源头的想法。我想亲眼看一下当年黄大发为何如此强烈地渴望把这么好的泉水引到自己的村里，那水一定让黄大发太着魔，不然他不可能花几十年的全部心血去凿这么一条老天爷都做不到的“天渠”。

第二天我们整装出发。从黄大发所在的草王坝村到水源地螺丝河有 20 多分钟的汽车行程。小车在山谷之底行走，黄大发让司机在半途停下车子。

“喏，你看，我的渠在那儿——”黄大发待我推开车门，便拉着我指指与天接壤的大山顶端，说。

我仰头看去……看到了：在大山的颈部，有一道浅浅的“刀痕”清晰地刻在那里。

“就它。从这儿看上去就像头发丝似的……”黄大发开心地比喻道。

从山底看去，如今被百姓称为“大发渠”的水渠，确实如天渠一般，令人肃然起敬。“你，这个——”这一刻，我觉得用任何语言来表达对黄大发老支书的敬意都不太准确，所以只是向他连连伸出大拇指。

他再次满意地笑笑：“走，到螺丝河。”

螺丝河，我已经对你极其向往了——这是由于黄大发和他的“天渠”的缘故，你让我浮想联翩、神往情诉，并一路在想象你的气势、你的磅礴和你的浩荡，我甚至想，你或许无法与我故乡的太湖之水相比，但你也应该有一个宽阔似塘的容貌，因为你是“天渠”的水源，你一定像平展展的一面银镜，你也许还像黄果树瀑布那样秀丽壮美……总之你应该是一处宽阔浩荡的水域，我甚至想象着像到了杭州一样去渴望再一次看看西湖之美——迈着轻松的步子、怀着休闲的心境……

可，我完全错了。错到了家！

黄大发的“天渠”水源地，再次差点儿让我送了命——

从小车上下来，再到水源地，用黄大发的话说“就在前面”；按他外孙的话说“大约两华里路”。我们城里人到山区，千万别轻易相信山里人口中所说的路程。他们的路程是他们生命的一部分，完全不是按实际计量计算的，那只是一种习惯的感觉而已，同实际意义上的里程无关。

这一回我竟天真无邪、毫无半点儿怀疑地信了他们，为此，我差点儿丢掉了小命。不过，结果是，就像前面已经说过的那样：只要黄大发在，我不可能有事！

然而，我的双脚并不像我的心一样笃定与虔诚，因为从土公路上下来，黄大发领着我们往一片草林密布的山里走去。依然没有路，“路”便是通向草王坝“天渠”的渠头的渠壁。由于不同的海拔，所以这里的水渠基本是贴在 10 来米高的一条山谷溪流之上的岩壁上。此处的水渠大小仍然与几公里之外的“天渠”差不多，不同之处是这里的渠壁简易得多——内壁是山体石壁，外壁则比前一日行走在高山的水渠宽度窄了一半，平均也就 10 来厘米，且长满青苔，许多地方被草木掩盖着，湿淋淋的，奇滑无比。

这能走吗？我一看，便惊出了半身冷汗。

“维维，你看好何作家！”黄大发没有跟我说话，而是对同行的他外孙况维嘀咕了一句，我没全听懂，只是看到刚大学毕业回乡来看外公黄大发的外孙况维，用普通话跟我说：“你抓住我的手。”

我感觉有些无奈，因为我必须抓住他的手才行，否则今天根本不可能看到水源！我内心有些后悔：为什么非要来看水源呢！

但已晚矣。黄大发想让我看水源的决心从他连头都很少回看一下的步伐就能知道。80 多岁的老人，竟然一边在前面披荆斩棘，一边双脚踩在狭窄的渠沿上平履如飞，而且他的心情完全没了前一天带我上山看“天渠”的那份陌生感，像一位勤劳的农民在秋天带朋友去看他那丰收的庄稼一般，满怀喜悦、精神爽爽……

今天，不是死定，就是准备摔个头破血流！我预感这两种结果中无论如何也很难逃脱其一，前者也许言重了，后者实在无法避免。

心，真的紧张极了。

先是一个流着水的陡坡……一番前拉后推，总算把我“送”到了“路”上。还好，只湿透了皮鞋和裤腿，没有伤筋动骨。

但之后的“路”就是“两万五千里长征”：那已经好几年没有人走过的10来厘米宽窄的渠壁上，不仅有青苔，而且还有不少残泥，两者混在一起，再加天下着蒙蒙细雨，这就让人“五岭逶迤腾细浪”了——你每一次抬腿，必须慎之又慎，直到先迈出的那只腿稳稳落定、待没有滑余时方可再抬后一条腿，这样才能保持身子重心不失衡而影响后一条腿的抬移。然而，人在几乎悬空的10多厘米的石壁上行走，宛如一个从没有练过平衡木的人，一下让你上去开练，身体很难保证左右不摇晃。

如此一步一移，不出三五十步，我已感觉后背湿透……

黄大发则在前面悠然自得地继续“披荆斩棘”，继续“平履如飞”，并不时地用我听不懂的土话吩咐外孙“保护”好我。但同行在狭窄的石壁上，小伙子即使想严格地“保护”我，有时也无法实现，因为他拉着我的手，却无法管住我的双脚随时被滑余的青苔所愚弄。更何况，多数水渠的石壁甚至已经残断残失，小伙子自身都很难保。

已经到了这个份儿上，任何后悔和怨言都没有用。只有向黄大发学习，而且你也必须向他学习——他82岁的老人在前行，你差一大段年岁有何脸面胆怯畏退？

唯有向前！唯有准备摔个头破血流！我做好了两个准备：尽可能地摔得不那么惨，而且绝不能掉下去！因为如此往前行，不摔似乎不太可能，“有准备”地摔，或许会减少点儿头破血流的“牺牲”。老实说，我不敢再往下想了，毕竟已非青春年少，在悬崖峭壁上摔一跤，我无法想象会是啥样——听天由命吧！

谁让我认识黄大发的！他是山神，我来写他，他不保护我还有谁能保护我？这一天，我又把自己的命彻底交给了黄大发，交给了“山神”。从小在江南水乡长大的我，又多数时间在京城工作与生活，虽然也曾去过许多名岳大山，但真正像现在身体与灵魂和大山如此贴近、深入，全部交付于它，还是第一次。也就是在这种境遇下，我的脑海里跳出不知是哪位旅行家说过的一句话：当你将命运交给苍茫的大山时，不要想别的，能做的事就是去用心灵去与山神交流。

心灵与山神如何交流？只有你自己去感受和体会。

我停下了脚步，擦了擦额上的水，竟不知是汗还是雨滴，然后深深地吸了口气，环视了四周一遍，心中忐忑不安。黄大发的外孙在距离一两步远的地方等着我。要不……他用目光征求我。

“没事，”我摇摇头，反问况维，“你走过这里吗？”

“小时候经常走。”小伙子说。

是吗？我感到惊诧。为什么？跟着外公来看他们开山凿渠？不对，那个时候，这孩子还没有出生呢！我自己心里笑起来。

“我家住在这山的后面。小时候到外公家没有公路，抄近路就从这渠崖崖上走……”小伙子说。

我内心一震：这就是大山里的孩子！“不害怕？没摔过？”我关切地问。

他摇摇头：“没有。”

这么厉害呀！

“开始是外公接送的，后来就自己走了……”小伙子解释。

明白了。大山里的人都有山神保护着哩！

可今天谁来保护我呢？我突然感觉：为什么要怕呢？大山里的人有山神保护着，我则有黄大发和他外孙等大山里的众乡亲们保护着，有什么可怕的！

倒下了，再爬起来呗！头破血流了，只要还有一口气，他黄大发和小伙子能丢下我不管吗？我“阿Q”式地鼓足了勇气，而这份“阿Q”式的勇气真的管点儿用。

“走，跟上你外公！”我感觉山神就在身边。

我感觉自己的双腿找到了在峭壁上行走的诀窍和要领——每一次抬腿的时候，必须将脚板或左或右地在原来的姿势上改变30度左右，并尽可能地将脚板横落在水渠的石壁上，这样就减少了青苔的滑余——当然保持时刻的小心翼翼和坚定的勇气是前提。

“快了！再有几十米就到了。”对黄大发和他人说的这样的话，我也不再去计较了。你越说“快了”“快了”，越说只有“几十米”了，我越在内心给自己暗示：加油，还早着呢！至少还有几百米呢！

我们继续跟着黄大发前行。我竟然有些吃惊，10来个人，走着走着，一点儿声响都没了，谁也不说话。为什么？我趁着歇口气时，前后细细观察了一下：噢，原来这“路”越走越险，就连黄大发和草王坝的乡亲们都那么目不斜视、全神贯注地注意自己的脚下……

那一瞬间，我感觉我成功了——我与大家一样，大家与我一样，我们的心都紧贴在了这危险异常的水渠上，都融入了大山。

那一瞬，我感觉山神一定在一旁默默地笑了。

“你们听——有水声了！”黄大发突然在前面喊了一声。是，你听——“哗哗……”的水声，而且是比较湍急的水声。

看水源的队伍顿时开始热闹了！

这时，我突然感觉有一阵冷风飕飕吹来，全身格外清爽。抬头一看，原来有一个十几米宽的很深的大洞穴，洞形如一只张开嘴的海蛤，冷风就是从里面吹出来的。

“当年我们筑水坝时，正值冬天，就住在这里近半个月……”黄大发一串箭步，冲到了洞内的一块巨石上，随后有几位村民也跟着冲了上去。他们居高临下地边观察洞穴，边七嘴八舌地回忆着当年开山凿渠的峥嵘岁月。

“冬天住在这儿不冷？”我感觉洞内吹出的风像刚打开的冰箱，寒气很冲。

“这里冬暖夏凉。”黄大发回答我时脸像一朵绽开已久的菊花。噢——我一下明白过来，但同时内心又一阵心酸：中国的农民就是这个命，他们把最苦的生活中的一份意外的乐趣，视为幸福并满足。

“天渠”的水源真容出现了！它让我意外之意外，因为它完全没有我想象中的波澜壮阔，更没有如湖般的壮观，也没有平展如镜的气象……它只是从高山往下流淌的一条溪沟，一条比较大的溪沟而已。就这样一条溪沟，让黄大发和草王坝的几位与它久别的村民，如见久别的老友一般欢欣，他们甚至连蹦带跳地下到了溪水中，有的狂喝起来，有的一掬又一掬地往自己的脸上泼水，有的则站着不停地傻笑着，嘴里嘀咕着“真清”“真好”一类的话。黄大发也一样，像孩童般地将水往古铜色的胸前拍打着……

这是一幅独特的“戏水图”，一幅祖辈缺水的山民“戏水图”，一幅以自己的勇气创造了奇迹并尝到了甜头的山民“戏水图”……

我也被黄大发和草王坝村民们的快乐所感染，不由蹲下身子，捧起一掬清泉放入口中，啊，真的很甜、很甜！

难怪黄大发发了生命之誓要把它引入几十里之外的村庄与家园……

这一刻，我似乎才明白，这条叫螺丝河的“河”，它在黄大发的心目中是如何的崇高和神圣，也明白了他为什么非要引我到此一睹的深意。因为，这是他心目中的神。

山神并不一定就是石头的化身。山神有可能是从石头中流淌出的精华与精气，这螺丝河通过黄大发开凿出的“天渠”潺潺流淌的清泉，难道不正是这大山的石头里涌出的精华与精气吗？

呵，大山、大发，还有“天渠”、草王坝，你们和你们的这些名字，都是大山深处的灵性之物，你们不都是一个个山神吗？

……

第二章

黄大发的心其实比山崖都硬，平时你要有啥事能让他眼眶里发热很难。但为了乡亲们能喝上水，为了全村男男女女、老老少少能吃上白米饭，他独自偷偷地不知流过多少泪。但在众人面前，尤其是在乡亲们面前，他绝对不会轻易抹泪，绝对不！

他就那么犟，认准一件事，就是三头牛也拉不回他。但乡亲们告诉我，老支书他的心肠有时软得比棉絮还柔，见不得村上人受苦挨饿。

“我们信他，就是他从来不害人，除了那个渠……”有位老乡说，然而他赶紧改口道，“后来渠里也通了水嘛，所以说他从来没害过人。我们信他，就像信山神。”

信他，就像信山神。老乡的话让我内心产生一阵不小的震荡：黄大发真的让人那么佩服？现今当干部能做到人人听你、人人服你，可不是件容易的事，就是神，也未必能做到。

“他做到了，所以百姓服他，称他神。”平正乡干部告诉我。

遵义市播州区平正乡，它的全名叫遵义市播州区仡佬族乡，是播州区最边远、最穷的一个少数民族乡，中国第一个仡佬族乡就是此乡。

高山苗、水汉家，
仡佬住的石旮旮。

从这首民谣的字面上，就可以明白仡佬族人生活的环境有多恶劣。黄大发所在的草王坝又是平正仡佬族乡最边远、最穷的村。

旧时的草王坝到底有多穷，穷到啥份儿上，在黄大发印象中，最叫他记忆深刻的是没有水喝。那年他也就四五岁模样，大热天，他渴得小嗓子在冒烟，于是跑到一口跟他一样高的水缸边，等着母亲从缸底舀半碗浑黄黄的水。母亲一边舀水，一边嘴里叮咛着，喝两口没喝完就倒回缸里，不要浪费了。四五岁的他，才喝了两口，手一晃，剩下的小半碗水不慎洒在了地上。

“你个小败家子！不是让你拿稳拿稳，你就撒手啦！”母亲重重的一巴掌打在了儿子的脸上——小嫩颊上留下一个深深的印痕。

“这一巴掌我记了一辈子，也知道了水对草王坝的人来说，它金贵到啥份儿上！”黄大发说。

因为水太少，所以村上乡里乡亲的，如果你家富有一点儿，藏点儿粮食可以，但你不能私藏水。如果遇上大旱年，邻居家断了水，谁家还有水，就得拿出来一起享用。违者就要受到族人惩罚，比如罚你绑在大山石上一天甚至两天滴水不进。

还有一个传统：你不能嫌别人家的水脏，你得喝，得当作蜜糖那样喝；在草王坝，凡是水，都是金贵的，就是小孩儿、牲畜拉了屎尿在水坑里了，你也不能随便把坑水浪费了。从黄大发嘴里说出的在他们草王坝有关“水”的故事，可以另写一本书。那些故事都是心酸的、悲惨的、常人无法想象的。

小孩子更可怜，他们一渴了就找水，于是跌跌撞撞一不留神就掉进了水坑内，大人早发现能捡回一条命，晚一点儿，孩子就鼓着小肚子夭折了，村上这样的事发生过不止一两起。村上人告诉我，他们都喜欢老天下大雨，一下大雨全村人都像天上掉馅饼一样开心，除了把水坑挖更大一点儿外，还会把家里所有能盛水的家什全部拿出来。缸满了盛盆，盆满了盛碗，碗满了灌瓶，瓶满了灌嘴，嘴饱了，脱下衣服甚至抱出棉被，放在雨中，让雨水浸透，然后放起来……等不下雨了，坑里的、缸里的、盆里的、碗里的先不用，先用那些浸透的棉衣和棉被里的水。

衣服和棉被存水到不了一两天，但对缺水、稀罕水的山里人来说，尤其是那些孩子，能用嘴巴咬着一块湿润润的棉被、衣服，就好像城里的孩子在夏日街头吃上一个冰激凌一样过瘾。

山里人可怜哪！村上的一位老人告诉我，爱干净的女人们，一见下大雨就往山里钻，然后进到林子里把衣衫一脱，光溜着身子享受雨水的洗荡……曾经有个女人就因为到山里淋雨，不小心摔了下来，光光的身子被石头和竹尖、树桩，刮削得皮开肉绽，收尸的时候，惨不忍睹！

缺水的大山里，有多少这样的悲惨故事。黄大发心里装得要比这多得多，并且还有比这更惨的事。他自己就是其中的一个。

他生下来后，跟着父母就没有家。因为穷，又没地，坡上垦几块桌面大的山地，种上几棵苞谷，天不下雨苗就枯。即便天下雨，地里也存不住三两天的水分……黄大发家的日子就跟坡上的苞谷秆一样，没个根。他记忆中，小时候跟着父母东一宿、西一夜，都是在别人家的屋檐下或山崖边度过的。黄大发 9 岁时，母亲伸着一双枯干的手去世了；13 岁时，父亲咧着一张干渴的嘴，又离他而去。没有了爹娘的黄大发，更是只能每天滚草窝、睡苞谷壳、吃百家饭。一直到中华人民共和国成立的那几年里，黄大发受尽了人间一切苦难，也饱尝了没有水的非人经历。他说他除了人粪坑里的水没有喝过外，啥“牛脚窝水”、畜生坑和污水坑里的水，全喝过。

“只要不渴死，啥脏不脏的！没水喝的那种难受，就像身子里五脏六腑都在被火烤着一样……”他说。

山高石头多，
出门就爬坡。
顿顿都吃苞谷沙，
过年才有米汤喝哟……

仡佬族人爱唱——黄大发一家是汉族。小时候他常听母亲唱这首歌，可他就不爱听这样的悲情诉说，于是他自编自唱这样的歌：

山高石多我不怕，
路窄坡陡更平常。
梦里想着好日子，
一日三顿白米饭……

然而，孤苦伶仃的黄大发想不通一件事：父母给了自己一个特别吉利的名字，可为啥就没有过过一天好日子、吃过一顿好饭呢？这个草王坝也跟他黄大发一样，徒有其名，穷得叮当响。除了四周望不到边的山，就是山上那些突兀的石头。石头也怪，粗又糙，硬又砺，石缝里长出的藤蔓也都是刺人的，一户户人家则像一个个的小蜂窝贴在石壁上。各家各户，除了在宅前屋后的几块巴掌大的田里刨苞谷外，就种不出其他啥了。大人们的皮肤都那么黑黝黝的，男人的裤腿永远卷到膝盖上，女人的奶子里总流不出奶水……相互之间听不到一两句话，就是一家人也极少有交流，所有人的眼睛里没有精气神，唯独在一个陌生人闯入大山时，村上人的眼神才会陡然变得光亮和有神起来，甚至有些像石头里溅出的火星一般锃亮，其实那种光亮也挺吓人的，没有温存，没有表情，只有一种警觉与好奇。爱问、爱说的黄大发就把自己的看法和想法跟村上的一位长者说了，不料挨了一顿不轻不重的斥骂："砍脑壳的小鬼头子，你不是山里人？你啥时听山在天天说话？山不说话就不是山了？山不说话就不知道天下的事了？去，要说话，就跟山说去吧！听听山会跟你说些啥！"

黄大发受了一顿斥骂后，便坐在一块大石头上，面对四面群山，睁着一对大眼睛，默默地看着那些与天连接的山峰与山崖，他把自己脑子里的疑惑一个个地托出来，然后等待大山回答……他等了好久好久，大山还是沉默不语，依然一动不动地站在原地，仿佛对他的话不感兴趣，又好像觉得他不该问这样的问题，然而黄大发又似乎清晰地听到大山这样默默地告诉他，在山里，不说话就是言语，开口的才不是真正的山里人，山里人就应该永远像大山那样默默无语、静观天下。能静观天下者才是最有本事的山里人，就是大山里的神……

噢，山里人就应该像大山一样，沉默不语，一旦言语，惊天动地，山崩地裂！

最有本事的山里人，就是大山里的神！黄大发似乎顿悟了做一个山里人的哲思与道理。他甚至想，父母给他的名字里边是不是就意味着应该做个“最有本事的人”。

黄大发 14 岁那年，遵义城解放，毛主席的照片也开始被贴到大山的家家户户。那时黄大发听大人们都在说，共产党来了，要过好日子了！

于是他天天盼着好日子，盼着能吃上白米饭，甚至经常独自坐在村边的一块大石头上默默地与大山对话，而且他发现，大山也变得开朗和温情了许多，也愿意与他说话了，并且总在告诉他要过好日子就得做个不惜力、不惜命的勤快人，这样的人才是新社会的草王坝人。

“我的命都是众乡亲给的，我一定不惜力、不惜命地为集体、为大伙儿做事。”黄大发似乎有了人生的第一个方向。那时的他，年轻、有朝气、爱新鲜事物，村里有什么事他都参加，别人有顾忌不爱出头露脸的事，黄大发啥都抢着干。大冬天，雪花飘扬，村里要求青壮年男人轮流站岗放哨，黄大发赤着脚，抢在别人前面，说：“我反正没家，我来值班！”忆苦思甜斗地主，山里人不太会发言，区里派任务下来，干部很发愁，黄大发拍拍小胸脯，说：“我来。”他根本不用别人提醒、帮忙，一讲起“万恶的旧社会”，身为孤儿的他声泪俱下，感动并激发了无数人的阶级觉悟。

“石头娃”——村里上了年岁的人这样叫他，说这孩子出身苦，个头不高，但人实在，脑子灵光，做事“咚咚”有回声，是大山人的性格，将来一定能成大器。这个言他好，那个夸他灵，于是在 1952 年，刚满 16 岁的他，就被村里的伯伯姨婶们从外乡牵线搭桥给说上了一门亲事。入洞房时，黄大发才第一次与同是孤儿的张氏姑娘照面。

自己也有女人了，也有家了！黄大发感恩乡亲们给予他的这份深情厚谊。搂住新娘子的那一刻，他黄大发就发誓要好好待自己的女人，好好答谢村里人。

初婚那一夜，黄大发发现：自己瘦小，可新娘子的身子骨比自己更瘦小虚弱……都是穷人家的苦孩子，都是娘肚子里生下来没过过一天好日子的孤儿。黄大发对新婚妻子说：“只要有我在，一定要让你过上好日子！还要让全村人也能过上好日子！”

喜事过后的黄大发更加精神爽、腿脚快，每天忙碌和奔波在各种会议与活动中，而且他渐渐发现自己变得越来越能说会道，嗓门儿也变得越来越高了。黄大发以为这就是他的“新生活”“好日子”，可是很快他醒悟过来：所有这一切，并没有改变山里人的饥寒与贫穷，尤其是他自己的家：妻子十月怀胎，本来是大喜事，可在临产时，由于妻子身体太虚弱，一口气没有缓过来，硬拖了一段时间后，甩手走了……黄大发悲痛万分，第一次感受到家对一个男人的意义，也第一次明白一个男人该如何支撑起一个家庭。

要过好日子。有好日子才能留住女人，养好孩子。那一天，黄大发抱着自己幼小的儿子，看着他一双被炉火烧焦的小手，哭得昏天黑地……没有了娘的小娃儿，因为天冷，小家伙看到炉火那边暖和，就自己摇摇晃晃地往火堆那边跑，结果一跤摔倒，一双小手插在了熊熊燃烧的火堆里。从小家伙哇哇大哭，到有人跑来救起他中间仅仅一二十秒时间，但一双小手还是被烧烂致残……

没有比接二连三的妻亡儿残更让黄大发痛楚与悲伤的了。严酷的现实，更让黄大发明白一个道理：如果不迅速改变草王坝的贫穷落后面貌，像他家这样的悲剧今后依然会在村里不断重演。

从此以后，黄大发就像头拼了命的犁田牛崽，集体的活儿他总是抢着干，只要对村里生产有用的事他都走在前头。村里需要这样的好带头人！1958年，23岁的黄大发被领导看中，更主要的是村里人相信他，被推荐担任草王坝生产大队大队长。

> 我志愿加入中国共产党，拥护党的纲领，遵守党的章程，履行党员义务，执行党的决定，严守党的纪律，保守党的秘密，对党忠诚，积极工作，为共产主义奋斗终生……

第二年年底，黄大发被吸收为中国共产党党员。

草王坝的一个苦孩子，石头大的字不认一个，但黄大发从入党那天起，他对党旗下宣誓的每一个字、每一句话，都记得一清二楚。在我采访时，82岁的老人家竟然依旧能把誓词倒背如流。

“我没有条件念书，我当村干部后就遇上了问题，比如你要开会点名，记谁来了没有，生产队里有许多账要跟各家各户、每个人头儿兑现，我不认字就变成糊涂账了，所以我逼着自己认字。怎么认呢？有一天我看到一户村民家有半本《三字经》，我虽然没进过学校门，但从小听大人们口中琅琅念着《三字经》。我就拿着这本残缺的《三字经》练认字，先把每家每户的人头儿姓名一个字一个字地记下来，再把全村一家一户地记下来，这一记，就是2000来字了，这样慢慢地我也能记个账、读段报纸了……”黄大发的认字法很独特，也十分管用和实用，现在他基本上可以把写他的文章念出来。

这，也不能不说是个传奇。

当了村干部的他，更多的心思用在如何让村民们过好日子上。然而，虽然天变了，但草王坝的山还是那些山，石头也没有挪过窝，百姓依然吃不上白米饭，就是苞谷汤也不是家家户户顿顿吃得上。黄大发当大队长的时候，正逢三年困难时期，草王坝上的野花被饿得像野狼似的外乡人挖光刨光了，善良的村民们没有制止别人的野蛮行动，却给自己掘了坟墓——饿死的一个接一个……那天从遵义开会回来，一进村头，黄大发看到好几位村民躺在地上、卧在路边奄奄一息，连向他伸手、说话的力气都没了。黄大发急了，不能让村里的人这么死下去呀！怎么办？怎么办？不死人就得有东西给大伙儿吃啊！

天灾人祸，何处再有食可觅？不用说家里的、锅里的和碗里的早已空了，就是地里的、山上的、天上飞的，全都一空，哪里还有什么可吃的？最让黄大发不忍的是，他看到有一个小娃娃，竟然饿得趴在地上，两只小手到处抓土往嘴里塞……

得赶紧想法子啊！不然全村人非死光不可！身为大队长的黄大发急得直跺脚。怎么办？还有啥可吃的嘛！就在这时，牛棚里传来一声“哞哞”的叫声……对呀！不是还有这牲口嘛！

黄大发一激动连眼泪都快蹦出来了，只见他飞步跑到牛棚，然后一边抚摸着牛颊，一边赎罪似的跟两头牛崽说话：“对不住了老伙计，非常时期，我杀你们救乡亲，等来世我给你们做牛做马，你们拉着我去犁地耕田……”

“你这是犯法！集体的东西，尤其是耕牛，你杀了它就是破坏集体财产，该当何罪你知道不？想坐牢啊？”一听说黄大发要屠集体的耕牛，许多人出来反对，甚至有人给他扣了一顶顶铁帽子。那个时候，谁有胆量破坏集体财产，尤其是屠杀耕牛，就等于是“破坏生产”“损害集体财产”，这样的罪名一旦成立，就有可能坐牢或者被打成“现行反革命分子”。

你黄大发疯啦?

“我没疯！真要是全村人都饿死了，我才真的要疯掉！”黄大发的犟脾气上来了，“只要能保住村上的人不再死掉，要我去坐牢我就去吧！”

他真把两头耕牛杀了，把牛肉分给了全村人，草王坝因此再没死一个人。黄大发真心救百姓的事感动了上级领导，最后并没有追究他杀牛的责任。“文革”的时候，有人曾经拿当年的这件事，给黄大发戴高帽子，企图说他是“破坏集体”，问他当年杀牛自己得了多少牛肉？黄大发说，他一两肉都没留。造反派不信，问村上人。村上人证明：他黄大发从不吃牛肉。这事就不了了之了。

采访时我问黄大发：“你真的不吃牛肉？”他说：“就是不吃，从来不吃。一见牛肉就恶心反胃，条件反射，有些害怕。我会想起那两头牛临死时朝我掉眼泪的情形……”

听他的话，我信了。

其实，草王坝没有再死人，并非仅靠两头牛。村民们清楚，后来在他们最饿的时候，黄大发总会悄悄地送上一些“种子”来，而这些“种子”是生产大队为来年种地留下的，那个时候“种子”也是集体的神圣财产，谁都不能轻易动它。黄大发说“种子”由他一个人管着，锁由他掌着，看哪家的人饿得快不行时，他便悄悄送上几把“种子”去。草王坝当年就是这么度过三年最苦的困难时期的。

百姓啥时候最感恩共产党？一回是打倒地主、分了土地的翻身日；二回是遇到这样的大灾时，有人给他们吃的，让他们活下来。黄大发做了后一件事，所以草王坝的百姓认为：黄大发这人心里装着咱百姓，善！好人！这么传来传去，黄大发在村上的威信自然越来越高，人缘也好。这期间，村上有位姑娘的芳心在悄悄萌动……她就是徐开美，现在的跟了黄大发半个世纪的老伴儿。

采访徐开美老人的日子是8月8日，有一个问题我在事先就想问徐开美老人的，虽然面对这样的老人问这样的问题似乎有些不敬，但我还是特别想弄清楚，因为黄大发的第一任妻子因病去世后，身边带了一个手残的男娃，同村的徐开美对此自然十分清楚，加上黄大发家里又穷得叮当响，她徐开美大姑娘一个，不是嫁不出去，何苦要嫁给二婚而且还有个残疾儿子的黄大发呢？

“只要父母同意就行。”这是我问徐开美老人时她的回答。听命于父母是山里女娃的品质，也是大山里的风俗。

后来我了解到，徐开美当时有两个弟弟，还有两个妹妹，她是孩子中的老大。她说在她 15 岁时，母亲去世了，19 岁那年她嫁给了黄大发。

“你看中他啥了？”我打趣地问老人。

她笑笑，说：“他干活儿踏实，手勤快；不管做啥事忠诚，不虚华；还有肯做家务。山里的女人看中男人最重要的应该是这些。他在山上干完农活儿后，回家就做家务。性格好，嫁到黄家几十年，他从没有跟我吵过架。我也都支持他，外面的事情啥都听他的。”

“当时他家穷，你就这么嫁他了？”我的意思是：你 19 岁的黄花姑娘，嫁给一个同村的“二婚”加拖着一个残儿的黄大发，那么心甘情愿？

“我坐轿子去的。这个我要坐。”老人有些不好意思地说道。

“嘿，真坐轿了？”

“是。”

“8 人抬的？”

“4 个人抬的。敲锣打鼓，吹吹闹闹，在村上走了一大圈……”

“哈哈哈，有面子，有面子！”我忍不住大笑起来。老人家也开心地抿着嘴在乐，意思是这么体面的场面，算是跟二婚的黄大发扯平了。

但有一点黄大发仍然感觉欠了徐开美的，入的洞房不是他黄大发家的，是借别人家的房子。不过，新婚几个月后，黄大发买到了一处房子：一个同姓黄氏的男人去世，女的远嫁到外乡，那房子再没有人住，黄大发就打算把它买下来。人家并没有多要钱，说就 108 元吧。“图个吉祥数，这辈子没有过一天好日子，108 这个数你就别再跟我打折了。”那女人说。黄大发只说了一个字：“值。”可他掏尽家底，只拿得出 20 元。黄大发觉得十分尴尬，一脸愁云。

“啥事？”新婚妻子徐开美问他。

“没事。”黄大发不愿说，这是没面子的事。他觉得把徐开美娶过来，已经亏欠她的了，现在想占个房子，却又没有钱。

“你就别装了，一家人了，还死要面子活受罪。拿去，88 块，给人家吧！”

徐开美从口袋里掏出一沓钱，塞给自己的男人。

“这——你这哪来的钱？”

“是我爹给的，咋啦？”徐开美说。

“不是，我……”黄大发觉得自己无地自容，大男人一个，讨个便宜买个房子，竟然还要让老丈人垫钱。

徐开美偷笑：“你呀，算一辈子欠我的吧！”

黄大发把钱给了人家。但作为大队长，他其实是挽留过那位亡夫的女人的，希望她留在草王坝。可人家说：“你是大队长，我嫁到你们草王坝后，连口干净水都没有喝过。我还算年轻，我这一辈子富日子没想过，但我想喝口干净水还是要的，所以你就别劝我了。”

黄大发无言以对。

那天，他看着远去的女人离开草王坝、走出大山的那一刻，心头十分忧伤和悲切，心想：啥时候能让草王坝的女人留住，让村上的人喝上干净水呢？

他把这压在心头的悲切与忧伤，化成一声怒吼——但大山没有回应他。

大山默然地站立在他的四周，仿佛在静观这位年轻的共产党人说的和想的是不是一致。

“那好吧，看我黄大发到底说话算不算数，能不能干点儿人样的事！”面对大山，黄大发再次立下誓言。

他真有一股干劲儿，一股为集体、为村民、为草王坝争荣誉的冲天干劲儿：当大队长主要是抓生产，抓生产在当时就是为国家完成缴公粮的任务。那个时候农民和农村的任务就是为国家缴足和超额上缴公粮。谁缴公粮多，谁就是觉悟高、思想好，谁的生产大队、哪个干部就要受表扬。表扬获得的可能是一面小红旗、一块肥皂或一只水壶，当然也可能奖几只脸盆，等等，反正即使是这样的荣誉，对社员和干部来说，也是莫大的荣耀。

黄大发带头下的草王坝，虽然自己勒紧裤腰带肚子天天咕咕叫，但在缴公粮问题上一点儿不含糊。“我们缴了 6 万斤苞谷米，所以说我表现好，便发展我入了党。”黄大发说。

大灾之年又是丰收，又没死人，黄大发的人气与人缘在草王坝节节攀高，尤其是 1962 年村里又大获丰收。当时的公社和区政府推荐黄大发到遵义地区参加庆功会。戴着大红花回来的黄大发意气风发，从来没有人关注的草王坝人第一次受到山外遵义城里的“大干部”表扬，村里人对黄大发甚至有些崇拜了。这个时候，家家户户的棚梁上、屋檐下，也都挂满了苞谷，跟着干部干的热情前所未有的高涨。黄大发就是在这个时候当上了村支书。

“一把手”的权力和主张是具有绝对性的。草王坝的群众无论在开会时，还是私下里，都这么对黄大发说：“只要你指哪儿，我们就跟着冲到哪儿。你黄大发说我们活，我们就蹬腿；你说我们该死，我们就闭眼，决不后悔！”

“那好。既然大家这么信任我，我也不能含糊。我把心肝托出来放在这石板上，若这心肝有一点儿不是想着为村上、为大伙儿谋福的事，你们就把我这心肝敲烂了；若我这心肝有一点儿偏了谁、亏待了谁，你们就把偏的那一块给我割了！我把话搁在这石头上，就是希望大伙儿一起，把草王坝最大的事办成！”黄大发用手掌在石头上连拍了10来下，说。

“啥事，大发你说！”

“对，快说出来，我们吃饱肚子后有劲儿没处使呢！”村民们个个摩拳擦掌，听黄大发发话。

“我想让大伙儿吃上白米饭！让草王坝的孩子和老人们吃上白米饭！让草王坝从此以后不再让外乡人嘲笑我们吃不上白米饭！”黄大发号着嗓门儿，连吼了三声。

那声音在大山里久久回荡，草王坝的老村民今天回忆起来，仍然十分激动，说：“他黄大发的话，让我们许多人当场流泪了！外人不知道，咱草王坝祖祖辈辈吃不上白米饭，吃白米饭对我们草王坝的人来说，就等于吃山珍海味一样，梦里都想吃白米饭！可想了多少代人就是吃不上啊！黄大发这么一说，要我们都能吃上大白米饭，谁不激动！”

“可是大伙知道，要吃上白米饭，就得种稻子是不是？”黄大发朝大山吼完后，回头又对村民们说，“种稻子就得有水。可我们这儿尽是干旱的大山，大山上不存水，就是一场大雨，过不了几个时辰，这地就跟石头似的又硬了。咋办？草王坝要种稻，要吃上大白米饭，就得把水引过来——是不是？”黄大发又开始吼了，这回是对着村民们吼。

村民们开始嘀咕起来，到哪儿去引水呀？到两三里路的山底下去引水，那哪儿成嘛！俗话说，水往低处流，我们哪有本事将山底下的水引到半山腰的草王坝嘛！

有人就问黄大发："支书，你说哪儿能把水引来呀？是从天上引来吧？哈哈……"这村民的话立即引来全场一阵哄笑。

黄大发也笑了，只见他似乎早有准备地告诉大家："我们就是要从'天上'把水引过来！引到草王坝来！"

天上引来水？这、这咋可能？又是一阵哄笑。

"开美的男人今天没有喝酒吧？怎么尽说醉鬼话嘛！"连女人们都在嘲讽他了。

"静一静，大伙儿听着！"黄大发信心满满地用双手示意大家安静，然后指指身后的太阴山，说："你们都知道，我们前面是太阳山，后面是太阴山，太阴山再往后、再往后就有条每天水流得'哗哗'的螺丝河是不是？那螺丝河的地势你们知道有多高吗？高出我们草王坝许多许多，等于在我们头顶的天上……你们说，我们把螺丝河的水引到咱们这儿，不就是从天上引水吗？你们说是不是？"

"哈哈哈，是！"

"那你们说我这个主意好不好？"

"好！"

"那你们愿意不愿意干这事？"

"愿意！"

"好！从今天起，我们草王坝就要干一件天王老子都没干过的事——凿渠引水，等着吃大白米饭！"

"凿渠引水，吃大米饭！"

这一天，草王坝生产大队的打谷场上，群情振奋，口号四起，一阵阵地动山摇的回声，在群峰之间此起彼伏。

山神仿佛为其起舞、动情。

"黄大发，你真以为你是神！你可以想一招就办得成吗？"说这话的是草王坝村上德高望重的长辈杨春发。草王坝村称有威望的长辈叫"老辈子"。

平时，村上只要"老辈子"出来说话，什么事就算是"定调子"了。这回黄大发要在山上开渠引水，杨春发一听，就提出了反对意见。他当众责问黄大发："你知道螺丝河到咱草王坝多少里路吗？好，多少里路不去说。可你知道从那边到咱这里中间有几个鬼都过不来的险峭的峰吗？”

“知道，老辈子，螺丝河到草王坝大约有十几公里远，中间有三个比较险的崖，一个叫土湾崖，一个叫擦耳岩，还有一个是岩灰洞岩。它们一个比一个险峭……”

“知道就好，知道了就赶紧把话收回来，你刚当支部书记，还年轻，别丢人现眼的。”杨春发朝黄大发挥挥手，意思是你该收场就赶紧收场。

可黄大发这回并不听“老辈子”的话，而且不硬不重地说道：“人定胜天嘛！”

“啥？人定胜天？”杨春发以为自己听错了话，见黄大发点点头，“老辈子”就更生气了，斥道：“你是成心在我面前傲呀？好你个黄大发，我还明白言直地告诉你小子，你真要把水渠修成了，我在手掌做饭给你吃！”

“老辈子，我可不是与你斗气。咱草王坝村祖辈没有水喝，大伙儿受的苦、听的嘲讽和一桩桩、一件件被人瞧不起的事，你老比我还清楚。我们草王坝总不能永远抬不起头，让外人嘲笑我们，让村里人骂我们干部不是！”

“如果大伙费力跟你干了一通，把老命小命一起全交给了你，结果你水渠没开通，还从山顶悬崖上掉下十个八个，阎王爷不找你？你那个时候咋办？啊，黄大发你家是存了金条银条，还是间间房子里装满了粮食？你没有呀！你没有你就别出邪招，你要把大伙架到火上烤，我第一个不同意！”

杨春发是“老辈子”人，才不怕黄大发是支书还是大队长，他越说越激动，最后走到黄大发的跟前，用手指指着黄大发的鼻尖：“你以为我是跟你对头干？笑话！犯得着吗？你也不想想，大伙儿的肚子才饱了几天？以后你能打保票不饿肚子？你那几十里的水渠要多少人干多少年？这你细算过没有？”

“还没有细算过。”黄大发实话实说。

杨春发更是气不打一处出，鼻孔里“哼”了一声，一甩手，扭头就离开了会场。

刚才还是群情振奋、热血沸腾的打谷场上，一下变得冷清了，村民们三三两两边嘀咕边纷纷离黄大发而去。

好端端的一场“战前动员”，被杨春发彻底搅了局。

夜深人静时，黄大发转辗难眠。他“噌”地从被窝里跳起来，披上衣服就往外跑。惨淡的月光里，黄大发打着一支火把，七拐八绕，来到村另一头的小舅子徐开福家，也不管三七二十一，抡起拳头，就朝门上“咚咚咚”的一番敲击。

“我，黄大发！”

“你咋啦？有事？”

“有事！睡不着觉……”黄大发气呼呼地说着。

“那你等一下。”徐开福摸索着起床，然后开门。

“啥事你半夜三更地跑过来嘛？”

“我就想问问你到底我提出的引水工程行不行嘛？”黄大发满脸愁云地问小舅子。

徐开福一听这话，反问道：“你自己说呢？”

黄大发摇摇头：“我也不是太拿得准……”

“你自己都不是太拿得准，那就干脆缓两三年再说。”

“不行！这事我不想拖，一拖又不知猴年马月！”黄大发的犟脾气又上来了，“你没听说河南正在搞一条‘红旗渠’，几十万人哩！可热闹呢！那才像是干社会主义！我们为啥就不能也试试？”

徐开福无可奈何地叹道：“人家是国家、政府的大工程，要啥就给啥，你行吗？我们只有一双手、一颗心、几把钢钎，你咋凿开那么远的山崖？何况，放着前面的三个险岩是过不去的。”

“那能不能绕过这三个险岩呢？”

徐开福思忖了一下：“绕也不是一定不行，就得从螺丝河的上游——马家河那边取源可能还行，不过这得多出至少 10 里长的渠线来。”

“大舅子啊，我们是山里的穷人，也只能这样才有可能把水引进村来。”黑夜里，黄大发再次下定决心。然后说：“你能不能跟我一起去看看马家河那边的水头？”

“行啊。要不明天就去？”

“行，明天就去！”

这样的事，黄大发也只能找自己的妻弟来完成。

这时正值夏季，烈日炎炎。黄大发与徐开福穿着草鞋，头戴草帽，踩着滚烫的石头，翻山越岭，沿着蜿蜒的螺丝河，逆流而上。这里的群山大地名叫野彪，此处的奇峰奇谷，狂野而彪悍，与地名十分吻合。

水真好！源也丰沛。黄大发站在马家河的清水里，好一阵兴奋。这里除了水源丰沛外，更重要的是海拔比草王坝更高出一大截，十分有利于渠道引水。但不足的是，路途多出十几里，最要命的是通往草王坝的中间，有一座山峰挡道，唯一的办法就是打凿一条隧道使渠道穿越而过。

"咱草王坝人为啥命就这么苦？"面对群峰奇峦，黄大发一屁股坐在地上，叹气道，"爹娘就给了咱一双肉手，开山劈道已经难死我们，可偏偏还要在山身上抠个大洞出来！你说到底行不行，我的大舅子？"

徐开福先是摇头，后又点头，说："你想解决这事，光靠我们俩不行，得发动群众！"

黄大发瞪大眼珠子："发动谁？"

"当然是我们这些年轻的青年民兵们嘛！"徐开福继续点明道，"你想想提出引水后谁最支持？自然是我们这些年轻人不是？那就让他们一起来参与和支持你的想法。要让他们支持和拥护你，就得让大家真正明白你的想法和意图，而且最好都能到水源实地及将来开山凿地沿途亲眼走一走、看一看，等大伙儿觉得你的想法和做法可行时，你再开社员大会，一准就没有人反对了。即使像杨春发这样的老辈子说三道四，社会主义建设的车轮依然滚滚向前……"

"哈哈哈，我的大舅子是诸葛亮！"黄大发喜出望外，从地上"噌"地跳起来，拍拍屁股，说，"走！明天叫上他们一起来吹一吹野彪的山风。"

黄大发说的"他们"，是草王坝的一群年轻人，他们都跟黄大发、徐开福年龄相近，是些想改变草王坝面貌的"激进分子"，而且有的正是每天还在想讨媳妇的光棍哩！黄大发做事并非像杨春发老辈子说的"没头脑"，他在说出从螺丝河引水进村的事之前，就跟一帮年龄相近的"村里年轻人"商量过，小伙子们一听就高兴，说这事值得干，否则来世上白走一趟，连女人的味道都没闻过算啥男人嘛！

"那就得干成这件事！否则草王坝永远没有水，种不上稻田，吃不上白米饭，哪家闺女愿意嫁到这边来？你们听好了，我现在是你们的村支书，我提议开山引水这事，你们不仅要热烈响应，而且以后要带头上山干活儿！听清楚了没有？阻力再大，你们得站出来支持我！"这帮小伙子，从小就跟黄大发滚打在一起，没说的。黄大发抓住这些"基本力量"，底气也就足了。

“行，你大发指到哪里，咱们就冲到哪里！大不了跟大山抱在一起睡！”小伙子们有冲劲儿，天不怕地不怕，只怕有劲儿没处使。

“兄弟们，那天杨春发等老辈子人一起哄，把我的计划打乱了。不过没啥大不了的事，只要我们把开山引水的事讲出一二三的道理来，他们也就不好反对了。”吃过晚饭，黄大发把徐开伦、黄大明、王正明、徐国泰、夏时强、黄兵凯、徐开立、黄兵强和徐开福等几个“小兄弟”叫到生产大队队部，“密谋”了一通，并且分工今后一些日子去水源地及从螺丝河、马家河到草王坝沿途的山上进行实地测量勘探——那时黄大发他们还不懂啥叫勘探，只有自己的土话叫“瞄瞄眼”，也就是用眼睛目测准备开渠引水的线路而已。

“太好了！今晚行动还是明儿出发？”年轻人心如猴急，听黄大发一说，热血立即沸腾起来，恨不得像见了野食的山鹰，顷刻出巢。

“急啥？还愁你们没有机会上山？”黄大发按住大家的情绪，说，“以后有的是时候在山上睡囫囵觉的。现在，你们先回去睡觉，等待我的命令！”

“要得！”众年轻人相互做了个鬼脸，“嘘”一声就全没了影子——这会儿黄大发采取了新的战术：秘密行动。否则一露风，不知哪天又有一个“杨春发”似的老辈子出来横吼一声，啥好事都凉了。

“秘密行动”持续了十几天时间，村上的人竟然没有发现黄大发的“开山引水”一事有啥新动向，以为这事就凉了呢！哪知突然又有一天，他通知全体村民开“社员大会”，讨论的事还是“开山引水”。

“有没有人再反对？”会议进行得相当突然，会议也进行得相当顺利。毫无准备的老辈子杨春发等人提出的问题还都是上次提到的那些事，徐开福等都一一做了圆满的回答。

“大家看看还有啥问题？”黄大发顺势把征求意见的嗓门儿提得高高的。

“没有了！”有人回应。更有人说，“支书你给我们找媳妇铺路抬轿，天大的好事，双手赞成！”

“社员同志们，举手吧！”有人热烈响应。

举手！举手！几十只手高高地举起，他们是草王坝的男社员，他们又代表了草王坝的全体村民。

黄大发乐了：竟然没有一个反对，连杨春发等几位老辈子都举起了手。

“咋了老辈子，你也想通了？”

"臭顽石头！我啥时候反对过引水到草王坝来？我担心的是你们白费心力，这几十里的开山凿渠，比愚公挖山还要困难好多倍呀！老愚公靠的是意志精神，咱草王坝这开山引水工程等于是在天上筑一条长渠，那是啥情形？史书上没记载过有人干过这样的事喽！"

"老辈子说得对，我们干的这开山引水的事，是开天辟地没人干过的事，所以我们更要干！毛主席说得对：人定胜天！我们就要干人定胜天的大事！"

"好好，我说不过你。可你千万得小心谨慎，这野彪的山可是吃人的山哪，除非山神出面，否则难对付哟！"

"老辈子的话我记着呢！"

黄大发其实真的是把杨春发的话烙在心头的。他知道村上老辈子的话句句在理，开山引渠事关草王坝的命运，同时一旦有个三长两短，向谁交代嘛？

但无论如何，现在村民集体表决这一关通过了，黄大发就可以痛痛快快实施自己心中久已设想好的宏伟计划了——

草王坝好地名嘞
就是苞谷沙哽死人
要想吃上白米饭耶
只有修渠引水才得行哎……

山岩上。一壶酒，一丛飘着烟的香火，外加一碗苞谷沙饭和几只山果。跪地的黄大发面向群山，连连磕头，嘴里还念念有词地嘀咕着一长串听不清的话语……

"黄大发！你在搞啥名堂？"说话的是路过此地的野彪公社书记徐开良。

"哎，是徐书记呀！你来检查工作呀？"黄大发吓了一跳，立即从地上跳起来，随后将香火等猛地踢开……"你在干啥？还搞迷信？"徐开良书记不是吃干饭的，草王坝的这个小矮个儿支书竟然在山头上烧香磕头，不是搞迷信是啥？公社书记气不打一处来。

"不是的，不是的！徐书记你听我说……"黄大发慌了，赶忙请公社书记消气，说，"我马上向你汇报草王坝准备开山引水的事。"

"今天我来就是为这事来的。"徐开良书记的嗓门儿升高了几分贝，"有人反映你们缺少科学依据，盲目蛮干。你说说咋回事！”

“是是。”黄大发赶紧用衣袖将身边的一块大岩石擦了擦，然后请徐开良书记屁股落下，便开腔道，“你知道的，我们草王坝要改变面貌，让百姓过上好日子，解决水是关键，可难哪！我们这儿自古缺水，靠天是靠不上的，只有靠我们自己，所以才想到了把螺丝河的水引到咱们村里来……这事确实难度很大很大，有时想想真的比登天还难！可不走这条路，咱草王坝永无出头之日呀！”

黄大发一说到这儿，又快要声泪俱下了。

徐开良书记开腔了：“其实刚才我已经沿你们准备开山筑渠的几座山和沿线转了一圈，难度确实大呀！也只有你黄大发敢想哪！”

“我们也是被逼出来的呀，书记，没有其他路可走。”这时的黄大发一副可怜相。他用恳切的目光乞求公社书记，“徐书记，无论如何你和公社得支持咱哪！”

“唉，公社也不比你草王坝富到哪儿去，这野彪的山你黄大发不是不清楚。我唯一能支持你的就是：精神。你知道，河南林县的‘红旗渠’现在正热火朝天地干着，人家是举林县全县和河南全省之力在干，你黄大发的这渠看来只有靠你草王坝自己的力量了。我野彪公社比不上人家林县的任何一个公社，所以只能在精神上支持你呀！”

徐开良书记说完长叹一声，望着群山，轻轻地感慨道：“都说贵州的山区穷，哪有人知道贵州的大山深处才是真正的穷啊！”

“又有多少人知道贵州的大山深处还有像我们草王坝的人穷得连口清水都喝不上嘛！”黄大发在一旁溜出这么一句更加感慨的话。

徐开良书记看了一眼这个小个子大队支书，想笑，没笑出来。他故意板着脸，说：“知道就好！”又说，“我问你，你想干这引水渠有多大把握？”

黄大发一听公社书记“上正路”了，赶紧回答：“实话，一半把握，一半没底。”

“嗯，像真话。”徐开良书记又问，“没把握的那一半你准备咋办？”

“只有求老天爷保佑了！”黄大发挤着一双狡黠的眼睛，瞟一瞟公社书记的反应，继而又小心翼翼地说，“刚才我就是在求保佑呢！”

徐开良抬头环视了一下群山，像在自言自语：“共产党人不信鬼神，可在咱们大山深处，你一点儿不信这山、这山神还不一定行。大山是有灵性的，你做了违背它意愿的事就不行，就得受到惩罚。”

“对对，书记说得对，老辈子人就这么认为的，我们不能一点儿不信。”黄大发以为在鸡蛋壳上找到了裂缝，赶紧接上书记的话茬。

徐开良有些严肃地瞄了黄大发一眼，说：“你干的可是天大的事，弄不好出些人命关天的事，得安排好一千颗心给我把事情考虑周全了！”

“书记放心，我会最严最严地抓好安全。”黄大发保证道。

“说吧，除了钱不要跟我提，其他最需要帮助的提一提吧。”到了关键时刻，公社书记这么说。

“哎呀好嘛！书记就是好！”黄大发的心都快要跳出来了！他兴奋地说，“三件事，书记你得帮忙。”

“快说。”

“一，这么大的事，这么大的工程，得有个好名字，你给咱工程提个名。”黄大发说。

“这个嘛……”徐开良思忖了一下，说，“就叫‘红旗水利’吧，人家河南林县的叫‘红旗渠’，我们不能跟人家重名，‘红旗水利’你觉得好不好？”

“好！太好了！书记的水平就是高。”黄大发没有文化，他是真心觉得公社书记题的名字好。

“二，能不能公社支持点儿炸药？开山辟路，少不了炸药。”

“这个没问题，我协调一下。”徐开良一口答应。

“第三个最重要……”黄大发看看徐开良，话没直说。

“你卖关子？还是想掏我这个公社书记的心窝？”徐开良书记双眼盯着黄大发，他知道这个草王坝的大队支书可鬼着呢！

“嘻嘻，书记你不要太严肃了嘛！我是想，这么大的一件事，上上下下反对的人、议论的人不少，我压力还蛮大的，希望书记一定要在精神上支持我，支持草王坝！”

“哈，我还以为黄大发你又有啥邪门子的事求人呢！这个嘛，你放心，我和公社会全力支持你的。只要你们好好干，不出事，我们不仅口头支持，还要组织全公社其他生产大队的干部到你们这里来学习取经。条件是：在你渠道有模有样时，当然最好是等水通了的时候。”

“太感谢书记了！有你支持，我就敢上刀山下火海了！”黄大发觉得获了全胜，他双手握住徐开良的双手，久久不放。

明天要上山喽——
各家各户把该准备的准备齐喽！
把该检查的再检查三遍啊！

1963年的元旦刚过，一天夜晚，也就是在动员村民上山开凿的前一天傍晚，草王坝度过了不平静的一夜——黄大发前后在村里走了三圈，每一次他都要这样一遍遍地吆喝，一遍遍地叮咛，一遍遍地检查……这是战前的最后准备，草王坝祖祖辈辈人的梦想将在明天付诸现实和行动——向大山挺进！向大山要清泉碧水！！向大山要白米饭吃！！！

草王坝从未那么热闹和兴奋过，从未有过每一个人都如此喜气洋洋，连曾经第一个公开站出来反对黄大发修渠的老辈子杨春发也兴奋得长夜难眠，一会儿去看看马圈里的马儿是否吃饱睡好了，一会儿又拿起上山用的几把铁把式看是否适用和锋利，而且嘴里还不停地念叨着：“这大发，虽有点儿愣，但能干事，能干大事！”

不用说，黄大发这一夜更是兴奋得在被窝里乱踢——“你留点儿劲儿上山去好不好？别折腾我了呀……”妻子徐开美怎么推都推不开丈夫。

“放一百个心，我身上有使不完的劲儿喽！”年轻时的黄大发也有顽皮的一面。

太阳出来暖心窝
带上家伙上山坡
只要大伙心儿齐
天天都有大米饭喽——

第二天旭日刚刚从太阳山探出头来，草王坝村的一阵响亮的歌声立即回荡在四面的大山群峰之间。那是上山开战的出发号角，那是黄大发随口编的一首山歌，也是他多少年来编谱的一首心曲。

迎着清风习习的晨曦，踏上露球拂脚的石路，一支浩浩荡荡的战斗队伍，从草王坝出发，向太阴山的最深处进军……黄大发走在最前面，在他的身后是徐开伦、黄大明、徐国泰等十几个年轻人，他们每人手中擎着一面大旗，开路引道。在长长的队伍最后面，是杨春发等老辈子们组成的锣鼓队，那有节奏的锣声鼓点，仿佛是催马扬鞭的号角，激荡着每一个上山村民强有力的脚步……就是要得的阵势！就是要得的干劲儿！就是要得的气吞山河的威壮！

黄大发握了握拳头，朝群山做了个比高低的姿势，张开嗓门儿，突然一阵惊天动地高号：

我来啦——大山头哟！
我来啦——大山头哟！
我来啦——
我来啦——

顿时，群山四壁，连绵叠嶂，响彻一个更比一个高昂的回声，震得地动山摇，豪气冲天。

是的，黄大发来了！草王坝人来了！大山深处第一批，也是唯一一批敢于在千米悬崖上开山凿渠的农民大军来了！

那样的场面，就是热气腾腾的场面，干劲儿冲天的场面，誓与天斗、与地斗、与阎王爷斗的场面，欲改变自己命运、梦里都想吃上白米饭的改天换地的场面……

年轻人抡铁锤的姿势，在朝霞照射下，如舞动的彩圈，彰显的是力量与优美；

妇女们运石块的悠悠身姿，仿佛是天外飘来的仙女，呈现的是劳动与景致的山谷风情；

老人和孩子的凑热闹，给忙碌的工地和宁静的大山带来乐趣与少有的轻松……

然而，最精彩的仍然是敲醒大山的锤声与猎猎红旗的席卷声，以及此起彼伏的劳动号子声……这声音里，有黄大发欲一口吞下群山、早日让村民们吃上白米饭的豪气声；有跟着黄大发天不怕地不怕、一心想吃上白米饭、早日讨媳妇的光棍年轻人的企盼声；有想干事、自己没干成、跟着黄大发边干边看的杨春发老辈子们不甘落后的图强声；自然也有媳妇们、娃儿们牵挂、惦念的思盼声……

人心齐，泰山移！
手磨泡，心更坚！
你一尺，我一丈！
崖低头，岩让道……

上山的草王坝人用短短的一个初冬季节，凭着一身胆气和干劲儿，用手和铁锤钢钎，像蚂蚁啃骨头一样，硬是在大山身上一点儿一点儿抠、一寸一寸刨，抠刨出了近3公里长的石渠。

“来来来！我敬敬你们！敬老辈子！敬妇女同志！还有你们这些送饭送水的娃儿们——”黄大发难得下达“休息”的命令，但有人提醒他，明天是腊月二十三啦！哟，是小年儿了！不行，得让大伙回家好好团聚并备年货。春节过好了，来年才更有力量开山修渠。于是临放假前，他在工地上举着大碗敬父老乡亲。一冬干了3公里，这吃上白米饭的时间不就在眼前嘛！那时的黄大发，看着超乎他想象的施工进度，满眼是美好的憧憬：放10天假，好好过年。3年拿下引水渠！

但，默默不语的大山，似乎并不想给黄大发那么便宜的好事，也着意想考验和磨砺一下草王坝人。某一日，它突然一个变脸，顿时雨蒙蒙、水淋淋，雾气和水汽将整个草王坝及四村五邻包围在寒雨冷风之中……常言道：贵州下雨如过冬。冬里下雨是啥滋味，只有大山里的草王坝人才晓得。

这一年的春节前后，草王坝下的雨前所未有，不仅时间长，而且雨水大，呼啸的寒风又不止。那啸风一吹，处在近千米高的草王坝村，如同掉在冰窿之中，出奇的寒冷。最要命的是，由于天气特别寒冷和雨水的缘故，这年草王坝一带，出现了少有的“冻雨”现象，漫山遍野的冰碴子不仅冻人，而且把整个山上山下的地面冻得像冰一样滑汆，一时间村里的老老少少全不会走路了——稍不注意，便四脚朝天。

小辈子和伢妹们在村子里滑冰戏闹，传来阵阵欢笑。坐在门槛边的黄大发如坐针毡，他不时在堂屋内转来转去，嘴上频频骂出声：“这个鬼天气，有意跟我过不去！”

“大发，你在干么子嘛？不上山啦？”就在这个时候，徐开伦、徐开福和黄大明、徐国泰等一脚前、一脚后地全都跑到了黄大发家来，他们七嘴八舌地问。

俗话说，一年之计在于春。这大年初一一晃就过去了好几天，眼看就要到春耕了，可这鬼凝的冻天气再这么下去，今年的渠道咋修呀！

是的嘛，弄不好前面修的渠道也白费了！

这你一言、我一语，把本来就胸口闷着一股气的黄大发给鼓爆了："你们嚷有啥子用？我担心的是这冰碴子盖在沟渠上，待天一转暖，它可要毁咱全部的沟渠呀！那是我们全村上几个月流血流汗的成果嘛！要命的呀！"

大家沉默了。你看我，我看你，最后，徐开伦说："要不，我们现在就跟你去山上看看。"

"你上山？知道上面现在是啥状况？是板壁上挂甲鱼——四脚无靠。你上得去吗？"黄大发瞪大眼珠问徐开伦。

"咋不会？"徐开伦不服，转身出门，又随即抱来一捆草秆秆，并飞快地将草秆秆绑在脚上，然后在屋里转了两圈，说："这是我家老辈子教的，咋样？"

"真不赖！就它了！"黄大发的脸变了，和颜了。他说，"都照这个样，把脚'武装'好，我们就上山去。"

走，上山喽——！

在黄大发带领下，一队冒着刺骨寒风的"草脚队"向大山进发，引来村上人一番热烈欢呼。

"你们都得小心点儿，要不然回家时屁股都摔成几瓣了啊！"婆娘们则这么叮咛道。

"晓得了！放心吧，你把被窝给老子热暖乎些，我回来还要耍野呢！"

"哈哈哈，瞧他狗样，还有本事回家耍野呢！"

山里人的调情是野性的、直白的，甚至是露骨的，也是最有魅力的，那粗犷的气息和浪荡的身姿能把大山震得摇摇晃晃。不过，这一年的冻雨天并不像往时岁月，它的寒气将所有山里人的野性封死在自己的体内，你就是再有壮志凌云之气概，也会在冰封世界里变得胆战心惊，因为石头已经抹上了厚厚的一层冰水，连悬崖上都挂满了扁担一样长的冰条子，看上去就像到了"冰国"。

再看看贴悬崖而修的沟渠，黄大发欲哭无泪：这么厚的冰，天一暖，不全给融酥塌陷了嘛！

“你别急嘛，大发！”一旁的徐开伦手急眼快地扶住黄大发，说，“我看过家里的老辈子曾经用石灰加固水沟，不知能不能在这渠上用这法子……”

“应该可以，石灰有凝性。”大伙儿这么说。

黄大发点点头，说：“其他啥子法子也想不出来！就用石灰试试吧！”

于是，又是一场全村“社员动员大会”；于是，又是一场红旗猎猎的背石灰大战……几十吨石灰，由上百个壮劳力，用前后 3 天时间，像蚂蚁拉骨头似的一筐筐地从草王坝，驮到十几里外的山崖沟渠上。冰碴道上，虽然没有人摔下山谷，但摔倒和脚踝摔伤的则不止一两个，但每个人摔过后都揉揉身上，忍着伤痛又继续前进。

山里人骨头硬，摔摔撞撞，不折腰。
山里人气如虹，吹吹打打，不舍命。

“大伙儿给我听着，各生产队趁天气露个晴，抓紧把春耕生产给安排停当，苞谷该下土的要下土，男人和中青年女人过几天都得上山刨沟修渠去，一个正劳力都不能在村上留下来！”黄大发又在动员了。只要一说到上山修渠的事，他从不留余地——所有能够用得上的劳力，必须上山。这是个死命令！全村人知道他的脾气，也习惯了他的做法，关键是大伙服他的主张和意志。何况，他说修这渠，是为了村上人一改祖祖辈辈吃不上白米饭的大事！

白米饭吸引人哪！这白米饭对草王坝的人来说，比山珍海味不知要强多少倍！有一个草王坝老汉告诉我，他小时候因为跟父亲到山外走了一趟亲戚，第一次吃了一顿白米饭后，就觉得自己像吃过天上的仙丹一样。后来再没有吃过，但那一顿白米饭，让他后来在村上成为最牛的人，好比是唯一一个进了皇宫跟皇帝一起吃过国宴似的了不起！他说这话时，目光里依然闪耀着得意的光芒。

白米饭对草王坝人来说，一直是幸福的制高点。为白米饭而战，死而无悔。黄大发能够调动全村人不惜流血淌汗上山开山挖渠，依凭的正是这样一种信仰。

“毛主席领导穷人翻身做了主人，我们共产党就是要让百姓过上幸福生活，吃上白米饭！”黄大发没有文化，但他的这句口号极具号召力和影响力，只要他喊出“为了吃上白米饭”这个口号，80岁的老辈子会让自己的孙子扛着铁锤跟着他去上刀山、下火海；新媳妇可以毫无怨言地让没热够被窝的丈夫立马穿上草鞋上山去，甚至连自己都要挺着大肚子一起上山去战斗！

多么可怜的草王坝人！多么崇高而伟大的山里人！白米饭，让他们用无畏的生命和无畏的精神，前行在一条极其危险和高远的天路上……

“黄大发，你这个安排不妥！谁敢这么说话？谁敢说这样的逆道话？”一看，又是杨春发这个老辈子。

“怎么啦老辈子，又有啥不对劲儿的？”黄大发躬下身段，笑眯眯地问。

“你现在这般用石灰加固沟渠不是啥好办法，好比豆腐渣擦屁股——没用。信不信你看，过不了几天，雨一来，又成泡影影。还不如现在收场，少让大家费劲儿费力嘛！”杨春发仰着头，瞅着刚刚露了半个脸的太阳，说。

“老辈子，你这话我真不爱听了！这沟渠如果现在不抓紧在端阳的雨水来之前把它加固好，我们之前3公里长的渠就等于白修了！”黄大发的脸色变了，说。

“我看你这样下去更是等于白修了！”杨春发见黄大发并没有把自己的话放在心上，拍拍屁股走了。

“这个老家伙，他尽给我们浇冷水。别听他的！”大伙儿给黄大发帮腔，几乎所有的人都在给黄大发帮腔。此刻的草王坝人心目中，领头人黄大发就是领着他们过上幸福生活和吃上白米饭的神，神是不会有错的。况且，穷得叮当响和从未走出过大山的山里人，除了知道石灰凝固石渠外，他们根本不知道天底下还有什么比石灰更好的黏合剂可以把石渠的渗水问题给解决了。

然而黄大发并不是一点儿没把杨春发的话放在心头，他环顾和检查了一下社员们正在用石灰加固的沟渠，并且叫人从十几里的山底下驮来两桶水试了一下，觉得石灰加固的地方并没有出现杨春发所说的那种情况，于是更坚定了石灰能够加固石渠的想法。

3公里长的石渠上，1米1米地用石灰加固，本身如同凿岩开山一样艰巨，甚至更加细致。

这一冬，草王坝人是在山上度过了一个寒冬初春，许多人的手脚裂出了血，后来多少年都没愈合。冻疮难愈，这个便是明证。

“下山喽！过了春耕，大伙儿一鼓作气，凿他个10里，争取明年把清泉引到咱草王坝！”收工下山的哨子吹响，黄大发迎着猎猎寒风，连连号了几声。

“好啊！鼓足干劲儿，凿他10里，引水进村喽！”

大伙儿的干劲儿与热情，把大山上的寒风抵在十万八千里之外，他们迎来的是又一年的习习春风……

“榴花似火庆端阳，箬叶艾蒿满地香。”转眼间，端阳已过，草王坝的春耕春种也在明媚的春光中完成。

磨亮钎儿，准备上山喽！黄大发的社员大会还没有开，村上的男男女女、老老少少就你追我赶地嚷嚷起来了。看着浩浩荡荡的挖渠队伍，黄大发的一双眼睛乐成一条缝。他掐指一算：假如按照现在的速度和大伙儿的干劲儿，不出来年冬，通往村头的石渠在村头定能望得见了……

但，老天爷可没有按黄大发的心思走。就在他刚上山的第二天，一场少有的“端阳水”瓢泼而下，下得黄大发及草王坝老老少少、男男女女跟着躲都来不及——那刚刚加固不久的石渠，顷刻间被雨水冲得稀里哗啦地塌的塌、倒的倒，彻底地变了样，如同一摊烂泥的死水沟……

“你个老天爷，你咋不睁眼看看我是提着脑壳耍活儿么啊？”瞅着3公里长的石渠转眼间变成了一团烂泥沟，黄大发双眼一黑，“扑通”一屁股坐在了沟渠底里。

“杨春发哪杨春发，算你个龟儿子，你为啥不早点儿给我讲明白啥子想法嘛！”黄大发突然想起当时老辈子杨春发就阴阳怪气地指责过他不该搞石灰加固一事，不由怒不可遏起来。

“这能怪人家吗？是你自个儿骄傲过头了！”这回是妻子徐开美出来说自己的丈夫了。结婚多少年来，她从不批评当队长、做支书的黄大发，但这回她看不下去了。那时人家老辈子的话你哪儿能听得进去嘛！看看现在，跳崖都捡不回来了吧！

“快去讨教老辈子吧！”妻子说。

“别忙碌了。我来啦！”说话间，杨春发来到黄大发面前。

“我说老辈子，你当时咋就不直说明言嘛？”黄大发的气似乎还没有完，双手叉着腰问杨春发。

杨春发不买账，说：“你当时牛皮冲天，能听得进我的话吗？”

“你……”黄大发还想说啥，可见杨春发浑身上下尽是泥巴，奇怪地问，“干啥了你这个样？”

老辈子杨春发竟然“呜”的一声哭了起来。

到底咋啦？黄大发愣了。

“大发，你实在太不容易了！呜呜……”杨春发又哭，收不住地抹眼泪。稍许，他擦干泪痕，说，“昨晚一听到打雷，心想坏了，准是又一场端阳大雨。所以赶紧摸黑上了山，看看石渠是不是像当时我想到的要被‘端阳水’冲掉，结果一上山，果不其然……我、我就伤心得不行！不行啊！”杨春发像小孩儿似的，又哭。

黄大发是硬汉，从不轻易掉泪，这回心里本来积盈的苦水就没处流，见老辈子杨春发如此悲切，不由眼一酸，没忍住，过去搂住杨春发，两个人竟然一起“呜呜”地哭了起来。

男人的哭声很是狼性，那声音挺吓人，竟然一时把老天爷都吓住了……雨变小了，而且慢慢停了下来。

现在，两个呜呜大哭的男人坐在了一起，心平气和地聊了起来。

黄大发说：“你当时没有说出来的理由到底是啥？”

杨春发说：“当时我就是想劝你等端阳节过后再去加固石渠，这样不至于一场端阳雨就把大伙儿辛辛苦苦干了一年又一冬的沟渠全给毁了。”

“你这不是见外嘛！”

“可你当时雄心勃勃，十头牛都拉不回。”

“我的脾气你老辈子还不知？”

“可你是干部，谁惹得起？”

“看来我得思想改造。”

“再说，当时我的想法是，光凭你那个石灰和泥巴咋粘得住石渠不渗水嘛，应该在里面再放点儿糯谷草一类的东西来增强黏性，那样就可能达到目的……”

黄大发又有些火了：“这多好的办法！你咋不早说嘛！你——你真是个闷雷！”

杨春发又有些不服：“你咋个当了干部就那么不听别人细说嘛！”

黄大发重新坐下："说吧。"

"其实我心里也是为难，因为我们草王坝哪儿有糯谷草呀？"

"可以下山去找嘛！"

"今年开春就逢上了一场冻雨，你就是下山，找遍整个遵义地区的山山水水，也不一定能找到我们所要的那么多糯谷草呀！"

黄大发长叹一声："也是。但你当时得把这个想法讲出来，至少不会浪费那么多石灰和劳力……"

杨春发这回没有发声。黄大发突然仰首、闭目、捶胸："怪我冲动！我对不起草王坝的父老乡亲啊——"

毛主席在《愚公移山》里咋说的？几年过去，水渠仍然在艰难地往前挖……一次"端阳水"怎能阻挡得了黄大发和草王坝村民们想吃白米饭的意志？

"社员同志们，毛主席早就说过，古时愚公挖山不止，靠的就是子子孙孙不断气、不断力、不断命地一拨又一拨地挖，直到挖完为止。我们从螺丝河到草王坝共十几公里的路，是有数的路程，有数的距离，挖 1 米，就短 1 米，挖 1 里，就近 1 里……只要大伙儿心往一处想、劲儿往一处使，再长十里百里的沟渠，我们也要靠十个手指把它抠出来！"

黄大发没有文化，但他的动员能力、鼓动能力超强。社员大会上的每句话，都掷地有声。

上山挖渠的工程量是根据每家可能改成水稻的土地面积来作为一个单位计量的，比如说你家有 5 亩土地改水稻田，你就得出 5 个劳力，然后全村人根据水渠的总长度，再按总劳力折合到你家，那就是你家该出工的数量。对此，全村没有人反对，认为黄大发的安排是周到和公平的。但即使如此，计算劳力，在工地现场仍然随时要调整。咋办？会计和记工员固然可以揽过来，也是分内的活儿。但黄大发是总指挥，许多调度和分配工程量的事儿得由他说了算。没文化能算得过来？

"当然能嘛！你想难倒我？怕还没生出仔吧！"黄大发不屑地瞥了一眼那些暗里算计他的人。村里的人，谁也没有想到支书黄大发没上过半天学，竟然能把村上所有人的名字、多大年岁、什么辈分、娶的哪家媳妇、从何而来的所有相关文字，全部用铅笔写在小本本上。而且，谁家在修水渠工地上出了多少工、背了多少方岩石，生产大队里买了多少炸药，还在仓库里留了多少雷管，他一一记得，甚至可以不用小本本就能如数家珍地道出来……这黄大发，他在娘肚里时就知道吃的都是苦水，啥时他长了这本事嘛！黄大发这些本事，连一向瞧不起人的有草王坝“智多星”之誉的杨春发都感到不可思议。

“你问我这本事哪儿学的？那我告诉你，是山神教的！你们没见我有事没事都要跟大山聊上一阵儿，然后啥事就全明白了。”每每这当口，黄大发“吹”得神乎其神，好像大山里真有山神似的。

“我们这里的山就是有神的！”草王坝人很认真地跟我说。

在哪儿？啥样？逢到较真的人这么问的时候，草王坝的人就乐呵呵地告诉你，山神就在他们身边哩！

到底有没有山神，其实是要靠自己去体味的。大山里的人是这样说的。

黄大发没有上半天学，却能写出全村几百号人的名字，这等于他能识得至少千数以上的字，这难道还不算神奇吗？

有学者曾经这样调侃道，现在的作家和学者，其实只是重复运用了1800左右的汉字进行“玩术”。意思是，中国当代文化人，基本上是靠熟用1800多个汉字，就可以混得好名声、好饭碗了！根据这个理论，那没上过学的黄大发能把全村所有人的名字记下来，也就非常有“文化”来教育和领导草王坝了不是？

太有道理了！难怪黄大发在草王坝几十年立于不败之地——他是草王坝一个真正有文化和懂文化的领头人。能点出全村人的名字，也就能知道这些人的名字的每一个字后面的意思，再把相互之间的文字一组合，可不就是草王坝的一本“百科全书”？黄大发是个绝顶聪明的人。

我对他的“读书法”很感兴趣。于是在我采访他时，黄大发正式向我们介绍了他学文化的“秘诀”：小时候家里穷，没有条件上学。在他们草王坝，就是家里最富的人家，也就读个高小算是对得起祖宗了。上中学，就得出山。出了山的人基本上都不会再回草王坝了。所以草王坝的“文化高峰”，一直以来都是在高小水平的基线上下。

“毛主席说过，没有文化的军队就是愚蠢的军队。我们草王坝人不能永远做愚蠢的人是吧，所以我作为村支书，就得学文化。”黄大发说，他最初学文化是从在亲戚家捡的半本《三字经》开始的，“村里那些老辈子的人，不管他有文化还是从没进过学校的，都能背一串‘三字经’，我慢慢跟着也能背上几句、几十句。于是我就把口背的字与本本上的那些字一个个地对着念，后来就对着描写，一笔一笔地描字，直到把那些幼时背得出的字全部会写下来……会了这些字后，我就开始写村子里张三李四的名字。有的人知道他叫啥，但不会写他名字的字，《三字经》也没有一些人名的字，我就让那个人自己把名字写给我看，或者让会写他名字的人写给我看，我就这样一个一个地把全村人的名字都学会了。”

“学会的好处太多了！平时表扬他，批评他，都不再信口开河，漫无边际，一是一，二是二，有针对性，管用。”黄大发说。

采访时我试了一下已经82岁的黄大发的文化水平，开始是拿出自己的名片给他看，他一字一字地全部读了出来。读出来后，他有些惊讶地问：“你也是‘主席’啊！你就是大官呀！”

后来我又拿出一份宣传他事迹的《贵州日报》请他念。他又一字一字地念，千把字的报道，他也基本上都念出来了。

“了不得！草王坝现在的文化高峰至少也是中学水平了！”我赞扬道。

黄大发笑笑，然后又摆摆手，从身后拉过两个年轻人，一男一女，说：“这都是我的外孙，一个已大学本科毕业，一个准备上研究生了。我们草王坝的文化高峰现在要大学水平，没有大学水平就不能建成社会主义新农村。”黄大发十分自豪地说。

老人的话令我内心十分感动和感慨。这就是社会的变化，一个大山深处的小山村的巨变。

黄大发当年学文化是被逼出来的。开山修渠到后来越发艰巨，比如测量螺丝河到草王坝的水源与流泾之间的落差，也就是说，20多里长的石渠，蜿蜒曲折，穿峰过岩，如何保证水能在20多里长的渠道里越走越畅，一直流到草王坝。这里面的学问太多、太深。黄大发他们哪儿有这方面的专业知识嘛！

“高小水平的人是没有这本事的，念过中学的人也未必行，所以我们只能靠自己想办法。”黄大发说。当时他和村里的年轻人就靠几根竹竿，在山上山下来回地比画着，凭眼睛测量，一竿一竿地往前行。这般“土法上马”，用在平常的牛耕地和山上垦块坡地还能管用，可在千米之上、几十里远的大山上丈量、凿渠，等于是马大哈缝衣裤——连屁股都兜不住。

然而黄大发他们就是靠这样的能耐，一丈一丈、一竿一竿地丈量着他们认为精准的沟渠……

从螺丝河通往草王坝的漫漫山谷间，有道道沟梁峭壁，有的连飞鸟都不敢歇脚，凿岩人怎能上去挥锤插钎？怎么办？

绕道而走呗！黄大发左看看，右瞄瞄，最后只能下这样的决心。

这“绕道而走”四个字的决策，实在让草王坝的人多干了五六年时间，那五六年时间里到底流了多少汗，滴了多少血，无人计算，也似乎无人在意。那个时候大家只有一条心，早日把水渠修成、让全村人吃上白米饭。所以多干点儿活、多流几年汗，好像就是天意一样，谁也不说个“不”字。

村里的老人告诉我，那些年里，村上除了春耕、秋收大伙儿回村收拾庄稼地的活儿，其余就是上山开山挖渠。山里吃，山里宿，成为村里人的习惯。徐开伦是黄大发开山修渠的得力干将之一，他们又是亲戚。那天采访时，他跟着一起上了螺丝河的水源地看旧景。在距水源地几十米的地方，他和黄大发看见一个山洞后，异常兴奋地往里钻。后来徐开伦告诉我，当时他们修渠，开工前半年就是吃住在此洞内。

“春节刚过，我们就上山了。外面下着雨雪，北风刮得呼呼的，但为了赶个‘开门红’，大发说我们这一队年轻骨干一个都不能往家里跑，必须等沟渠的头阵炮打响了才可以回家跟老婆热一次被窝。现在听起来好像是笑话似的，当初就是这个样。黄大发要求很严，批评起谁来，一板是一板，一眼是一眼。你是党员，他给你念入党宣誓词；你是团员，他也是给你念入党宣誓词，最后多一句话：你是团员就是党的后备力量，就得按照党员先进性要求自己，日后才有可能进步；你是社员，他也给你念党员入党誓词，他说你就应该向党员看齐，草王坝人要吃上白米饭，所有人就得向党员看齐。他的这种教育方法，让我们全体草王坝人个个都像共产党员一样，人要正，心要齐，干劲儿要冲天。他就是这么引领大伙儿的。”

我问黄大发当年是不是这样教育村民的，他笑笑，说：“差不多。”最后他又说，“我没有文化，肚子里装的那些东西就是《毛主席语录》上的话，再就是草王坝老人一代一代传下来的东西，但我心里像明镜似的清楚一件事——

像修水渠这么大的事件，咱要啥没啥，就凭一身力气、一双手，还有就是一颗心，一颗想着不远的将来人人都能吃上大白米饭、孩子有上学机会、光棍能娶上媳妇的心，这颗心的这些信仰不能断，不能弱，这信仰不断、不弱，我们草王坝的渠道就能修成，就能让水哗哗地流到我们的地里……”

“我是党员，党员有这份信仰是理所当然的。但普通村民你让他也要有这份信仰，你就得自己啥事都做在前、干在前。”黄大发这样说。

我佩服黄大发这个人就是从点点滴滴开始的。徐开伦说：“我们开工的第一站是修建水源地上的坝基，这事谁也没有干过，当时正值大冬天，天上还下着雪，螺丝河的水其实是一条山崖溪流，从上往下流，冲击力很大。我们取的水源高度正好是在它的下段一个地方拦腰截流，虽然当时是冬季，但水流还是蛮急的。我们在水中筑坝就得有人先用一块大石头垒成一个水面，再慢慢地砌成一道坝。现在说起来好像挺容易，其实当时对我们来说，就是件难事。你拦水筑坝得下水干活儿呀！因为那山上的水一直在往下冲，你无法不湿脚、不湿身干活儿嘛！那时我们都很年轻，吃点儿苦大伙儿没说的。可要说长时间在冰水里待着，那就另说了。黄大发他跟我们说：‘这样吧，你们没有结婚的人，就不要下水了，真把蛋蛋冻坏了生不出娃儿，我负不起这个责任。你们已经结婚了的，又生了娃儿的，就跟我一起下水。但你们不能跟我下的时间一样多，你们时间减半。’我们一听他这么说，都不答应。他就火了，说水渠工程才刚刚起步，我们就不听从命令，以后他还怎么领导大伙儿把这几十里的沟渠挖通呀！谁要不听命令，现在就回家去！”

黄大发在吃苦和干危险活儿的事面前，就这么不讲理，没人争得过他。黄大明等同辈的村上人也都这么说。

“那开头几十天筑坝时，我们十几个人像一窝猪崽似的，全都宿在山洞里。冷啊，外面飘着雪，被子底下是一层草，草上面就是我们的身子，身子上面盖一床被子外加棉衣啥的，还是冷……冷的时候常半夜冻醒过来。我平时睡在洞子的里壁，好像还暖和些，但有一天晚上也被冻醒了。坐起来一看，靠洞口的黄大发他就根本没睡，蜷缩着身子坐在石头上，嘴里不知在嚼什么东西。我过去问他咋啦？他说太冷，睡不着，肚子又饿，就嚼嚼草根，好让胃别也冷贴着。那个时候本来就穷，饿肚子干活儿是常有的事，但大发他白天在冰水里待的时间最长，夜里睡得又最少，几十天下来，他就成了一个小老头儿。"

黄大明说："我跟他名字只差一个字，但要说思想和觉悟，我们俩就好比天上地下那么大的差距。"

"不过草王坝的人思想觉悟都比一般村子的人要高出许多，就因为黄大发他给大伙儿都吊高了。"老人的调侃中带有几分自豪。

山上本无路，更不会慈悲地为草王坝村民们裂出一条流通清泉的天赐水渠。黄大发领着大伙儿沿着大山的悬壁，一丈一丈地往前挖凿，犹如蚂蚁啃骨头，全凭着一锤一钎、一担一筐地挖、搬、刨，甚至是手抠肩扛。男人们把吃奶的力气用在让拦道的巨石岩壁让路，女人们则用炒菜的铲子和柔软的腰肢，一寸寸地抹平渠壁沟槽，那是真正意义上的自力更生、艰苦奋斗。

草王坝第一次修渠工程靠的就是自己的力量，除了公社书记批给的限量用的炸药和部分补贴的石灰外，其他的所有一切，都是他们自己的。穷得出名的草王坝能有什么呢？黄大发说："我们除了赤条条的身子，就是一双手、两条腿，还有一颗死也想着吃白米饭的心……"

山里的男人是干活儿的命，山里的女人除了生娃也还是干活儿的命。

上山挖渠的男人苦，苦在石头压弯了腰还要直起身子。

上山修渠的女人更苦，苦在冰天雪地里你没法儿保住下身的暖，大热天里你裹不住"特殊情况"——多少次山裂岩动的同时，男人们惊悚万分地看到石头上滴淌着一行行鲜血……那是"来情况"的女人们在挑石头、运土方的劳动中不慎从裤腿里渗出的。男人们心疼地瞅着那些在悬崖上挑着担子如飞燕般健步的自己的和别人家的女人们，欲言又止。

这是一个痛苦的过程，这又是一个激情的岁月，草王坝人不管是男人，还是女人，他们无一人怀疑黄大发的方向和意志有问题，他们甚至认为，只要按照黄大发的意见去把自己的任务完成好，吃白米饭的日子就在明天。

都说人民的力量比天大，谁知天大的事儿在人民手中竟然不成为事！

那个岁月里，这些贫穷的山民，在那千古巍峨挺立着的大山脖颈处，他们竟然要用双手凿出一条几十里长的石渠，让遥远的清泉变成自家地里的稻田水……这是何等的气概，何等的奇妙想法，又是何等的不可思议的行动！

他们做了，像原始时代的古人类攀登泰山，像筑长城时代的勇士月夜畅想明月上的嫦娥，像亚当夏娃乘舟飞渡天域之河，毫无顾忌，毫不胆怯，丝毫不存怀疑，丝毫不存余力，一鼓作气，从水源地螺丝河，一直朝草王坝的方向，披星戴月，劈山凿渠，一往无前……

为了吃上白米饭，老汉杨春发虽脾气倔强，但干活儿时黄大发若把他当成“老年人”，杨春发就露出胳膊，吼声震天：“今天就跟你黄大发比试比试，咱们抡 300 下铁锤，谁要中途歇一锤，谁就从山崖上自个儿往下跳！”

结果杨春发被编入“基干民兵突击队”了！

为了吃上白米饭，黄大明平时胃就不太好，但为在山上赶进度，他让家人把 5 天的粮食都煮熟后带上山。连续 5 天他吃了 50 秆玉米，拉便的时候痛得差点儿自个儿往崖下跳……

那时一家又一家的人都在山上干活儿，许多村民的家里本来就没有什么可吃的。上山干重活儿，需要营养，黄大发说山上不缺蘑菇和野猪，于是太阴山前后方圆十几里的大山上，成了草王坝人的另一片“战场”，最后野猪们吓得只能往崖下跳！

“来来，捡上几头扛上！明儿个我们要把这峰打出个窟窿来，让水顺着我们的心往咱草王坝流……”黄大发指指挡在面前的一座高耸云霄的山峰，说。

“啥？要挖隧道了？”“是啊，就是要挖隧道！比人还要高、牵着马和牛都能过得去的隧道！”黄大发骄傲地说。“这、这咱们行吗？咱又没钻山的机器……会不会半途而废？”有人望着巨厚无比的山峰，胆怯地说。

“别说晦气话！”黄大发生气了，吼，“没有钻山的机器咋啦？我们有打天的拳头，一双打天的拳头！”他抡起双拳，比试着欲与天公争雌雄。

打隧道的战斗开始——

现在，黄大发其实遇到了前所未有的难题——大山峰险悬峭，原本沿山壁而走的沟渠，靠三根竹竿马马虎虎弄成一条直线，并由此凿石刨沟，七拐八弯的渠——看那样子有点儿难为情，但毕竟是相通相连的。在这大山腹部对穿一条“沟沟”，对不准的话，将是何等荒谬与失败啊！

沿山体转了一圈又一圈的黄大发，心底不免有些发毛。怎么办？三根竹竿的土办法已经失灵。黄大发一时想不出高招，急得直抓三寸短发。“有的是办法嘛！”每每关键时刻，与黄大发同岁却长一辈子的杨春发就出现了，并且有些得意地告诉黄大发，“见过老人用茶盘装满沙子，放在山顶，再用两根绳子垂直交叉于泥沙上，纵向的一根固定在茶盘上，横向的一根则标志出隧道掘进的方向……”

“哈哈，你这个老东西，就是‘智多星’嘛！”黄大发一听，便高兴地跳了起来，搂住杨春发就要往地上摔……

“你个娘的，你还有没有辈分了！”杨春发涨红了脸，训斥小辈子黄大发。

“等打通山洞后，我请你喝庆功酒！”一溜烟，黄大发又“飞”到了山的另一端。这里，一队严阵以待的民兵们，正等着黄大发下命令，他们是担任隧道战斗的两支青年突击队。

“大家都听着，这回在山腰里打洞，咱谁也没干过。但不用怕，你们只要一听命令、二下力气便是！”个头儿不高的黄大发叉着腰，特意站在一块高过他人、足有2米高的大岩石上，像大元帅似的对村里的年轻人动员道。最后，他把嗓门儿提高了3分贝，问：“一年的工作量，半年拿下，大伙儿有没有信心？”

有！气壮山河的回答。

有！立竿见影的行动。

人之所以是人，是因为在人看来，他们可以战胜一切，包括天与地。毛泽东就说过，人定胜天，而且他的哲学中有一个思想是：与天斗，与地斗，其乐无穷。

黄大发深受毛泽东思想影响。他同样深信：人以其坚韧不拔的力量，是可以战胜天与地的。世上无难事，只要人想干成它！

让村人吃上白米饭，是黄大发的奋斗目标，而这个奋斗目标符合草王坝人的利益与愿望，因此把全村人的心凝聚在一起，就是一股强大的力量，一股不可战胜的力量！

现在——又是一个现在，黄大发组织了左右两支队伍，在山体的两个不同位置，向对立的同一个方向一起开始凿山打洞……

“不行，这么大的事，还得向上级报告一声，或许还能得到些支持！”黄大发从来没有忘记“组织”。于是他赶紧又去找公社领导，如此这般一番陈述，领导也不都是铁心肠的，听黄大发横竖一说，心软了，说尽管公社也穷得叮当响，但草王坝修水渠的精神实在可贵，必须支持一把。黄大发高兴得快要跪下来给领导磕头了，因为他争取到了8000元现金支持。

雷管和炸药除外，还可以省下一笔作伙食补助！黄大发寻思打隧道可不能没半点儿伙食硬货，否则关键时刻大伙儿身体顶不住就麻烦大了。有这8000元，心里有底托了！

那么战斗可以开始了！

“别别！别着急嘛！”黄大发摆摆手，跟青年突击队员说，“听着，这边爆一下后，再等着那边响一回，绝对不要同时点放炸药！”

“为啥？”有人问。

“你想，如果两头儿一起放炮，你听不清对方的声音呀！听不清对方的响声，你咋弄得准另一头儿是不是对着你凿过来呀！对不准的话，这山洞不等于白打了呀！”黄大发说。

“是啊，还是你支书厉害嘛！”群众说。

黄大发不再说啥了，披衣卷裤，风起身行，看上去像杀猪场上的屠夫一般，很凶的样子，来回在山体的两端又奔跑又嚷嚷。奔跑是怕两头儿的爆炸不能间隔开来，嚷嚷是整个工地他得全盘指挥。瞧他那神情，实在有些滑稽，但谁也不敢笑出声，因为山洞里的一声爆炸响起，地动山摇。这是好的情况，坏的情况是炸药点了没动静！没动静是最可怕的——这个时候，你不知是继续等待，还是去试探着看看是否真的是哑弹。是哑弹，你得赶紧重新点燃；不是哑弹，你怎敢去探试和瞅一眼呢！

“别动！都给我在原地待着！”每逢此时，黄大发的脸总是铁青，看不到一丝缝隙。他会把他人远远地挡在身后，随手用厚棉衣将自己的头颅严严地裹了个结实，便独自朝山洞里走……

“不能去呀！危险——大发！”

“拉住他！快拉住他呀！”

这当口，老人喊，女人哭，男人们冲上前……但他们都被黄大发呵斥住：“谁敢过来一步！”

所有人的脚步止了。

所有人的呼吸停止了，甚至心跳也在顷刻间被强行“停止”……

村民们屏住呼吸，按住胸口，目不转睛地瞅着黄大发的身影走进漆黑的山洞，直至消失。

没有一点儿声音。山上的鸟儿，草丛里的野鸡，都小心翼翼地伏在原地静候山洞内的每一丝声音……

“轰隆——”山洞里突然传来一声巨响，一股冲鼻的硝烟随即喷出……

“大发！”

“黄大发！”

“支书——”

“黄支书——”

爆炸声未落，村民们此起彼伏的喊声将爆炸余声掩得严严实实。

黄大发终于出声了：“我又没有死，你们哭嚷个啥嘛！”

他像一根刚入灶门又被弹出来的木树段，全身冒着烟尘，只有两只眼睛闪动着出现在村民们面前。

黄大发又一次活了过来。山洞再一次向纵深凿进了十几米。

现在，再一次“现在”。黄大发更紧张与关心的是：两头儿打洞，会不会各打各的，最后擦肩而过，失之千里？

这当口，黄大发真的急了，急得像热锅上的蚂蚁，坐也不是，站也不是。这边瞅几眼，觉得不对劲儿，再往那边看一眼，更觉不对劲儿。到底哪儿不对劲儿，黄大发自己也弄不明白毛病出在何处。

最简单也是最管用的办法，是把耳朵贴在最前沿的石头上，静听对面的山里有没有凿岩的声音……

快来听！听听到底是不是凿洞的声音！时间一长，黄大发感觉自己的耳朵出了啥毛病似的，怎么个不灵了呢？咋听都不是清晰的声音，咋听都不像是凿洞的声音。

“能不急嘛！你说能不急嘛！”那些日子，一支香烟的工夫，黄大发会嘴里嘀咕10来遍这样的话。其实，所有的人跟他一样急。试想：假如两头儿费尽力气，凿得昏天黑地，几十天、几百天，最后山洞各横穿一方，那该是多大的浪费！白费多少血与汗！

这是一个仅有200来个劳力的小山村。

这是一个只靠苞谷与土豆为生的穷山村。

这是一个几乎与世隔绝的依在山顶上的小山村。

劳动力对草王坝的人来说，也许不值一分钱；但他们除了劳动力，一无所有。劳力，对草王坝人来说，是唯一的金子，是唯一的财富。如果把全部的金子和全部的财富，都如此无谓地丢失与浪费，那作为一村之主的黄大发有何再可信的东西向村民交代呢？

在山洞向纵深凿进的日子里，黄大发的压力愈发增加，到了数十天中天天夜不能眠的地步。他终于倒下了……

倒下后村民们将其抬出洞穴。但他又大闹，说谁再抬他出洞，他就跳崖！

他那犟脾气，干得出来！杨春发朝青年突击队员挥挥手，说："任他性子吧。"

黄大发又进了洞，没日没夜地待在洞里。在洞里他伏在石壁上只做一件事：直起耳朵，贴在刚刚凿过的石头上听声音——听山那边的声音。

山那边的声音没有。山那边的声音很小很小。

山那边的声音突然变大了，变得可以清晰地听到"叮当——叮当——"的凿锤声……

猛然间，黄大发像醒来的睡狮，一跃而起，跳得老高！

"通了！要通啦！"他冲出山洞，双膝"扑通"一声跪在地上，然后张开双臂，向大山的深谷高喊着，如醉汉一般，如疯子一般。

"通啦！通啦！我们打通啦——"先是男人喊，后是女人喊，再后来是全体草王坝人喊。

那声音真叫震耳欲聋，惊天动地！

那情景才叫欢天喜地，胜利满怀！

山洞通了。山洞竟然靠着黄大发他们的茶盘测控，合缝相嵌地连接通了，这本身就是奇迹！

大山似乎给了草王坝人一个亲善的面子，让支书黄大发感觉吃白米饭的日子又近了许多……然而，谁都不曾想到，其实辛辛苦苦用了半年时间打通山洞的那一刻，也是黄大发噩运正式降临之时。

又是为何？

这是因为从修渠战斗打响的第一炮起，黄大发就犯了他本人和草王坝人都无法战胜的工程技术没有掌握与物质基础不足的错误。在蜿蜒曲折的群山之中，修筑一条20余里长、海拔近千米的水渠，仅靠几根竹竿和茶盘子这样的土法及简易器具做测具，又没有起码的防渗材料的情况下，想让奔涌的螺丝河水顺着粗糙的石渠逆行而上，岂不是天下奇闻！

没有多少文化，也没有接受过任何水利工程方面知识熏陶的黄大发，自然不知其专业技术与基本材料的重要性，而即使他深知其厉害，又能怎样呢？当时条件下的他，只能凭自己的感觉和最原始的知识与判断，去挑战大山，去挥洒汗水。他和他的村民，也并非无知和鲁莽，或者说盲目自大，因为他们过惯了呼天天不应、叫地地不吱的生活，他们认定了唯一能改变的是他们自己起来奋斗与奋争，尤其是想改变祖祖辈辈没有改变的吃不上白米饭的严酷现实。

一个生意人，假如做了亏本生意，他或许会上吊或跳河；

一个道貌岸然者，假如他的西洋镜被尴尬地戳穿了，他或许会扬长而去，从此不见江湖；

山里人则不然，山里人把一条条生命甩在峭壁悬崖上，鲜血即使染红了百岳千峰，他们仍然不会轻易掉一滴泪、吱一声悔……

他们吃了亏，会把眼泪往肚子里流；他们损了劳与力，会默默地转过身子抹一把泪后，又笑着继续重新开始。

13 年。20 余里长。数不清花了多少劳动力，也记不住多少个披星戴月、早出晚归的日子，草王坝人不能接受如此一场旷世之战，竟如黄粱一梦，一无所有——滴水未进村里的耕田和孩子母亲煮饭的锅灶……

这是无法接受的现实。但这又是必须接受的现实。

隧道打通的那一天，全村人曾在山头上摆起了一场空前的“盛宴”——他们把家里可以搬出来的食物都搬上了山，以此作为向山神和老天献出的贡品，摆在了山洞口的两头儿，然后全村人齐刷刷地肃立在大山边，等待老辈子点响鞭炮之后，锣鼓齐鸣，载歌载舞，举行声势浩大的庆典。

然而，庆典的乐锣声是以呜咽的悲剧曲调而告终的。

螺丝河的水，过不来。

王正明第一个过来向黄大发报告。

黄大发看了王正明一眼，眼睛转到徐国泰脸上，说：“你跑一趟看看！”

徐国泰气喘吁吁地回来又报告说：“水真的过不来。”

黄大发眼珠子瞪圆了，走到徐开伦面前，说：“你去！你去看看到底是怎么回事？”

徐开伦是可以信任的人，因为他是黄大发的大舅子。大舅子再不信还能信谁？

徐开伦回来了，有气无力地跑到黄大发跟前，连抬眼的勇气都没有地报告：“根本就过不来……”

黄大发怒了！彻底地怒了：“你——你再给我说一遍！再说一遍！”

他的嗓门儿震得徐开伦的耳膜都快裂了，大舅子可不吃这一套，以同样分贝的声音回敬他：“不信你自己去看哪！靠这渠，那水真能流到咱草王坝的话，我就两脚倒立着走到遵义、走到贵阳去！”

“你——你见过遵义、贵阳是啥样啊？你知道遵义、贵阳在哪个方向啊？”黄大发像疯了似的追着、喊着问徐开伦……追得徐开伦落荒而逃，追得工地上所有的人都满山而逃，逃得一个不剩！

“你们走哇！走！统统给我走！走！”

黄大发的嗓子哑了，喉咙破了，砸在石头上的拳头在不停地流血……后来他哭了，一个人对着大山哭了。

哭得大山跟着一起落泪。山神落泪的时候，遍体的岩崖酥酥的，像被彻底地抽走了精气神……

（节选自何建明《山神》，发表于《中国作家·纪实》2018 年第 1 期，天地出版社 2018 年 7 月）

南仁东传略

◎ 王宏甲

一

2017年11月17日，中共中央宣传部追授南仁东“时代楷模”荣誉称号，号召全社会向南仁东学习。南仁东是新时代第一个时代楷模。我接到创作一部反映南仁东生平事迹的长篇报告文学任务之初，心里是忐忑的。

我没有见过南仁东，也无法采访到他了。中国天眼是科技含量极高的大科学工程，我是外行，真的担心写不好，辜负了这个光荣任务。我讲了自己的顾虑。感谢中宣部宣教局和中科院科学传播局的领导同志给我极大的鼓励，我知道自己需要“补”的东西太多，因此第二天就去了贵州天眼基地进行采访。

在采访中，我逐渐体会到了什么叫不朽。我一次次地看到一个不朽的生命并不因为他身体的逝去而消失，南仁东就活在他的同事们和学生们的生命中。我还采访了先前居住在天眼基地大窝凼里的农民，同样看到南仁东就栩栩如生地活在他们的讲述中。我还听说，一只被工地上收留的流浪狗也是南仁东忠实的朋友，南仁东亲切地叫它“凼凼”。只要南仁东一出现在工地，凼凼就紧紧地跟随着南仁东。我问为什么，他们告诉我：“因为南仁东是最经常跑工地的人。”南仁东总是带着它在工地内外上上下下地走。南仁东去世后，只有凼凼不知道南仁东不再来了，仍然每天到处找南仁东，每天都守在南仁东从前会出现的基地的入口处。深夜里，囡囡经常孤独地坐在那巨大的天眼旁，面对星空仰天长啸，其声之悲，催人泪下。基地上所有的人都被它感动了。我一遍遍地在这些故事中感受，一个南仁东逝去了，他那不朽的生命一定会活在千千万万青少年成长的岁月中。我必须去努力地写，尽一切可能写得准确真实。

二

深入这个题材后，我日益感到一个巨大的世界扑面而来。我再次领略，这个世界上存在着一些我们眼睛看不见的东西。虽然这一点可能被忽略，却很重要。

譬如自古以来，人类一直生活在空气中却看不见空气，也看不见电磁波。距今约一个半世纪前，英国物理学家麦克斯韦论述了电磁波的存在，后来有人发明出无线电。它能穿过枪林弹雨，能飞越高山大海，能在所有的自由空间里传播。1993 年，国际无线电科学联盟第二十四届大会在日本东京召开。专家们在会上讨论，该如何把无线电更充分地利用到人类生活的一切领域。

就在这个大会的一个会议厅里，另有一些人在讨论：由于地球上无线电的大量使用，越来越多的电波干扰了外太空信号接收，再这么下去，人类会被自己发出的无线电波封锁在地球里，无法对浩瀚宇宙做更深入的探索。于是提出：要抓紧建造新一代功能超强的大射电望远镜。

这些人是谁?

他们是这个大会“射电天文专门委员会”的天文学家。什么是射电天文？我想可以这样表述：人类天文学可分作三大时代，用眼观天的第一时代，用光学望远镜观天的第二时代，用射电望远镜观天的第三时代。我开始看到，天文学对人类社会进步的影响，超出很多人的认知。

天文学是人类最古老的自然科学，因掌握天时才有了农耕时代，中国因古代天文学发达而创造了世界上最辉煌的农业文明。直到大航海时代，凝聚着中国天文智慧的罗盘，仍指引着郑和、哥伦布去打开大海之门。

你见过罗盘吗？中国人通过观天象，把对宇宙各个层次的理解，如天干地支、阴阳五行等布置在罗盘各层的同心圆里。汉语“星罗棋布”，正是对罗盘的一个颇为形象的形容。罗盘上有一个磁针，磁针何时传入欧洲？恩格斯在《自然辩证法》中说：磁针被阿拉伯人从中国传到欧洲人手里，时间在1180年左右。

磁针、磁石、磁铁，这些词在今天读来都是“科学”的词义。在中国古代，人们发现这种被称为磁石的东西有吸铁的功能，便以“慈母怀子”之意，称之“慈”，加上“石”字旁，就是“磁”，磁针是浸染着温文淳厚的中国文化精神的名称，你会感到磁石、磁针都不是冷冰冰的。罗盘早先也不叫罗盘，我们的先人称之罗经。以“经”称之，如同易经、诗经，是以十分崇敬之心称之。

由于有罗盘和磁针，远航不会迷失方向，才呼唤出中国在15世纪世界上最发达的造船技术。早在哥伦布出生之前，郑和率28000余名官兵的巨大船队出使西洋。郑和是真正的大航海时代的先驱。英国科学技术史专家李约瑟先生曾评价说，东方的中国人航海全副武装，却从容温和、慷慨大方，从不威胁他人的生存，不征服异族，也不建立要塞。

可以这样说，直到欧洲文艺复兴之前，在全世界范围，基于先进的天文学成就，中国具有世界上最发达的农业、最强的航海技术，同时拥有世界一流的军事实力和经济实力，但没有海盗行径，也没有侵略异族的邪念。郑和船队承载的国家行为，官兵船员表现的组织性、纪律性以及与异族的友好精神，在所到之处都表现出了对人类的共同利益有好处的大国风范，拥有充分的文化自信。这种自信，不唯是科技的、经济的，更是文化的、精神的。

到天文的第二时代，哥白尼、伽利略用光学望远镜观天，由此催生的科技进步竟推举出工业时代。若不信，再看看牛顿，他写过《光学》，还发明了反射望远镜，他的万有引力定律也是从天文学中分娩出来的。

今属天文第三时代，世界各国的射电天文是怎样的状况？

英国的射电望远镜最早发现了脉冲星，有人因此获了诺贝尔奖。德国有100米口径的可转动射电望远镜。美国350米口径的射电望远镜，被评为人类20世纪十大工程之首。难道它比原子弹、氢弹更厉害？它的重要性被认为超过阿波罗登月。为什么？这里说明：它对整个自然科学的影响，是其他一切发明所不能相比的。

1993年，在国际射电天文学家们提出要抓紧建造新一代功能超强的大射电望远镜的时候，中国最大的射电望远镜口径只有 25 米。在上述讨论中，射电天文先进的国家，声音就大；中国的声音较小，澳大利亚、荷兰、日本、印度的射电天文都比中国先进。印度在赤道附近建造的巨型米波射电望远镜，由 30 台 45 米口径的旋转抛物面天线组成。射电天文学家说："如果不抓紧建造新一代大射电望远镜，将来就只有到月球的背面去建造了。"

大家都认为，造这样的超级大射电望远镜，一国难以实现，要多国联手，于是决定成立国际大射电望远镜工作组，这个工作组由美国、英国、德国、加拿大、澳大利亚、中国、法国、印度、荷兰、俄罗斯的十国代表组成。

南仁东没有参加这次国际大会，他在北京得知情况后，立即向中国科学院提出，我们要抓住这个机会，争取把"大射电望远镜"建到中国来。这可能吗？

那时没有人会想到，20 多年后，一个世界最大的 500 米口径射电望远镜会出现在中国贵州。它标志着，中国在天文第三时代又挺进到世界天文的前沿。南仁东用自己的全部生命换来了它。当然，缔造它的还有成千上万的科研人员、工人和中国悠久的文化精神。

就是在这时，我理解了党和国家为什么对中国天眼这么重视，为什么称之为"国之重器"。我也更加看到了中国天眼所凝聚的历史文化以及人类今天和未来的意义。这些都促使我必须深入再深入地去追寻南仁东为什么对研发中国天眼如此锲而不舍，他百折不挠、千难不避、鞠躬尽瘁的动力和源泉究竟在哪里？

三

1945 年 2 月 19 日，南仁东生于吉林省辽源矿务局一个工程师家庭。他的父母生养了 6 个孩子，南仁东在姐弟中排第二。辽源因东辽河发源于此而得名。这里是满族的重要发祥地之一，清代被划为"盛京围场"，1902 年开禁后设立县制。南仁东是满族人，6 岁上学读书。

"我哥小时候喜欢看小人书，有了钱就去书摊。摊主见他来的次数太多，索性让他免费看。"这是南仁东的弟弟南仁刚的回忆。这个细节很重要。一个小时候会阅读的孩子，眼界和情怀都会在阅读中滋滋地生长，蒸蒸日上。

南仁东虽然成绩不错，但直到上了初中，也只是还好，并不很突出，直到辽源四中有一位老师发现了南仁东。南仁刚回忆说，哥哥读清华后第一个假期回来，带他一起去四中看望恩师，哥哥对他说："没有这位老师，就没有我的今天。"

那位老师，曾经把南仁东叫到家里"谈了一天"。谈什么？南仁刚只记得哥哥说，不是传授知识。那会谈什么？我相信，那个年代的老师不会对学生说"你要为自己好好读书"，而是会鼓励南仁东将来去为国家做大的贡献吧，大约是老师打开了南仁东的志向。这件事发生在南仁东初三的时候，那一年他 15 岁。

1963 年，南仁东 18 岁参加高考，获得 98.6 的平均分，以吉林省"理科第一名"的成绩被清华大学录取到无线电系。拿到录取通知书，南仁东心里起疙瘩了，因为他填报的是清华大学建筑系，这个细节反映出南仁东当年的理想在建筑方面。他的同学回忆说，南仁东因考分高出清华大学建筑系 50 多分的成绩，被调剂到无线电专业。

大学毕业告别清华园的时候，南仁东比别人多带走了一样东西——他自学的英语。那时大学里教俄语，不知南仁东为何想到了自学英语。多年后，中国天眼在立项中经国际评审，听过南仁东用英语阐述的国际专家评价说："南先生的英语不好不坏，有些话没说清楚，但他要什么，说得特别清楚。"

四

大学毕业，他被分配到吉林省通化市无线电厂工作。这是 1968 年 11 月，他 23 岁。这个工厂，将成为南仁东一生中至关重要的大学——社会实践大学。

那时候，最时兴的衣服是"军装绿"。来工厂报到的南仁东身穿立领夹克，黄色紧身裤，脚蹬一双尖亮的皮鞋，还蓄有青年胡。

他被分配到包装车间，到车间转一下就出来了。他的工友们今天回忆说，他去找厂长"据理力争"。于是厂长把他改分到无线电组装车间去做"小金工"。

金工，是各种金属加工工作的总称，包括车、铣、刨、磨、钻等工艺。

这是技术活儿，南仁东喜欢。今天，他当年的工友回忆，都说他“做事一丝不苟”“做什么，成什么”。

其实他也有做出废品的经历。他是从学徒干起的，正因为做一个简单的“活儿”也不合格，才使南仁东对产业“工人”有了重新认识，对什么叫“一丝不苟”“严丝合缝”，也有了重新认识。

1969 年通化无线电厂接到上级任务，要研发便携式小型收音机。厂领导决定先成立一个科研小组，南仁东入选其中。这时的南仁东成天在车间里，上班工作服，下班也不换。那个穿黄色紧身裤、尖头皮鞋的小青年不见了，只有那撇小胡子还倔强地待着。

毕竟是清华大学无线电系毕业的，他把大脑里的知识去生产线上对号入座，把现实的难题与机器的实际运转磨合，很快成为研制小组的核心。24 岁的南仁东和技术员、工人们一同研发的收音机终于成功了。就在他们的车间里，他们研发的收音机响起中央人民广播电台的声音，传出歌曲：“雄伟的天安门，宽阔的广场，毛主席检阅革命队伍的地方……”

他们研发的“向阳牌”收音机走俏全国，成为著名品牌。这是南仁东第一次参加一项科研新产品的设计研制全过程，是他与工人师傅相结合，第一次实现了把知识变成技术、把科技变成产品，进而变成商品、进入千家万户的过程。这个经历对南仁东非常重要。

他在通化无线电厂“学工”10 年，经历了研制便携式收音机、电视发射机和小型智能计算器的全过程。今天，通化厂的老干部、老工人对南仁东的评价是：他车、钳、铆、电、焊样样都会，样样都精，设计、制图也很专业。

“我是个战术型的老工人。”南仁东曾这样说。这句话里有他对自己青年时代工厂生活的回忆，有他同当年工友们的友谊，也有对他今天的博士生的教导。

初进厂时，他不愿去包装车间，后来他主动去包装车间“补课”，还去锅炉房干活儿。他还琢磨统筹谋划、分工协作，了解从原材料进厂到出成品中间有多少工序。这已不只是技术，连科研带生产，包括设计、绘图、论证、材料准备、购置新设备、设备维修、计划调度、人员配置、成本核算……他全部去涉足、去了解。他不是厂长，而只是被提拔为技术科的车间主任。他去了解生产环节的方方面面好像是“多管闲事”，但就世上的发明创造而言，张衡、哥白尼、马可尼……都是多管闲事才有了他们的见地和创造。青年南仁东，正是在这个无线电厂里培养了他的创造性气质。

什么叫总工程师？哪一块你都拿得起来，权威性就有了，协调能力就有了。多年后，南仁东成为中国天眼的首席科学家、总工程师，通化无线电厂是他成长的摇篮。

南仁东在通化无线电厂10年，获得的当然不只是在参加科研开发和投入生产中增长的才干。他与工人和科技人员之间建立的友谊，那种互相激励；那种在车间里铺开图纸，一边端着饭盒吃饭，一边讨论技术问题；那种日夜加班，没有加班费，没有一个人叫苦叫累；那种大热天吃完饭，用手摸一把脸上的汗，接着再干的生活是快乐的……这是他后来几十年反复回忆的景象，是他一生重要的财富。

在通化无线电厂10年后，他考研重回大学，又考博并获博士学位后，曾经满世界跑，荷兰、日本、英国、美国，不管到哪里都会给通化无线电厂的老朋友们写信，寄来照片。

厂里有个也是大学毕业分配来的技术人员，名叫刘绍禹。南仁东与刘绍禹在厂里一起工作了10年，这10年里有过许多相互切磋、相互启发。用他们自己的话说，还有嬉笑怒骂和友谊，分别后也有深长的想念。

> 从我离开通化，从我离开祖国，我没有一次感到像在你家吃炒豆芽那么对胃口；没有一分钟的幸福可以同我在酷寒的修江堤的日子相比……

这是南仁东离开通化又10年后，在日本写给通化的好友刘绍禹的信。这里讲的"幸福"，是在酷寒的修江堤的日子里留下的记忆。今人怎能够理解呢？如果看看他在工厂时的住房，那又是怎样的情形？

南仁东到工厂后，是与工友们同住20人一间的集体宿舍。几年后，南仁东成家了，他的妻子来到通化，这就要有自己的住房了。那时，他们夫妻在工厂附近租了一间"杆搭房"。那是一种用木杆支起轮廓，用泥垒成墙壁的简陋房屋。

南仁东在泥墙上挂上自己的画作，满屋生辉。

下雨，屋里漏雨了。

雨水竟然把脸盆漂起来了。

孩子哭了。南仁东有女儿了。

在这个屋子里，南仁东有了两个女儿。

工人们喜欢南仁东的画作。平日里工友们结婚，南仁东没啥可送，就送一幅自己的画作给工友“补壁”。

厂里有个锅炉工名叫李天成，平时与南仁东交往并不多，李天成需要盖房居住时，南仁东还去帮忙脱坯。

那的确是一个艰苦奋斗的年代，大寨的口号是“先治坡，后治窝”，很多工厂也是先抓生产，后抓住房。无线电厂终于盖起新房，分房了。南仁东因贡献很大得到了厂长级别的待遇，住进了楼房。

南仁东去工厂包装车间“补课”的时候，发现包装车间有一个名叫翟所增的学徒工没读过书，一身“江湖气”。他 17 岁从农村进城来找事做，比南仁东小 9 岁。南仁东怕他“出事”，总是借故把他拢在身边，教他识字读书，还在自己的车间里为他物色了一位姑娘，两人结婚时，南仁东还主持了婚礼。

今天翟所增回忆南仁东，仍然一口一声“我大哥”。南仁东从前也从不叫翟所增的大名，一直叫他“翟小子”。翟所增说：“我这一生，都是在我大哥庇护下走到今天的。”人们说南仁东待他像自己的亲兄弟一样。翟所增的妻子历建华则说：“南大哥更像我们的父亲。”

“2015 年夏天，我给我大哥打电话的时候，他的声音是哑的。我问咋啦，我大哥说是感冒，叫我不要担心。没过几天，给我邮来一个大箱子，是我大哥给我买的好几套衣服和几双皮鞋。有我的，还有建华的。我大哥那时已经病成那样了，也不告诉我们，就尽想着我们。”这是翟所增的回忆，说着已经泪流满面。

五六十岁以后的南仁东，越来越怀念他的工厂时代，这并非年纪大了怀旧。许许多多青年时代的往事，在南仁东的记忆中都叫“幸福”，怎么理解呢？也许只能这么说，南仁东成功地继承了中华优秀传统文化，特别是新中国社会主义时期吃苦耐劳、助人为乐的美好品质和生活智慧。

五

1978 年，南仁东被中国科学院研究生院录取为天体物理研究生，1981 年获硕士学位，到中科院北京天文台工作。第二年，他继续攻读天体物理学博士。

在南仁东的档案中，记载着中国科学院数学物理学部填写的南仁东学术成就。这些专业成就，无疑蕴含着深奥的学识。但我注意到，一个能做出创造性成就的人，不只是靠"专业"。1985 年，发生在 40 岁的南仁东身上的大事，使他感到当时需要走出去开眼界了。

这年秋冬之交，他去了苏联两个天文台。一个是莫斯科附近的普希奇诺射电天文台，是同他的博导王绶琯院士一起去的；另一个是乌克兰克里米亚射电天文台，他独自前去。对于后者，他不只是想去看那里的天文台，还有更吸引他的地方。

学生时代，他也喜欢读文学作品，最打动他的是《钢铁是怎样炼成的》。1985 年，他接触的青年中已经没人读《钢铁是怎样炼成的》了。有不少人书写质疑、抨击过去那个火红年代的文章，嘲讽理想，亵渎崇高，对此南仁东感到吃惊。

他不是共产党员。在他的档案里，"政治面貌"那一栏里填写的一直是"群众"。这个"群众"热爱自己所接受的教育告诉他的理想、真理和正义。就其性格而言，他从青年时期开始就有着某种愤世嫉俗的个性，他留起来的小胡子，差不多就是他"横眉冷对"的一种标志。这种愤世嫉俗，也是他坚持真理和正义的强烈体现。难道自己少年时代以来所钟情的、所热爱的错了？也许，我们需要把理想、信仰、爱好、意义、价值观、人生观这些东西放到地上，重新辨认？

他是一个认真的人，他不含糊，不会随波逐流，更不会趋炎附势。他感觉自己仍然为保尔·柯察金感动，为雷锋感动。这种感动里最核心的东西，是对一种人生价值观的认取。保尔·柯察金的故事、小说《青年近卫军》的故事，大多发生在乌克兰。他想去看看，产生了保尔的地方，今天又是怎样的。

他带着亲切的崇敬的情感，来到黑海北岸的克里米亚，来到第聂伯河流域的乌克兰。第聂伯河右岸，矗立着基辅卫国战争纪念馆。那是一组雄伟的建筑艺术群，周围建有高浮雕群像。馆里陈列着几千件二战时期的展品，还有许多油画和雕塑。最令南仁东肃然起敬的是《祖国——母亲》雕像。它是纪念馆主体的组成部分，高达62米，已经成为基辅最知名的地标。母亲雕像的左右手分别举着盾和剑，象征着乌克兰人民保卫祖国的坚强意志。多年后，南仁东谈起第聂伯河岸纪念馆里的油画和那些雕塑，眼睛里似乎仍闪动着那些艺术作品的光芒。

1941年6月22日，德国三个集团军群的300多万兵力分三个方向突袭苏联，苏德战争爆发。乌克兰是最先遭到打击的地方。德军侵入乌克兰要摧毁的最大目标就是基辅，它是苏联仅次于莫斯科和列宁格勒的第三大城市。基辅战役极其惨烈，斯大林称它为基辅防御战，希特勒称它为战争史上最大规模的围歼战。战役中，几乎整个苏联红军的西南方面军都被德军包围，苏军损失超过70万人，基辅沦陷，乌克兰全境被德军占领。直到1943年，苏联红军才重新夺回基辅。在苏德战争中，乌克兰付出了巨大的牺牲。

南仁东来了，感受了诸多城市建设和艺术作品，这屡屡令他感动，给他的印象是，这片英雄的土地，总不会忘记他们父兄的光荣历史和英雄事迹。

他怎么也想不到——6年后，1991年12月25日，伟大的苏联解体了！

一个当时的中国博士生，在1985年已经开始捍卫自己的理想和信仰。他喜欢什么，鄙视什么，都同他在新中国所接受的教育密不可分，那就是他的精神和灵魂。现在这种东西被否定了，他还有什么？

1985年邀请南仁东的那位苏联天文学家叫舒尔加，苏联解体后，他在乌克兰国家射电天文学研究所工作，是乌克兰院士。2017年11月他来华访问，南仁东已经去世，曾担任南仁东助理的张承民接待了舒尔加。

“南先生去乌克兰是寻找革命理想之梦。”舒尔加谈起与南仁东的友好交往，对南仁东当年屡屡说起保尔·柯察金，印象非常深刻。

张承民说南仁东的乌克兰之行是去体验“钢铁是怎样炼成的”，那里有他青年时代的英雄情结，有一个远去的时代对他的召唤。我想，他大概是去寻找一座熔炉。然而以后的岁月中他将不断发现，真正的熔炉不在别处，就在他自己的理想、情感、信仰和坚韧不拔的意志中。

1987 年 5 月，南仁东结束了在荷兰的访问学习，返回祖国。此后还陆续去日本、美国、英国、意大利等多国的天文机构进行客座研究。南仁东如此有意识地向多国同行学习，是有他的想法的。只有走出去才能博采众长，南仁东走到了大创建的前夜。

六

“我们的落后是明摆着的。”1993 年，南仁东提出要争取把国际大射电望远镜建到中国来，他认为正因为落后，中国才应该奋起。他说的争取，首先意味着自己要着手“做工作”。此时的南仁东任北京天文台副台长、北京天文学会理事长。他立刻着手联络一批天文学家，共同谋划推动这件事的落实和发展。

1994 年初春，冰消雪融，北京天文台院子里的树上冒出新绿的时候，南仁东拿出了一篇包含着国际国内丰富内容的《大射电望远镜（LT）国际合作计划建议书》（以下简称《建议书》）。

《建议书》全文 17300 多字，建议人有 11 位，分属于我国三地天文台，还有 3 位中科院院士当顾问。建议得到了中科院支持。1994 年春夏之交，便着手选址。

万山深处选址，这是南仁东一生中真正接触到农民。连片的茅草房，阳光照着挂满土墙的成串成串的红辣椒和金黄的玉米棒子，平生喜爱美术的南仁东很想画一幅画，可是他没有时间。

“山里的农民，再穷也会杀鸡给你吃！”那样的深山，是南仁东遇见的一个震撼他心魄的世界。不论去哪里，总有县、乡、村的干部和农民带路。无路的地方，要用柴刀在丛林中劈出一条路，没有农民兄弟的帮助，是进不去的，南仁东想起学生时代唱过的歌《我们走在大路上》：“披荆斩棘奔向前方……”

“你们怎么知道这里面有个大坑啊？”县干部问。

“遥感发现的。”

中科院遥感与数字地球研究所的聂跃平就这样走进了选址。他是贵州人，对贵州喀斯特地貌早有研究，也是他把南仁东领到贵州大山里来的。先是用遥感技术捕捉到3000多个洼地，然后选了300多个圈定到数据库里，再筛选出100多个，再一个一个用脚去选。

雨衣、解放鞋、柴刀、拐杖，是他们永远的装备。

下雨路滑，解放鞋是最耐用的。

拐杖，可用来防备丛林中的蛇。

早晨和黄昏，寒冬和盛夏。巨大的山体落差，典型的熔岩，山涧下的河谷，山里单家独户的贫困人家，长长的弯弯曲曲的石阶，两山之间的绳索构成的桥，索桥下咆哮的水声。国家天文台、遥感所有不少人员先后参加了选址工作，这是南仁东和选址队员们再次经历的“社会大学”。不记得是在哪个村寨，坐在火边仰望璀璨的星空，他们意识到不论科学多么尖端，理想多么高远，仍需脚踏大地。

走累了，一同坐在山坡上抽烟，一个卷着裤腿，一个干脆穿短裤。这是聂跃平和南仁东日复一日的形象。这是艰辛的事业，也是寂寞的事业。一个说:“南仁东啊南仁东，跟你做事就是难。”一个说:“你别想跑。是你把我领到贵州深山里来的。”

选址10多年，从省长到不少村长都认识——那个穿短裤的天文学家是南仁东。选址是卓有成效的。早在1995年10月的国际大射电望远镜工作推进会中，中国的选址报告就备受瞩目，因此30多位国际著名的外国天文学家专程到中国贵州来开现场考察会。

这个国际天文学家考察会，在贵州影响深远。普定县听说大山里的尚家冲可能成为大射电望远镜的台址，就组织当地村民修了8公里通车路，接通外面的公路。那里是贫困地区，穷。当地政府没这笔经费，只给修路的农民补贴粮食和棉花。南仁东曾给地方政府说:“不要修，不要修，还没定啊!”可是没人听他的。那个冬季，农民不畏严寒加紧修路。几个月后，尚家冲就以一条崭新的大路迎接春天了。

修路的不仅是普定，1996年平塘县听说新发现的大窝凼也很有希望，也开始修路。南仁东再次跟贵州方面的有关领导说，还没定啊。但是，那里的农民仍然修了13公里能通大车的路，一直修到大山深处的大窝凼前。聂跃平曾感慨地说:“普定和平塘农民修的这两条路，都是在荒山野岭、岩石嶙峋的地方开出来的。要按市场经济，几千万元也不够，当时地方政府都只是给农民补贴些粮食和棉花。”

我知道聂跃平的意思并不是说农民穷，给点儿粮食和棉花就干了，而是说，虽然穷，但农民心里面却有不能用金钱计算的东西。

为争取这个项目，普定和平塘都做了很多超前的工作。贵州人民的殷切期望和真情相待，是长达 12 年的选址中最大的支持力量。在南仁东最艰难的日子里，每思于此，都激励着他不断奋起。

七

上述国际天文学会议在贵州召开后，美国《科学》（*Science*）杂志就报道了在中国贵州喀斯特洼地为大射电望远镜早期选址和预研究的报告。这个报告反映的是大多数天文学家现场考察的观感。此时的形势似乎显示，南仁东努力于把“大射电”争取到中国来落户的想法，看来是有可能的。

但是，在这以后，南仁东遇到的困难复杂起来。

这个巨大的国际项目如果争取到中国落地，意味着世界多种尖端的先进科技将会因应用于此而流向中国，将会开启多学科的未来发展目标。正因为有这么大的好处，南仁东要想把这个国际项目争取到中国来，才有科技之外的复杂因素。

1997 年，南仁东和他的同事们鉴于中国贵州特有的喀斯特地貌，为了更好地争取这个国际大射电望远镜项目，决定搞一个中国推进“大射电望远镜先导单元”计划，即中间建一个 500 米口径的射电望远镜，周围还有数十个小口径的望远镜，构成平方公里阵列。这个 500 米口径的大射电望远镜取名为 FAST，含义若用一个字表达，就是“快”，蕴含着“追赶”“跨越”或“领先”的意思。1999 年 3 月，中国科学院知识创新工程首批重大项目“大射电望远镜 FAST 预研究”启动。

此后，南仁东比先前更明显地感到了有一股阻止建造 FAST 的力量。国际上出现评说 FAST 过时的声音，国内附和的声音比外国人说得更苛刻。对南仁东本人，有人说他是“疯子”，有人称之“狂士”。2005 年，南仁东 60 岁了，这本是退休的年龄，但争取多年的国际项目还没有着落。因项目尚无着落，在研究阶段遇到的种种困难是人们难以想象的。

一次去科技部的途中，南仁东突然在车里坐不住了，在后座歪着躺下去。“胸部很难受。”他说。南仁东从不叫苦叫累，有非同常人的忍受痛苦的坚韧。现在他不仅肺部剧痛，还呼吸困难，坐在前座的张承民立刻对司机说：“去医院。”

到了就近的中关村医院，做了一圈检查，医生说根据检查情况需要专家会诊，但南仁东在医院里缓过劲来就走了。此后多次，南仁东上医院都是半路上难受得过不去了，转道去的。在医院缓解些了，开了点儿药，他不愿做深入检查，就又走了。

今天，在南仁东事迹展的《开场白》中有一句话：“没有南仁东，就没有FAST。”这是一句十分准确的话。

张承民曾经多次劝南仁东去医院检查病情，南仁东都说“今天没时间”。从1993年到2005年，12年了，他每一天都认为有重要的事。实际上他生怕查出严重的病情，FAST会结束。

你能想象南仁东痛哭吗？一天夜里，张承民推开南仁东的办公室，意外地看到了泪流满面的南仁东。“我60岁了，可以退休了，我没关系。可是我这些学生，他们怎么办？”

张承民愣了一下，才听出来，他是说，如果FAST做不成，这些跟他多年的学生怎么办？

“在这个满地都是金钱的年代，我这些学生在看星星。”这是南仁东对他的博士生、硕士生们最高的评价，“他们跟我跑山沟，做的这些跟现在的经济环境格格不入。他们怎么办？”接着，南仁东又说，“参加预研究的，还有那么多专家，怎么办？”

从1993年开始，南仁东就联系了全国20多家大学和科研院所的100多位专家，就像已看到的聂跃平们，把自己最好的年华、最佳的科研时间，都投入到这项预研究中了。

听了南仁东的话，张承民感到心有震撼。原以为南仁东心里就只装着FAST，没想到他心里满满地装着他的学生，还有参与到预研究中的众多科研人员。

此前，南仁东对建造500米口径射电望远镜征求过一位外国友人的意见，得到的回答是：“一个连汽车发动机都做不好的国家，怎么能做‘大射电’望远镜？”对方并无恶意，但这句话连同10多年的往事，激起了南仁东痛彻的反思。多年来我们一直提“引进”，但多是引进外国的零部件组装产品，我们自己只能做外壳。缺少自主研发的高新技术，岂能不落后！

这天，南仁东讲到了自己十分敬佩的“两弹一星”科学家。当年中国的科技、经济条件都落后，能搞“两弹一星”吗？“有条件要上，没有条件创造条件也要上！”青年时听过的这句话重新回到他的脑海。为什么我们今天反而不够自信？在最艰难的日子里，南仁东最大的收获就是强烈地意识到：我们必须找回“自力更生，奋发图强”的干劲儿。

就在2005年11月，南仁东在中科院召开的院长办公会上提出，要向国家申请FAST立项，由我国独立自主建造500米口径射电望远镜。2006年7月，国际SKA项目确定在南非和澳大利亚建造，中国申请的方案被否定。2007年7月，国家发改委批复FAST工程正式立项。这天，FAST团队一片欢呼。

张承民来到南仁东的办公室，听到他的电脑里在播放贝多芬的《命运交响曲》。南仁东问他：“你曾经给我说过，麦哲伦出发时跟船员怎么说的？”

“那是我从书里看来的。”

“不从书里看来从哪里来。你再说一遍。”

“麦哲伦说，我们将开始人类历史上前所未有的航行。我们中间有些人会葬身大海，不可能所有人都回来。但是，我们将会证明，地球是圆的。”

南仁东开始鼓掌，这是从内心里鼓出来的掌声，为麦哲伦和他的船队。接着，南仁东就把他的学生们和团队成员都集合起来，开了一个大家印象深刻的会。他对大家说：“FAST立项，不意味着胜利，我们只是刚刚出发，就像哥伦布、麦哲伦刚刚出发一样，前面还会有想象不到的风浪。”

最后他说：“我们FAST团队，正向宇宙的深度进军，这也是一次前所未有的远航。我们将去证明，人类的探索，可以到达100多亿光年以外。”

八

南仁东的学生张海燕曾这样说她的博导：“南老师总说他是悲观主义者，可我们觉得他是理想主义者。”我想这二者都存在于南仁东身上，才构成他的力量。

可以这样说，自从南仁东从内心深处找回了“自力更生”，他才找回了真正的自信。

在现实中，这个500米口径、世界最大的射电望远镜，一经决定完全由我国独立自主来建设，FAST项目将进入快速推进阶段。全国积极参与这项大科学工程建设的有近200家大学、科研院所和大中型企业，他们迸发出的研发力量，以及地方政府领导的人民群众的力量，都在“自力更生”的旗帜下，瞬间被极大地释放出来。

2008年12月26日，这个日子是毛泽东115周年诞辰纪念日。中国科学院和贵州省人民政府在大窝凼共同举行FAST工程奠基典礼。2011年3月，正式动工建设。

这期间FAST在索网问题上遇到了一个极大的技术性难题，寻遍世界同类顶级技术都无解。如果不能及时地攻克，对整个工程的影响将是“灾难性的”。

南仁东投入研究，失眠连着失眠。

“安眠药吃少了睡不着，吃多了闹钟都闹不醒，必须有人守着时间负责把他叫醒。”

“那些日子，南老师的头发，每一根都是竖着的。”

他的学生们这样描述他。

在南仁东亲自投入和指导下，在全国多家科技企业的协同攻关中，历时一年半、经过近百次的试验和失败，终于使这项世界性的难题得以攻克，并达到世界顶尖水平。

2015年3月，南仁东病倒，查出肺癌晚期，这一年他70岁。手术后，他身体已很虚弱，嗓音沙哑到连说话都极其困难，声音断断续续，他于秋天返回工地继续指导FAST工程安装工作。此时，同事们要贴近他的身边，才能听到他的声音。

2016年9月25日，是中国科学史上值得记住的日子。这一天，中国天眼将举行隆重的落成启用典礼。

此前几个月，南仁东因病情再次加重被送回北京治疗。但在落成启用典礼的前一天，南仁东从北京飞到贵阳，于24日下午黄昏时到达天眼基地。他奔波了一天，基地的同事和他的学生们早早在综合楼前迎接他，要他赶紧先去休息。但是，南仁东还没有看到这个巨大的望远镜完全建成后的模样，他执意要先去看看大望远镜。

没有人能够阻止他。

“我的安全帽呢？”他的声音更小了。

有人跑去拿来了他的安全帽。他戴上了安全帽，人们看到他兴奋而威严的表情，俨然一个将军。

小车把他带到了FAST近前。他下车要去看。同事们、学生们要护送他走到近前去看，这是情理中的事。但是，人们完全没有想到，他阻止了大家：“你们就送到这里，让我自己走过去看。”

大家感到很惊讶。

“我们陪您过去看。”他的博士生说。

他平静地摆摆手，大家看到他已经热泪盈眶了。

他没再说什么，转身就朝FAST走去。仿佛有一道不可抗拒的命令，大家止步看着他走去。

2016年9月24日，中国西部贵州高原黄昏的夕阳又大又圆。戴着安全帽的南仁东一步一步向FAST走去，身后只有紧紧跟着他的幽幽。

火红的夕阳，映照着一个老人、一只狗，还有他们身后长长的身影。你可看到，夕阳下的身影拖得再长，也离不开那生养他的土地。前方，就是他为之奉献出了一切而终于建成的500米口径世界最大的射电望远镜。它的胜利建成证明了，中国科学家和中国的建设者们，一旦真正找回“自力更生”，中国社会的内部将迸发出多么巨大的创造力。

沿着高高的平台，南仁东和幽幽踏上了FAST高高的圈梁。这是大射电望远镜的最高处。在这里，这个有30个足球场那么大的超级望远镜球冠反射面一览无余。

从这里往下看，有多高？FAST从底部到顶部的垂直高度138米，刚好是北京奥运体育馆鸟巢垂直高度的2倍。埃及胡夫金字塔现高136.5米，底座每边现长220米。FAST的口径是500米，是金字塔边长的2倍多，它的垂直高度也超过了现存的埃及金字塔。FAST不仅是世界最大的望远镜，也是这个星球上的伟大建筑！

多么壮观啊，这就是中国天眼！火红的夕阳在中国天眼巨大的球冠反射面上射出炫丽无比的万道金光。南仁东曾经在给青少年演讲时回忆过自己青年时在校园里集体朗读毛泽东主席的一段话："世界是你们的，也是我们的，但是归根结底是你们的。你们青年人朝气蓬勃，正在兴旺时期，好像早晨八九点钟的太阳，希望寄托在你们身上。"毛主席说这句话那年，南仁东12岁。如今，南仁东在夕阳中看到天眼反射出的万道金光，泪流满面了。

我们能看到他那种幸福状态下的泪流满面吗？他的同事和学生们看到他双手扶在天眼圈梁的栏杆上，俯身朝下看……我看到他串串泪珠滴下来，从高高的圈梁上落向那金光闪闪的望远镜……应该有一部电影或电视的镜头来记录、追踪那下落的泪珠，那泪珠垂直飞向世界最大的望远镜，滴下来，滴下来，滴下来……它飞翔着，穿越了70年，最后雨点般敲打在那伟大的镜面上，溅起的细碎水花，发出金属般的绝响，我们看见了吗？听见了吗？我相信晚霞浸染的群山看见了，高远的天穹看见了，广袤的宇宙听见了！

九

9月25日，新的一天到来。

一轮新的太阳蓬勃而出，照耀着万山深处的中国天眼。

在这个历史性庆典的讲台上，巨大的宽幅蓝色背景托出洁白的大字：500米口径球面射电望远镜落成启用。

中共中央政治局委员、国务院副总理刘延东在讲台上宣读了中共中央总书记、国家主席习近平写来的贺信。这是党和国家领导人第一次为大科学工程落成发贺信！贺信的第一段写道：

> 值此500米口径球面射电望远镜落成启用之际，我向参加研制和建设的广大科技工作者、工程技术人员、建设者，表示热烈的祝贺和诚挚的问候！

信中还写道：

> 浩瀚星空，广袤苍穹，自古以来寄托着人类的科学憧憬。天文学是

孕育重大原创发现的前沿科学，也是推动科技进步和创新的战略制高点。500米口径球面射电望远镜被誉为“中国天眼”，是具有我国自主知识产权、世界最大单口径、最灵敏的射电望远镜。它的落成启用，对我国在科学前沿实现重大原创突破、加快创新驱动发展具有重大意义。

正是在这封贺信里，习近平总书记第一次把FAST称为“中国天眼”，从此，“中国天眼”成为中国老百姓叫起来朗朗上口并心中满怀自豪感的名字。

南仁东凝听着习近平总书记的贺信，泪水再一次顺着沟壑纵横的笑纹静静地流淌。在现场凝听总书记贺信的还有前来参加庆典的中国科学院院长、党组书记白春礼，时任中共贵州省委书记的陈敏尔和贵州省省长孙志刚，以及一批不远万里前来的国际著名天文学家。

这一天，南仁东陪着一批国际天文学家参观了中国天眼。他们中有曾因发现脉冲双星而获1993年诺贝尔物理学奖的约瑟夫·泰勒，有美国国立射电天文台台长、美国阿雷西博天文台原副台长、英国射电天文台前任台长、荷兰射电天文学研究所前所长等。中国伟大的诗人杜甫在《望岳》中有一句“一览众山小”，现在他们看到的中国天眼矗立在群山中就是这样的景象。他们不仅赞叹中国天眼的科学奇迹，还惊叹它的建设竟如此神速!

菲利普·戴蒙德是国际大射电望远镜SKA计划的总干事，他曾经来考察过开工建设之前的大窝凼，现在他说:“我不认为任何别的国家能够做到这些。从几年前的一片荒芜，到现在可以运行，真的很伟大。”他还说，“非常非常精妙的系统，全部自动化控制，令人信服。”

我经历了在贵州持续采访的日月，我想我能够理解他的惊叹。因为按国际大科学工程的惯例，在中国天眼的建造中，最让外国专家难以估算的不仅有中国众多科研部门齐心合力的研发，还有贵州人民的贡献。

中国有不少科研机构投入这项中国自主建造的大科学项目，是“自带干粮”投入会战的。“我们没想在这个项目上挣钱，吸引我们的是这个项目的自主研发和高技术的挑战。”令人感动不已的还有，早在南仁东还只有一个构想、八字还没一撇的时候，贵州农民就把路修到选址的地方去了。这里的农民还在脱贫的事业中与贫困搏斗，但他们却修了一条又一条选址的道路，然而得到的报酬仅仅是地方政府调剂出来的粮食和做御冬棉衣的棉花。在漫长的10多年选址中，当初新生的婴儿都快小学毕业了，FAST还没有立项，但贵州人民仍然给予着大力支持。山区的农民，“再穷也会杀鸡给你吃！”这淳朴的民情，让南仁东深感永远无法回报。终于获准立项了，终于开工了……从无人机航拍下的照片里看，那么大的设备，那么长的钢梁，那么重的零部件，都是农民工像“蚂蚁搬家”那样搬进这大窝凼的……几千户农民，携老带幼，说迁走就迁走了，小学生也排着队离开他们的校园……应该有一支歌来歌唱这大山里的贵州农民。

告别故园的千重稻菽
叩别地下的祖辈魂灵
带上牛羊种子
带上铁犁石磨
走吧，去建一个新家

这一切里有多少细致的政府工作，有多少人民的体谅支持，你如何算得清？

2017年1月，有10位科学家获得2016年度科技创新人物奖，南仁东名列首位。这是他一生中获得的第一个奖。这是南仁东生命中的最后一年，他在经历治疗之后头发花白而稀疏。他平时就不肯出头露面，现在更有身体不适的理由不去领奖。他起初推辞了，但听说这个领奖仪式央视要向全国播出，他去了。他出现在央视颁奖盛典的舞台上，双手自握着躬了一下身，仿佛是敬礼。他的眼镜反射着舞台上的灯光。舞台的上方悬挂着许多金色的奖杯，他那短短的白发此刻在强光下看去仿佛每一根都是金色的。

许许多多的往事早就在他的脑海里沸腾……他来这里，实际是要借央视这个传播平台，向贵州人民最后说一段不能忘怀的话。以下是从现场直播中，从他那沙哑的断断续续地说出来的话语中整理的：

我在这里，没有办法，把千万人，20多年的努力，放在，一两分钟内……我在这个，舞台上，我最应该做的，就是感激，感激！

这个，荣誉，来得，太突然，而且，太沉重。我觉得我，个人，盛名之下，其实难副。但我知道，这份，沉甸甸的，奖励，不是给我，一个人的，是给一群人的。我，更不能忘却的，就是，这22年，艰苦的岁月里，贵州省，4000多万，各族父老乡亲，和我们，风雨同舟，不离不弃……我再一次，借这个机会，感谢，所有，帮助过我们……帮助过FAST……谢谢！谢谢！

这段话不够完整，但每一个字都是他说的。这是南仁东留在视频上最后的形象，是他要表达的最后的声音。他的一生真正体现了为祖国和人民的利益可以奉献自己的一切，而且他毕生都在感谢人民。

他不是中国两院院士，也不是共产党员，在他的履历表里，政治面貌那一栏始终填着“群众”。但他是新中国培养的科学家，是一个中国人。他爱自己的祖国，爱共产党倡导的“为人民服务”。这个“群众”，对我们每一个平凡的中国人的鼓舞和激励是多么巨大。

2018年12月31日晚7时，国家主席习近平通过中央广播电视总台和互联网，发表了2019年新年贺词。他说“此时此刻，我特别要提到一些闪亮的名字”，接着就说到“今年，天上多了颗‘南仁东星’”。习近平主席在2019年新年贺词中还讲道：“2019年，我们将隆重庆祝中华人民共和国70周年华诞。70年披荆斩棘，70年风雨兼程。人民是共和国的坚实根基，人民是我们执政的最大底气。一路走来，中国人民自力更生、艰苦奋斗，创造了举世瞩目的中国奇迹。新征程上，不管乱云飞渡、风吹浪打，我们都要紧紧依靠人民，坚持自力更生、艰苦奋斗……”在这段抚今追昔的话语中，习近平主席两次讲到“自力更生、艰苦奋斗”。

追思“中国天眼”艰苦卓绝的建造历程，我以为最大的成功不是哪一项技术的创新成就，而是找回“自力更生”！

如果举国都能像“时代楷模”南仁东那样坚定而自信地找回“自力更生、艰苦奋斗”，则新时代的中国前途不可估量。“自立”中包含着“独立自主”，“更生”则把前途和结果也讲出来了。独立自主，不是有没有足够能力的问题，而是只有独立自主，才能充分施展出自己的创造力。因而我以为，“中国天眼”是国之重器，“自力更生、艰苦奋斗”是我们更加宝贵的国之重器。

后　记

我在接受这个创作任务之初，心中不无忐忑，写出来了仍然感到忐忑。我最想说的还是感谢！感谢组织上给予我这样一个去认识南仁东和“中国天眼”的机会，这是一次不得不去努力学习并经受着心灵洗礼的过程。感谢很多人帮助我实现着这个过程！

我进入采访后才进一步发现，仅就“中国天眼”22年的建造历程来说，南仁东的领导、同事、学生，与之相处多是“阶段性”的；即使在同一时间段，各人也只是接触到这个“总工程师”工作的一部分。需要了解的不只是南仁东做出了什么，更重要的是南仁东为什么是这样一个人。要比较准确、完整地了解和理解南仁东以及“中国天眼”，我感到自己的面前遥对着浩瀚星空。

在我接受任务之初，同时在场的中科院科学传播局周德进局长就给了我极大的鼓励，他的谦逊、热情和严谨尤其令我难忘。我在采访中得到方方面面的支持和帮助。中科院、中国作协、中国科协以及南仁东所在的中国科学院国家天文台，还将这个题材列为“创新报国七十年”创作项目，在采访中给予了极大的协助。感谢南仁东的领导、同事和学生们，还有天眼基地大窝凼的农民和平塘县及天文小镇的干部，都给予我很大的帮助。诸多帮助，难以细述。

在采访中我理解了，每一种“国之重器”，为之奋斗者都不只是一个人，而是有很多人。有很多失败铺垫出通往成功的路。去真正深入地、仔细地把身子俯下去、趴下去研读他们的足迹，就会看到有很多人在默默无闻中做着令人油然而生敬意的奉献。

“在这个满地都是金钱的年代，我这些学生在看星星。”这是南仁东对他的学生的最高评价。他们中有很多人在与南仁东共同工作、奋斗的过程中，其实也是有变化的。他们为南仁东孜孜不倦的忘我工作所感动，从南仁东身上汲取了他在新中国社会主义建设时期的火红岁月中就培养起来的艰苦奋斗以及他的爱国情怀、理想信念，吸收了南仁东善于向工人、农民学习，善于在实践中学习的种种优秀品质。我由此感到，南仁东团队本身就是向“时代楷模”学习的一大群体。“中国天眼”的建设过程本身也是很多人向优秀学习的宝贵实践。

在新时代，无论是在南仁东这样奋斗在科技战线上的时代楷模身上，还是在农村脱贫攻坚、振兴乡村的波澜壮阔的奋斗中，我都看到有许许多多可歌可泣的人物和事迹，这是报告文学创作不尽的源泉。面对他们，如果感到自己渺小，那就一定是看见了崇高，那就是报告文学所应当去虔诚地热情满腔地撰写的篇章。这样的篇章写出来，在当今看，可能具有新闻性、时代性和现实意义；在未来看，那就是我们民族辉煌的历史。